著名女作家散文经典

阎纯德——主编

有女如云

张抗抗 著

北方文艺出版社

图书在版编目（CIP）数据

　　有女如云 / 张抗抗著. —— 哈尔滨：北方文艺出版
社，2016.7（2018.6 重印）
　　（著名女作家散文经典 / 阎纯德主编）
　　ISBN 978-7-5317-3663-9

　　Ⅰ . ① 有… Ⅱ . ① 张… Ⅲ . ① 散文集 – 中国 – 当代
Ⅳ . ① I267

　　中国版本图书馆 CIP 数据核字（2016）第 141919 号

有 女 如 云
Younü Ruyun

作　者 / 张抗抗　　　　　　　　　主　编 / 阎纯德

责任编辑 / 王金秋　赵　芳　　　　　封面设计 / 锦色书装

出版发行 / 北方文艺出版社　　　　　网　址 / www.bfwy.com
邮　编 / 150080　　　　　　　　　经　销 / 新华书店
地　址 / 黑龙江现代文化艺术产业园 D 栋 526 室

印　刷 / 北京诚信伟业印刷有限公司　开　本 / 880×1230　1/32
字　数 / 277 千　　　　　　　　　印　张 / 11.5
版　次 / 2016 年 7 月第 1 版　　　　印　次 / 2018 年 6 月第 2 次印刷

书　号 / ISBN 978-7-5317-3663-9　　定　价 / 48.50 元

序

散文·经典·女作家

阎纯德

一

　　散文的历史源远流长，是中国文学史上连绵起伏的山脉，属于最原始的文学形式之一。诸子散文算是散文成熟的起点，其后无论是唐宋散文、明清小品，还是"五四"散文，都是中国散文天空里灿烂的星座。中国当代文学经历了不平凡的风雨岁月，"文革"反思之后，作家的创作驶上了文学正道，跨越世纪，名家辈出，女作家则成为文学大军驰骋至今的一支劲旅，为中国文学的辉煌崛起贡献了智慧。因此，无论是中国文学的前世还是今生，说文学不可不说女性文学，讲作家不能不讲女作家。

　　自秋瑾时代，女作家蜂起，她们的创作曾与中华民族的生存同呼吸共命运，她们笔下除了小说、诗歌和戏剧，更有散文参与了中国新文学的奠基与发展。

二

当代散文的发展，自 20 世纪 80 年代走出政治或准政治之门以后，解放之风将散文吹拂得花枝招展，尤其 90 年代出现的那股关注女性经验和生存状态的"身体写作"思潮，更为中国散文历史所难忘。"身体"从隐匿到发现，新的女性意识普遍进入女性创作视野是文学创作的一个进步。那些钟情于"身体写作"的女作家，笔下所呈现的女性意识的觉醒和女性身体经验的书写，意味着对女性独立精神尊重的"时尚"，曾是女性创作风靡一时的潮流。女性"身体写作"是灵肉之写作，以独白或自语，用自己的肉体表达自己的思想，将爱情、婚姻、亲情、友情、温情、柔情、性具象化，但实际上是联系着社会、历史、政治、经济、道德、法律的理性法则，所呈现的是属于女性的生命意义。"身体写作"所涉内容多为"青春的迷茫与痛楚，孕育的艰辛与幸福，死亡的残酷与升华，大胆地抵达了身体的本质，既观照自己，也观照他人"。这个讲述女性身体成长史的时间大约有十几年，与此同时，还有受到非议的所谓"小女人散文"盛行于世。那些书写"日常生活"的"小散文"并非没有意义，她们所写的日常生活和感受属于时代的投影，是那个时代历史的宝贵遗存。

之后，女性散文作者年轻化，开始了女性散文从"女性"到"新生代"和"网络写手"的过程，其作品的人格与精神也在迷茫中发生了一些嬗变。21 世纪以降，在金钱的忽悠下，尽管文学比较疲软，但是作家依然以其忠勇驰骋疆场，那些走过"文革"，咀嚼了较多社会、历史、人生苦味的女作家，这时的创作更臻成熟、老道，更加深入历史和生活的肌理，文风也更为清丽、朴实而厚重。

三

天地岁月运行至今，仅就所观女性散文而言，不乏大家的经典之作。"大家"，当然不是从天而降，既不是别人所封，更不是自封，而是作家自己的创作百炼而成。一般说来，无论是沸腾喧嚣的生活，还是懒散平凡的生活，作家们只要无止境地追问社会、历史和人生，就可从生活、历史中寻找出思想和理想，并让真实、动人、温馨、睿智、冷峻、幽默变成文心，坚守住真善美，守望住文学的经典精神。

"操千曲而后晓声，观千剑而后识器。"学习很重要。就我所知，大凡有成就的作家都很在意学习、研读古今中外的文学名著。女作家筱敏说："文学就像一个人在牢房里唱歌，阅读它就像收到一封传说中装在漂流瓶里在大海上漂泊已久的信。写作是单个人的事，阅读也是单个人的事，这是个人内心生活的需要，与外面的热闹无关。"生活、阅读、写作，是作家生命的三部曲，作家只有在生活里沉下心来，作品才会获得文学应得的大气场。

现在，这些资深女作家，凭借与生俱来的文学天分和捕捉人情世故的文学敏感，加之丰富的生活经历及家国意识、人间情怀，在照亮黑暗世界的理想光芒陪伴下，走向书写命运万千气象及人生有幸与不幸的作品经典。

四

北方文艺出版社出版的"著名女作家散文经典"书系，是"女人的文学"，属于女作家心灵铸就的作品。以小说起家的张抗抗，她的《隐形伴侣》《赤彤丹朱》《情爱画廊》《作女》等长篇小说及其中短篇小说《爱的权利》《夏》《白罂粟》《淡淡的晨雾》和

《北极光》等在当代文学史和读者的阅读视野里是一道美丽幽深的画廊。她除了右手绣出美丽的小说，左手还奉献出精美的散文。她笔下那些充满对于自然、女人、人生、社会思考的散文，以"大气魄"和"大艺术"令读者难以忘怀。这部《有女如云》以"女忆""女行""女书""女声""女友""女思"的精心结构，展现了她对女性命运的极大关注。真挚与自然，记忆与叹息，"高山仰止，流水知音"成为她这部优美散文的特点。她这部散文的开篇《故乡在远方》只有1670字，但每个字都能捉住我的心。"我总觉得自己是一个流浪者。几十年来，我漂泊无定，浪迹天涯……我从哪里来？哪儿是我的故园、我的家乡？我不知道。"她的老家在广东新会，但老家对于她，"已无故乡的感觉"。"我和我早年离家的父亲，犹如被放逐的弃儿，在陌生的乡音里，茫然寻找辨别着这块土地残留给自己的根性。"后来他们扎根杭州，但在那里他们只是"一个过客"。外婆过世时"就带走了故乡"。她19岁离开出生地杭州，走向北大荒。"那时我曾日夜思念我的西湖，我的故乡在温暖的南方。但现在我知道，我已没有了故乡。我们总是在走，一边走一边播撒着全世界都能生长的种子。我们随遇而安，落地生根，四海为家。我们像一群新时代的游牧民族，一群永无归宿的浪漫移民。也许我走过了太多的地方，我已有了太多的第二故乡。"而在城市闷热窒息的夏日，她又时时想念曾融进她青春血汗的北方的原野。"那时的空气透明，风也透明。那里的一切粗犷而质朴。""以后的日子，我也许还会继续流浪，在这极大又极小的世界上，寻觅着、创造着自己精神的家园。"这样的散文，令人动心动情。这就是张抗抗散文的精神力量。

赵玫亦是著名的多产作家。她的长篇小说《我们家族的女人》《朗园》《武则天》《高阳公主》《上官婉儿》等及《太阳峡谷》

《岁月如歌》《我的灵魂不起舞》《寻找伊索尔德》等中短篇小说集，带我们漫游历史，在她的众多人物画廊里穿越和认识历史、社会、人生和人性。她是一位勤奋的作家，《一本打开的书》《从这里到永恒》《欲望旅程》《左岸左岸》《戴着镣铐的舞蹈》等二十来部散文随笔，为我们画出了一道"女人""知识""欲望"的美丽风景。

"美丽的女人及其美丽的精神生活"大约就是赵玫的自况。1986年的海边，她最早阅读伍尔芙，那是她不能忘怀的阅读。"从海边回来便开始思念伍尔芙"，于是伍尔芙成了她的理想，开始"在伍尔芙的引导下寻找文学中的那个我自己"，在近乎灰色的写作中，感受到思维的欢乐。在她的散文中，我们能感受到弗吉尼亚·伍尔芙、玛格丽特·杜拉斯等女性作家跃动的灵魂及普鲁斯特、乔伊斯和福克纳、劳伦斯等意识流大师沉思的音容。她深受她们和他们的影响。

赵玫一再申明自己是"女性作家"，"女性"是她散文的"根"。她的散文以女性的立场及私人化的独语方式"观察社会现实、观察文化精神、观察人性灵魂"，以诗性探索生活、社会和人生，诗情动人，理性睿智，情调平和而温馨，构成她鲜明的艺术风格。

《你就是那本散乱的花》这部集子的首篇《因为他，生活中才有了另一个可以扮演的角色》写女人与男人，如深沉的诗，梦幻般的意象美丽、动人，结尾说："总记得那束散乱的花。是因为那句子造成的意象让人感动。就这样，它们，那些花，就冷冷地，散乱在那里。一枝一枝地，慢慢枯萎。后来，那花束成了某种意象，便有了另一种味道。从此它们不再枯萎。完成了这个从美丽到美丽的过程，就像凤凰涅槃，成为某种永恒……那便是女人想要扮演的角色——她们自己。"此中的思想和意蕴，令人想象无穷。

张晓风创作上是个多面手，小说、戏剧都有成就；但自20世

80 年代中叶起，她给华人世界烹制了脍炙人口的散文大餐。她的《地毯的那一端》《愁乡石》《你还没有爱过》《初雪》《白手帕》《红手帕》《春之怀古》等篇什，以其精妙、柔情和厚重赢得文坛许多名家的赞美。大作家管管说："她的作品是中国的，怀乡的，不忘情于古典而纵身现代的，她又是极人道的。"大诗人余光中在为她的散文集《你还没有爱过》所写的序言里，称她的散文有"亦秀亦豪""腕挟风雷"的"淋漓健笔"。有人又说她的散文"笔如太阳之热，霜雪之贞，篇篇有寒梅之香，字字若璎珞敲冰"。

张晓风曾说："我的身体在台湾长大，可是我的心好像跟历史的中国衔接，不管是到南京或者是西安，我觉得都是我心灵的一个故乡。"在她的散文里，乡愁有时像春风，有时也似冷雨，流浪漂泊的命运，成为她以生命的诗性阐释生活与人生的基础，从描写生活琐事，到抒写社会世态和家国情怀，都是她作品的内容。

韩小蕙作为知名散文家和文学批评家，著有《自嘲》《有话对你说》《悠悠心会》《体验自卑》《女人不会哭》《韩小蕙散文》《欢喜佛境界》《千克男女》《解读与被解读》等散文作品二三十部。

她是大记者，在她的眼睛里、感觉中和心坎上，所有所有的美，都在自己经过的路上，更在自己经历的人身上。在名家、大师面前，她以一棵小草的姿态，用崇拜或钦敬的眼光看着他们；对于百姓，她把自己当作一片温暖的阳光，"以善意，以明朗，以助力，以合作的心态待人以厚"；对于女性中的杰出人物，她倾心喝彩，打心底里热情赞美她们的天分、才华、成就、品质乃至美貌。她因为看清了世界与自己，厘清了与他人之间的绳墨，而"进入物我交感，物我合一，物我两忘，物我皆如行云流水的境界"。她以向日葵的品格，永远向着文学的太阳。她是个疾恶如仇的作家，又是个大爱无疆的作家，她整个的人生姿态，就是她的散文的姿态。从她的作品里，可以倾听到丰富的社会旋律和时代精神，以及对善的颂扬、对恶的鞭笞，社会、民族、国家、历史、文化、女人、道德，都是她笔下寻常的散文话题。

卢岚在中山大学毕业后以笔名芦苇发表小说，开始了她的文学人生。著有散文集《乡眺》《凡尔赛的喷泉》《山盟水约》《巴黎读书记》《塞纳书窗》《文街墨巷》《笔走皇林村》《与书偕隐》及小说集《古堡迷幻夜》《把水留给我》等。

爱读书的卢岚在巴黎长居40余年，涉猎了东西方许多古今作家，使她在精神和文学修养上得到熏陶，生发旺盛的写作欲望和创作动力。"我写过，我释然，写作成为释放情绪的方法，写作成为引渡自己的一根篙。"这根"篙"，使她从此岸到彼岸，在书海、人海完满最好的人生。

卢岚的成就和影响在散文。而她的散文最令读者叹为观止的是被她称为包括文化随笔、书评、读书杂记的"书话"。她说这些写作是"在别人的成果上做文章，通过复述、感受、分析，从个人角度出发，带着个人色彩，来扮演作者、读者之间的中间人，完成一种情感、见地、审美的传递"。在她的字里行间，人们可以发现历史的智慧和文化的芬芳，"书情，世情，风情；文心，人心，慧心"，中外文坛的前世今生、往事近事，透过她的散文，都会引出一道道甘泉。

走在法兰西的文街墨巷，就像翻检自己书房里的藏书，心知眼见，每一页展现的都是这片天空下亲切的风景、风物与人物。"用美丽的文体描写美丽的对象"，是卢岚最惬意的人生；"把瑰丽灿烂的、气派宏大的风景浓缩在咫尺之间，让读者了解人间美丽的历史，欣赏她永恒的魅力"，这，就是卢岚文学世界的宿命。

2016 年 3 月 8 日于病中

目　录

第一辑　女忆

　　但现在我知道，我已没有了故乡。我们总是在走，一边走一边播撒着全世界都能生长的种子。我们随遇而安，落地生根，四海为家。我们像一群新时代的游牧民族，一群永无归宿的浪漫移民。也许我走过了太多的地方，我已有了太多的第二故乡。

故乡在远方

我总觉得自己是一个流浪者。

几十年来，我漂泊无定，浪迹天涯。我走过田野，穿过城市，我到过许许多多地方。

我从哪里来？哪儿是我的故园、我的家乡？

我不知道。

十九岁那年我离开了杭州城。晴光潋滟、山色空蒙的西子湖畔是我的出生地。离杭州一百里水路的江南小镇洛舍是我的外婆家。

然而，我只是杭州的一个过客，我的祖籍在广东新会。我长到三十岁时，才同我的父母一起回过广东老家。老家有翡翠般的小河、密密的甘蔗林和神秘幽静的榕树岛。夕阳西下时，我看见大翅长脖的白鹤、灰鹤急急盘旋回巢，巨大的榕树上空遮天蔽日，鸟声盈盈，那就是闻名于世的小鸟天堂。

新会县世为葵乡，小河碧绿的水波上，一串串细长的小船满载清香弥漫的葵叶，沉甸甸地贴水而行，悠悠远去……

但老家于我，却已无故乡的感觉。没有一个人认识我，我也并不真正认识一个人，我甚至说不出一句完整地道的家乡方言。我和我早年离家的父亲，犹如被放逐的弃儿，在陌生的乡音里，茫然寻找辨别着这块土地残留给自己的根性。

梦中常常出现的是江南的荷池莲塘、春天嫩绿的桑树上透紫酸甜的桑葚儿、秋天金黄璀璨的柚子、冬天过年时挂满厅堂的酱肉粽子鱼干，还有一锅喷香喷香的煮芋艿……

暑假寒假，坐小火轮去洛舍镇外婆家。镇东头有一座大石桥，夏天时许多光屁股的孩子从桥墩上往河里跳水，那河连着烟波浩渺的洛舍洋。我曾经在桥下淘米，竹编的淘箩湿淋淋从水里拎起，珍珠般的白米上扑腾扑腾蹦跳着一条小鱼儿……

而外婆早已过世了。外婆走时就带走了故乡。其实外婆外公也不是地道的浙江人氏。听说外婆的祖上是江苏丹阳人，不知何年移来德清洛舍。又听说洛舍之名是由于早年此地曾有一支移民来自洛阳，洛阳人之舍，谓之洛舍。由此看来，外婆外公的祖籍也难以考证，我魂牵梦系的江南小镇，又何谓我的故乡？

所以对于我从小出生长大的杭州城，便有了一种隐隐的隔膜和猜疑。自然，我喜欢西湖的柔和淡泊，喜欢植物园的绿草地和春天时香得醉人的含笑花，喜欢冬天时满山的翠竹和苍郁的香樟树……但它们只是我摇篮上的饰带和点缀，我欣赏它们，赞美它们，但它们不属于我。每次我回杭州探望父母，在嘈杂喧闹的街巷里，自己身上那种从遥远的异地带来的“生人味”，总使我觉得同这里的温馨和湿润格格不入……

我究竟来自何方？

更多的时候，我会凝神默想着那遥远的冰雪之地，想起笼罩在雾霭中的幽蓝色的小兴安岭群山。踏着没膝深的雪地进山去，灌木林里尚未封冻的山泉一路叮咚欢歌，偶有暖泉顺坡溢流，便把低洼地的塔头墩子水晶一般封存，可窥见冰层下碧玉般的青草。山里无风的日子，静谧的柞树林中轻轻慢慢地飘着小雪，落在头巾上，不化，一会儿就亮晶晶地披了一肩，是雪女王送的礼物。如闭上眼睛，能听见雪花亲吻着树叶的声音，那是我二十一岁的生命中，第一次发现原来落雪有声，如桑蚕食叶、婴童吮乳，声声有情。

那时住帐篷，炉筒一夜夜燃着粗壮的木桦，隆隆如森林火车如林场的牵引拖拉机轰响，时时还夹着山脚下传来的咔咔冰崩声……山林里的早晨宁静而妩媚，坡上的林梢一抹玫瑰红，淡紫色的炊烟缠绵缭绕，门前的白雪地上，又印上了夜里悄悄来过的不知名的小动物一条条丝带般的脚印儿，细细辨认，如花如柳梢亦如一个个问号，清晰又杂乱地蜿蜒于雪原，消失于密林深处……

那些神秘的森林居民给予我无比的亲切感，曾使我怀疑自己也是否会留在这里。

小小的脚印沉浮于无边的雪野之上，恰如我漂泊动荡的青春年华。

我十九岁便离开了我的出生地杭州城，走向遥远而寒冷的北大荒。

那时我曾日夜思念我的西湖，我的故乡在温暖的南方。

但现在我知道，我已没有了故乡。我们总是在走，一边走一边播撒着全世界都能生长的种子。我们随遇而安，落地生根，四海为家。我们像一群新时代的游牧民族，一群永无归宿的浪漫移民。也许我走过了太多的地方，我已有了太多的第二故乡。

然而在城市闷热窒息的夏日里，我仍时时想起北方的原野，那融进了我们青春血汗的土地。那时的空气透明，风也透明。那里的一切粗犷而质朴。二十年的日月就把我这样一个纤弱的江南女子，磨砺得柔韧而坚实起来。以后的日子，我也许还会继续流浪，在这极大又极小的世界上，寻觅着、创造着自己精神的家园。

我的节日

　　每个人的生命都纯属偶然。为什么那个时刻未经自己选择就偏偏有了你？为什么你又偏偏选择了那一天降临？

　　我的生日在夏天。按阳历，最热的七月初。

　　从那一天开始，我成为一个"人"，地球的生命中，就有了一个"我"。所以生日是唯独属于自己的节日。世界上也似乎只有一个人与你的生日有关，那就是诞生你的母亲。

　　小时候过生日，正是考试的关键时刻。每次生日，老是紧紧张张的，好几次，过完了才想起来，就缠着妈妈要补，妈妈便笑嘻嘻地拿出早已准备好的生日礼物给我——差不多总是一本精美的图书、一支新的笔，或是一个笔记本。

　　那时家里经济不太宽裕，整盒的奶油蛋糕是生日的梦想。偶尔让大人带着，到西餐社买一小块切好的长方形蛋糕，上头的奶油花纹已支离破碎，却很心满意足，还把沾上奶油的手指舔了又舔。

　　十九岁那年初夏，去了北大荒的一个农场，从此就把生日扔到了杭州老家。离开母亲似乎就离开了自己的生日。再没有人会来关心你曾经哪一天来到人间，就连我自己也在终日的劳累和挫折中，淡漠了疏忽了对自己生日的兴趣。

　　真不记得那时曾经怎样纪念过生日，留在记忆中的只是一团浑噩而灰暗的史前星云。金色的不是蛋糕而是窝头，蜡烛很多却是为了照亮黑夜。也许那个日子是为自己采过荒原上的野花的，它很寂寞地被插在一只漱口杯里，没有人知道它的名字，也没有人想知道它在想些什么……

忽然有一天就收到一封厚厚的信，信中夹着一方雪白的真丝手绢，手绢的一角用红色的丝线绣着一行拼音字母：Kang Kang。顿时眼眶一热，差点就落下泪来。字母是妈妈亲手绣的，绣的是我的名字。妈妈说，家人在这一天，为祝贺我的生日，特地吃了一回面条。万里之遥，这件礼物仅是全家人的一点心意。

便终于觉得自己还活在世上，还被人惦念着，还有让人重视的权利。这一日就赫然地兴奋、振作起来。以后的日子无意就扬起了头，天空也云开雾散般明朗。因了生日对自己生命的提醒与珍爱，浑噩中有了初始的自信。恍然记起年龄，不过是二十几岁，人生旅途尚遥远，不知将以什么奉献给未来每一年的这个日子，即使不为自己，也为了在这一日的痛苦挣扎和淋漓鲜血中生养我的母亲。

从那一天开始，我对于生命的来历有了疑惑。我不知自己究竟从哪里来，要到哪里去。我只知道我必是从某地来，也必得到某地去。我发现自己已长大成"人"，但却没有成为"我"——我把自己失落在何处？一个没有"我"的人生又何必用我来活？

我要从此确立我的节日，是为了一年一度替我自己招魂。

就这样匆匆忙忙磕磕绊绊地过了三十年。

1980年春，我在文学讲习所学习。夏天的一日，所里组织学员去北戴河休假。临上车之前，忽然想起那天是自己的生日。三十岁生日——三十而立，毕竟是个值得纪念的日子。狠狠心，特地去买了许多漂亮的酒心巧克力糖。上了车，忍了又忍，终于是忍不住，便把糖果迫不及待地分给大家，很郑重其事地宣布说今天是我的生日，愿大家同我一齐分享。车厢里就热闹起来，可惜那时都还不会唱《祝你生日快乐》这首歌。有人说，你生日旅行，看来这辈子总要来来去去了。

望着车窗外无垠的田野，以往的岁月也如疾速后退的树木和房屋悄然逝去。我虽然无法再看见它们而它们却终是留存在大地上。三十年活得认真活得勤勉，没有很多欢乐却有些许收获。三十岁的生日给我安慰也给我命运的警示：正如这隆隆作响呼啸奔驰的列车，我已无法止步无可选择。我是否将注定载着一代人的希冀，去茫茫宇宙探寻人生的使命？

那个中午，同学们在海边的一家饭店聚餐。海很近了，只几步之遥，听海浪声声喧哗，撩拨人心，清凉的海风习习，带走了闷热都市的暑气与浮躁。那天我喝了许多祝贺的啤酒，记得我并不快活但心里升起很多的愿望，我多想用我的全部生命去体验、去理解、去表现这个世界啊。

傍晚时我们一起涌入大海。海天无垠，海水温暖又凉爽。脚底踩着柔软的沙滩，身体被海浪微微晃动着，视线可及遥远的天尽头。

那个瞬间我领悟到人生的短暂和自然的永恒，心里充满人生的幻灭感——每个人的生命都不可再生，一切的创造物在出生的同时就含着虚无和毁灭的悲剧意味。我将如何去超越、超脱自我，在这一个仅属于我一次的人生中不因追求"生"的成功而异化了生命本身……生日之海的"洗礼"，如云缝之光，给我某种彻悟和永远的难忘。

恋爱之后，就有了一些与男友而不再是妈妈一起过的生日。年龄的数字一回回增大，却总是属虎。从一只小老虎变成中老虎最终会有一天变成老老虎。心里一向挺喜欢老虎的，人有虎性虎虎而有生气。果然就有各种姿态各种质料的玩具老虎工艺老虎，作为男朋友们赠我的生日礼物存入箱底。偶尔翻看，便唤起在那个早已流逝的年龄里，涉猎人生情爱的种种经历。

三十三岁生日的前一天，我收到了一个寄自北京的邮包，邮包里有一个小小的木盒，木盒里是一个黑色的印盒，印盒里有一方棕黄色的普通大理石图章，刻着我的名字。覆在图章的顶端，立着一只精巧又稚拙的小老虎。印盒的盖内，覆着一张狭长的纸条，上面用钢笔写着四个字：生日快乐。

那一天我很快乐。其实我已有很多的图章，唯独这一个，它朴实无华却又别具特色，恰是我所期待因而也是最珍贵的。那时我们已决定结婚，不久后这位朋友便成了我的丈夫。

以后年年的生日总有鲜花。丈夫天生热爱小动物也爱植物，于是阳台上就种满了各种各样的花草。鲜花和爱伴随，似水流年，滋润和照亮日渐成熟的生命。生活中有鲜花和理解足矣。慢慢就悟出，写作时留着虎性，而做女人，猫为虎师，还是"猫"一样温柔为好。

那一年眼看快过生日，恰在哈尔滨开会。往家打了电话，丈夫说他立即要去外地讲学，怕是等不到我回来过生日了。一想今年的鲜花无着，便十分扫兴。仍是赶着生日那天回到家里，果然空无一人。正沮丧懊恼，忽然眼前一亮：我的书桌上，一枝雪白的马蹄莲插在花瓶中，鲜艳欲滴翘首以待——他没忘了我的生日礼物。欣喜旋即又心里纳闷，不知为何往常的一束花变成了一枝花？到中午为自己弄吃的，打开冰箱门——嗬，整整一大束菖兰，鲜红的淡粉的橘黄的花瓣，晃得我睁不开眼。花束送来阵阵幽幽的清香，在暑热中散发着爽人的凉意。透明的花袋中夹着一张小纸条，写着：祝你生日快乐。

先生居然能想到冰箱保鲜，还特意在桌上单插一枝作为引子，可见煞费了一番苦心。惊讶之余，终是又一次被深深打动。我的节日不再孤独。它属于我们两个人。

七月是火热的季节。七月很忙碌也很疲倦。

也许是命运的褒奖，生日总有故事。

三十五岁生日前后，远在德国访问。就在生日那一天，访问的日程安排是参观首都波恩的贝多芬故居。那幢白色的小楼就坐落在市区的一条大街上，古老的建筑宁静而简朴，前门窗口开满鲜红的绣球花。我踮着脚尖轻轻走向大师生前谱写过不朽之作的古旧的钢琴，脚步踩响了他曾遗留的每一寸空间里的音符。我在二楼的窗前留了影，窗口低低回荡着大师庄严而深沉的乐曲。我听见命运诡秘的敲门声，听见田园温柔的低吟，听见英雄凯旋的号角，听见全世界欢乐的合奏……我听见他说：

"竭力为善，爱自由甚于一切，即使为了王座，也永勿欺妄真理。"

"凡是行为善良与高尚的人，定能因之而担当患难。"

"人啊，你当自助！"

在地球的另一端度过自己的三十五岁生日，在正直与真诚的大师故居为自己招魂——我不能不与人生重新缔约。贝多芬以他的一生告诉后人如何生如何死，漫漫人生，我知道自己与命运的搏击永无休止。

就这样曲曲折折又坦坦荡荡地走到了四十岁。

终于是"四十而不惑"了。疑惑的是，自己怎么竟然就可以四十岁？惑也不惑，不惑就奔天命的年龄而去，便越发让人疑惑。

四十岁生日之前一年，丈夫就出了远门。临走时说，在我生日的那天，无论他在哪里，都将为我祝福。因着他的这一番心意，黯淡中也有了一线亮色。我想起有一年杭州的一位朋友曾寄给我一张生日的贺卡，她在上面亲手画了一只大大的蛋糕，还插着许多蜡烛。后来我们在蛋糕上划了几条斜线将它"切开"，就算是"画饼充饥"，然后开心地瓜分"吃"了。可见真情有时务一点虚，倒也满空灵浪漫的。

就准备自己一个人清清静静地过一个四十岁生日。

临近生日的时候，偏就有朋友打电话来，说为我特意订了生日蛋糕，还在上面专门写了祝贺的词句。又有杭州的朋友来北京出差，带来了妈妈委托她送给我生日的鲜花。她们都说了一句同样意思的话：既然你丈夫不在家，我们就得替他担负这个义务。

我独自面对着这些礼物，猛然间泪眼蒙眬。我忽而明白，四十年的人生，支撑着我的柔弱生命的，是亲人、友人全部真挚的爱。

这爱可以驱使你走遍天涯海角，直至走到生命的尽头。

有了鲜花和蛋糕，一个人独享未免可惜，便突发奇想地行动起来——向我的五位单身女友发出生日聚会的邀请。既然是一个丈夫缺席的聚会，我便声明一律不许带男友和礼物。那天我们交谈许多女人的事，那一天我们都自由自在无拘无束。

四十岁生日是我迄今为止经历过的最有趣味、最丰富多彩，甚至发生了某种奇迹和不可思议之事的节日。生日的前一天，我收到了寄自杭州家中的一盒磁带和儿子的贺卡。生日那天早晨我起床后的第一件事，便是打开音响来播放这盘磁带。从音箱中传来的第一声是我表弟和弟妹的，他们一前一后最后又一齐说：祝你生日快乐！那般郑重其事如同真正的电台播音员。音乐之后传出了我父亲的亲切慈爱的声音，他说了许多话，令我感慨万千。

紧接着的一段音乐之后是母亲、妹妹和妹夫的祝福，当听到我妹妹刚出生四个月的儿子的哭声时，我禁不住捧腹大笑。那个时刻，亲人的声音充满了我的房间，我似乎又回到了童年时代，生活在纯真和友爱之中。虽然相隔千里，家人却与我同在。我呆呆地守着音响，听了一遍又一遍。这真是我表弟精心策划的一个杰作。我内心的感激之情伴随着乐曲在房间每个角落久久萦绕……

那天中午我接到了妈妈从杭州打来的长途电话。抓起电话我已是泣不成声。我很久没有掉过眼泪了，而这时我真想大哭一场。四十岁的我已遍尝生活的酸甜苦辣，我走得太累，可我还得咬着牙走下去。

妈妈在电话里等了我很久，等待我的平静。她似乎是犹豫了一会儿，后来她终于告诉我，九十多岁高龄的奶奶，就在刚才，很安详地去世了。奶奶无疾而终，属于喜丧。

这个噩耗使我难过，更令我惊讶。后来很多天我一直想着这件事，我不知道奶奶为什么要选择我生日这一天走。这也许只是一个巧合，也许蕴含着命运给人的某种难解的谜底。但在生命走向死亡的过程中，生比死更为艰难因而也较之于死更为永恒。在余下的生命中，将如何活得更有价值更加坚韧？我问自己，茫然而清醒。

也就在这一天，阳台上的君子兰，神奇地盛开了一丛金红色的花束。

那年冬天君子兰早已开过。往年也从未有在盛夏开花的先例。却就在我生日的前半个月左右，从叶片的侧翼，奇迹一般地抽出了一枝花苔，然后是花苞。等待它开花的日子，便梦见丈夫归来。他曾是那样悉心地照料过它们，苍翠的叶片上依然萦绕着他的气息。于是就恰恰在我生日这天，君子兰展开了娇艳的橘红色花瓣，团团朵朵聚成一簇凌空旋转的花环，高高擎起托举给我。无论怎样的理由，都不能使我信服这是一种"偶然"。我给自己唯一的解释是：这一定是我丈夫从异地特为我送来的生日鲜花，这是他给我的四十岁生日礼物。

那一天，我好像又重新活了一次。我长成了"我"，而生命却刚刚开始。我不属于我自己，我的节日属于所有爱我寄希望于我的人。

可我竟然一直没有机会为妈妈过一次生日。妈妈的生日在初夏，这个时候我没有一次在家中。妈妈如此重视我的生日，但妈妈从不记得自己的生日。妈妈把生命付与了她所爱的人却没有回报——我只能像妈妈那样，将爱传递给我的孩子。每年每年，我都尽我所能为儿子过生日，他的年龄与我一起增长。生命在消逝也在新生。

丈夫与我分别了一年半以后，终于在一个冬日回到家中。进家门后他所做的第一件事，便是拿出了他在我四十岁生日那天为我准备的一件礼物。那礼物很小，却是他亲手制作。他兑现了自己的诺言。如今它就放在我的书桌上，成为我们之间的秘密和我心里永久的珍藏。

再过三天即是我的四十一岁生日。今年的生日我只想和他静静地在草地上坐会儿，默默祝愿天下的人们都有一个自己所期盼的节日。不要问人生的终点在哪里，一年一度，每一个生日都是一个里程碑。

母亲的精神财富

一个人来到世上，无法选择自己的父亲母亲。感谢命运给了我一个世界上最好的妈妈。

我的母亲既不显赫更不富有，一辈子历尽坎坷磨难，但她却拥有一颗充满同情、健康快乐、丰富易感的心。

母亲生于1923年。在她出生的那个江南小镇，至今还会有人谈起她的逸事，说当年朱家的大小姐出去读书，每次假期总是两手空空回来，因为她把随身的衣物和被褥统统接济给了家庭困难的同学。到我记事以后，这类传说一日日变得真实可信——多年前，暑假里一个雷阵雨的下午，大门口出现了一个从乡下到城里来收垃圾的妇女，妈妈邀她进来避雨，她执意不肯，妈妈竟然冒着大雨追出去老远，递给她一顶挡雨的草帽，回来时自己身上已经淋得精湿。这一类小事充满了我少年的记忆，在我的印象中，妈妈在任何情况下，都会尽其所有去善待那些需要帮助的人，母亲使我懂得，"爱"，是一种不求回报的付出。

母亲早年追随革命，抗战时期入党又被捕、保释的复杂经历，使她和我父亲在新中国成立后多次接受历史审查，并受到极不公正的对待。"文革"中被隔离，在"牛棚"里强制劳动四年之久。在二十世纪五十年代初期，原是革命干部的爸爸接受政治审查工资停发，家里的奶奶和叔叔姑姑一家中断了生活来源，最艰难的日子里，妈妈挑起了家庭重担。她除了留下我们母女二人的最低生活费，把工资里余下的五十元钱全部都交给奶奶。为了省下中午这一顿饭钱，她天天顶着烈日，走路回家吃饭。爸爸好友每月的少量资助，加上少量的困难补贴，总算把奶奶一家五口人的生活维持下来。妈妈每用一分钱，都要细细地计算。妈妈把自己的开销减了又减，甚至多次饿着肚子走上讲台，她对我说真怕肚子里咕咕的叫声会让学生们听见。有一次窗外传来收旧货的叫卖声，妈妈实在是饿了也太馋了，她找出几本舅舅丢弃的旧课本，拿去卖了，换了几分钱，跑到路口的小铺上，为自己买了两块油炸臭豆腐吃，那是妈妈仅有的一次"享受"。

我记得妈妈常用咸萝卜干和腐乳下饭，但每天我的面前都有一个小小的苹果或是橘子，还有必须要吃的鱼肝油丸和钙片。每次我剥开橘子，把一个橘瓣塞在妈妈嘴边，妈妈总是把牙咬得紧紧地说，好孩子，妈妈不吃，妈妈怕酸呢。她为自己倒一杯白开水，暖着手，然后不出声地一口一口喝着。对于妈妈这样一个家境优越，从小到大很少为柴米油盐操心的人来说，需要具有多么顽强的意志和内心的大爱才能战胜自己。

肚子饿是能忍受的，令她无法忍受的是周围人的眼神，好像她是一个传染病患者，同她多讲一句话都会变成敌人。学校领导总是把最吵最乱的班级分给她，把别的老师不愿干的事情交给她做。在教研室里，她坐的桌椅是最破旧的，她用的教具常常残缺不全——她默默忍下，没有资格说不。她没有资格是因为她的丈夫和父亲都是"历史反革命"。只有到了深夜，在难耐的寂寞和饥饿中，妈妈才能将人们那刺如荆的白眼，一根一根从她心里拔出来，渗出滴滴血珠，再一口口吞咽下去。她要为女儿、为丈夫、为全家人好好地活下去。

在遭人歧视、饥寒交迫的长夜里，妈妈津津有味地咀嚼着那些遥远的童话，在睡梦中与我分享，也作为她自己的精神夜宵。有时候，我觉得在妈妈心目中，女儿是作为一个美丽的童话存在的。在很长一段时间里，这个日日夜夜相伴的童话，就成为她的精神避难所，也是她流亡的灵魂最后的寄存之处。

多年以前妈妈曾在洛舍小镇的孤寂与苦恼中，以文学作为自己的精神支柱，到我出生以后，文学又在她心里丝丝缕缕地复苏。像那个时代许多追随革命的人一样，她是一个不信奉宗教的人，但当神圣的宗教被更为神圣的政治"信仰"这个词汇所代替，当许多人的信仰正一天天演化成一种新的宗教时，她只能沉溺到她的书本里去，将她心灵深处那些美丽的童话，建成一座她独享的理想主义宫殿，作为自己支撑苦难的另一种"信仰"。

"文革"中妈妈被隔离审查长达四年之久，在那个黑暗的小屋，妈妈靠着她的"童话理想主义"这个秘密武器，度过了漫长的凄苦岁月。

记得我在北大荒农场连队孤独的日子里，生活中最快乐的事情，就是收到妈妈的来信。妈妈的信总是写得像诗一样美，她描绘杭州西湖春秋的情景，讲述生活中有趣的事物。她总是说：你能行！你肯定能做好！我至今还保存着妈妈当年的远方来信，那些温暖的话语，在冰雪的北方，像燃烧的炉火，为我抵御严寒。每年我回杭州探亲，妈妈从学校里积满灰尘的图书室，悄悄为我找来一本本法国英国的翻译小说。我开始自学写作，妈妈是我坚定的支持者兼家庭教师。她曾带我坐了很远的汽车，去云栖那一带的树林里寻找一种刚从国外移植来的橄榄树……

在妈妈的眼里，世界是美的，梦想是真的，人是善的。她以自己对真善美的期盼，教会我永远对生活怀有希望。几十年中，母亲坚韧独立的品格，是我取之不竭的精神财富，点点滴滴渗透在我的灵魂中，使我有足够的力量和自信去面对人生的一切艰难。

假如我重新做一次女孩，最希望的是，我的妈妈还是现在这个妈妈。

苏醒中的母亲

　　那天清晨六点多钟，书房的电话急促地响起来。我被铃声吵醒，心里怪着这个太早的电话，不接，翻身又睡。过了一会儿，铃声又起，在寂静中响得惊心动魄。心里迷迷糊糊闪过一个念头：不会是杭州家里出了什么事吧？顿时惊醒，跳下床直奔电话。一听到话筒里传过来父亲低沉的声音，脑子嗡的一下，抓着话筒的手都颤抖了。

　　年近八十高龄的母亲，长期患高血压，令我一直牵挂悬心。2002 年秋天的这个凌晨，我担心的事情终于发生，母亲猝发脑溢血，已经送往医院抢救准备手术。放下电话，我浑身瘫软。然而，当天飞往杭州的机票，只剩下晚上的最后一个航班了。

　　在黑暗中上升，穿越浓云密布的天空，我觉得自己像一个被安装在飞机上的零部件，没有知觉，没有思维。我只是躯体在飞行，而我的心早已先期到达了。

　　我真的不敢想，万一失去母亲，以后的岁月里我们全家人还有多少欢乐可言？

　　飞机降落在萧山机场，我像一粒子弹，从舱门里快速发射出去。子弹在长长的通道中一次次迅疾地拐弯，而我的腿却绵软无力，犹如一团飘忽不定的雾气，被风一吹就会散去。

走进重症监护室最初那一刻，我找不到我的母亲了。我从来没有想到，我竟然会不认识自己的母亲——仅仅只是一天，脑部手术后依然处于昏迷状态的母亲，整个面部都萎缩变形了，口腔、鼻腔和身上到处插满了管子，头顶上敷着大面积的厚纱布。那时我才发现母亲没有头发了，那花白而粗硬的头发，由于手术而完全被剃光，露出了青灰色的头皮。没有头发的母亲不像我的母亲了。突然明白原来母亲是不能没有头发的，母亲的头发在以往的许多日子里，覆盖和庇护着我们全家人的身心。

手术成功地清除了母亲大脑表层的瘀血，家人和亲友们都松了口气。然后是在重症监护室外的走廊上整日整夜地守候，焦虑而充满希望地等待，等待母亲从昏迷中苏醒过来。每天上午下午短暂而珍贵的半个小时探视时间，被亲友们分分秒秒珍惜地轮流使用。无数次俯身在母亲耳边轻声呼唤：妈妈，妈妈，你听到我在叫你吗？妈妈，妈妈，你快点醒来……

等待是如此漫长，一年？一个世纪？时间似乎停止了。母亲沉睡的身子把钟表的指针压住了。那些日子我才知道，"时间"是会由于母亲的昏迷而昏迷的。

两天以后的一个上午，母亲的眼皮在灯光下开始微微战栗。那个瞬间脚下的地板也随之战栗了。母亲睁开眼睛的那一刻，阴郁的天空云开雾散，整座城市所有的楼窗，都好像突然一扇一扇地敞开。

然而母亲不能说话。她仍然只能依赖呼吸机维持生命，她的嘴被管子堵住了。许多时候，我默默站在她身边，长久地握着她冰凉的手。我暗自担心苏醒过来的母亲，也许永远不会说话了。脑溢血患者在抢救成功后，有可能留下的后遗症之一是失语，假如母亲不再说话，我们说再多的话，有谁来回应呢？苏醒后睁开了眼睛的母亲，意识依然是模糊的，母亲只能用她茫然的眼神注视我们，那个时刻，整个世界都与她一同沉默了。

　　母亲开口说话，是在呼吸机停用后的第二天夜晚。那天晚上恰好是妹妹值班，她从医院打电话回来，兴奋地告诉我们妈妈会说话了——我和父亲当时最直接的反应是说不出话来。妈妈会说话，我们反倒高兴得不会说话了。

　　妹妹很晚才回家，她详细地复述了妈妈今晚在病床上一口气说的那些话。妈妈反反复复地说："太可怕了……这个地方真是可怕啊……你站在一个冰冷的地方……"妈妈的那些话，结结巴巴，断断续续，似乎在一场长长的梦魇中挣扎。她一生里曾经历的所有屈辱和苦难，如同无数记忆的碎片，在脑海深处闪烁浮游。她正在试图用嘴唇和牙齿与梦魇对抗，在语言中逃脱并复原自己。

　　是的，不管怎样，我们的妈妈会说话了，妈妈的声音、表情和思维，正从半醒半睡的噩梦中一点一点复苏。

　　第二天清晨我急奔医院病房，悄悄走到妈妈床边，问："妈妈，认识我吗？"

　　妈妈用力地点头，却叫不出我的名字。

　　我说："妈妈，是我呀，抗抗来了。"

　　由于插管子损伤了喉咙，妈妈的声音变得粗哑低沉，她复述了一遍我的话，那句话却变成了："妈妈来了。"

　　我纠正她："是抗抗来了。"

　　她固执地重复强调说："妈妈来了。"

　　我的眼泪一下子涌上来。"妈妈来了"——那个熟悉的声音，从我遥远的童年时代传来："别怕，妈妈来了"——在母亲苏醒后的最初时段，在母亲依然昏沉疲惫的意识中，她脆弱的神经里不可摧毁的信念是："妈妈来了。"

妈妈来了！妈妈终于回来了。

从死神那里侥幸逃脱的妈妈，重新开口说话最初的那些日子，从她嘴边奇怪地冒出了许多不连贯的文言文。探望她的亲友对她说话，她常常反问："为何？"若是有人问她感觉怎么样，她回答："甚感幸福。"那些言辞也许是她童年的记忆中接受的最早教育，也许是她后来的教师生涯中始终难以忘却的语文课。那几天我们差点儿以为母亲从此要改用文言文了，我们甚至打算赶紧温习古文，以便与母亲对话。

幸好这类用词很快就消失了。母亲的语言功能一天天开始恢复正常。每一次医护人员为她治疗，她都不会忘记说一声"谢谢"。在病床上长久地输液保持一个姿势让她觉得难受，她便不停地转动头部，企图挣脱鼻管，输氧的胶管常常从她鼻孔中脱落，护士一次次为她粘贴胶布，并嘱咐她不要乱动。她惭愧地说："是啊，我怎么老是要做这个动作呢。"胡主任问她最想吃什么，她说："想吃蘑菇。"她开始使用一些复杂的句式来表达自己的意思，却又常常词不达意，让病房的医生护士忍俊不禁。她仍然常常把我和妹妹的名字混淆，我们纠正她的时候，她却会狡辩说："你们两个嘛，反正都是一样的。"

如今再回想那一段母亲浑身插满了管子的日子，真是难以想象母亲是怎样坚持过来的。她只是静静地忍受着病痛，我从未听到过她有过抱怨，或是表现出病人通常的那种烦躁。

离开重症监护室那天，爸爸对她说："我们经历了一场大难，现在灾难终于过去了。"

妈妈准确地复述说："灾难过去了。"

灾难过后的母亲，意识与语言的康复却十分艰难缓慢。她明明是醒过来了，但我时常觉得她好像还在一个长长的梦里游弋。有时她清醒得无所不知，有时却糊涂得连我和妹妹都分不清楚。她时而离我很近，时而又独自一人走得很远；有时她的思维在天空中悠悠飘忽，丝丝缕缕不见踪迹；有时她又好似深深潜入了水底，只见一个模糊的影子和水上的涟漪……

但无论她的意识在哪里游荡，她的思绪出现怎样的混乱，她天性里的那种纯真、善良和诗意，却始终被她无意地坚守着。那是她意识深处最顽强最坚固的核，我能清晰地辨认出那里不断地生长出的一片片绿芽，然后从中绽放出绚丽的花朵。

若是问她："妈妈，你今天有哪里不舒服吗？"她总是回答说："我没有不舒服。"

我的表弟、弟媳妇和他们的女儿去看望母亲，在她床前站成一排。母亲看着他们，微笑着说："亲亲爱爱一家人（那是我小时候妈妈给我买的一本苏联儿童读物的书名）。"

母亲也许是听见了不知何处传来的乐曲声，她说："敞开音乐的大门，春天来了。"

医生带着护士们查房，在她床前嘘寒问暖。母亲微笑着夸赞说："这么多白衣天使啊……"又说："多么好听的声音。"还说："多么美好的名字啊……"护士们都喜欢与她聊天，她们说朱老师说话，真的好有意思啊。

有几天我感冒了，担心会传染给妈妈，就戴着口罩进病房。母亲不认识戴口罩的我了，她久久地注视我，眼睛里流露出疑惑的神情。我后退几步，将口罩摘下说："妈妈是我呀。"妈妈认出我了，妈妈笑了，妈妈心疼地说："你看你累病了，戴口罩很闷的，我没事，你回去休息吧……"

一日，胡医师亲自陪母亲去做脑部 CT，母亲躺在可移动的病床上，护工推着床下楼，经过医院的小花园，胡医师说："朱老师你很多天没有看到蓝天白云了，你看今天的阳光多好。"母亲望着天空说："是啊，今天真是丰富多彩的一天呀！"

母亲刚刚苏醒的那些日子，妹妹的儿子阳阳扑过去叫外婆的那一刻，妈妈还不会说话。但她笑了，笑容使得她满脸的皱纹一丝丝堆拢，像金色的菊花那样一卷一卷地在微风中舒展。那是我见过的最灿烂的笑容，一如冷傲的秋菊，在凋谢前仪态万方的告别演出。

母亲一生待人和气宽容。对于生活的种种磨难，她从来没有抱怨没有记恨。即便遭受如此大难，她依旧坦然承受着病痛，时时处处为别人着想。即使在她大病初愈脑中仍然一片混沌之时，她依然本能地快乐着，对这个世界心存感激。

也许是得益于母亲乐观平和的心态，母亲在住院几个月之后，终于重新站立起来，重新走路，自己吃饭，与人交谈，生活也逐渐能够自理。母亲回到了自己家里，几乎奇迹般地康复了。

我为自己有这样一位坚韧仁慈的母亲而骄傲。

我之所以写下这些，是因为我看到了母亲在逐渐苏醒的过程中，在她的理智与思维逻辑都尚未健全的状态下，所表现出来的人性中那种本真纯粹、绝无矫饰伪装的童心和善意。母亲从健康的青年时代直到病前的老年岁月，曾经给予我的教诲与爱，都在她意识模糊而昏沉的那些日子里，得到了真实的印证。

在一个人刚刚从昏迷中苏醒过来，当自我意识尚不能受制于理性控制的时刻，她所自然流露出来的思维和行为，应是她心中最坚实的内核与底蕴。

慈母手中线

冬至已过，新年将临，寒风凛冽，春节在即。远在外乡的游子们，将踏上探家的旅程。

世界越来越大了，如今，我们都在异乡的路上行走。

世界越来越小了，随时，我们都可能在某处相遇。

二十一世纪全球化的背景下，开放的中国，年轻或已不年轻的男人女人，离家创业辗转南北，漂洋过海求学深造，地球的每一个角落，都可见到华人的足迹。越来越多的中国人，正在成为海内外新一代的"游牧民族"。

重读唐代诗人孟郊那一首"游"遍华夏大地的《游子吟》，目光多次停留在诸如"慈母""归"（迟迟）"报"（回报）这些语词上。狭义之解："游子"之"出游"，因生计所迫，是无奈之举；一旦功成名就，理当回归故里、回报故乡，以寸草之心报得三春之晖。亲情、感恩、孝道——这是德清县政府举办"游子文化节"的原始动机和文化底蕴，也是儒家文化"仁""义""德"的核心理念之一。2003年的第一届"游子文化大奖赛"征文，作者的选材和作品基调，大多围绕着这一主题进行，其中不乏感人至深之作。

然而，孟郊老前辈也许没有预料到：这一个"游"字，原本是个动词，必然处于动态的发展变化中，一千年过去，汉字的重组，不断产生出新的语词——

有女如云

我们开始热爱"旅游",热衷于网上"游逛",商界对"游资"蹿动方向高度敏感而又充满警惕,人们对未来的决策和情感选择"游移不定"……无论是在商海中奋力"游泳",还是在都市水泥丛林里迷惘地"游荡",无论你是在职场上拼搏四处"游说",还是在互联网上登录博客打"游击"——

呵呵,只一个"游"字,就把你、我、他的现实生存现状,高度形象地概括了。尽管这些个让人眼花缭乱的"游"字,并非是孟郊先生"专有"的那个"游子"的"游",并逾越了原先约定俗成的"游子文化"的边界,但它也许会提醒我们注意到,在华夏土地上,传统农耕经济的逐渐萎缩,全球性的"游牧"生活方式的盛行,正在日益催化着社会的进步和时代的发展。具有更丰富的内涵外延、更宽泛广义的"游子文化",正在悄然地滋生、派生、衍生出来。

我们也许会逐渐认识到,传统"游子文化"中的"回归""回报"的道德内涵,与现代人"落地生根"以及"世界公民"的现代精神,彼此之间既有内在的传承性和相关性,又有传统与现代、恪守与开拓的矛盾冲突。写作意味着"发现和表述"——记录并表达每一个不同的个体写作者不同的感受与记忆。

因此,第二届新浪网"游子文化"征文,我们有理由对所有的征文作者,抱有更为殷切的期待:少一些陈词滥调,多一些真知灼见;少一些模式化的怀乡之情,多一些开创性的挑战之意;少一些泛泛的感情寄语,多一些对自我内心的探讨和挖掘;少一些人云亦云的附和,多一些个性化的思考与检省。

那一根延续千年的"慈母手中线",柔软坚韧,绵长无尽。在今天,它将重新挑动我们的哪一根神经,触碰我们哪一番思绪?有时候,一个小小的线头,会牵出一个生动的故事,一段遗失的情感,一个未曾涉及或被疏忽的话题。

假如再做一次女孩

假如让我重新做一次女孩，最重要的事情，我仍然要选择现在的妈妈做我的妈妈。我的妈妈和别人的妈妈不一样，别人的妈妈操心孩子吃饭穿衣那些琐碎事情，她都是马马虎虎的；可无论你对她说什么，她都仔细倾听，帮你出主意，就像一个真正的好朋友。有人说她有一颗童心，我觉得她倒是像一个女孩。和她在一起，总是很轻松很开心的。我认为一个家庭无论贫穷还是富裕，假如有一个好妈妈，天上的太阳就会永远微笑。

假如我重新做一次女孩，希望自己能长得胖一点儿，当然个头还是像现在这样。太瘦的女孩看上去像个精灵，人都以为你聪明得不得了，会让你很心虚。长相倒无所谓，不要太丑就行，只是眼睫毛应该长一点，像个布娃娃，傻傻的好可爱。然后扎一把粗黑的马尾辫，再系上一只漂亮的蝴蝶结，玫瑰红色或天蓝色，我在风中奔跑的时候，蝴蝶结像翅膀那样飞起来，我就变成了一只风筝。

假如我重新做一次女孩，我一定要穿超短的连衣裙和背带裙，格子的、小碎花的都好看，配一双白色的连裤袜，还有一双小红皮鞋。我希望自己的房间，有一张小床，墙上贴满了我喜欢的画，当然不是明星头像什么的，我可不想当追星族，长大了我只想过一种散淡普通的生活，做一点自己喜欢做的事情。当然，这些都没有关系，我真正想要的是一架钢琴。我奇怪现在许多女孩怎么不喜欢钢琴呢。我一直梦想自己的琴声从窗口飞出去，引来许多五彩缤纷的小鸟，叽叽喳喳聚集在窗台上，为我的琴声伴奏。练琴虽然有点儿乏味，但美丽的音乐会滋养女孩的心灵，让她变得丰富而温情。弹琴的女孩会有一双纤细灵巧的手，她不需要说很多的话，琴键就替她说了。也许，练琴的女孩学电脑会比别人更省力些呢。

假如我重新做一次女孩，暑期里，除了游泳、看电视、打游戏机、练琴、到外婆家去，我仍然会学习做饭烧菜，学习自己钉扣子缝衣服，坚持写日记，并且看很多很多的书。我仍然会喜欢童话，少儿大百科和儿童文学，但我一定要看一些大人的书，包括爱情小说和侦探小说，我认为这样才会有更强的抵抗力。也许我还会偷偷写点什么，但不会再寄出去发表。过早发表习作，会使一个女孩误以为自己天生要当作家的，就像一棵树还没长大就开花结果，把底肥都用光了，而枝干却孱弱，将来支撑不起一树繁花。

假如我重新做一次女孩，我会玩命学外语，最好是英语，全世界通用的。我的少女时代，在杭高学的是俄语，当时自以为成绩还不错，后来不用都忘光了。外语不好的人，走出国门后，就像聋哑人似的，对世界的了解有点儿残疾。即使不出门，在网络上也走不远、走不顺畅。当全球一体化时代到来，就更寸步难行了。不能与各种各样的人对话，也会减少许多人生的乐趣。

假如我重新做一次女孩，我希望自己柔声细气地说话，不要那么爱哭爱生气，不要那么咄咄逼人凶巴巴的。我要做一个开心女孩，一个玩笑大王，最好什么都不在乎，心情总是万里无云的。我不会再和爸爸顶嘴，我挽着爸爸的胳膊去散步，像朋友那样对他说："嘿，哥们儿！"

假如我重新做一次女孩，无论别人对我说什么，我都不会再轻易相信。我只相信自己的眼睛看到的，自己的耳朵听到的，自己的心感受的。我不想被任何人和事摆布，更不会非当"三好学生"、班干部不可，更不会一定要成为全班最优秀最出色的女生。我曾经是一个什么都相信的女孩，下一次，我会凡事多问一个为什么，学会独立判断。

假如我重新做一次女孩，我希望自己的心是软的。

假设有那么一个雨天，那个拾垃圾的农村妇女又一次湿淋淋地从我家门前经过，我会像妈妈那样，在雨中追出门去，交给她一顶草帽，哪怕是一块塑料布，她惊讶地回头时，我就像小白兔那样跑掉了。

其实，世上根本就没有什么"假如"，每个人的人生都不可重新设计。当你从小女孩长成一个女人的时候，那些遗憾会让我们越发珍惜生命。

江南诗性

德清外婆家

外婆早已不在了，但还是常回德清去。德清的洛舍镇，是母亲的故乡。

在我离开江南去了北方后，母亲的故乡至今时时在我的梦里浮现。那金色的油菜花和紫色的蚕豆花，还有冒着热气的肉馅糕……轮船突突地穿过高高的石拱桥，水浪拍打着岸边的泥土，一个码头又一个码头，回故乡的路如此漫长。

近年来再回德清，那种五十年代运河里的夜航船早就没有了，就连六十年代的小火轮也不见了。先是听说县城通了公路，后来，汽车路通到了东衡里。曾有一次，是坐船到东衡里，再坐汽车回杭州的，看得见镇子东头正在修筑的路基。亲戚们都说快了快了，你下次再来，从杭州一口气就到洛舍了。

果然，下一次，从杭州到洛舍，上了公路，一个多小时，真的不敢相信这么快就到了。犹如一只飞船，从河港的水面上唰地飞过去。就好像一道道河上的那一座座石桥，全都转过身连成了路。若不是街上镇里的熟面孔，差一点就怀疑自己是到了另一个地方呢。

这些年去洛舍，多半是为了给外婆扫墓，或是陪母亲探望老家的亲友。二十多年以前外婆还活着的时候，我和妈妈几乎年年春节都要去洛舍过年。镇子里的亲友，都说是看着我长大的，这么多年不见仍是亲热，这一家那一家走走，喝一碗洛舍特有的烘青豆茶，余香久久不散。洛舍的饭菜是妈妈的最爱，南平、延平舅舅和爱群、小怡舅妈，每次都会烧出一桌美味的饭食，让我们大快朵颐。清蒸甲鱼、油爆河虾、红烧鳝段、千张包子、糯米肉丸，还有走遍中国也难以吃到的清汤鱼圆，令我即便回到北方嘴里仍留有鲜味。那一年春天，延平舅舅给我烧过一次豌豆咸肉菜饭，直到今天还是念念不忘。

许多年过去了，如今洛舍的长街上商店林立，建起了一幢幢楼房，昔日宁静的小镇明显地热闹了许多。南平和延平舅舅各自都开了一家小商店，生活也比以前好了许多。最难忘的是洛舍的文化站，街边上一幢不起眼的小楼，却拥有电影院、娱乐室和藏书几千册的图书馆。站长孙则民先生早年在杭州大学任职，1957年打成"右派"，颠沛流离历尽坎坷，七十年代末得到改正后回到洛舍担任文化站长，对乡镇的文化建设有一整套构想。在得到镇里的支持后，多方筹集资金，把自己的全部心血和精力都投身于文化站的建设。在孙先生多年持之以恒的苦心经营下，洛舍文化站成为洛舍镇民不可缺少的文化场所，并获得了"全国特级文化站"这一来之不易的荣誉。

有一年春天，我从北京回杭州开会，"五一"期间，相约杭一中的同班老同学燕君和李梅，专程去陆家湾看望当年插队时的村书记陆呆大。（1969年春天，我曾在陆家湾下乡三个月，后来离开那里去了北大荒。）陆呆大年轻时就是一个专心"促生产"的实干家，在他的领导下，陆家湾大队在六七十年代就早早集体致富，每户的平均收入在全县都遥遥领先。我离开德清后，他从村书记提升为德清县主管农业的副县长，为人正派耿直。八十年代末他从县委副书记的位置退下来后，回到陆家湾，在村边的水塘搞起了家庭养殖业。我们从杭州去看他，他早已提前把亲自养殖的鱼虾鸡鸭挑出来捉住杀了烧好，真心诚意地招待我们大吃一顿。那天中午他喝了一点酒，说起社会上的腐败现象，神情黯然十分痛心。如今一晃又有好几年没见到他了，真的好想念他。

陆家湾依然山清水秀，当年的石板小道都改成了宽阔的汽车路，许多家都通了电话，村民安居乐业怡然自得。回洛舍镇的路上，经过烟波浩渺、水色苍茫的"洛舍漾"，远远地望见浅淡的湖中央齐整的鱼寮、白色的网箱浮标和悠悠的打鱼船，不觉心旷神怡。洛舍漾湖面开阔，水色清柔，近处高高的堤岸边是青青的桑树地，远处视线可达无垠的天际，恬淡的水波中传递着一种江南水乡的神秘，水天一色的辽阔彰显大家气派。

洛舍漾是我最喜欢的一个地方。当年插队的时候，有一次，从镇上搭村民的小船回陆家湾，错上了一条洛舍漾"彼岸"那个县的小船，船上的农民一路上跟我们三个杭州女生调侃，非要我们嫁到他们那个村子去给他们的儿子当老婆，弄得我们又羞又恼，上了岸赶紧落荒而逃，记不得最后是怎么回到陆家湾的……

德清历史上就是富庶之地，江南的鱼米之乡，风调雨顺自然条件得天独厚。近年来，为了使德清的经济文化发展再上一个台阶，县委县政府各部门的业务干部，几乎每年都要进京一次，隆重会见各路神圣，广结良友。洛舍的乡党委原书记潘月山，曾亲自到北京我的家里登门拜访，希望我对故乡多加关注。他调离洛舍之前，又亲自陪同新任的洛舍镇党委书记陈佐平先生，再次到我家探望，把这一层"亲戚"关系交到下一任"父母官"手里，可见潘书记对洛舍的这份感情与责任。

那一年，我曾应潘书记之邀，专程回洛舍"探亲"并参观了乡镇企业。木器加工厂和钢琴厂厂区优美的环境，给我留下很深的印象。其实在那之前，我早已知道洛舍钢琴厂艰难的创业史，还曾为"伯牙"牌钢琴写过一篇名为《高山流水听乡音》的文章。近年来钢琴厂在激烈的市场竞争中一度陷入困境。我回京后曾为其多方寻找合作伙伴，可惜终是未果，内心一直歉疚。

那一次离开洛舍后，顺道去了德清的新县城武康，我惊讶地发现，德清变成了一座漂亮而明亮的现代化新城。那所教学设施一流的德清中学，优质的绿茵场、崭新的教学楼，与省城最好的中学相比也毫不逊色。另外，宽阔整齐的街道、设备优良的德清县电视台、服务设施一应俱全的宾馆……那已经完全不是我童年记忆中古老而陈旧的德清城了。德清像一个返老还童的婴儿，昔日的衰老已踪影全无，变得清新健康，充满了生气与活力。

一次一次、一年一年，每次"探亲"都目睹了故乡的变化。就像亲眼看着一匾壮实的春蚕，一层一层地蜕去陈旧的皮壳，一点一点地长大，然后结茧吐丝，一针针一梭梭织出一幅幅华美的锦缎，在杭嘉湖平原上如彩虹般绚烂。虽然，幼时记忆中洛舍镇上那湿漉漉的青石板路、临水架柱的老屋以及带有窄窄廊棚的"南海"小街，还有土地庙、镇子西头那座古老的拱形大石桥，都已随岁月的流逝而逐日消失，令我每次回洛舍总有一种难言的酸涩与遗憾，在心头徘徊不去。曾经在心里暗暗希望着洛舍的老镇老街老宅，也能像南浔、西塘那样的江南古镇被妥善保存，成为颇负盛名的旅游之地，但我知道，那已经永远成为一种儿时的回忆，一个不可再现的梦。

老镇正在无可挽回地颓败与破落下去，而一个充满现代气息的德清、一个更为富裕的德清，正在拔地而起。愿这片丰饶的土地上，

　有女如云

生长出同样壮硕的精神与文化之树。

算起来，外婆过世已经二十六年了。但外婆的灵魂依然飘荡在德清这片土地上空，守望着洛舍漾的青山绿水。外婆不在了，但母亲的故乡德清依旧让我牵挂。没有外婆的德清，它仍然是、永远是我的外婆家。

防风神茶

知道"防风神茶"其实是 2001 年的春天了。此前将近半个世纪的时间里，我仅仅只听说过德清一带是"防风古国"的属地，并未听说过"防风神茶"这一古风尚存的民间饮品。

幸而那年德清县史志办的表兄姚达人和德清县文联副主席杨振华先生来探望我母亲，带来了两盒德清三合乡自产的"防风神茶"，当我终于弄清楚这"防风神茶"即是我童年时代熟悉并喜爱的"烘豆茶"，我竟然像是见到了一位离去多年的老友，心里生出些微的感动。

小时候，每逢暑假和春节，妈妈定是要带我去德清洛舍镇的外婆家住些日子的。

在镇上的亲戚家串门，几乎家家都会给客人沏上一杯烘青豆茶。这茶必用中式的瓷盖碗沏泡，底座有托盅，掀开杯盖，瓷碗上大下小，碗口略敞，可见满至碗口三分之二处的水上，漂着几丝金黄色的橘皮和几片绿色的茶叶，一粒粒小如草籽儿的黑点点，在水中悠悠沉浮；眼尖尖地往碗里盯下去看，有十几粒碧绿的青豆，皱皱地静躺在碗底。绿的绿黄的黄黑的黑，几种不同的色彩在水里上下晃着，很生动的样子，像一只五色斑斓的金鱼缸，煞是好看。大人说：

盖上盖上，等会儿再喝。不多时，再次掀开碗盖，那茶水渐渐就显出颜色来了，一池清澈透亮的浅绿，从青豆里浸润出来的汁液溶在水里了。

乡里人说，这是烘豆茶。只有德清这地方的人吃呢，城里是买不到的。

小心地喝一口，一股清香味扑鼻而来。咬着一丝橘皮，滑溜溜的有些酸涩；嚼到一粒黑草籽，在齿下嘎嘣一声脆响，有奇香袭来，奇怪的是那茶水略有咸味，解渴又爽口的。几道开水续过，茶水已淡，喝到见底，有人递过筷子，说你将那些青豆夹来吃吧。青豆已被茶水泡涨，肥壮饱满，吃在嘴里，韧得很有嚼头，嚼着嚼着，满嘴是香了……

曾好奇地问：这黑色的小草籽是什么呢？香得我嘴馋。

——野芝麻。乡下也叫卜芝麻，山坡地边都有，秋后剪下枝条，晾在匾中晒干了，像收油菜籽那样敲几下，一粒粒野芝麻就从荚里掉下来，形若小米，炒熟了，比芝麻还香……

烘豆茶的味道真的很特别，从此一直留在我童年的记忆中。可惜到了六十年代后期，烘豆茶突然消失得无影无踪，随后是很多年——几乎整个七八十年代的空白。曾经问过外婆，外婆说农民的自留地都没有了，青豆自然也没有了。那些青豆采下、剥开、用盐水煮熟，然后要在微红的炭火上慢慢烘烤熏制，很费功夫的。那时节谁还有那样的闲心和工夫呢？于是烘豆茶就被当成资本主义尾巴割掉了。

怅然之下，我曾以为此生再也喝不到烘豆茶了。

到了九十年代，一次回杭州探家，妈妈在厨房里忙了好一会儿，端出一只茶杯，很神秘地说："给你吃一样东西，是亲戚从洛舍送来的，不知你还记不记得呢？"

掀开杯盖，我闻到了童年的气息，从水天一色的洛舍漾上飘来——我思念的烘豆茶，奇迹般地出现在眼前。绿的绿黄的黄黑的黑，颜色真是配得和谐沉稳，青豆橘皮野芝麻胡萝卜丝还有少许茶叶，在水中斑驳交错起伏，如同一群从远方归来的游鱼。

德清外婆家的烘豆茶回来的日子，就像外婆远走的在天之灵，重又回来看望我们了。

那以后，凡有德清老家的亲戚给妈妈送来烘豆茶，妈妈必定会分出其中一部分，亲自从邮局寄往北京。一小包绿得青翠的烘豆、一小瓶橘皮和野芝麻拌好的"调料"。然后，我独自一人在厨房来回走动，开水在炉子上响起来，还有杯盏清脆的碰撞声。我虔诚而隆重地沏泡烘豆茶，就像在完成一种神圣的祭祀仪式。

曾有一次用它来招待我的北方客人，烘豆茶端上之前，很神秘地作了渲染，示意此茶是何等珍贵。忙碌了一番之后，上茶了，客人揭开杯盖，小心啜一口，脸上的表情有些复杂。我得意又紧张地问："怎么样，味道很特别吧？"客人们面面相觑，不出声地咀嚼着，少顷，终有人忍不住反问说："这茶，怎么是咸的呢？就像菜汤，对，这明明是一碗汤嘛……"

真是很扫兴。忽然明白，一个人幼年的记忆，其实是无法与人分享的。

烘豆茶之风味特色，恰恰就在微咸略苦的奇香之中。在偏爱甜食的江南，这稍带咸味的烘豆茶，确实是与众不同。其实它全部的妙处，就在于烘熏青豆以及腌制橘皮芝麻时，用了微量的盐。温温的茶水经过咽喉的那个瞬间，我能感觉到青豆在水中浸出的咸汁中所蕴含的勇气和力量，还有一种与如今江南民风迥然相异的粗犷与野性。

"防风神茶"的突然归来，令我欢喜备至。从烘豆茶到防风神茶，并非摇身一变，而是一个换回了自己原先旧衣衫的故人。几十年过去，我依然认识他，熟悉他身上飘散出的来自远古的气息，英武洒脱，然而凄然悲怆。

童年在洛舍外婆家，曾听过民间流传的有关防风氏的神话故事，可惜年代久远，竟然记不住多少了。只知防风氏是古越先祖，夏禹时代杭嘉湖地区的一位诸侯，也是治水英雄，据说身材奇高。达人表兄后来为我寄来了有关"防风氏"的资料，方知四千年前，位于钱塘江流域与太湖流域间的防风古国，其统治中心方圆百里，包括今湖州市所属德清、长兴、安吉三县。德清二都的封山（俗称防风山）、禹山（俗称长子山）和下渚湖（俗称防风湖）是当时风景幽美的地区。源自天目山的东苕溪，经瓶窑、安溪与二都下渚湖相连。近年来发掘的良渚文化遗迹，亦可寻见防风古国与其相关的种种渊源。当时已进入父系氏族社会末期，农业生产开始开渠排涝，种稻养蚕，良渚黑陶、手工业、冶炼、水上交通亦已渐成气候，防风古国呈现出一片兴盛情景。

据《史记》记载，公元前2198年，中原华夏部落军事联盟的最高首领夏禹巡视江南，在今绍兴会稽山召集各地诸侯会议。因防风氏曾劝阻并反对禹企图破坏禅让制度，传位于其子启的决定，于是禹借赴会迟到之罪名，杀害了防风氏，制造了我国历史上第一桩千古冤案。防风国的先民纷纷外迁出逃，防风国也因此日渐衰微……

人们一直赞颂夏禹，却回避了夏禹执意"开创世袭制"先例的这一重要事实。

如此看来，防风氏是一位具有原始民主意识的斗士。我的德清外婆家丰饶的鱼米之乡，在远古竟然曾是一片孤独而自由的土地。

防风氏悲壮地乘鹤西去。只有四千年前防风古国的"烘豆茶"，仍在德清一带民间流传至今。

有女如云

如今，在德清三合乡二都封山之麓，下渚湖之滨的防风王庙原址上，已重建起防风氏祠，再铸防风氏塑像。祠前树立了防风神茶记碑。碑文如下：

防风神茶记

吾乡为防风古国之封疆。相传防风受禹命治水，劳苦莫名。里人以橙子皮、野芝麻沏茶为其祛湿气并进烘青豆作茶点。防风偶将豆倾入茶汤并食之，尔后神力大增，治水功成。如此吃茶法，累代相沿，蔚成乡风。此烘豆茶之由来，或誉防风神茶。然佐料因地而异，炒黄豆、橘子皮、笋干尖、胡萝卜，不一而足，各有千秋。但均较此间烘豆茶晚出。邑产佳茗著录茶经，风味更具特色，宜乎有中国烘豆茶发祥地之桂冠也。爰为立碑纪念，茶人蔡泉宝策划，县乡领导主与其事，并勒贞珉传之久远。

丙子十月谷旦卢前撰文郭涌书丹

从此，每逢农历八月二十五日，自发前来祭拜防风氏的乡人无数。

防风氏殁后，防风国的古代文明依然在民间流传。延至唐宋，距二都西十余里的上柏报恩寺，以及周边许多寺庙，均受防风古国地域茶文化的影响而崇尚茶道。相传历代名流如陆羽、苏轼、沈括、康熙皇帝，都曾到过防风古国地区的二都、三合、洛舍等地游玩，考察风土民情。防风古国的山水茶汁，也养育了孟郊、俞樾、俞平伯等一批杰出的文人学者。

然而，防风氏以性命相争的禅让制，在漫长的悠悠岁月中，却已被世袭制所替代并延续四千余年。细细品尝那微咸的茶水，咀嚼着韧性的青豆橘皮，我竟闻到了血与汗的苦涩气味。我想防风氏定是死不瞑目的——也许，他留下这"防风神茶"，正是以期为世人洗心醒目。如今江南的烘豆茶风味依旧，然而，防风氏的风骨却难以寻觅了。

下渚湖湿地探幽

下渚湖，一片宁静幽雅的江南湿地。位处浙江德清县武康县城东南，一个叫二都的古村边上。尽管事前已听说了它的种种奇妙之处，以及关于它的古老传说。在今年初夏时节那一个斜阳烂漫的傍晚，当我贴近烟波浩渺的宽阔水域，进入河汊曲折的深处，穿越幽然静谧的水巷长廊——这一大片新近开发、少为人知的水乡胜景，仍然大大超出了我的想象。曾走过许多名胜之地，往往总是声名大于亲见实感。而这个卧于绿野、羞于面世、沉默而含蓄的下渚湖，却是一个令人惊叹的例外。

若是再不去下渚湖，也许真是枉为杭州人了。毕竟，它离杭州只有半个小时车程，不说近在咫尺，也算得是杭州的后院啊。

下渚湖，古称防风湖。中心湖区达 1890 亩，比西湖略小，湿地面积 5 平方公里。北依防风山，水源之一的余英溪汇入东苕溪，属南太湖水系，很久以前，古运河曾从中穿境而过，沼泽河汊草滩相连，素有蓄水防洪的"天然海绵"之称。在以水运航行渔业水生经济植物为主的江南水乡，历经数千年岁月风雨，竟然留有保存如此完好的"观赏性"湿地，应是天赐浙江人的福分了。

坐船走下渚湖，轻轻掠过悠悠的水面，那种微微的眩晕，有点像一次想象的梦游。

船码头设在碧绿的河湾里，狭长的河湾像一支低调的序曲。水路渐宽，熟悉的水乡河港，船过浪涌，没了泥岸的水线，又缓缓退去。窄窄的河口，水里隐现着一排齐整的竹篱，是养殖户的鱼寮。船上电瓶发动机的声音戛然而止，像是屏息静气的呼吸，船身无言地滑过竹篱，水面静寂无声。船声复起，在水上划出长长的弯曲弧线，前方豁然开朗，视线所及是一片连天的碧水，饱满得像是要溢出来了。这就是被当地人通常称为"漾"的湖泊，也是下渚湖的主体。望得见东北角的湖岸边，两座葱郁的小山，名为和尚山和道观山，中间以细长的扁担山相连。传说夏禹时代防风氏治水，因挑土的扁担断裂，由洒落的土变成。山不高，满山苍翠的乌桕树，镶嵌着星星点点的白。白色鲜活，时而闪动，一片片绕着绿山升腾盘旋。船近了，看清那飞翔中的白色，竟是一群群硕大的鹭鸟。白鹭的翅膀在水面掠过又飞升，从容栖息于树冠，那座小小的绿岛，像是开满了巨型马蹄莲。因下渚湖的生态环境保护多年如一，数量繁多的白鹭群，年复一年在此生息，已经成为下渚湖最具观赏性的景色之一。小船远去，回望湖上两座小山精巧秀美的倒影，人说犹如美女的双乳，也确有几分韵味。

　　斜阳渐稀，小船经过一处建有竹楼茶屋的小岛，慢慢偏离湖区中心，驶入边缘的湿地水域。眼前是一条隐没于高草中的丝绸水道，宽度刚容得一条小船通过，伸手可触岸边的湿漉漉的树根。水道如巷，一个弯连着一个弯，眼见得船头抵住了前面土墩，已是山穷水尽了，船尾一摆，迎面陡然一道闪亮的水色，长巷又朝着芦苇深处延伸而去。两岸是茁壮的竹林、茂密的芦荻和苇丛，散发出潮湿的草叶气息。偶有几株高昂的松树（还有并肩缠绵的情侣松），突兀地立于高地，透出一种防风古国桀骜不驯的骨气。间或可见几只毛色鲜亮的农家鸡，在竹林里漫步觅食，这些散养于小岛上的家禽，吃尽新鲜的活虫鲜虾，一日日健康成长，到了秋季，主人只管上岛来捕获即是。所谓桃花源者，想必也不过是此情此景罢了。

船儿径自往前，如在陡峭的山路上盘旋，弯儿拐得越发频繁。竹叶扶疏，树影婆娑，左边一棵桃，右边一株梅，让人想象春天的日子，在落英缤纷的水流中漂泊，该是怎样的惬意和曼妙。水巷忽然就幽暗下来，两岸的树越发密集了，像是在小镇的一条廊棚长街里穿行。异香袭来，水汽醇厚，只见一棵棵百年树龄的古香樟树在水边依次伫立，水路顿时似被树叶的浓影阻塞了。那一段悠长的巷道，扬脖仰面睁大眼睛，一阵慨叹接着一阵惊呼，一个意外连着一个意外，也许世界上唯有江南湿地的水巷两岸，会生长着如此壮观的古樟树群落。小船贴着盘根错节的树根青苔缓缓滑行，天空消失在树冠里，水巷隐没在树荫里，脑中闪过亚马孙河原始丛林间的诡秘河道，那一刻已不知自己身在何处……

据说下渚湖整个湿地水域中，隐伏岛屿台墩六百余座。湖中有墩，墩中有湖；港中有汊，汊中套港。弯弯绕绕走了近一个时辰，就像走失在一座巨大的水上迷宫里。

天色渐渐明朗，船已驶出水巷，前方是恬淡辽阔的湖面，远远可望见岸边农家隐约的白墙。小船像是在绿色的田野中行驶，两侧漂浮的菱莲莼菰的嫩叶，随着波浪起伏。一只青灰色的苍鹭，蜷着身子懒懒地蹲立在养殖场水中的木柱上，两只长脚鹭鸶拨开水面凌空起飞，三只黑白相间的沙鸥盘旋不去，四只野鸭泰然地逐波浮游。最喜是一群乳毛未干、淡黄色的鸳鸯小雏，扑扑地啄着水草，欢快地溅起水花，雀跃着钻入油汪汪的水葫芦叶片下去……

德清德清，你拥有满山翠竹的清凉莫干山，已是你不竭的财富和荣耀；你还藏着这一片扑朔迷离的下渚湖大湿地，让人一时把杭州西湖都暂时忘却了。

相传当年大禹为表彰防风氏治水有功，特赐封禺山方圆百里，立为防风国，为良渚文化的发祥地之一。游历了下渚湖的美景，再听奇异的防风氏神话，德清的自然山水，在历史的风烟中更增添了人文的重墨。

二百年前，剧作家洪昇有诗曰：地裂防风国，天开下渚湖。三山浮水树，千港划菰芦。

这"天开"二字，尽得下渚湖幽深野逸之神韵。

只求今日游人纷至沓来探望下渚湖时，多多存有维护下渚湖原始风貌的一份爱心。

湖州韵味

湖州，傍湖之洲。

湖州，太湖之舟，如当年东吴水师的百万船阵，集结于南岸，雄姿英发。

湖州，杭嘉湖平原北端，一座有两千多年历史的江南水城，一座融山水自然与人文历史名胜于一体的现代城。

此生怎能不去湖州呢——那个好看、好吃、好玩的湖州。

去湖州观水——烟波浩渺的太湖，海一般邈远壮阔。犹如丝绸爽滑柔软的太湖水，悠悠穿城过巷。水是城池的命脉与灵魂。遥想当年，吴地先民逐水而居，遍地青葱娇嫩的野菰（茭白）依水而生，是何等富庶的鱼米之乡。公元前248年，春申君黄歇在此筑菰城，置菰城县。历时两千余年，湖州人被苕溪水系滋润着，水乡泽国的灵性养育了湖州人聪慧温婉、仁礼柔和的品性，民风勤勉淳厚，言语绵糯曼妙——听湖州人说话，也如傍溪听泉，耳畔鸟语流水，很是享受。

去湖州礼佛——朝拜古朴精美的观音圣地铁佛寺、法华寺，可感受佛教文化的博大精深。飞英公园里那座全国唯一的"塔中塔"，始建于北宋开宝年间，取佛家经典"舍利飞轮，英光普现"之义，命名为飞英塔。塔身七层八面，通高五十五米，高峻挺拔、雄浑古朴，翼角平伸舒展，檐面简洁朴实，每层立面雕有精湛的佛像，刻石雕工精细，线条流畅。此塔内塔为石筑，外塔为砖砌。走入飞英塔，再沿着阶梯盘旋而上，即可内观唐塔，外瞰湖光。"塔中塔"是为保护唐代石塔内供奉的云皎僧人自长安取回的七颗舍利和阿育王饲虎面像，而特意修建的。如此别具匠心的两层结构，堪称湖州一绝，"国之瑰宝"。

去湖州看庙——湖州有一座"庙里庙"。湖州的府城隍庙曾历三代城隍神，至明代万历年间，为纪念勤慎耿介的湖州知府劳钺，于庙中专修"劳公神庙"，即成"庙里庙"。后人立此庙独具匠心，其情可感，此为湖州二绝。

去湖州过桥——那座我幼年时就听闻的著名潮音桥，石砌三孔拱桥，阶宽坡缓，弧线优美，如长虹飞渡。桥下西侧桥孔有小路可供行人通行，亦称"桥下桥"，是湖州三绝之一。

去湖州赏树——水乡湖州城内，有一座古木纪念馆，古木奇观如精美化石，叹为观止。可知树根纳水蓄水，天下之树皆有水缘。

去湖州登山——山不在高，藏史迹则幸。登临仁皇山，探访仁皇盛景，一并将仁皇阁、仁皇寺、民俗文化街、文化创意园收入眼底。

去湖州赏月——南太湖畔造型新颖别致的月亮湾酒店，天边月、水中月、云里月，新"三潭印月"就在窗前。湖州月夜，举杯邀嫦娥玉兔共饮，长袖善舞桂树水影，犹如住进了月亮里。

去湖州，一定要看夜景——由滨湖码头解缆起步，沿黄金湖岸款款绕行。湖州是一粒夜明珠，在夜色里熠熠生辉。

去湖州，一定要坐船——水乡的街在水上，坐船看风景，荡悠悠晃悠悠，方能体味苕溪水韵。

去湖州，还有一项文化活动不可或缺——走访中国湖笔博物馆，中国优质毛笔的聚集地，博览名闻天下的湖笔种种妙处，还可亲见湖笔的制作技艺。湖光山色出湖笔，湖笔挥毫见真情。

去湖州，如同阅读一部活的史书——观览项王码头、项王公园，传说西楚霸王项羽曾在此蛰伏多年养兵蓄锐；瞻仰陈英士故居、陈英士墓，一睹民国志士风采；还可去观摩赵孟𫖯真迹碑《胡笳十八拍》，探访赵孟𫖯故居旧址，寻觅"管夫人"与赵孟𫖯情深意笃的遗踪。

湖州的古迹散落城中各处，须从容穿街走巷，才能将湖州的妙处细细品味。东吴双塔已嵌入如今的商业街区爱山广场一带，在熙攘热闹的市区游逛，时尚风貌扑面而来，还可欣赏或购买湖州美丽的丝绸锦缎。穿梭于衣裳街历史文化街区的高门古宅，于庭院深处，寻访吴地的民俗风情……

湖州十景，何止是十景呢？移步换形，仰察俯瞰，湖州城里城外，处处风景。湖州城的每一片瓦砾，都渗透了千年的文化精粹。

去湖州，定要多住些日子才好。去湖州寻故事、听故事——小城故事多。就如这一本《水韵菰城》中所写的那些故事：才子佳人、壮士豪杰、文人墨客、商贾廉官、浣纱女、采桑女……英雄与爱情，千古佳话。柔情似水，风月无边。说不尽的湖州。

何况，湖州早已不是小城了。历经两千余年历史风云，昔日秀雅清丽的湖州，已然有了一种厚重绵长、开阔博大的气韵。

行走在湖州街巷的轻风艳阳之中，渐生微醺之感。那是湖上桥下蒸发的氤氲水汽，是小窗飘来的粽子鱼丸千张包的香味，是太湖白虾细嫩清口的鲜味，是柔软的丝绵被在阳光下晒得暖洋洋的气息……那是外婆家的味道。是世道安稳的太平气味。舒适安逸的湖州福地，从古到今，自有一种善意、宽待、温情的韵味，源远流长，生生不息。

我忆菰城，我爱湖州，不仅因为湖州是我的外婆家，难忘血脉亲缘；更因我懂得湖州之美——轻灵、精致、含蓄、柔韧。

湖州人爱湖州，会把湖州悠远的文化珍藏，点点滴滴保存下来，传承下去。

外来的游客若是爱上湖州，就把湖州的韵味，带去天南海北了。能不忆湖州？

有家真好

　　家，首先是一所房子，有梁柱的支撑和坚实的墙壁。父母是房子的屋顶，可遮风避雨，抵挡冷雪酷日；孩子是房屋的窗户，使房子里新鲜空气流通。在这所房子里走来走去的，是许多欢乐的笑声。门是家与外界的通道，所以家不会与世隔绝。屋顶下，每人各有各的房间，有聚有散，互不干扰。家一定有厨房，可以烧出美味的食物，所以在冬天，家里也是热气腾腾。

　　家，是一辆汽车，可以送你到很远的地方去。父母是轮换开车的司机，孩子是乘客。到了父母年迈的时候，孩子就当上了司机，父母变成了乘客。开车的时候必须小心翼翼，不能违反交通规则。一般来说，遵纪守法的人家，像开车一样，不容易出事故。即使车子偶尔会有些小故障，平日注意保养，就可以尽量避免损失。还有，车子是需要经常加油的，所以一个家就需要有多多的收入。作为家庭的成员，不能只用油不加油，因为油用完了车子就走不动了。作为乘客的时候，如果只会消耗油料无法加油，那么经常抽空擦洗保养一下汽车，司机也会很觉安慰的。

　　家，是一棵大树，在土壤里有很深的根，经风沐雨岿然不动。它把养料输送到枝条和树叶里，然后结果打籽，一代一代延续下去。一个人丁兴旺的大家族，就像大树上筑着许多鸟窝，小鸟们叽叽喳喳很热闹的。树很怕蛀虫和白蚁什么的咬噬，台风来了，坚持不住的是有虫疤的树。大树倒下时，在地上留下一个大坑，看了很令人伤心。所以大树需要爱护，整枝、打药、浇水，件件事情马虎不得。

家，是一首轻音乐，让人心旷神怡。烦了累了的时候，音乐响了起来，人在外面被那些震耳欲聋的迪斯科摇滚乐轰炸得疲惫的神经，会像丝弦一样放松下来，感觉到有一点陶醉和惬意。轻音乐的演奏不需要庞大的乐队，不像交响乐那么雄壮，于是待在家里的时候，请抓紧时间享受那欢快而轻松的乐曲，它会让人忘记许多不愉快的噪声，然后想一想以前和以后美妙的旋律，日子就像流水一般过去了。

安安静静一个家

　　其实，我对于"家园"并没有什么奢望。

　　我甚至很少使用"家园"这个词。我的祖籍广东，出生地杭州，十九岁离家去北大荒下乡，二十七岁到哈尔滨上学，八十年代中期开始在北京定居，二十年中三次搬家——如此四处游走漂泊，早已淡薄了传统意义上"家园"的概念。

　　使用"家"或是"住房""居所"这些语词，会使我感到亲切实在。

　　那么我的"家"和"居所"应该是什么样子的呢？

　　以前房子拥挤的时候，就希望面积能略大一些，好放下那些越来越多的书籍。那些买来的或是别人赠送的书与日俱增，书橱里实在塞不进去了，就一本本摞起来，堆在墙角和走廊里。半夜里常常被沉闷持续的坍塌声惊醒，昏沉中疑是地震，冲出卧房去看个究竟，却被绊倒在满地狼藉的书堆上……

　　房子略大了一些之后，就希望周围的噪音能小一点。汽车声电视声人声市声汇集的那种就像空气快要爆炸的嗡嗡声浪，真是让人烦躁不安。你甚至不知道那些声音究竟从哪里来，究竟什么时候能结束，没完没了的声音骚扰无异于另一种精神强暴，但无处逃脱……

　　房屋面积和环境噪音的问题若是略有缓解，那么"住所"的清洁卫生，是我衡量这个家生活质量的主要标准之一。在这个尘土飞扬、空气污染的城市里，总该有属于自己的一方"净土"。假如自己的"家园"都弄不干净，世上恐怕就没有什么地方能干净了。地板书桌书橱电脑如果布满灰土，心情也会变得灰蒙蒙的；厨房到处积满油污，思维会油腻腻地滞重起来。为了家里的清洁是宁可挨累的，劳动的付出换回精神的愉悦，只有清洁的环境，才能使我享受到属于自己的舒适与安宁。

好像还缺点什么？精美的陶艺瓷器？名贵的字画文物？高级家具和电器？

都不是。而是——有生命的绿色植物。

曾多次说过，一个家，即便简朴到简陋，即便家徒四壁，只要有书，这个家就不会令人觉得空荡；只要窗台上屋角上有绿色的植物，哪怕是一盆最不起眼的仙人掌或是绿萝，整个屋子都会明亮起来。

八十年代曾住在一所大学家属宿舍四楼的一套小单元房里。装修的时候，在旧式的窗帘盒上方，留出了六十厘米左右的空隙。买了六个最小的花盆，插下了几株鸭趾草的小芽。鸭趾草随遇而安，很快发出了油绿饱满的叶片，然后把绿叶茸茸的小花盆依次摆放在窗帘盒的上方，没多久，那些绿叶追着窗玻璃上的阳光蓬勃疯长，流苏般地垂挂下来，变成了一道浓密的绿色瀑布。阳光从绿叶的间隙里穿过，那是我家窗户上一道独特的风景……

至今我依然怀念那个"森林里爬满青藤的小屋"给我带来的欢愉和惊喜。

如今，我的家已有充裕的空间存放书籍和资料，除了鸟叫声，周围没有喧嚣的市声和吵闹；我的床单被褥和用具，也许已经很旧，但总是干净而清洁；我拥有许多绿色的植物，还有一些普通的花草。

我没有昂贵的衣物首饰，我的家没有一处豪华的装饰和摆设，但我的家里有书有绿，无声少尘——我的有关"家园"的愿望都实现了，所以我很知足。

忽然发现：书籍、植物、清洁，原来我所喜欢的，竟然都如此寂然冷清，沉默寡言。由此明白了自己有关"家园"的理想，原来只不过是一个能让自己安安静静思索、悄然藏身而心灵恣意飞扬的地方。

这个"家园"也许只适合我和我的家人。这个家园之梦只同我的性格和生活方式相关。四海为家的现代人，其实早已没有了可称为故乡的"家园"。因而，我只能带着自己的书和植物行走，因为那是我精神的家园。

瞬息与永恒的舞蹈

那盆昙花养了整整六年，仍是一点动静没有。

我想我对它已是失掉希望和耐心了。

时常想起六年前那个辉煌的夏夜，邻家那株高大壮硕的绿色植物，几乎在一瞬间变得"银装素裹"，像一位羞涩的新娘披上了圣洁的婚纱——从它宽大颀长的叶片上，同时开出了十几朵雪白的昙花，它们像是从神秘幽冥的高山绝顶上飘然而来的仙鹤，偶然降落在凡尘之中，都市的喧嚣那一刻戛然消散，连树的呼吸都中止了。

邻居请我去，是为了给她和她的昙花合影。第二天一早，我得到了一个小小的花盆，里面栽着两片刚扦插上的昙花叶，书签似的挺拔着。它是那盆昙花的孩子，刚做完新娘接着就做了母亲。

年复一年，它无声无息地蛰伏着，枝条一日日蓬勃，却始终连一丝开花的意思都没有。葫芦形的叶片极不规则地四处招摇扩张，长长短短说不出个形状，占去好大一块空间。窗台上放不下了，怜它好歹是个生命，不忍丢弃，只好请到阳台上去，找一个遮光避风的角落安置了，只在给别的盆花浇水时，捎带着用剩水将它敷衍一下。心里早已断了盼它开花的念想，饥一餐饱一顿的，任其自生自灭。

六年后一个夏天的傍晚，后来觉得，那个傍晚确实显得有些邪门。除了浇花，平日我其实很少到阳台上去。可那天就好像有谁在阳台上一次次地叫我，那个奇怪的声音始终在我耳边回荡，弄得我心神不定。我从房间走到阳台，又从阳台走回房间，如此反复了三回。我第三次走上阳台时，竟然顺手又去给冬青浇水，然后弯下腰为冬青掰下了一片黄叶。我这样做的时候，忽然有一团鹅黄色的绒球，从冬青根部的墙角边钻出来，闪入了我的视线。我几乎被那个鸡蛋大小的绒球吓了一大跳——它像一个充满弹性的橄榄，贴地翘首，身后有根绿色的长茎，连接着那盆昙花的叶片。绒球锥形的尖嘴急切地向外伸展着，像是即刻要开口说话……

那不是球，而是一朵花苞——昙花的花苞，千真万确。

我愣愣地望着这位似乎从天而降的不速之客，不知道该拿它怎么办。后来我用尽全身力气，轻轻将花盆移出墙角，慌慌张张又小心翼翼地把它搬到了房间里。然后屏息静气、睁大眼睛纵览整株花树——是的，上上下下，它只有绝无仅有的这一个花蕾。也许因为只有一个，花苞显得硕大而饱满。

那个蹊跷的傍晚，这盆有着唯一花苞的昙花，无人知道它将在哪一天的什么时辰开放，那蛇头似弯拱的花茎，在斜阳下笼罩着一层诡秘的光晕。

我想这几天我就是不吃不睡，也要守着它开花的那个时刻。

昙花入室，大概是下午六点左右。它就被放在房间中央的茶几上，我每隔几分钟便回头望它一眼，每次看它，我都觉得那个花苞似乎正在一点点膨胀起来，原先绷紧的外层苞衣变得柔和而润泽，像一位初登舞台的少女，正在缓缓地抖开她的裙衫。昙花是真的要开了吗？也许那只是一种期待和错觉？但我却又分明听见了从花苞深处传来的极轻微又极空灵的窸窣声，像一场盛会前柔曼的前奏曲，弥漫在黄昏的空气里……

天色一点点暗下来。那一枝鹅黄色的花苞渐渐变得明亮，是那种晶莹而透明的纯白色。白色越来越醇厚，在眼前伫立不去。晚七点多钟的时候，它忽然战栗了一下，战栗得那么强烈，以至于整盆花树都震动起来。就在那个瞬间，闭合的花苞无声地裂开了一个圆形的缺口，喷吐出一股浓郁的香气，四散溅溢。它的花蕊是金黄色的，沾满了细密的颗粒。每一粒花粉都在传递着温馨呢喃的低语。那橄榄形的花苞渐渐变得蓬松而圆融，原先紧紧裹挟着花瓣的丝丝淡黄色的针状须茎，如同刺猬的毛发一根根耸立起来，然后慢慢向后仰去。在昙花整个开启的过程中，它们就像一把白色小伞的一根根精巧刚劲的伞骨，用尽了千百个日夜积蓄的气力，牵引着、支撑着那把小伞渐渐地舒张开来……

　　现在它终于完完全全绽开了，像一朵硕大的舌匙状白菊，又像一朵冰清玉洁的雪莲，不，应该说它更像一位美妙绝伦的白衣少女，赤着脚从云中翩然而至。从音乐奏响的那一刻起，她便欣喜地抖开了素洁的衣裙，开始那一场舒缓而优雅的舞蹈。她知道这是自己一生中极其珍贵的一次亮相，也是这个夏季唯一的一次公开演出。自然之神给予她的时间实在太少，她的公演必须在严格的时限中一次完成，她没有机会失误，更不允许失败。于是她虽初次登台，却是每一个动作都娴熟完美，昙花于千年岁月中修炼的道行，已给她注入了一个优秀舞者的遗传基因。然而由于生命之短促，使得她婀娜轻柔的舞姿带有一种动人心魄的凄美。花瓣背后那金色的须毛，像华丽的流苏一般，从她白色的裙边四周纷纷垂落下来……

　　那时是晚上九点多钟，这一场触人心弦的舞蹈，持续了将近两个多小时。她一边舞着，一边将自己身体内多年存储的精华，慷慨地挥洒、耗散殆尽，就像是一位从容不迫地走向刑场的侠女。那是她一生中最辉煌的时刻，但辉煌仅有一瞬，死亡接踵而至。她的辉煌亦即死亡，她是在死亡的阴影下到达辉煌的。那是一种壮烈而凄婉之美，令观者触目惊心又怅然若失。"昙花一现"几乎改变了时间惯常的节律——等待开花的焦虑，使得时间在那一刻变得无限漫长；目睹生命凋敝的无奈，时间又忽而变得如此短暂。唯其昙花没有果实，花落花谢，身后是无尽的寂寞与孤独，她的死亡便成为一种不可延续的生命，成为无从寄托的、真正濒临绝望的死亡形式……

盛开的昙花就那么静静地悬在枝头，像一帧被定格的胶片。

但昙花的舞蹈并未就此结束。

那个奇妙的夏夜，白衣少女以她那骄傲而忧伤的姿态，默默等待着死亡的临近。在我见过的奇花异草之中，似乎没有一种鲜花，是以这样的方式告别的。那个瞬间，我比亲眼见到它开花的那一刻，更是惊讶得无言以对——

她忽然又颤动了一下，张开的手臂渐渐向心口合抱。她用修长的指尖梳理着金发般的须毛，又将白色的裙衫一片片收拢，然后垂下她白皙的脖颈，向泥土缓缓地铺去。她平静而庄严地做完这全套动作，大约用了三个小时——那是舞蹈的尾声中最后复位的表演。昙花的开放是舞蹈，闭合当然也是舞蹈。片片花瓣根根须毛，从张开到闭合，每一个动作都一丝不苟。她用轻盈舒缓的舞姿最后一次阐释艺术和生命的真谛。如果死亡不可抗拒，为什么不能让死亡变得美丽？如果死亡不可避免，为什么不能让死亡变得神圣？她定是为自己选择了安乐死那种没有痛苦的死亡方式，所以在最后的极限到来之前，她来得及为自己更衣梳洗，用端庄而整洁的仪态，微笑着迎接死亡。她由于珍惜生命而加倍地珍惜死亡，赋予永别以再生的意味。她不会像那些落英缤纷的花树，将花瓣的残骸凄凉地抛撒一地，她要在入殓前将自己的容颜复归原状，一如生前的娇媚和高贵……

世上也许唯有花期最短的昙花，具有此等视死如归的气度。

　　至夜半时分，昙花盛开时舒展的花瓣已完整地收拢，重新闭合成一枝橄榄形的花苞，只是略略显得有些疲倦，细长的花茎软软地低垂下来，在玻璃台板上衬出一个白色的影子，像浮游在湖上的天鹅倒影。那花苞的白色，比先前要浅淡些，残留在空气中的香味，已将它乳白色的浆汁吸尽，因而花苞更像是一枚不死的果实，将花的魂留在了里头。而支撑着层层花瓣那伞骨似的一根根须毛，此刻却已奇迹般地空翻转身，一百八十度大回环，把那个沉甸甸的花苞，重新牢牢地裹在了掌心。犹如开屏后的孔雀，丝丝入扣地将锦缎似的羽毛一并收好。

　　它看上去像睡着了，宁静而安详，没有凋败没有萎谢，没有痛苦没有哀愁。它是一个不死的灵魂，昨夜来的时候是什么样子，现在还是什么样子。

　　很多天以后我拿到了那天晚上拍摄的照片，它在开花前和开花后的模样，几乎没有什么不同。不生不灭，不开不谢——就好像这一个活生生的花苞，从来都没有开放过，或许很快就会再开一次。好像它始终含苞待放，始终无悔无怨，只等那个属于它的时辰一到，它睁眼就会醒来。

　　我很久很久地陪伴着它，陪伴着昙花走完了从生到死，生命流逝的全部旅程。"昙花一现"那个带有贬义的古老词语，在这个夏夜里变成一种正在逝去的遥远回声。我们总是渴望长久和永生，我们恐惧死亡和消解，但那也许是对生命的一种误读——许多时候，生命的价值并不以时间为计。

　　我明白那个傍晚的阳台，昙花为什么一次次固执地呼唤我了。那最后的舞蹈中，我是唯一一位幸运的伴舞者。它离去以后，我将用清水和阳光守候那绿色的舞台，等待它明年再度巡回。

第二辑　女行

最后一眼回望泸沽湖：蓝冰薄纱，静卧于群山之间；她已收起娇媚的云雨之态，一如初识之时，冰清玉洁、冷静平和。人世间，究竟哪一种生活方式，更接近自然本相和生命原色呢？女儿湖，像一个无岸无底的隐喻，等待女人用心灵去破解参悟。

遥远的北大荒

垄　沟

北大荒原来这么大呀，我知道什么叫广阔天地了！

天空那么蓝，蓝得像海。那时我其实还没有见过海，就把这天空当作海吧。

浮在头顶和天边的白云，一朵朵，一层层，凌空悬在那里，好像把冬天的雪都储存起来了；那是一座座雪的宫殿，夏天的阳光每天都在改塑着雪宫的形状，天上的白云永远变幻莫测……

原野那么辽阔，肆无忌惮地往远方伸展，根本没有尽头。你无论往四周的哪一边看，除了土地还是土地，除了绿色还是绿色。我从省城的"大地方"来，可这里才是真正的"大地方"，大得你的眼光都量不到土地的边界。站在北大荒的原野上，人忽然就渺小了、萎缩了，小得找不着自己了。你的视线中唯有天空和原野，人被蓝绿白三色覆盖，人已经没有颜色了。

土地怎么会这样平整呢？就像被一个巨大的模具囫囵个儿压出来的，连个土坡都没有。小麦齐膝，大豆蓬勃，苞米挺拔，油汪汪翠生生，一直往天边铺排过去，像是国庆游行时的仪仗队，气势轩昂，高高矮矮一般整齐。

麦地不起垄，麦地平整得像湖面，风来时，麦地起了波浪，连波浪也是整整齐齐，像一整幅绸缎，从头至尾地摇摆抖动。麦子播种有播种机，收割有收割机，大机器是和大土地相连的。开春时，麦地被东方红拖拉机来来回回地"耙"了又"耙"，如被一双巨手细细抚摩，平整得没有皱纹，小麦成熟时，就被人称为麦海。

大豆地和苞米地，就须起垄了。播种前起了垄，平平整整的大地被分成一条条垄台和垄沟，垄台高于地面，像无数条黑色的长龙，一根根并列，卧于蓝天之下。

毫不夸张地说，北大荒的垄——地平线有多远，那垄就有多长。

夸张一点说，你能数得清自己的头发有多少根，你才能数得清农场的垄有多少条。

你站在垄的这头，绝对看不见垄的那头。每根垄少说有三里地，河流一般源远流长，铁轨一般奔向远方，那一定是全中国最长最长的垄了。想起江南农村田边地头每一寸缝隙里都种满了瓜豆，这北大荒的垄真是太铺张太奢侈了。

拖拉机在春天为大地起垄后，由人工来点籽，出了苗，人们就一条垄一条垄地间苗，苗长高了，就得一条垄一条垄地锄草铲地。从春天到秋天，人都围着垄台转，汗水掉在垄台上，脚印留在垄沟里。"垄"就是我们的课堂、我们的作业，"垄"就是我们的全部生活。爬过"垄"的人，才会懂得"趴在垄沟里捡豆包"那句民谚。长长的垄、黑黑的垄，像一条粗重的锁链，把我们的青春锁住。

到了六月铲地时节，北大荒的"垄"，真正把我们这些南方来的知青，狠狠地教训了一番。

起床的哨音响了，一睁眼，天已大亮，金灿灿的阳光刺着你的眼，低头看表——时针才指到两点。北大荒的夏天，凌晨两点就是大白天了，太阳催人下地，没有讨价还价的余地。睡眼蒙眬地随着出工的队伍往田野走，玫瑰色的东方彩云缭绕，凉风习习，阳光爽滑。刚有了抒情的愿望，草棵里的蚊子小咬，已成群结队地蜂拥上来，雾团一般纠缠，咬得你无处躲藏。有个杭州知青，一巴掌拍死一只大蚊子，夹在信纸里寄回家给父母看，戏谑地附言："这是北大荒的蜻蜓啊！"父母深信不疑。在北大荒，你若在原野上大口喘气儿，会把蚊子们一口吸进了喉咙，喉咙里好像都被蚊子咬出了包；你若追打，小咬们齐心协力反攻围剿，顷刻间遍体鳞伤。胶鞋已被露水湿透，那大豆地还远在天边。在北大荒，一出门就是江南小镇与小镇的距离，步行七八里地的出工路上，已消耗了大半的体力。

总算到了地头，全体"战士"一溜排开，一人"抱"一根垄，搭上锄头，就噌噌地往前冲。还没等你拉开架势，周围的人都已赶到你前头去了。心里好着急啊！一人一根垄，这根垄好歹就归你收拾了。四下空旷一目了然，谁在前谁在后，谁快了谁慢了，全暴露在光天化日之下。

一边埋着头锄草，一边前后左右地驱赶着蚊子和小咬。可那草怎么就长在了苗眼儿里了呢？用锄头怎么够也够不着，用锄尖会伤苗，干脆弯下腰用手拔吧，拔草肯定能除根。可等到拔完了草一抬头，左右垄上的锄草人，几乎都看不见了……

有人在前头喊："你干吗呢？你是铲地还是拔草呢？你当这儿是学校操场啊……快点吧……"

心里越发着急，越着急就越觉得自己没铲干净。锄头也钝得像块木头，上面沾满了湿泥。没有刮锄板，铲一会儿就得停下来用鞋子去刮，刮也刮不掉，越铲越沉……

竭尽全力往前赶，胳膊都已被锄头拽得抬不起来了，时间似乎已过了许久，垄沟在我的脚下被一寸寸征服。心里琢磨着：差不多快到地头了吧！鼓起勇气仰脸看——差点没昏过去：前前后后一片绿色，不知是草还是苗，垄台垄沟从容不迫地无限延伸着，丝毫没有到头的意思……

几乎就绝望了，这长城一般长的垄，什么时候能到头哇？别人怎么能铲得那么快，而我怎么就快不起来呢？

拼命地追赶，顾不上喝水顾不上抹汗，只有一个愿望：让地平线一般遥远的地头快快到来吧！那会儿早已不是我在铲垄，而是垄在铲我。它不言不语无齿无刃，却铲得我四肢酸疼浑身都像散了架似的，真恨不得躺在垄沟里让垄沟把我埋葬算了！

可你无论多么憎恨垄沟憎恨铲地，你直直身子歇口气，还得往前赶。只要垄沟没有到头，你的劳作就无法终止；是垄沟牵着你在走在爬，你像一个牵线木偶，机械而麻木。有时候你觉得自己也许坚持不到垄沟消失的地方了，可是垄沟不消失，你想要消失也是不可能的。

……忽然，有一把雪亮的锄板，从你的正前面伸过来，一下一下，利利索索，咔嚓咔嚓，锋利的锄板下，垄台上的杂草们纷纷倒下，均匀地撒在湿润的黑土上……你惊喜地抬头，发现自己脚下的垄已和前方的垄连在一起，它变成了新鲜的黑色，垄台上没有杂草，只有一棵棵小苗苗壮地挺立着……

是"战友"们给我接垄来了。对于我来说，接垄简直就是救命。

被人接了垄，这一根长长的垄，千辛万苦才总算是到了头。然而，北大荒的垄是没有完的。铲完了这根垄，还有无数根别的垄在等着。走过这一片铲完的垄，大家转过身，重新一溜排开，再"抱"上一根新垄，接着往回铲。早早到了地头的快手们，已经坐在小树林里休息了一阵子，喝了水歇过了气，精神抖擞地再接再厉。可我这刚刚好不容易才到达"终点"的人，未等喘息就得接着开干，那种无奈与疲劳可想而知。往往是一上午在地里打一个来回，铲上两根垄才能吃午饭，那往回铲的第二根垄，就越发苦海无边，不见天日了。

刚到北大荒第一年夏天的铲地，垄沟把我治理得惨不忍睹。不知是由于体力还是由于劳动技术的问题，尽管我尽了最大的努力，每次铲地还是经常"打狼"（落在最后），令我无地自容。后来我才知道，其实，铲地是有许多"窍门"的，许多人并不像我那么一丝不苟。他们把锄板伸出老远，轻轻一带，刮起来的新土，把杂草都盖住了，这一拽就是好长一段，垄台上的杂草一下子都看不见了，铲地的速度自然就大大加快。知青用这个"绝招"来对付那可恶的长垄，可惜我没有及时学会。不知这是不是农场在1969年以后，粮食产量始终无法上去的原因之一。

铲地是北大荒夏天田野上的主要劳作，几乎从六月中旬持续到七月下旬。初到北大荒，对于黑土地的广大和辽阔，主要是通过铲地来认识的。

我虽然有些害怕铲地，但北大荒夏天的原野，还是很让我着迷。

到达鹤立河农场二分场的当天，我们一些杭州知青被领到连队宿舍，第一眼看见的就是满屋子一簇簇一丛丛鲜红的野花，竟然把房间的墙壁都映红了。那些花被插在罐头瓶里，放在地中央的木箱上和窗台上，一朵朵绽开怒放，新鲜得像要滴水。那花朵细长呈喇叭状，花瓣的颜色殷红，一片片向外翻卷着，上面有黑色的芝麻点，很热烈很生气盎然的样子。

这些花，都是先于我们到达的鹤岗女知青们，专门到草甸子上去采来欢迎我们的。她们告诉我说："这叫百合花。"

这是我第一次见到百合花。江南的河谷山林里，好像很少有野生的百合花。我好喜欢百合花，立即采下一朵夹在书页里，作为标本寄给了杭州的朋友。

岂止是百合花呢？北大荒的草甸子，夏日的野花真的是应有尽有：粉红的刺儿莓、白色的野罂粟、深蓝的马莲、紫色的铃铛花、金黄的野菊花……如果运气好，偶尔还会在草甸子的深处，发现一丛粉红或是紫红色的芍药花，碗口大的花骨朵，迎风领首，雍容华贵。还有许多叫不上名字的小花，让人眼花缭乱，五彩缤纷地开成一片，好像是花仙子日日不散的盛会。

说来惭愧，那些日子使我坚持去抱垄铲地的精神支柱，就是路边地头上的这些野花了。只要铲到了地头，我就会看见它们，那样精神抖擞、天真烂漫地随意生长着开放着，从茂密的草丛中好奇地探出头来，无忧无虑地微笑。它们既然没有烦恼，我在顷刻之间也就没了烦恼；它们从不疲倦，我也就不觉得疲倦了。只盼着快快铲完了这片地，收工时，我好采上一大抱，把它们搂在怀里，带回宿舍去，它们将在整个夜晚用花香陪伴我。

有时候，垄台上冷不丁也会闪过一星灿灿的亮色，一朵金黄的小花开得正旺。那是婆婆丁，也就是苦菜花。那时，我总会把锄板小心收拢，绝不碰它。走远了再回头，那金黄色的花瓣竟会点头对我说谢谢……

夏天的北大荒，阵雨说来就来。眼看着起了凉风，蓝蓝的天上远远地刮过来一片乌黑的云彩，就像披着黑色斗篷的魔怪，张牙舞爪腾云驾雾，转眼间就逼近了。有人喊："不好，来雨啦，快跑快跑！"大伙儿扔下锄头，顺着垄沟，就往地头的小树林跑去。刚跑出几步，雨点就下来了，铜钱一般大，打在脑门儿上生疼。可是，不跑怎么办啊？四下除了垄沟就是垄台，连个避雨的草棚都没有，大雨劈头盖脸地压下来，雨水顺着头发往下流，气都喘不过来。只好在雨里没命地跑，鞋底沾着泥浆，衣服裤子都湿透了，拖泥带水地跑也跑不快。好不容易跑到了地头，还没等站稳，发现大雨戛然而止，云开雾散，雨过天晴，太阳重又笑眯眯地露脸。那样干爽炽热的阳光，好像从来就没有下过雨似的；那片黑云，已经越过我们的头顶，疾速地往远处飘去了。

拖着湿漉漉的鞋和衣裤，重新往垄沟走。垄沟只湿了一层地皮，若无其事的；倒是那些杂草，喝过了雨水，一眨眼的工夫又蹿了出来，摇头晃脑地和铲地人较劲儿。

这就是北大荒的雨，铲地的雨。早知道北大荒的雨是个"短跑运动员"，还不如乖乖地蹲在垄沟里，干脆让雨水给洗个澡呢！

下过雨以后，天空格外透亮，像一个穹形的玻璃顶盖，罩着绿色的原野。穹顶与田野之间，有一圈深蓝色的地平线，就像用笔勾出来一般，清晰得近在眼前。

在我视线所及的范围内，天空是圆的，地平面也是圆的。天地之间，只有我一个人。我清楚地看见了那个圆形的地球，从我脚下延伸至远方的地平线。

那一刻我突然发现，原来我就是地球的圆心，每个人都是地球的圆心。人就像一把直立的圆规，画出了天地间的弧线。我确实是在"修理地球"，垄沟垄台都是地球的颜面，我抚摩它摩挲它，整个夏季我都是在亲吻着地球啊！

这个发现令我激动不安，从我长大至今，我还从未真正"触摸"过地球；而北大荒的垄沟，在我的生命史上刻下了第一道有关土地的烙印。

菜园子

不知是否和我铲地"打狼"有关，不久后，我就被安排到菜园队去干活了。

菜园队有个很好听的名字，叫"园艺排"。我觉得这个名字很不错，给父母和同学写信，都告诉他们，我的通信地址是鹤立河二分场园艺排。其实，就是菜园队。

我到菜园队的时候，已是七月，春天种下的许多蔬菜，正好都"下来了"。起初，我搞不懂为什么叫"下来了"，在我们杭州，每逢新鲜蔬菜到了时令，都叫作"上市"。北大荒没有"市"，干脆就"下来了"。

北大荒的蔬菜"下来"的时候，就像一个盛大的节日。

黄瓜"下来了"——黄瓜分为"水黄瓜"和"旱黄瓜"。"水黄瓜"先下来，"旱黄瓜"后下来；"水黄瓜"是细长的，绿色，须倚着柳条架子爬蔓儿，然后，一根根一串串，像鞭炮一样地垂挂下来；"旱黄瓜"短粗圆胖，皮上有黄绿色的花纹，在茂盛的瓜叶下贴地乱爬，就像暗藏的地雷。种"水黄瓜"要起垄搭架浇水，所以，叫"水黄瓜"；而"旱黄瓜"不用太浇水，在地上爬蔓儿，就叫"旱黄瓜"。"旱黄瓜"的黄瓜味儿足，吃起来满口黄瓜香，但是籽儿多；"水黄瓜"咬一口又脆又嫩，满嘴汁液。两种黄瓜各有千秋。

黄瓜"下来了"，我们天天"下"黄瓜。蔓儿上的黄瓜纽儿昨天还像一根小麻花，过了一夜就"炸"出个顶花带刺儿的大果子。黄瓜的产量很高，刚摘了这根，那根又长长了，"下"不完地"下"，就像老母鸡下蛋似的，天天有得捡。既然黄瓜那么多，我们这些"下"黄瓜的人，自然享受些优惠政策，到了工间休息，允许我们白吃黄瓜。看来，菜园队还是有许多优越性的，可惜我对黄瓜并没有太深的感情，顶多吃上一两根解解渴便是。但那些鹤岗和佳木斯的女知青，对黄瓜的喜爱几近狂热，生黄瓜"可劲儿造"——我亲眼看见一个女生，在休息的时候，用一只大土篮子，装了半篮子的黄瓜，然后把土篮子扛到树下，自己坐在地上，拿起一根黄瓜，用手捋了捋上面的泥土，开始大嚼起来。我坐在她不远的地方，看着她在短时间内，飞快地"消灭了"一根又一根黄瓜，等到哨音响起开始干活儿的时候，我发现那只土篮子已经空空如也。我目瞪口呆，实在不相信，就问她："黄瓜呢？"她眼也不眨地说："都叫我吃啦！"

黄瓜"下来"的时候，连队食堂上顿下顿地吃炒黄瓜片，吃得我直泛酸水，直到现在还对炒黄瓜过敏。但"旱黄瓜""老了"以后，用来腌咸菜，等春天没菜吃的时候，还是很顶用的。

西红柿"下来了"。北大荒的西红柿，也许是世界上最好吃的西红柿了。圆圆的如碗口大，血红色、粉红色的都有。表皮粉红色的那种，连里头的沙瓤儿，也是粉红色的，晶莹透明，似掺着许多银粉，闪闪发亮；另有一种小小的，金黄色，比杏略大些，有个尖尖的鼻子，好可爱的，不像西红柿倒像个玩具。摘下来一大堆，小山似的堆在地上，像是无数的彩球来回滚动，叫人不忍吃。

北大荒的人管西红柿叫"柿子"，让我们这些南方知青很不赞成。我们说："柿子明明是长在树上的呀，那你们管树上的柿子叫什么呢？"她们就反唇相讥："你们管柿子叫啥——番茄？怎么是番茄呢？难道是茄子不成？"她们还说："东北又没柿子树，这就当柿子吃了。"叫就叫呗，于是，我们后来也都跟着柿子柿子地叫。

"下"柿子的时候，是很快乐的。拎着土篮子在柿子"树"的垄里挨排蹚过去，把一个个红透了熟透了的柿子，轻轻摘下来，放进土篮子里。一边走着，一边就拿眼睛留神着周围的熟柿子，看见一个最漂亮最可爱的，就摘下来，在衣襟上擦一擦，就手塞进了嘴里。"下"柿子其实就是吃柿子，队长是没有办法禁止的。再说，任你怎么吃，地头上被我们收获的柿子，已经装满了整整一牛车。

装车的时候，是用铁锹一锹一锹铲起来的，要是一个个地捡，那要捡到啥时候？

那年夏天我在菜园"下"柿子，一路走一路吃，至今还记得柿子酸甜的汁水，把肚子撑得溜溜圆，一会儿工夫，尿就憋得慌。几个女生看看周围没人，蹲在柿子地里就尿，说是给柿子上肥了。尿完了再吃，吃得舌头都没有知觉了。如今想起来，实在很没出息。

北大荒夏天的菜园子，除了黄瓜、西红柿，真正的当家菜是西葫芦。

第一回见到西葫芦，绝对不认识。说它是个葫芦，葫芦有腰有肚子，曲线分明，它冒充得太离谱；它的样子有点像南方的菜瓜，又有点像长形的南瓜，但味道完全不是那么回事，吃起来，有一点像杭州的一种叫"活芦"（瓠子）的东西，但更脆些。它的形状很难准确地形容，总之有点"四不像"。

很长一段时间里，这种奇怪的西葫芦使我大伤脑筋，拿不定主意是吃还是不吃。不吃吧，没有别的菜可吃；吃的话，实在不算太好吃，还有一种特别的气味。但东北的知青们对西葫芦都情有独钟，每当吃西葫芦，他们就欢呼雀跃，还告诉我们西葫芦可以做馅儿用来包饺子或是蒸包子。

直到一次路过一户老职工的家，看见他家的篱笆上，晾满了一圈一圈淡黄色的"花边"，螺旋形地坠挂着，像一副副猪大肠。问他是什么，他说是晾的西葫芦干儿，等到冬天时，西葫芦干儿炖猪肉吃，可香了。当时不以为然，到了那年元旦，连队食堂果真给大伙儿做了一次西葫芦炖肉改善生活，那西葫芦干儿又韧又脆，入肉味，新鲜爽口，方知西葫芦的妙用。从此，不敢再小视北大荒那些陌生的植物了。

深紫色的长茄子，足有尺把长，又粗又大，像一根精致的紫色大蜡烛，沉甸甸地坠着。以前从未见过这么大的茄子，惊讶得半天合不上嘴。油绿的小辣椒和番茄那么大的圆辣椒，也足以让我们惊叹！大辣椒在杭州，被称为"灯笼辣椒"，很形象的；但在北大荒，却被称为"柿子椒"，看来这里的人对柿子特别有好感，动辄以柿子命名。北大荒的"柿子椒"还有一绝，成熟后会变成大红色，又称"甜椒"。可以生吃，肥厚的椒肉汁水充盈，微辣中略带丝丝甜味，很开胃。北大荒的辣椒可代水果，真正是没有想到过的。

还有豆角呢，早豆角、晚豆角、花豆角、油豆角。早豆角产量高，有个外号叫"五月鲜"，但易老多梗，是连队的大锅菜；晚豆角中有各种饭豆，是专门等着秋天剥皮打豆的，那豆子一粒粒饱满精壮，花纹奇异，漂亮得不忍吃。有类似"兔子翻白眼""红芸豆""白芸豆"这样的命名，每一种都可做艺术品收藏。最好吃的豆角是油豆角，品种繁多，有"老来少""家雀蛋""老母猪耳朵"等等俗称。豆角表皮真像是涂了一层釉，一片片绿色的琉璃瓦似的，碗里一片绿光莹莹，那豆角总也不老，皮厚却糯，里头的豆粒香甜。我至今认为北大荒的油豆角是世界上最好吃的蔬菜之一，可惜不容易吃到了。

到了秋天，是大白菜、土豆、萝卜收获的季节，统称"秋菜"，贮备起来用以过冬。"秋菜"地里的大白菜，巨大的绿叶耸立着，严严实实地抱了心，像包裹着一个个胖娃娃，笑嘻嘻地蹲在地里。大白菜一棵足有十几斤，须用镰刀砍，砍倒后就摞在垄台上，风吹日晒晾些日子，才能拉回入窖。

北大荒的红萝卜大得让人吃惊，像是一个个大皮球，一半在土里，一半露在外面，稳稳当当地坐在萝卜坑里，好像随时要去参加足球比赛。青萝卜像个圆筒，下半截是白的，上半截是青绿色，里头的"肉"也是绿色的，翠玉一般晶莹。收萝卜挺好玩儿，不用手而用脚，一人"抱"一根垄，然后把手背在身后，一边往前走，一边用鞋尖去踢那萝卜，踢一脚，一个萝卜就"下来了"。萝卜是"踢"出来的，女生都说这回也知道踢足球是什么滋味了。等到一条垄的萝卜都被"踢"下来，就有车老板赶着牛车在垄沟里捡萝卜，一条垄沟走到头，牛车上的萝卜就堆满了。红萝卜生吃有点辣，一般用来炒着炖着吃；青萝卜宜生食，到了休息时间，有人把青萝卜在衣服上擦了泥，用镰刀砍成四半儿，大伙儿分着吃，又甜又脆，冰凉透心。

收土豆是个累活儿，但我特别喜欢。收土豆必须配上犁铧，那犁铧被牛拉着，在垄台的一侧直直地划过去，平整的垄台被剖成两半儿，那金黄色的土豆，一嘟噜一嘟噜地从黑土里蹦了出来，就像是土地下埋藏的一个个秘密，忽然被揭示出来，重新见了天日。土豆那么多那么多，一个个都有馒头大小，令我们兴奋得大呼小叫。杭州的"洋山芋"只有乒乓球那么大，这辈子还是头一次见到这么大的土豆，真怀疑那究竟还是不是土豆。有一次，从土里抠出一个土豆，几乎像番薯那么大，把我吓了一大跳。犁铧每蹚一个来回，新的土豆就被"暴露"出来，我们拎着土篮子，手忙脚乱地捡，一会儿工夫就捡满了一筐，倒在垄沟里，一会儿就堆起一座小小的土豆山。

长到十九岁，第一次体验了什么叫"丰收的喜悦"。

等到秋菜都收获完毕，南方来的知青得出一个共同的结论，那就是：北大荒菜园子里的蔬菜，哪一种都比南方的大！

大辣椒大黄瓜大茄子大白菜大萝卜大土豆还有大倭瓜……

大家都欢欢喜喜地感叹说："北大荒的土地确实是肥沃啊！"

菜　窖

　　收完了秋菜，都在大地里堆着，任干爽的秋风晾晒些日子，再陆续往回拉。除了食堂日常用的一部分，余下的白菜萝卜土豆，必须在上冻以前，送到菜窖里去贮存。全分场的人，全靠菜窖里的蔬菜，来度过整整一个冬天。

　　入窖的菜，都是经过精选的。白菜要棵株大、抱心严、沉甸甸、结结实实的那种；土豆和萝卜都得光滑完整，没有伤口和疤痕的，这样才利于保存。

　　一群女生坐在深秋的冷风里，围着一堆堆大白菜红萝卜，嘻嘻哈哈地挑选。有慢吞吞的牛车来来往往，将它们拉往菜窖去，另有人将它们入窖码放。

　　我们这些南方知青，还从未见过菜窖呢！

　　有个杭州姑娘嘀咕说："我才不相信一棵白菜能在地底下藏半年，早就变成霉干菜啦！"

　　到了初冬，地面上的秋菜眼看着一点点少下去，一棵棵一个个都"潜入"了地下。下第一场雪之前，菜窖顶部的一根根檩子上，已被一层层厚厚的柳条和秫秸覆盖。秫秸上落了一层薄雪，整个菜窖看上去就像一座长方形的半地下雪宫殿——直到秋菜全部入窖，我们才被允许下到菜窖里去。

　　菜窖没有门，也没有窗户，囫囵个都被封严实了。下菜窖是从顶部的"天窗"上往下走，"天窗"上有个木框，木框下面连接着一个木头扶梯，刚能钻进一个人去。木梯摇摇晃晃，大约有十几个阶梯。往下走着，脑袋刚一没入菜窖，眼前顿时漆黑一片，什么都看不见了，四周传来蔬菜的气息……

　　眼睛渐渐地适应了黑暗，就见有一盏马灯，挂在木柱上，微弱的光亮下，能看清菜窖两边的墙根儿上，码放着一排排整整齐齐的大白菜，中间的过道上，也是两排半人多高的大白菜。白菜青帮绿叶，一棵棵精神抖擞，摆放得规规矩矩，就像是一座地下图书馆或是藏书室，一排排书架放得满满登登，只留出一条条窄窄的过道，用以通行。

地面是沙子铺就的，干燥清爽；墙是从泥土中"挖"成的，壁上留着铁锹的道道印痕。

兴奋地在菜窖里走了个来回儿，仔细地"视察"了一番，发现在菜窖的两头，一边堆着土豆，另一边却是一大堆沙子，有人说那沙子里埋着萝卜，萝卜必须埋在潮湿的沙堆里，才不会因水分蒸发而变糠。

菜窖里好暖和，得把笨重的大衣脱去才能干活儿；菜窖里好安静，听不见地面上呼啸的风声；菜窖的空气有一点闷，但在长长的菜窖顶上，每隔十米左右，就有一个脸盆大小的天窗，即出气孔，做通风之用。下雪的日子，把那小孔用秫秸盖上，雪便不会落入菜窖里，等天晴了再打开，阳光会从天窗里直射菜窖的底部，就像是一个山洞，从顶上透来一束微弱的光线……

每天早上，菜园队的姑娘们排着队走到离分场二里地外的大菜窖，然后排着队，心甘情愿地跳进那个"陷阱"，一个一个地从地面上消失；到了傍晚，再一个接一个地从地下冒出来，然后排着队走回宿舍。我们一整天待在昏暗的菜窖里，顺着"书架"的次序，一棵一棵地挨排整理那些大白菜。我们必须把大白菜表层的烂帮黄叶揪下来，使大白菜能继续保持健康的体表，然后，为它们翻身翻个，让它们透透气，换个姿势，再重新码放，把它们一棵棵"架"成不会倒的白菜垛，就又可以保存一段时间了。我们每天的工作，就是不厌其烦、没完没了地"倒腾"白菜。

冬天的北大荒，和夏天恰恰相反，天亮晚，天黑早。到了三九隆冬，我们每天早上九点钟出工时，天才蒙蒙亮；到下午三点钟下工，拱出菜窖，一看天边的月牙儿都挂在那里了。白天在黑暗的地下度过，早晚也是黑暗——整个冬天，觉得自己就像一只田鼠，钻在地下的洞里，默默地为食物操劳。

但是，比起大田连队的冬季脱谷和刨粪，菜窖的活儿是最轻巧的了。到了翻检土豆和萝卜的时候，大伙儿围坐在土豆堆和沙堆上，七嘴八舌地讲故事，倒是很开心。都说要讲鬼故事，鹤岗的鬼故事和杭州的鬼故事比赛，看谁的鬼故事吓人。讲到一半，菜窖的过道里悄悄地掠过一个人影，大伙儿吓得尖叫，却是指导我们干活的"二劳改"。到了休息的时候，鹤岗姑娘总是拿出一把藏在角落里的镰刀，开始削萝卜吃。然后，给我们一个人分一小块，吃得胃里直泛酸水。有时，她们还会挑出一棵新鲜白菜，把整棵白菜剖开，专门吃里头的白菜心。把那水灵灵、脆生生的白菜帮子放进嘴里，嚼得咔嚓咔嚓响，嘴唇上沾满了生白菜的汁液。

"吃不？可好吃了，甜着呢，当水喝呗……"她们热心地把白菜叶子递过来。

南方知青把脸转过去，还冷冷扔下一句："你当我是兔子啊？"

我也没敢吃那生的白菜心，但我喜欢这满满一菜窖的新鲜蔬菜。在北大荒的冰天雪地中，唯有在这里，还能看见绿色，看见新鲜的植物。这里是平和而安宁的，如置身世外，令人心明耳静。我们用自己的双手，不断地去腐除朽，在严酷的冬天里，守护着秋的果实。

然而，菜窖里毕竟阴冷潮湿，白菜也是冰凉的，待的时间长了，活动量又少，身子就会渐渐地发冷，手脚僵硬。等到收工出了菜窖，身上本来没有热气，再加上一路风呛雪袭，到了宿舍，常常是十个手指都伸不直了。

第一年冬天，由于刚到北大荒，缺少防寒的常识，再加上在潮湿的菜窖里干活，我的双手手背二度冻伤，伤口感染，经久不愈，整个冬天手背上都缠着敷料和绷带，连厚厚的棉手套都戴不进去。直到现在，我的手背和小指的连接处，还留着两个铜钱大的伤疤，那是北大荒冬天菜窖里的纪念。

　　但我仍然喜欢菜窖。离开北大荒五年后，我曾在一个早春时节，重回农场去"探亲"。三月的北方城市，家家户户楼道里储存的大白菜，已经像脱水的干菜一般；但到了农场，家家的餐桌上，用生白菜丝、胡萝卜丝、粉条、豆芽、蒜泥拌的东北凉菜，新鲜爽口，一咬咔咔响，那白菜一入口，饱满的汁水就迸溅出来，脆得就和刚刚从地里收起来的一模一样。

　　当然，那是从菜窖里现取的，随取随用；菜窖是个天然优质的冷藏箱。

　　入四月开了春，新鲜的小菠菜和韭菜都下来了，菜窖里的白菜土豆也终于吃得差不离了，菜窖就完成了自己的使命。在一个晴朗的日子里，菜窖顶上的柳条和秫秸被统统扒开，露出那支撑了一冬的横梁，一根根瘦骨嶙峋，像一具尸体上残留的肋骨，看起来很凄凉。每年春天都必须扒菜窖，扒菜窖是为了晾菜窖，让阳光把地下一冬的霉气潮气都赶跑，晾干晾透，明年冬天盖上个顶，就又成了新的菜窖。

　　到了七十年代中期，各个分场都盖了砖砌的大菜窖，永久性的，有瓦顶和通风设备，敞亮恒温，门口有水泥的斜坡，装菜和拉菜的汽车，可以直接开进去。大菜窖能储存比原先多几倍的蔬菜，使知青和职工们从此一冬吃菜不愁。可惜的是，大菜窖盖成后不久，知青们就陆续返城了，也不知道那个大菜窖，后来派上了什么用场。

水泡子

前面曾经提到过的水库，北大荒的人管它叫"水泡子"。

水泡子围了堤，修了闸，就成了水库。其实，还是个水泡子。

怎么是水泡子呢？它明明是一个湖，一个美丽的小湖。

水不深，浪不大，湖面是灰绿色的，岸边有茂密的柳茅和灌木。风和日丽的日子，湖上漂着朵朵白云的倒影，就像一幅巨大的油画。

既然有湖，湖边就一定有野鸭蛋，也许还有天鹅？

去北大荒之前，读过许多关于北大荒的小说，满脑子都是"棒打狍子瓢舀鱼，野鸡飞到饭锅里"的神奇传说。到了鹤立河农场没几天，就到处向人打听哪里能捡到野鸭蛋，人说八里地外的八分场那边，一个水泡子接着一个……

心里激动万分，渴望的目标终于出现。于是刚到了第一个休息日，就迫不及待地邀了同伴儿，直奔水泡子而去。

天边有一片模糊的黑影，像一座黑色的高墙，人说那就是水库的方向。

在那条黄沙路上走了许久，太阳顶头，快把人都晒蔫了。高墙越来越近，黑影渐渐发绿，却原来是一大片密密的松树林。从树林子里吹来的风是凉的，阳光下的风是热的，一阵凉风一阵热浪，就好像太阳和月亮同时挂在天上。

过了树林子，远远地望见了一大片亮晶晶的水，在原野上一闪一闪的，像一面镜子。走近了，清清的水面上竟然浮荡着一串串的小叶片，开着白色和金黄色的小花。那叶片的形状像菱角叶，花形像缩小的睡莲。有点不相信自己的眼睛，撅了一根树枝去捞，却从水下带出来一串湿淋淋的小"青蛙"，糖块大小，呈三角状。惊喜得大叫——果真是菱角！北大荒竟然有菱角！

那菱角的皮嫩，剥开了，里头却空空如也。同伴说："想必北大荒天气寒冷，菱角未等长成，就被秋霜和雨雪冻僵了。只有菱角而没有菱肉，不算不算。"

水泡子四周，一个人影都没有。不知名的小鸟忽地从头顶掠过，草丛里有小虫子发出好听的叫声。沿着水泡子边上的小路，往湖湾的深处走，密密的青草像波浪一样随风起舞。忽然，前面不远处的湖滩上，出现了一只灰色的大鸟，高脚长颈，脑袋小而黑，无冠，硕大的翅膀边缘，白色的羽毛上镶着一圈黑边，尾巴却不成形。它正用一只脚站在浅水中，一只脚勾着，垂下脖颈，伸出它的长喙，在水面上搜寻着什么。

连呼吸都好像停止了，我们大气儿不敢出，一动不动地望着它。

是一只鹤！我想，我见到真正的鹤了。这是鹤立河。

悄悄地接近它，希望能看得更清楚些。不知是不是我们惊动了它，它忽然把脑袋抬起来张望了一会儿，然后，从容地张开了那两扇巨大的翅膀，悠悠地拍动着，我能听见它翅膀扇起的呼呼风声。它的另一只脚也垂直下来，两只脚并在一起，在那个瞬间，身子腾空而起，脑袋向上扬着——飞起来了。它飞过幽幽的湖湾，朝着湖的更深处飞去，一会儿就消失在芦苇丛里……

我傻傻地看着，脑子里只有一个念头："呵呵，真的是北大荒啊！"

后来我才知道，这种形似灰鹤的大鸟，总喜欢长久地站在水边，耐心地等着鱼游过，啄而吞食。所以，当地人管它叫"老等"。"老等"非鹤，而是一种鹭鸟，到了秋天也往南飞，春天归来。

看过了"老等"，就开始寻找野鸭蛋。一腔热血和满心期待，以为北大荒的草甸子里、水边湖滩，布满了密密麻麻的野鸭蛋，就等着我们专程从杭州到这里来捡。口口声声说的是建设边疆，心里梦里想的却是野鸭蛋——如此看来，上山下乡的动机，实在不算太纯正。

我们的手里拿着树枝，小心翼翼地扒拉着脚下的每一寸土地。一丛丛灌木、一堆堆草棵子地搜寻过去，希望眼前能突然出现一大堆白花花的野鸭蛋。我们走遍了近处的湖滩，走得汗流浃背，仍是一无所获。就连想象中会从我们眼皮底下惊飞的野鸭子，也竟然没有一只。希望在逐渐减小，野鸭蛋仍是毫无踪影。不仅没有野鸭蛋，连一根遗落的野鸭毛都没有啊……若是再往前走，前面就是水草相连的沼泽地了，不知深浅的水泡子里，立着一丛丛绿油油的塔头墩子，每个塔头墩子之间，都是深不可测的陷阱，一脚踩空，就会有没顶之灾……

脑子里闪过了关于沼泽地的种种可怕的传说，只得望草滩而却步，忍痛放弃了野鸭蛋。同伴儿忽然恍然大悟地叫道："现在都是七月份了，野鸭蛋早都孵成鸭子了，明年要早些来才是。"

没有野鸭蛋，只好去抓鱼了。

在二分场场部生活区旁边的小河沟里，见过一群农场职工的孩子们摸鱼——人蹲在水中，不言不语的，忽然手中就抓着一条鱼站起来，一会儿工夫一条，就像从自家的菜园子里摘茄子，那么轻松方便。

我们也来抓鱼吧，不是说北大荒"瓢舀鱼"吗？

一条细细的河沟里，水深过膝，眼看着尺把长的鱼在悠悠地游动，背上有浅褐色的花纹，像鲫鱼又像鲤鱼，叫不上名字。不过鱼是真的，就看你怎么把它们弄到手。鼻尖似乎已闻到了鱼汤的香味，急急脱了鞋跳到水里，那些鱼却像精灵一般，呼啦一下全都不见了。水让我们搅浑了，浑水可摸鱼，然而摸来摸去，手里除了水还是水。偶尔似有滑溜溜的鱼尾从掌心穿过，死命一掐，一出水仍是两手空空。摸了好半天，精疲力竭却连根鱼苗都没捞着……

正恼恨地盯着水里看，忽见河岸边上的水草下，有一只只半透明的小虫子在动弹。它们有长长的须子，动作很敏捷，一蹿一蹿的，但总在原地活动。

"那是虾呀！河虾！"我们欢叫起来。没想到北大荒的水泡子里，真会有虾！

怎样才能把它们逮到手呢？连一条鱼都抓不住，何况是虾？！

忽然想起了随身带着的小竹篮子，那是从杭州带来的，今天带着它，本是为了装些食物和水。就用它试一试吧，竹编细密，正好用来代替渔网了。

用竹篮子捞虾，想不到效果出奇的好——每次把竹篮子从水里拎起来，篮底总有几只两寸左右长的虾在欢蹦乱跳，几乎每一竹篮子都不落空。看来北大荒人不喜食虾，把那些虾养得憨厚迟钝，大约半个小时左右，我们已经捞了满满一饭盒的虾，真让人惊喜万分！

那次去水泡子，由于捞了一饭盒虾，也算是满载而归了。回到连队宿舍，用三块红砖搭起一个简易小灶，捡些树枝点上火，用杭州带来的小锅，把虾煮熟了，大伙儿都来抢，狼吞虎咽地吃了一顿清水河虾，过了一把馋瘾。但心里却还在惦记着那些鱼，很为自己抓不住满河沟的鱼而懊丧。

第二年夏天，雨多水大，水库都满了，开闸放水，不知怎么地就把水泡子的鱼都放了出来，顺着河沟流到灌溉用的水渠里，水渠里的水和鱼，又流到了稻田里。那几天，水田连队的男生都没心思干活儿了，谁能眼睁睁地看着大鱼小鱼在脚边游来游去，脚指头让鱼儿啃得痒痒而无动于衷呢？大伙儿纷纷都去抓鱼，那鱼都懒散惯了，缺乏警惕性，让人一抓一个准，一抓就是一条。收工的时候，人人手里都拎着一串鱼，眉开眼笑得就像过节似的。那几日，分场到处都飘荡着鱼腥味儿，然后是炸鱼炖鱼煮鱼汤的香味儿。会过日子的职工家属，还把鱼晒成干儿，等到冬天再吃。

其实，在北大荒吃鱼本非难事，都是让"割资本主义尾巴"给吓的。有些胆儿大的老职工，每到夏天的晚上，就到水泡子那边去，在河汊里憋上柳条编的鱼晾子，利用水流的落差，让上游的鱼顺水搁浅在柳条上，再也游不走，活活地晾在那里。到了清晨，背个筐去捡鱼就成了，一捡一堆，天天都吃鱼。

到了冬天，水泡子冰冻三尺，正是打鱼的好时光。用钢钎在冰上打洞，若是正打在"鱼坑"里，那大鱼小鱼就像油田的自喷井一般，呼呼地自动往上冒。一会儿工夫就可装上一麻袋。等到了家，已被室外"天然冰箱"速冻了，绝对保鲜。

北大荒的鲫瓜子又肥又大，尺把长斤把重不算稀罕，我们以前在杭州从未见过。但我最喜食鲇鱼，肉细嫩而味鲜美，东北人用鲇鱼炖茄子，应算一绝。

水泡子边上还有许多好东西。有一年冬天，我跟着场部的人下基层，就在那个水泡子堤上的树丛里，有人用猎枪打到一只五彩斑斓的野鸡，我拔了几根野鸡翎做纪念，但野鸭蛋却是始终没见着。

万能大葱

刚到北大荒的那一年初夏，正赶上铲地除草的农忙时节。有一天，听说连队食堂杀了猪，晚上要为知青们改善生活。这一整天，大家干活都有点心神不定，自从到了农场，顿顿是清汤土豆，谁也没见过哪怕一星儿肉丝或是肉末。

收工后，快快洗脸，急急奔向食堂，去吃肉。

远远地，从食堂传来了肉的香味。真的很香啊，很久没有闻到这么香的东西了。不就是猪肉嘛，怎么会这么香啊！

从食堂卖饭的窗口望进去，果然望见了一大盘炒菜，红红黄黄的很好看。眼尖的人，说那红色的肯定就是肉片了，黄的白的，斜着切成一段一段的，又粗又壮，肯定是胡萝卜了。踮脚排队，排得脖子都酸了，等到一勺油汪汪的肉菜打在饭盒里，心中狂喜，低头看一眼饭盒，却有些疑惑起来，忍不住问一声打饭的人："这是个……什么肉？"

"大葱炒肉呗！"卖菜的有些不耐烦了——大葱，咋不认识？

"什么什么？大葱炒肉？"端着饭盒的南方知青，一个个都惊讶地嚷嚷起来。大葱？大葱居然可以炒肉？大葱这种东西，难道是用来炒肉的吗？

有人开始不依不饶地同伙房论理较真：比如在我们杭州，葱只能是葱花，是烧菜的时候用来点缀、提味，使其锦上添花，而绝不是一种可以单独行动的蔬菜，更不是一种可以与肉混为一谈的食物啊！况且大葱气味浓重，又辣又苦，用它来炒肉，把肉味都破坏啦！

卖菜的鹤岗知青耐心听完了这番议论，不屑地瞪我们一眼说："你们爱吃不吃！"

轮到我们尴尬：若是不把大葱一块儿买回去，恐怕就连肉也吃不上了。下一次吃肉还不知哪年哪月呢。大家面面相觑，只得忍气吞声地把大葱炒肉端回宿舍里去。有人把饭盒里那一段段金黄色的熟大葱，都挑出来扔掉了，只剩下孤单单几片肉。我勉强尝了一口，赶紧吐了：北方的大葱，闻起来香，吃在嘴里，有点麻舌头。真不懂这里的人，怎么喜欢吃大葱？

很快就发现，大葱在北大荒人的生活中，是一种绝对不可缺少的必需品。

早春时节，残雪化尽，呼啸的春风中，菜园子空空荡荡一片荒凉。唯有去年秋天栽下的一排排大葱，枯黄干瘪的葱叶中心，早早钻出了一支支挺拔的绿芽，葱叶由黄泛青，葱尖碧翠，竹笋似的一天天往上蹿。那是严冬过后的大地上最早的绿色，绿得沉着而稳当，饱满茁壮得像一棵棵小树苗。给葱地浇了水，再往上一层层培土，葱白就随着往上长；葱地的垄台土壤须保持松软，长长一根大葱，一拔就"脱颖而出"了。然后把一根根绿莹莹的大葱，用水略加冲洗，往炕桌上随意一撒，满桌碧绿，配着一碟黄酱，就是北大荒人的当家菜了。

一个春风怒吼的中午，我看见一个红脸小男孩儿，在自家门前玩耍。他的左手抓着一块金黄色的苞米面大饼子，右手的手心里紧握着一棵尺把长的鲜绿大葱，长长的葱叶在风中抖动。他咬一口大饼子，再咬一口大葱，大饼子是饭，大葱是菜，如此交替进行，吃得专心致志。擀面杖一般粗的大葱，被他一截一截迅速咬下吞没，我能听见他嘴里咀嚼大葱发出的生脆响声。生葱断裂的汁液迸溅出来，他被辣得眯起了眼睛，却是一副开心满足的样子。

我摸着他的头问："辣不辣？"他咧嘴乐，摇头回答："甜！"

那一刻，我第一次对大葱发生了好感，确切说，被老职工孩子手里的那根绿色的大葱感动了。这也许是他开春后最早能够吃到的新鲜食物，是他家里最香最好的食物。我的嘴里分泌出丝丝唾液，忽然很想尝一尝这生的大葱，究竟是不是真的有点甜？

即便在夏天，大葱也是东北人餐桌上的常备和必备的菜。自家黄豆做的大酱，用豆油和鸡蛋炒了，大葱就蘸着酱生吃。一开始觉得那酱有股怪味儿，吃着吃着，发现了大葱蘸酱的妙处——那生葱在嘴里嚼着嚼着，真的慢慢有了甜味，甜脆香辣，专门用来对付粗粮。

到了秋天，连队的大菜窖，有一角专门用来堆放大葱；老职工家家户户门前，都晾晒象牙一般粗壮的大葱，成捆成捆地立着，那是一个冬天的"战备物资"。等着阳光把葱叶晒蔫了，长长的葱叶就可当作绳子，把葱白卷成一把一把的，扔在屋顶上或是堆在墙根下，随吃随取很方便。大葱不怕冻，哪怕冻硬得像一根钢棍，拿进屋稍稍缓一会儿，它就立马苏醒过来，冻葱下了锅，还是原来那个葱味儿。大葱也不怕久放，看着葱叶蔫了干巴了，剥了葱皮，里头仍是一截雪白一截翠绿，水灵灵的，新鲜如初。任你是包饺子蒸包子，大葱肉馅，是万能的应急救兵。假如家里一时什么蔬菜都没有，只要有大葱就不发愁。大葱耐心地伴人度过漫长的冬天，冰天雪地，家中贮备着大葱，就像存着盐一样让人心里踏实。

春天里的大葱最宝贵。自从经历了下乡后的第二个春天，知青们对大葱的看法，有了根本的转变。冬末春初时节，窖里的大白菜土豆已经消耗殆尽，剩下的也已是千疮百孔；当年的菠菜和小白菜，在菜园里刚刚播下种子，田园一片荒芜。每到这个时候，大葱就率先挺身而出了——一棵棵刚从地里冒尖的大葱，被小心拔起来，仔细地切碎了。连队食堂的大锅里，放上一星半点豆油，用这葱花炝锅，再加水加盐加点酱油，这所谓的汤里，除了葱花就啥也没有了。只是在"汤"的表层，均匀地漂浮着一层绿色白色的葱花，葱花的下面空空荡荡。知青管它叫"玻璃汤"。一碗"汤"端在手里，小心把那珍贵的葱花挑出来，在舌尖上细细抿着，那个香啊，然后咽下。若是汤里连"葱花"都没有了，那还能叫汤吗？

在春天严酷的事实面前，南方知青不得不对大葱刮目相看，不得不对大葱肃然起敬。我们重新认识大葱，谁也不敢再歧视大葱了。每年青黄不接之时，大葱方显出英雄本色。大葱像一颗"革命的螺丝钉"，拧在任何一处都发光发热。大葱是北大荒的灵魂，我们终于变得对大葱无比热爱、无比尊敬。不知从什么时候开始，大葱大摇大摆地进入了南方知青的生活——我们凡是改善生活做"小锅菜"，竟然也开始用上大葱了。不用大葱做菜，菜的味道就不到位。当然，那葱是从食堂或是地里"偷"来的。

等到过了几年，回杭州探亲，竟然很炫耀地对家人说："吃过葱爆肉片吗？我给你们露一手怎样？"可惜，南方细细的小葱，是做不成葱爆肉片的。

离开北大荒之后，大葱仍然令我念念不忘，成为厨房里四季必备的佐料。开春时，甚至也热衷以鲜嫩的小葱蘸酱。北大荒对我的"再教育"，以葱的形式体现。我被大葱所启蒙，逐渐入乡随俗，和北大荒取得默契。大葱大蒜和辣椒，在后来的三十多年中，把我改造成一个"北佬"，或者说，是一个兼容南北口味，至少懂得北方饭菜之妙的人。

北大荒的大葱具有耐寒耐旱、朴素坚忍的品性。普通平常的大葱，竟然成为我青春往事中最清晰的记忆之一。那种顽强的生命基因，也许已经融入我的骨髓和血液。

过　冬

北大荒的第一个冬天，过得刻骨铭心。

在杭州出发前，知青办向每个知青都发放了草绿色的棉衣棉裤，还有棉大衣。当时说是免费赠送的，但到了农场几个月后，就开始月月从工资中扣款，由我们自己来偿还。钱未扣清，棉衣已穿在身上，肥肥大大、拖拖拉拉的，有点像当年八路军的红小鬼。互相望着对方，都像在看怪物，笑得肚子疼。有爱美又能干的女生，把棉衣棉裤小心拆了再重新缝制，穿在身上焕然一新，神气十足。

我却对那套棉衣棉裤束手无策，它们几乎没有一处尺寸合适于细瘦的我。尽管如此，我仍然只能乖乖地把它们穿上，用以御寒过冬，以致出工时我总落在后面，因为裤腰太肥，裤子总往下掉，时不时地要把它提一提。

一双黑色的棉胶鞋，鞋帮上衬着薄毡，再自己垫上毡垫，还是冻脚。鞋都大两号，以便在里头再穿一双毛线袜，却还是冷。去菜窖的路上，走上几分钟，脚就冻僵了。有鹤岗的知青指点说，得穿上棉乌拉鞋才行。可上哪儿去弄棉乌拉呢？农场的小卖店也没有卖的。鹤岗知青很仗义地说："等我回家，让我妈给你做一双鸡毛袜子，穿上准保暖和。"过了不久，鸡毛袜子果然做好了，是一块三角形的白布套，里头塞着鸡毛（大概是羽绒服的初级阶段）。把三角形的布套抖开，脚伸进去，包裹严实了，再伸到棉胶鞋里去。可是，鸡毛袜厚而蓬松，任我怎么努力，根本就穿不进去。穿出一头大汗，只好作罢。

每人都发了狗皮帽子，草绿色的布面，里子和耳垂是毛茸茸的狗皮，戴上倒是暖和。杭州女生们都不喜欢，觉得像《林海雪原》里的那个小炉匠，就仍然戴着从南方带来的毛围脖，红的绿的长长地绕了一圈又一圈，远远看着十分鲜艳夺目。那围巾却包不住额头，一出门，呼啸的寒风吹得脑袋疼；若是不戴口罩，在野地里走上十几分钟，那首当其冲的鼻子尖就倒了霉，眼看着一点点发白，失去知觉。要是不及时用雪来搓，搓出热气和血色，鼻子真的就可能冻掉——这句民谚可不是吓唬人的。如果脑袋上不戴棉帽子，脑袋就没有了。在北大荒，脑袋和帽子绝对是同一个不可分割的整体。面对寒冬的淫威，南方知青很快就乖乖屈服。于是，女知青们再是爱美，还得把那顶狗皮帽子戴上，用帽耳朵把两颊包紧，脖子里系上围巾，戴上厚厚的棉手套，如此全副武装，出得门去才不会被冻伤。

整个连队的知青若是一同出工，从背影上看，绝对无法分辨出男女。男女都一样臃肿而笨重。

不由得想起了《木兰辞》："双兔傍地走，安能辨我是雌雄。"

可惜，那时没留下照片。

当时最大的愿望，就是等有了钱，一定要到佳木斯的百货商店，去买一顶漂亮的皮帽子。最好是羊剪绒的，帽檐上有无数卷曲的绒毛，看上去秀气又精神。

还没到三九天，我们就已经结结实实地领教了北大荒冬天的厉害。

晚上洗了脚以后，出门去倒水，外面冻得"嘎嘎"的，迎面一口冷风呛得气都透不过来。慌慌张张地泼了水就往屋里跑，手上沾了脸盆里的水，湿手一拽门把手，顷刻间那手就粘在门把手上了，一心想要挣脱，使劲儿一缩手，手上撕下一块皮。

晚上上厕所，厕所里黑咕隆咚的，打着手电筒，也找不着茅坑的板子；逗留时间稍长些，屁股冻得生疼，手也冻僵了，系不上裤子。男生女生都不愿意上厕所，出了门，就地"解决"，反正谁也看不见。到了第三天早上，门口一摊摊冰冻的尿迹，像一幅幅黄色的地图，大家都视而不见。冻的尿加上泼的脏水，宿舍门口很快就堆起了一座冰山，每天出门都有人在"冰山"上摔个大马趴，还乐呵呵地说是冰山来客。连队领导三令五申，不准在宿舍门口倒水，谁都阳奉阴违。直到开春，那冰山一点点化了，温煦的阳光下，宿舍周围终日飘散着冰山中包藏了一冬的尿臊味……

"一九二九冰上走，三九四九打骂不走……"我们很快都学会了那首关于冬天的民谣。成天扳着手指头，盼着"七九河开，八九雁来，九九加一九，耕牛遍地走"那个遥远的春天……

第一年冬天，连队的大宿舍都用"大锅"取暖，就是在屋地中央，用砖砌上一个圆形的大池子，然后把食堂做饭的那种大铁锅倒扣过来，架在上面，锅底的尖顶上砸了一个洞，用来接烟囱的管道。铁皮管道从窗户里通出去，排放烟雾。倒扣的大锅在靠门的那一侧，用砖留了一个烧柴火的口子，然后把稻草塞进去，点上火，火焰很快就把铁锅烧热了，烧得滚烫，甚至烧红，百十平方米的大宿舍，就靠这铁锅散发的热气取暖。铁锅很容易烧热，宿舍的温度一下子升高，这时候大家就赶紧洗脸洗脚，上炕钻进被窝。一旦锅凉了，宿舍的温度很快就降下来，满屋子的人嘴里都发出"嘶嘶"的声音。

　　所以，在冬天，东北人互相见了面，口头语是"那屋冷不？"如果屋子的温度不够，墙角的天花板、墙壁和玻璃就会上霜。一旦上了霜，就要到天暖了才能融化。墙上的霜越积越厚，整个屋子银光闪闪的，像一座雪女王的宫殿。看着挺浪漫的，住在里头像个冰窖。

　　有一次，轮到我值日。值日也就是专管烧大锅，一人轮一个星期，半夜得起来添火，白天就不用出工了。前一天晚上，把烧大锅用的稻草，一堆一堆地抱到宿舍门口的走廊里，堆成一座小山。大锅的胃口出奇地大，这座小山只需一天就会被"搬走"——统统填进了大锅的肚子里，燃烧后变成灰烬。然后，再把大锅里的草灰，一锹一锹地挖出来，装在土篮子里，拎到外面去倒掉。清晨天还未亮，"值日生"就得先起床，把大锅烧热，锅热了屋里热了，大伙儿才能离开被窝穿衣服，否则，连衣服都是冰凉的。我拼命地往大锅里塞稻草，想把大锅尽快地烧热。但我忘了大锅里有许多昨夜剩下的草灰塞满了灶膛，那稻草怎么也塞不进去，塞进去也烧不起来，一股黑烟从灶口倒出来，把大伙儿呛得怨声纷纷。

　　接受了这个教训，第二天下午，我早早地开始"掏膛"，准备把灶锅里的草灰，清理得空空荡荡、干干净净。我用铁锹把草灰掏

　　有女如云

出来，放在土篮子里，轻轻拍打严实了，好多装一点。我把宿舍里值日用的三个土篮子都装满了，然后，把它们拎出去放在了走廊的过道上。那会儿我手头正有个什么事情要做，就打算稍过一小会儿，再把它们拎到门外的远处去倒掉。

但我却很快就把走廊里那三土篮子的灰烬忘得一干二净，我的脑子里完全没有了草灰那一回事儿。我不知在忙些什么，然后，就到井房去担水了……

等我回到宿舍门口时，走廊里正向外冒着浓烟。有人大呼小叫地喊着救火，冲出来，抓过我肩上的那两桶水，就往草堆上泼。几个人手忙脚乱地忙乎了一阵子，火总算是扑灭了。我瞪眼望着走廊里一地的泥水和被火烧了半截的草棍，愣愣地不知道发生了什么事儿……

一个女生冲着我尖声大叫："你怎么不把土篮子里的灰倒了呢？"

我问："咋的了？灰咋的了？我这就去倒啊……"

她生气地指着墙边的土篮子说："倒啥倒，还倒呢，都着啦！"

我这才发现，那只土篮子已经面目全非，它的底部被烧掉了，边上还留着燃烧过的痕迹。墙边堆的稻草，一部分已烧成黑灰，宿舍里烟雾弥漫……

那女生看我左右还是一个不懂，就用教训的口气指点我说："刚掏出来的灰热，里头有火星子，你不拿外头倒了，它煨着煨着就把土篮子给点着了，土篮子再把墙根的草给点着了，要不是俺们回来得早，你差点儿就成纵火犯了！"

接着又嘀咕一句："你们这些南方人，咋啥都不明白哩？！"

这回算是明白了：北大荒天冷，火总是热的。

虽说连队并未因为此事批评我，但从此却再也不敢大意。

刚到农场那几年，由于南方知青不懂得东北的基本生活常识，闹了许多笑话不说，还经常惹出麻烦，险些酿成大祸。

男生宿舍着火是家常便饭，见怪不怪了。着火多半都是因为烧炕引起的。反正取暖不收费，过了今儿个没明儿个，知青们总嫌值日的烧炕不够热，有勤快的人就自己去抱了柴火来"加工"，贪婪凶狠地往里添草，猛烈地烧炕直到把炕烧得烫手才罢休。那热乎乎的炕睡得好舒服，可到了后半夜，身下的褥子终是经受不了烫砖的温度，渐渐被焚化被点燃——有人在梦中只觉得后背着了火，在睡梦中被"烙"醒，跳起来光脚逃出被窝跳下炕，才发现褥子已经焦黄变黑，屋里一股棉花的焦煳味，用凉水拍打后，褥子上留下一个烧透了的大洞……

头一两年冬天，我们经常得用自己微薄的工资，为那些烧坏了褥子的男生募捐凑钱，好让他们去买新的褥子。

农场为知青准备过冬的烧柴，原本就供不应求，再加上知青们无计划地挥霍，到了第二年冬天，柴草终于告罄。总场方面也无力继续筹措新的取暖费用。元旦将临，场部领导召开了紧急会议之后，无可奈何地做出决定：宿舍停止取暖，全体知青放假三个月，等开春再回农场。

全场知青雀跃，迅速作鸟兽散，继而人去屋空，所有的宿舍烟囱都不再冒烟，农场一时寂寞凄凉。

度过北大荒的冬天之后，任是什么样的冬天，都不会让我们惧怕了。

白色大鸟的故乡

扎龙与丹顶鹤

很多年一直想去那个叫作扎龙的地方。

扎龙那个地名已在耳边盘旋了许多年，带着沼泽地深处水的腥味与草叶的湿润气息，海绵般柔软地吸取了我内心的向往。

只是因为那些白色的大鸟——丹顶鹤。

许多年前我曾见过它们奇妙的舞蹈，许多年里我在天空中寻找它们的踪影。每年早春，它们以家族为单位，两三家结伴而行，从江苏盐城返回齐齐哈尔市郊的扎龙湿地繁衍育雏；秋风霜寒，它们带着已经学会飞行的幼鹤，返回盐城的海边滩涂过冬。那是一条多么漫长而遥远的飞行路线，一年一度乐此不疲地远征与悲壮巡回。每次飞机穿行于高空，我都期盼在天上的云层间与仙鹤们相遇——它们飞得如此之高，以至于站在地上的人们，从未能仰望到它们飞行的姿态。

所以我是一定要去扎龙的。"扎龙"为蒙古语，是"扎兰"之音转，意为饲养牛羊的圈。扎龙位于黑龙江松嫩平原，乌裕尔河下游湖沼苇草地带，原为渔区，是中国目前面积最大的芦苇沼泽湿地。1983

年建立扎龙自然保护区管理局，1987 年被批准为国家级自然保护区。

发源于小兴安岭西麓林区的乌裕尔河，被冬季丰厚的大雪滋养，开春后水量充沛，浩浩荡荡穿过广阔的山地平原，流经齐齐哈尔一带下游地区，已无明显河道，逐渐与苇塘湖泊连成一体，然后流入龙虎泡、连环湖、南山湖，最后消失于杜蒙草原。

失去了河道的乌裕尔河，下游的河水漫溢而成旷然无际的淡水沼泽——漂筏甸子、苇荡，苔草、藻类年复一年蓬勃生长，终于成为一片专供丹顶鹤及其他大型鸟类、鱼类栖息的天堂。谁能说迷失的乌裕尔河，不是由于领受了上天的旨意，才有意在扎龙一带滞留徘徊不去的呢？也许需要很多年才能参悟，那些貌似迷途与涣散的大水，其中蕴藏的自然之神所授的玄机与奥秘。我们无法得知那些白色的大鸟，究竟是在哪一年的一个温暖的春日，如天上的白云一般飘来，轻轻降落在碧绿的苔地上，然后轻歌曼舞、筑巢产卵……当我来到这里的时候，我眼前的这片绿色沼泽，已成为白色大鸟年年不离不弃的圣地和家乡。

如今在扎龙自然保护区内，栖息着本地鸟类 260 余种，以大型游禽涉禽例如丹顶鹤、白枕鹤、白鹭、草鹭，还有候鸟旅鸟例如野鸭、大雁、雀类为主；鱼类 46 种，昆虫 277 种，还有麝鼠、雨蛙、蛙、鳖等等——在眼前静谧安然的湖沼芦荡中，潜藏着一个自由喧闹而巨大的动物乐园。丰茂密实的苇草犹如层层叠叠的墙，在我的视线中看不见一只大鸟。无人的湿地为野生动物设立了一道道天然屏障，将人类无处不至的侵入脚步，阻挡在陷阱一般克敌制胜的沼泽地之外了。

在扎龙湿地，参观的节目其实颇为丰富：录像室可观看扎龙保护区的专题资料片；在野生动物标本厅，可见到生活在扎龙的几十种大鸟形态优美栩栩如生的标本；还有人工饲养在笼中专供观赏的世界各地的仙鹤种类；最后将见到冬夏常年驻寨扎龙的成群丹顶鹤留鸟。

登上保护区管理局专为观鸟所建的五层楼高的望鹤楼，只见碧水连天，芳草连天，水外有水，水天一色；湖面上浮漾着一圈一圈若隐若现的"涟漪"，波斯地毯图案似的静止不动。管理局的李长友局长说，那是野生菱角，开花时节，湖面就会变成一片金黄。

从望鹤楼五层平台的望远镜镜头里，我终于远远地见到了两只东方白鹳。它们蜷在一根木桩顶上搭起的草窝里，正在喂养刚刚孵化不久的雏鸟。据说这种鸟专栖于树顶，但沼泽无树，扎龙人为"引凤"而特地架起高高的树桩，搭起密密的窝巢——尔后苦等长达八年之久，终有一对白鹳自远方飞来，从此留守不去，将扎龙视为故园。在保护区内碧绿的堤埂上，我看见一只雪白的雌天鹅，正在一块高地上的阳光下耐心孵卵，雄天鹅却在堤下的水草边，泰然梳理羽毛……

今年春夏齐齐哈尔遭遇大旱，为保护湿地的自然生态，市政府紧急决定，调放上游水库及嫩江水源，为扎龙湿地大量补水，那是东北平原之肺，黑土地重又顺畅呼吸。在沼泽的边缘静静谛听，苇草深处传来声声鹤唳，如长笛宛转、小号脆昂，远播天外。

通灵仙鹤

这是扎龙保护区的一项"绝活"——丹顶鹤留鸟的飞行表演。

那群白色的大鸟，从湿地边缘一处高地上的"放飞场"中结队走出来亮相的时候，一个个长腿长颈、昂首挺胸，洁净而矜持，一身素衣白衫配一顶精巧的小红帽，活像英勇潇洒的斗牛士。它们眺望远方，遥望长空，静默地各就各位等待出发。忽听旁侧的养鹤师傅发出一声类似鹤唳的长鸣，那几十只大鸟先后拉开距离，踮起脚尖，张开阔大的白色翅膀，忽扇着悠悠起飞。一阵强大的气流，如风如雨，从我头顶掠过，我的头发被吹起来，裙子被掀起来，那个瞬间我看清了它们巨大的白翅上，镶满了黑色的尾花，眼前飞旋的白羽如雾气升腾，一时遮天蔽日，须臾间，洁白的鹤群已迅速升空，前后错落有致，一顶顶小红帽破云领先，长脖似剑，长腿如桨，舒展的翅膀柔软轻盈如朵朵祥云，飘飘欲仙，蓝天下只见一道道银光闪烁，那不是鹤在飞翔而是云在飞扬……

那个时刻，北国的天空中，云朵忽然隐没不见，被盘旋的白鹤覆盖了。

那个时刻，北国的夏季，清凉的大雪纷纷，如旗如席，迎风漫卷。

我从未见过近在咫尺的美丽大鸟，如此生机灵动，翩然乘风翱翔。

它们像一群崭新的超音速飞机，在蓝天下进行着庄严而优美的飞行表演，间或变换姿势和队形，彼此配合默契；它们像一群天外来客，是白色的精灵与天使，因对地球情有独钟而不思归去；它们硕大的翅膀从空中掠过，转了一个大圈儿，在地面投下移动的暗影，然后缓缓地缓缓地下降，一只接着一只，落在远处翠绿的沼泽地里。

丹顶鹤降落的姿态也是极为优雅的——在下降的过程中，逐渐减小翅膀舒展的幅度，慢慢收拢身后那两支颀长的"起落架"，就在即将接触地面的一刹那，身子前倾，弯曲的双腿迅即伸直，然后稳稳站立。此时巨大的翅膀已全部合拢，几近天衣无缝地覆于背部，翅膀张开时那边缘上黑色的羽花，犹如一把收起的伞，变成了一撮黑色的尾翼自然垂落——这一系列动作完成得如此漂亮而利索，令人叹为观止。

却有一只"逃飞"的懒鹤，一直留在草地上东张西望地溜达。它用长喙调皮地啄人，然而你进它退，依然保留着对人的高度警惕。

丹顶鹤是一种温和却极为机警的大鸟，我无法抚摸和亲近它。在鹤类驯化场，专为白鹤"接见"并与远方来客留影而设立的园中，扎龙鹤群中那一位最聪明漂亮的超级明星，从笼中款款走出，一派训练有素的国际模特风度，然后轻轻迈上树桩，长长的黑颈随之昂然翘立，迅速摆好了与人照相的架势，仪态万方。听得相机咔嚓一响，便不耐烦地走下树桩，掉头而去。只有在池塘边洗澡的一群雏鹤，乳黄色的羽毛未丰，浑身湿漉漉地滴着水珠，摇摇晃晃地追来逐去地玩耍，一副未历世事、天真无邪的模样……

在扎龙保护区内的世界珍贵鹤类展览园中，见到了形态各异的多种美鹤。其中有一只蓝灰色的赤颈鹤，来自印度斯里兰卡，身材奇高，几乎像一只幼年长颈鹿，羽毛油亮，线条流畅，红颈银衣，头顶一朵菊花状的帽冠，每一根挺拔的冠须都金光闪烁，犹如一顶金质皇冠。故而步态傲慢，颇有王者风范。赤颈鹤生性凶猛，忽抬头昂然长啸，声如洪钟……

都说鹤通人性，一夫一妻制终身相守。雌鹤每年春季产卵两枚，若遇意外事故，雌鹤还会再次产卵两枚，直至成功孵化，可见仙鹤的天性中具有计划生育意识。鹤蛋呈灰白色，上有浅褐色斑点，由雌鹤与雄鹤轮流孵化，共同养育幼雏，夫妻恩爱平等，令人钦羡。只是听说曾有一只雄鹤因常常外出拍电视上镜头，受到外界诱惑，竟然移情别恋，跟另一只雌鹤远走高飞。它的"原配"痛心至极，在扎龙老窝上空久久盘旋，风声鹤唳，凄厉悲怆，哭声催人泪下，最后这只雌鹤离开了扎龙这个伤心之地，不知去向……

扎龙湿地的丹顶鹤群中，有过多少感人至深的亲情友爱呢？然而，仙鹤有爱，却不会有恨。面对至情而圣洁的仙鹤，人类是否多少会有些愧疚呢？

鹤的舞蹈

我相信自己与鹤是有缘的。六十年代末从杭州到北大荒下乡时，我报名的那个农场，就叫作鹤立河农场，隶属鹤岗市。想来在很久以前，三江平原湿地上，一定曾经自由地生活着许多许多白鹤灰鹤，那地方因鹤得名。

但我到达鹤立河农场的连队时，几乎已经见不到鹤的踪影了。水库边草甸深处，偶有一只白色的长脖老等，细脚独立，低头于浅水觅鱼，有人走近，它便伸开翅膀迅速仰天起飞，单腿忽而变成两根，垂直悬挂于身后，瘦腿伶仃，白羽飘飘，大有仙风道骨之态。那一刻我几乎惊呆，尔后激动不已，从此固执地将此鸟认作白鹤，以给自己一点心理安慰。

但事实上，那时候三江湿地正被大规模开发成农田，鹤立河早已徒有虚名了。

1977 年，我带着关于白鹤之梦的破灭与一线尚存的人生理想，来到哈尔滨读书后又留在那儿。有一天，在事先完全没有任何预兆的情境下，白鹤突然出现了——它们以舞蹈的姿势，猝不及防地闯入我的视线。那是我生命中值得庆贺的幸运日，后来的岁月中，它仍不断地令我陶醉与回味。时隔二十余年，当时的情形仍清晰如初、历历在目。

那是八十年代初一个春天的清晨，我与一位邻居大姐约定去哈尔滨市动物园晨练。我们似乎是被一阵阵嘹亮的号角，或是高亢的呼唤所吸引，闻声走到了一座高大的丝网笼前。那一刻我的呼吸都几乎停止了，我看见了一群白色的和灰色的大鸟，不，是一群真正的仙鹤，正在笼中翩跹起舞——

银衣白裙飘飘，身材修长流畅，长颈长腿灵巧敏捷，灰褐色的

有女如云

眼睛彼此深情地凝视对方——它们几乎具备了天才的舞蹈家应有的一切优势，还有内心热烈而疯狂的激情。它们在清晨的第一线阳光中从容地展开了巨大的羽翼，然后轻盈地弹跳，凌空扑转，就像踩着音乐的节拍，一步都不会乱了方寸。伴奏的音乐流淌在它们的血液里，我们人类是听不见的。一只白鹤高雅地踮起足尖，将长喙伸向太阳的方向，一次又一次，总是与其他的鹤擦肩而过，然后一个华丽转身，在笼中奔跑翻腾，掀起一阵忧郁的尘雾——这是白鹤的"单人舞"，高傲而又孤独。而"双人舞"的风格则完全不同，那是热情奔放而又光焰四射的：双鹤颈项相绕，四足灵巧地此起彼落，每一个动作都是互相呼应的，就像人类的拉丁舞那样配合默契；它们不停地追逐嬉戏，扇动着翅膀换位拍打，像是在拥抱与抚慰对方。鹤似以腾跃示欢喜、以展翅示仰慕、以交颈示情爱、以啄羽示亲近，那般缠绵悱恻、难舍难分，那样扑朔迷离、如影随形。鹤在舞蹈时，在天地间释放了它求偶的全部渴望与爱意，忘我忘情如痴如醉，令观者惊羡而自愧不如。当笼中所有的鹤们都一同起舞时，犹如风起云涌电闪雷鸣，一场气势磅礴而壮美的集体舞开始了，整个笼子似乎都在震撼。我听见了雄浑的交响乐，还有旷野春风的呼啸；然而，眼前白鹤的狂舞却旁若无人，依旧悄然无声地进行着。

那一刻，我相信天下所有见过鹤舞的人，都会被它们的真诚率性而深深感动。

也许再没有哪一种动物，能比鹤的舞蹈更奇妙更精美更富于感情色彩了。多年前我曾见过笼中之鹤的舞蹈，从此终身不忘。但也有一丝悲哀挥之不去，我只能想象着那些栖居在蓝天野地的鹤群，大自然辽阔的舞台，会使它们的舞蹈更加舒畅与自由。

在扎龙见到一位春夏常出没于沼泽，业余拍摄野生鹤群的企业家王克举，并参观了他自费建立的扎龙梦鹤苑主题公园。前后十余年，他拍下野生鹤冬夏生活形态图片近万幅，在梦鹤苑几排红砖平房的白墙上，悬挂着几百帧扎龙丹顶鹤与大天鹅的艺术摄影图片。色彩光影、雪雾水波、鹤立鹤飞、鹤鸣鹤舞，千姿百态，让人流连忘返。

有人以这种方式，将仙鹤自创自演的舞蹈，在镜头中永久珍藏。

当然还有更为重要的另一种形式的挽留，留住湿地沼泽——适宜野生丹顶鹤居住的自然生态环境。齐齐哈尔市政府及扎龙保护区，在这二十多年间已是竭尽所能、不遗余力。扎龙的当务之急，需要设法将苇荡中遗存的几十家农户，全部迁出保护区。

北大荒是仙鹤的故乡。据悉，当年知青大量开垦的湿地，近年已陆续退耕还草。

我相信自己是与鹤有缘的：我的两个外甥女（我事先并不知情），公爹为她们各自起名为鹤立与鹤飞——愿以此怀念那些美丽的白色大鸟，再不会被我们忘却或忽视。

西施故里有感

　　清澈而丰盈的浣纱溪由古越国流淌至今。西岸是西施夷光的出生地苎萝村，对岸是郑旦的家乡鸬鹚湾。

　　山势俊秀，水色潋滟，碧绿的浦阳江边，当年西施浣纱的巨石依旧。

　　就在苎萝山下，依山傍势地建起了一座西施殿，楼台亭阁，古色古香。西施塑像女神一般端庄圣洁。还有车站、宾馆前伫立的西施，如纱似水，柔情飘逸。

　　两千年前的西施姑娘依然散发着青春气息，与她故乡的土地一同成为永远。

　　曾为浣纱之女的村姑西施，在水边邂逅了四处寻访美女的越国重臣范蠡。范蠡与西施一见钟情。但范蠡复国雪耻的计谋在心，欲献西施于吴王夫差，以西施的绝色美貌迷惑吴王，以图有朝一日里应外合，共施灭吴兴越之大业。于是范蠡忍痛割爱，舍弃私情，对西施晓以大义，委以重任，尔后将西施奉呈越王勾践，并在越都绍兴美人宫，对西施、郑旦等诸多美女一一进行文化补习和间谍培训，三年后，西施色艺双全，琴棋书画无所不能。然后挥泪辞行，悲壮离别故土，奔赴报国前线吴都姑苏。在吴国多年，以其美貌聪慧博得吴王的信任和喜爱，获王后之尊。但西施历经风雨磨难，对故乡和范蠡的痴心不改，若干年后终于协助越王大败吴国，与她的恩师和知音范蠡重续姻缘，远避尘嚣而去……

史书是这样记载的，文学和民间的故事也一直是这样流传的。

立于史书上的西施，是一位深明大义、胸怀大志的巾帼英雄。

活在诸暨民间的西施，是一位救国救难的保护之神。

可是，那个原始而本真的西施，究竟是怎样的呢？有没有人问过西施，她是愿做浣纱的西施，还是做王妃的西施？

公元前的西施姑娘，带着山林溪泉的地气和野味，车辚马啸，从苎萝山一步步走向姑苏的馆娃宫。十几年风云激荡、天低云暗，然后风消云散、风清月朗。无论西施最终是和范蠡隐居在烟波浩渺的太湖，还是魂殒越王勾践的权力刀剑下，西施真正的归宿只有她故乡的土地。在山清水秀的浣纱溪边，西施还原成一个无拘无束、自由自在的民女。她不再负有沉重的责任和使命，无须再委曲求全、夜半惊梦，她浣纱织布、粗茶淡饭平安度日；夫妻恩爱、生儿育女繁衍后代；她想哭就哭、想笑就笑、想唱就唱、想爱就爱……

可惜那已是西施身后的梦了。少女西施梦断浣纱溪。

那个春日的傍晚，我徘徊于诸暨街头。从喷泉那边西施洁白的塑像上，似有迷离彷徨的眼神飘来；从晚霞映红的江水里，似有西施哀怨的叹息传来。我倾听她的呢喃絮语，方知古往今来，女人的心事，其实全然无法由男人书写的历史洞悉。

我们也许真的需要换一种思路，来为西施想一想了——

即使曾有吴王灭越的"会稽之耻"，但如若越国富庶强大，还用得着将西施作为贡品献给吴王吗？如果越国的君主雄才大略深谋远虑，复国大业何以依赖一个女人的拯救呢？范蠡把心爱的西施献给吴王时，在女人和真情、权力和荣誉的秤砣上，后者显然比前者占有了更重要的位置。那么西施难道没有理由对范蠡失望吗？面对一个没有能力保护自己、无法享用这份真情的男人，西施究竟为什么非得一如既往地爱慕下去呢？西施之爱范蠡，范蠡在她心中究竟是作为一个真正意义上的男人，还是最后残存的家园故土的象征而已？范蠡用国家民族的责任去说服、鼓动、诱惑西施的时候，西施实际上已经成为被王权利用、被政治奴役的工具，她必得付出自己一生的幸福作为代价。那么，西施真的是心甘情愿的吗？在西施的价值取向中，社稷的责任和女性的情感选择，哪个更为重要呢？西施作为中国历史上第一位女间谍，究竟出于自愿还是出于被迫？

也许，当越国终于以阴谋诡计战胜了吴国，姑苏城破、夫差自尽之时，在那个惨烈的时刻，美丽的西施恍然明白自己真正爱的人，恰是朝夕相处多年的吴王夫差。她发现敢爱敢恨、才情并茂、活得坦然潇洒的吴王夫差，才是真正值得她爱的血肉之躯。当西施终于完成了她的使命，实现了她的目的时，才发现那个目的原来竟然毫无意义。她随范蠡隐没于太湖，是因为她已无法重新选择和重新开始。

那是一个真正的悲剧。女人的悲剧。

还有没有另一种更接近历史真相的设想呢？也许还有一种被更多人忽略了的、更为残酷的结局：

聪颖灵慧的西施被派送吴国后，在十几年的政治风浪中，终于大彻大悟。她发现自己原来只是两国君主争夺霸业的工具，无论勾践还是夫差，包括范蠡，都不可能将她作为一个真正的女人来爱。她周旋于越王勾践和吴王夫差之间，心底却已将两个男人彻底看透，视为一丘之貉。但她无法抗拒和反叛，因为她父母乡亲的命运，都掌握在越王的手里。勾践和范蠡必定是备有制裁西施的撒手锏的，她早已被王权牢牢把持。她不缺乏勇气，但缺乏实际操作的实力。她不再爱范蠡，但也决不会爱上吴王。因为她一旦交出了自己的秘密，也就失去了吴王对她的宠信，那是一种更为悲惨的下场。吴王较之勾践，只不过是泥淖和陷阱之分，她只是权力斗争的牺牲品，稍有不慎，就会被三个男人的巨掌同时碾成粉末。

其实，来自浣纱溪的西施，才是真正大智大慧的女人。既然在宫廷强大的男性统治中无法得到她期待的真爱，西施便爽性超越了爱情。她把所有的爱心给予了贫弱的家园，被迫扮演了几千年来爱国者的楷模和典范。

有谁真正明白西施内心的痛楚和苦涩呢?

如若那是真的历史，还会有人理解和同情西施吗?

至少，那个黄昏，在西施故里诸暨的浣纱溪边，为了曾经困扰过我的那些疑问，我在心里与西施姑娘说了这些女人的悄悄话。

女儿湖隐喻

泸沽湖，在崇山峻岭之巅苍郁的松林缝隙中，悄然撩开了她的面纱。

我盼这一刻，等了很多年，从北方，几千公里，翻山越岭，为这个湖而来。人们说那是一个女人国中的女儿湖——我期待在这清澈的湖水中，深藏着有关女性的奥秘。

远远望去，湖面呈银白色，宁静平滑，像是结了一层薄冰。太阳隐没于云层，冰面发出冷冷的光，感觉却是柔软的，纱裙一般铺撒开去，微微颤动，闪烁着不易察觉的波纹，像一个温柔的陷阱。这是一个矜持而含蓄的冰美人，千年万年地离群索居，只与高原雪山为伴。她本是不喜欢被打扰的，所以从不以微笑迎接远方的客人。

落水村，落落大方的水吗？村寨依山临水，高瓴厚墙的木楼，亦是落落大方。

水就在眼前，水就在脚下。进村的路，紧贴着湖岸，好像是从水里走进村子里去。我从未见过那样丰沛的一湖清水，满得从湖中漫到湖边，轻轻拍打着无须围堰的湖沿。我从未见过如此浅显的岸，湿润的泥土与湖水在同一平面上，岸与湖连成了一体。水波随意地撩拨着湖边的芦苇，路面有浅浅的水坑，水来了又退去，也是没有定规的；湖水荡漾着波动着，只是有节制地与湖岸调情亲热，却从不恣意汪洋泛滥溢淌；湖的四周是逶迤的山，冷峻的蓝灰色，臂膀一般环绕着、呵护着湖。山有一角伸入水中呈半岛状，湖心另有两座玲珑的小岛，将泸沽湖分隔成几个弯曲的水域，由此显出了湖的窈窕曲线——这是一个不受束缚的湖，一个不设防的湖，一个浑然天成、没有任何人工痕迹的湖，一个自由自在、冷暖自知的湖。

那晚下了一夜的雨，急骤而细密。落水村果然时时落水，却是说停就停了。天亮去湖边，湖水却不见涨溢，依然满满盈盈、温情脉脉的样子。雾气渐重，乳白如烟，弥漫开去，好似冷美人忽然变得热情奔放起来，整个湖成了升腾着热气的巨大温泉。阳光在云层中忽隐忽现，泄出一小块瓦蓝瓦蓝的天空，水天一色，女儿湖迅速换上了一条蓝色的缎袍，在风中飘起大摆的裙裾。雾气在湖的上空聚集，变成了重重叠叠的浓云。云团白得发亮，天女散花似的一朵一朵抛撒下来，落在水中，铺满了一湖的白云，湖水膨胀而饱满。从湖边码头坐船去湖心小岛，头戴天大的白色绒帽，水中拖曳着雪花长裙；船在云海中悠悠行走，人在云层之上徜徉，竟有些飘飘然的眩晕。木桨落水处，船下的白云裂成了碎片，一片片沉入水底去了，船一过，云朵重新浮上来，悄然合拢天衣无缝，人又在云里。船工是高挑健美的摩梭姑娘，说是纳西族，身材脸庞更像藏民。有风吹来，湖面渐渐开朗，狮子山巨大的山影投在水中，黝黑而雄壮。金色的阳光浸润在水中，泸沽湖忽又变了颜色，波光粼粼的金灰色，冷色暖色交融辉映。原来，这是一个变幻莫测的湖，一个丰满质朴的湖，一个生动鲜活的湖。泸沽湖两昼夜，几度在湖边漫步，见她变脸无数，每一刻的景象都与前一时不同，分分钟的风光都不重复——恰似充满新鲜感的魅力女人。

风轻云淡，湖水归于平静。近岛的浅水处，忽见水面浮漾着星星点点的亮光，初始疑为云中的光斑，船近了，伸手可触，掌心传来温润的质感，薄如锡纸，滑若丝绸，柔软无骨。犹如走进了童话世界，一朵一朵洁白的小花，形似菡萏，樱花般大小，回眸浅浅一笑，像一个个水淋淋的白色妖姬，自湖中破水而出。那是真真切切的新鲜花朵，四瓣紧合，包拢成一个精致的银碗，荷灯般浮在水上，淡黄色的花心散发着甘甜的水汽，花蒂上滴答着清澈的水珠。自以为走过许多湖，却从未见过水上如此轻盈灵巧的小花。那个瞬间我怦然心动——这是女儿湖特有的花吗？女儿湖的精灵？

小花无叶，一朵朵浮萍似的漂在湖上，显得有些落寞孤独，像是"无父无夫"却支撑着大家庭的摩梭女人。穿过清澈的湖水，可见花蒂下连着一根长茎，细如未发芽吐叶的柳丝，柔软而充满韧性，弯出几个弧度，在水里随波漂来荡去，直往水底探伸。泸沽湖水如此透明，视线可及水下数尺——目光顺着花茎下潜，再下潜，见水底有一团模糊的暗影，定睛细察，竟然是一株半米高的植物，深绿色的阔叶，如同芭蕉一般在水中悄然伸展绽放。那个时刻我屏住了呼吸，我看见"荷灯"细长的根须，是从那一大丛植物的叶片中心抽抻出来的。绿叶像一个隐形底座，稳稳地托住了小花的细茎，并伸出宽阔的手掌，穿过冰凉的湖水，一直将她送到温暖的阳光中去。她浮出水面的那一刻，还是一粒珍珠般的苞蕾，一个来自泸沽湖深处的睡美人。然后在清风中渐渐苏醒，一瓣一瓣地抖开自己的衣裙，开始了水上轻盈的舞蹈。就像泸沽湖女人生命中蓬勃自由的爱——只是，人们在湖面上看不见男人的双手，所有的支撑和依托，挚爱与呵护，都像海菜花的叶片，藏匿隐身于水下了。

船工库姆骄傲地说，这叫作"菠叶海菜花"，只有丽江这边的高原湖里才有。这种花，一般只开在没有污染的水中，水清花白，若是水质差，花就会变黄……

船往回走，这才发现，近岸湖面上，竟然漂着一大片一大片"菠叶海菜花"。灰蓝色的湖面上，一朵朵洁白的小花跃出水面，若隐若现，若有若无。泸沽湖像一座巨大的水上舞台，白袍水妖踮着足尖从波涛上走来，随着水浪敲击的音乐而翩翩舞蹈。也许它更像一幅神秘的水上织锦，图案底版因天空和阳光的颜色不断地变幻。

在岸边久久地伫立、凝视，心如水波轻微颤动，聆听大自然无言的教诲，渐渐开朗却又越发茫然混沌。

最后一眼回望泸沽湖：蓝冰薄纱，静卧于群山之间；她已收起娇媚的云雨之态，一如初识之时，冰清玉洁、冷静平和。人世间，究竟哪一种生活方式，更接近自然本相和生命原色呢？女儿湖，像一个无岸无底的隐喻，等待女人用心灵去破解参悟。

西拉木伦河漂流

　　西拉木伦河来自兴安岭南端的湟源河谷，为商代先民的摇篮，也是红山文化的发祥地之一。据说湟源的沙丘若垄似链，形成盆地，泉水自谷底沼泽中涌出，万泉竞喷，汇成水泊。上游石壁对峙，悬崖叠起，水流湍急，轰若雷鸣，有小三峡之称。契丹辽太宗耶律德光及乾隆皇帝，曾寻访木伦河源头并题诗称颂。几百年过去，西拉木伦依然奔流不倦、生生不息。

　　我见到的西拉木伦，已是中下游地段。水势略减，趋于平缓，浑黄的河水，坦然自若地穿过两岸苍郁的灌木。河道时宽时窄，时隐时现，在岸边的高地远望，像一条林中秘道。

　　我独自一人浮在水面，悠悠然顺河而下。

　　前后左右都是水，急促而安稳地流淌。触手可及筏子外沿冰凉的河水，倾耳是流水汩汩的哗响；我闻到了河面上飘来弥漫着青草和湿土的甘甜气息，清洁着我的呼吸；隔着充满弹性的橡皮筏子底部，能感觉到水在暗处使劲。整条河像是一个巨大的漩涡，无休止地旋转着，就连天空也已消失在水里……

　　西拉木伦，你从哪里来，带我去哪里？

　　没有帆，也没有罗盘，我是一座移动的孤岛，或是一块南极崩裂的浮冰，在水上漫无目的地漂流。

那一天下午，阳光早早隐没，从草原上吹来的风已有凉意，河面上没有闪烁的光斑，水是朴素平淡的本色，甚至显得有些冷漠。橡皮筏子下水的那一刻，只觉得身上的热气忽地被河水吸走了大半，波浪起伏，筏子颠簸起来，身子晃了晃，人就晕了，睁眼闭眼都是流淌的水。阴郁的河面，如同一条狭长的陷阱，会把人吸进去。心倏然抽紧，生出几分恐惧。

先后下水的同伴，筏子都已迅速四散，各自荡漾开去，橙红色的救生衣犹如曲水流觞的酒杯，不由自主地朝下游行走。我无法驾驭自己的筏子向任何人靠拢。水下像是有一只看不见的手，控制并离间所有的漂流筏，使得它们彼此之间无从相濡以沫。

四周空无一人，孤独感渐渐袭来，在水面上形影相吊。

那是一个宽阔的河湾，弯曲的河道延伸至此，水中突起一滩金色的沙洲，像是一个问号下面被放大了的点儿。筏子一往无前，撞向沙滩的边缘，悄然搁浅，无人能来搭救。用木桨撑住河底，胡乱地用力，听见橡皮搓擦着沙滩的声音，像是要揩去水中的痕迹。反复挣扎全然徒劳，筏子像一块磁铁被牢牢吸在河床上。忽而，却又轻轻一颤，猛地弹了出去，迅即将沙洲甩在了后头。却不是桨的力量，而是水流突然改变方向，将我重新送入河道的主流。

水流逐渐加快，如轻舟过峡，一泻数里。眼见河面朝着前方倾斜下去，形成水的梯级坡度。水势忽猛，溅起团团浪花，水下似乎布满阴谋诡计，埋伏着无数道沟壑岔口，路径纠缠纠结，像是隐形的魔爪，拽着筏子一会儿往左，一会儿往右，全然没有方向可言。人在水上，对于水下却一无所知，那水看似温情脉脉，转瞬就凶相毕露。束手无策地看着自己的筏子往岸边直冲过去，一头插入密集的柳茅丛，让粗韧的柳条一根根从头顶掠过，任其拍击鞭打，却无从躲避动弹不得。几回心惊胆战，自以为山穷水尽，流水无情，只能任其戏弄摆布了。绝望之中，水下的魔怪突然大动恻隐之心，那筏子似有神助，只一个华丽转身，自行掉头突出重围，卷入另一股劲流，如同冰上速滑，瞬息间蹿出老远。等到回过神来，人已在河的中央——天高水阔，水平如镜，筏子稳稳地朝着下游航行，一时畅通无阻……如此三番四次，每一次都在险情绝境中侥幸脱逃。再一次误入歧途时，只需坦然用手轻轻撩开树枝，等着撞击河岸那一瞬的力量，将其顶开——旋转——踮脚——凌空——落地时，已在新的起点上。那一套连贯的动作，完成得如此圆熟爽利，像配合默契的双人华尔兹舞步，在河面上一圈一圈地纵情奔放。圆舞曲的乐声从空中传来，微风、鸟鸣、流水声声……

漂流着，无拘无束。若是遇到浪花翻滚的激流险滩，爽性松开水中的木桨，身子一动不动，任随筏子从容漂去——它一个顺势鱼跃，从水瀑上灵巧翻过，稳稳落在水梯的下一层平缓处，衣衫上竟连水花儿都不溅一朵……

目光疑惑地透入水下，似乎隐隐看见了有关命运的昭示，或是另一种解读。

很多时候，人生，生活，就像漂流本身——当水流具有足够的运力时，顺其自然是最好的选择。水下（或是命运）潜藏着我们无法透视的规律，要说随波逐流，其实也就是循着波浪和水流的动向，借力前行而已。

在西拉木伦的夕阳下，我手里的木桨已不知去向。很多年来，我曾一次次梦见自己用脚尖在水面上行走，就像大海中那条渴望成为人的鱼。

那是一段平缓的河道，几乎感觉不到水的流动。我坦然地悠漾在河面上，把身子放平，躺下来，头发几乎垂在水面。雾气洇湿了我的眼睛，水声充盈着我的耳郭，水滴从我的脸颊上滚落，枕河——

那一刻我的脑中跳出这两个字。我就这样枕着西拉木伦河，摇曳、晃动、眩晕……我的身体蜷缩起来，躲藏在一个透明的水箱里，像是回到了母亲体内，四周的汁液丰盈而温暖。于是，半个世纪前，曾在母腹里的种种感受，都被一一记起并重新经历。那时初有人形，在黑暗中分分秒秒地膨胀，寻找生命的出口。就像在河心漂流，只等着那股暖流把你送去人世间……

潺潺水声对我耳语：漂流是流，漂泊是泊；不是漂泊，不是漂浮，不是漂荡，而是漂流——流水的流、流动的流、流淌的流、流传的流……

我抬起头，头发在滴水，不知是雨是泪。青青的河岸上，有一匹剽悍的白马在低头饮水，忽而扬起脖颈，嘶声辽远；岸边的灌木丛，苍老的根部一大半浸在水里，依然牢牢地抓着河岸略带赭色的泥土；一大丛紫色的雏菊开得明艳，细小的种子落在水里，也将会去漂流。远处的山峰逶迤，山顶上悬着一团浓云，莲花般地展开几片花瓣，山尖上一棵枝叶清晰的小树，深色的树影，恰好镶嵌在云朵里，似莲花的花蕊，吉祥而超脱……

我藏匿于水中，融化在西拉木伦河的怀里。

真想这样无休无止无忧无虑无牵无挂地漂流下去，直到天荒地老。在漂流的途中，每一滴水都是起点；在漂流的路上，每一寸堤岸都可到达终点。

就这样顺流而下，不问去路，不问归途。水下有一只看不见的手，一路托举着我的躯体，然后，在汩汩的流水中，将我的心情和心灵一并清洗。

天然夏威夷

在这个喧嚣又冷漠的世界上，若是想寻找一个安静而轻松的地方，就去夏威夷群岛好了。地球上匆匆行走的旅人，若是飞过南太平洋，别忘了在那片美丽的海岛上，歇一歇疲惫的脚步。

热带的阳光被清凉的海风吹去了焦灼，一阵爽朗一阵舒畅。四季的太阳都是如同一日的好性情，连汗水都滑润。

岛上的鲜花就那么随随便便地处处开着，一地一树地恣意烂漫，要想分辨它们的颜色，眼睛就不够用了；路边的果实就那么随随便便地悬着，浓密的果汁即刻就要从熟透的果皮中胀裂出来了；枝头的大鸟小鸟就那么随随便便地跳着，红冠黑翅蓝尾绿喙，人前人后嗖地飞过，像是家养的鸽子，步步恋着人的脚跟；蓝天上的白云就那么随随便便地浮着，一浪一浪地涌动，如海上的白帆无声无息地漫游。这么说会不会有人相信呢：就连火奴鲁鲁街道上密密的车流的车窗玻璃上都映着蓝天白云。那海水般湛蓝的天空、雪山般纯净的云朵，绝不是人刻意画上去的，那是天空中落下来的颜色，像是有一支隐形的画笔，在头顶上潇洒挥舞。若是车驰云不动，云团就被疾速的车窗一朵一朵数过去；若是云涌车不动，白云便如朵朵莲花，贴着窗玻璃顺水漂流。

还有雨呢。岛上的雨也是那么随随便便地下着，从不用乌云狂风雷鸣电闪来事先打招呼的。常常是一阵清风掠过，跟着一阵雨丝袭来，说下雨就下雨了，水珠在草地上轻轻掸过，刚把欲开的花苞滋润了一遍，甩手就歇下了，倒像是每日定时定量的洒水车。雨来时，阳光并不让位，依旧笑吟吟地在海上嬉戏，阳光和雨雾各司其职，雨丝借了光，成了太阳雨，根根雨线都像明晃晃的银针，扎在脸上就柔柔地化了。抬头望去，葱郁的山谷里悠悠飞起一道七色的彩虹，每一层色彩都清晰可辨，一时满天犹如波利尼西亚姑娘的彩裙飘曳，山坡上油亮的橘树荔枝树，成了裙边上镶缀的绿色流苏。

夏威夷的彩虹，就那么随随便便地在岛上游逛着，不邀自来，神出鬼没，像是岛上的流动风景。须臾间，雨说走就走，无影无踪地随风去了，灰蓝色的雾气从岸边峻峭的山岩上升起来，把彩虹一寸寸搂住拥入怀中，冉冉地折回海上去。

阳光仍然随随便便地蹁跹着，往草丛中多看一眼，花瓣就闪烁着舞蹈起来了。无数蓬勃旺盛鼓胀的生命，在岛国的每一个角落里日夜狂欢。

那生命是与天地同生的，似乎就要这样无休无止地绵延下去。那是一个生命之岛，造物主天赐的夏威夷。

鱼　湾

从陡峭的山崖上往下看，那海湾切入山谷，呈溜溜的半圆形，镶一圈弧圆的金沙滩，立着几棵孤零零的椰树，也不过是个普普通通的海湾。正逢秋季，岸边的杂树草木露出稀疏的焦黄，倒显出岛上难得一见的苍凉。一眼望去，湾里灰绿色的海水不是想象中闪烁的宝石蓝，反而有些黯淡，海底模模糊糊地长着一堆堆黑黝黝的礁石，在海湾里形成湾中之湾，俯瞰下去有点像一幅地图或是沙盘。

朋友国斌说，这个湾的英文名字，译成中文，差不多是"弯湾"的意思。

果然是弯的湾。白色的海浪从远处的海面呼啸扑来，一入湾便受阻减速，海湾里犹如一个巨大的游泳池，刹那间波平浪静。弯湾是欧胡岛海岸上著名的天然浴场，沙滩上和海水中，游客和泳者接踵而至。

踩着细沙朝海里走，这才见海水的清澈，竟如泉水一般透明。根本用不着防水镜和透气管子那全套美式装备，只需径直往前走，眼看着水下琥珀色的沙滩缓缓向海中倾斜，视线所及处把海底都看透了。下午的阳光从山坡后面斜射过来，海面犹如漂着无数个小镜子，一闪一闪地反光。再看脚下的海底，一个光斑套一个光斑，微微荡漾，烁烁跃动，组成一片巨大的斑斓图案，把十个脚趾都燃成点亮的烛了。

一道蓝色的闪电，从我脚边一震一颤而过，重又没入蓝色的海水中。

一团金黄色的光影，在我眼皮下掠过，在海面上搅起一片灿烂的波纹。

一片五彩缤纷的海石花，从海底升起来，蹭得我脚心痒痒。

它们自由自在地在海里徜徉，悠然自得地穿梭于泳者的臂弯之间，悄没声儿地潜过来，又轻灵灵地漾开去。它们竟然是不怕人的，还有些喜欢的样子。

那一刻，我惊奇得连呼吸都屏住了，愣了好一会儿，长嘘一声说：哇，是鱼呀，真的是鱼！

阳光下明晃晃的海水中，我站稳了脚跟弯下了腰，它们就在我的眼前、我的身边游动，我无须去寻找，它们自己就威风凛凛地巡视过来了。大鱼总是独来独往的，身子一尺来长，多为银灰色和纯蓝色，背部有金色的镶边，橘黄色的鱼身上分布着黑色的斑纹，晚礼服般华丽庄重，慢吞吞的很绅士模样；小鱼一群群集体行动，齐齐地列队同游，有仪仗队的风度，满身色彩绚丽，花纹同家养的热带鱼一模一样。它们穿行在露着肌肤的泳者之间，泳者灵巧如鱼，鱼如泳者光滑，令人难以置信地出现了一幅人鱼共浴、亲如一家的奇景。大鱼小鱼旁若无人地贴着人身擦过，吐出一串气泡，水上飘来了海洋深处的气息。

有个年轻男子立在齐膝的浅浅的海水中，他的脚边，十几条颀长的鱼围起了一个圆圈，头尾相接，鳍翅轻摇，像是手拉手的集体舞。他微笑着一动不动，只有嘴唇在喃喃动。他在同那些鱼们说话吗？否则人和鱼怎会都有一副陶醉的表情？

鱼啊鱼啊，不是在餐桌的盘子上见到你们时，你们怎么都不像真的鱼了！

我忍不住就扎到水里去了，好把这些鱼都拥在怀里。游泳吧，和鱼儿们一起游泳。它们到这片海湾，也许就为的是与人一起游泳。鱼们果然来了，用它们湿漉漉的唇，亲吻我的肌肤；用它们柔软的尾鳍，撩我的额头；它们与我肩并肩地游，就像一条条护航的舰艇；它们沉到了水下，像是要托着我游，我清楚地看见它们从容优美的身姿在水波的光影中摇曳，幻化成美人鱼的水上芭蕾……若是人起了贪婪之心，朝它们伸出手去想要摸一摸鱼身美丽的曲线，那些鱼倏地一闪身躲了，顿时没了踪影。

为什么还要游泳呢？这里本是鱼的天堂、鱼的乐园啊，鱼才是这片海湾的主人。那些黑色的礁石是珊瑚，石缝里藏有丰富的浮游生物，它们觅食而来，与石为伴，已在这片海湾里生活了很久。由于它们的友好与宽容，才接纳了人类与它们共同嬉戏；也由于人们的克制与善待，鱼们留在这里不再离去。可是，在这原本属于鱼的海湾里，我仍觉得自己有些多余了，像一个伪装文明的入侵者。

我从水里站起来，任凭咸涩的海水从泳装上一滴滴滑落——我不想再游泳了。

那个时刻，我真想变成一条鱼，一条无忧无虑快快乐乐的自由鱼，不会对天空海洋构成任何破坏危害的一条吉祥和平的鱼。

我对朋友说，我要把这片海湾叫作"鱼湾"，是鱼的湾，不是钓鱼的湾。

在我们的地球上，还有多少这样的鱼湾呢？

花　海

夏威夷的波利尼西亚姑娘喜欢戴花，硕大的一朵扶桑，红黄粉紫，随随便便往鬓角上一插，光彩如虹，连眉毛上都溢出浪漫的南太平洋风情。花戴左耳边是名花有主，戴右耳边则是未婚待嫁。若是有远方来客，颈上的花环是不可缺少的——花环就是夏威夷，夏威夷就是花环。一朵朵娇艳的鲜花穿成了花环，奉在客人胸前，脸被埋在花丛中，抬头低头都是花香，夏威夷整个都五彩缤纷了。

任何季节，岛上的花都应有尽有。那些开在地上的花早已不起眼，热带的奇花好像都喜欢长在树上，那冠盖如云的合欢树，用粉色的花朵把天空遮没了；橙黄浅红的夹竹桃，花墙一般密不透风；鸡蛋花树则是夏威夷的象征，蛋黄样浓稠的奶油色，一朵朵鲜亮亮缀满一树，像是摘下来就能塞进嘴里。在另一个火山岛上，火红的野姜花悬在绿树上一串串地招摇；白色或紫色的野兰花，从干涸的火山灰中水灵灵地钻出来；一株株丈余高粗壮的大树，轰轰烈烈一树火红，碗大的一朵红花，扑地砸在地上，像是飞来一只古铜色的小喇叭，据说那叫非洲郁金香。连郁金香都上了树，可知夏威夷花之规模了。就连茂宜岛一万英尺的高山顶上，都生长着一种名为银剑草的花朵，据说那花冰清玉洁，六十年开一次，开花的时候，人不能靠近，因为人体所散发的温度，会使花朵凋谢。

最喜欢欧胡岛上一种烂漫的花树，细碎的叶子有点像槐，叶间缀着一大串一大串红色的小花，如藤萝花集束成团，铺天盖地倾泻下来，有风吹过，游人头顶如雨珠喷洒。曾问了许多人，想知道这花树的名称，人说夏威夷的花这么多，有谁搞得清呢。终有一日，三十年前从台湾来夏威夷的郑伯母，把英文和中文一再咀嚼，告诉我说那应该叫"七色雨花"，俗称下雨花，就是说人站在树下，感觉像沐浴在一片彩雨中。花名真是妙极，正合我的心意，夏威夷果然是花的王国，就连花名也不含糊。

生性是爱花的，在夏威夷的花海中，就有点飘飘然起来。

一日，在火山岛海边宾馆下榻，清晨起来，一眼就见窗前的海滩上，几株大树上开满了一朵朵似粉似白的大花，急急地下楼奔花而去。刚近得树下，头顶就被什么东西轻轻拂了一下，一朵"荷花"从我颈肩上滑落下来，一低头，只见绒毯一般的绿草地上，竟然散落着一地精致的"细瓷酒盅"，白里透红，只只都如此完美。捡起一朵花来细细察看，惊叹着天下的花朵，怎会有如此奇异的造型：它的底部是五片舒展的白色花瓣，像一座雪白的莲花托，从白色的花瓣中央，生出一丛粉红色针状长须的花蕊，一根根蓬松地挺立，绒球一般浓密，针尖轻盈灵动，在海风中微微战栗。它的底部像茶花而顶部有点像合欢，犹如把两种完全不同的花朵，天衣无缝地嫁接在了一起。

我蹲下来，把那些一分钟之前刚刚坠地，娇嫩得就像仍然活在枝上一般新鲜的花朵，一朵朵地捡起来。我刚捡起一朵，树上就又落一朵，每一朵都落地有声，鲜花们一朵朵不断从天而降，我就像踩入了雨后草丛中的蘑菇圈，才一小会儿，我的手掌就捧满了花朵，我的手心里，像被施了魔法般花如泉涌。

后来，我走到海边去，站在火山岛海岸黑色的礁石上，把那些美丽的花朵，一朵一朵扔往大海。它们从我的手心里跃往大海的瞬间，显得轻快而迅捷。我想它们日日守着大海，定是渴望到海上去漫游的。

海浪将它们温柔地托举起来，淹没了白色的花瓣而将粉红色的长须露在水上，它们是那样轻盈，睡莲般宁静安详地浮游着。清晨的阳光从花蕊中穿过，根根针须通体透明，那几十朵海上睡莲，犹如一盏盏被阳光点亮的橙红色河灯，一盏跟着一盏，摇摇晃晃地随波顺流，悠悠然去远航。

它们走得很远了，我还能望见那些金红色的花蕊，似飞扬的船帆，在海面上一起一伏。那些花瓣也许早晚会被海浪击碎，然后在海的怀里满怀诗意地睡去。

那是我最终也不得其名的一种花树。我只好自己给它起了个名，叫它火山莲或是红毛丹茶花女。

后来的日子，一直惦着我的鲜花小船——碧蓝的海面上那一抹渐行渐远的红。

回到欧胡岛，正逢万圣节，处处都需要装点，花价似乎涨得可以，昔日街头到处有售的花环就单薄了许多，紫色的泰国兰、金黄的鸡蛋花，稀稀拉拉的一串，有些偷工减料的意思。眼看就要离开夏威夷了，心里自然是想要花环的，在这个鲜花岛上，怎么会找不到一个最漂亮最称心如意的花环呢？

夏威夷大学的校园里，我和林岚捧着草帽在树下捡花。鸡蛋花树最为壮观，绿草地上一片落英缤纷，朵朵鲜艳如初，当然做领衔主演。先发现一株白色的鸡蛋花树，捡了一帽兜的雪；没走几步远，眼前一片金光，发现一株鹅黄色的鸡蛋花树，只好将"白雪"掏出，忍痛删去若干，为"奶油"腾出些空儿来。帽子又满了，一拐弯，路边竟又是一地嫣红，扑过去，专挑那最新鲜的花朵捡拾，扔了这朵又捡那朵，真不知道该留哪一朵好了。再走，草坡上的绿树高不见顶，树下却如花坛绚丽，橘黄色、桃红色遍地落花，小巧的喇叭形状，花瓣厚韧不宜损，倒可用来做配花。如此走一路捡一路，帽子被埋在冒尖的花堆里了，双手托着一大捧鲜花在走，演魔术似的。浓郁的花香在脖颈上绕过来飞过去，像是人也变成了一朵会走路的花。

回到住处，把帽子里的花儿哗地摊在桌上，满屋子一阵阵香得呛人。用针系上结实的线，一朵黄几朵红再一朵白，小心精细地穿，就像小时候穿玻璃珠子。花茎还带着枝头的水分，湿润润有点涩，手心里感觉着活的生命，在指尖下富有弹性地跳跃。它们一朵挨一朵地挤成一簇，十几朵几十朵地有了花环的姿态，桌上的花朵渐少，都拢到那条花带上了。手中一点点沉甸甸起来，似持一束彩练在舞。当眼前最后一朵鲜花都被收在了线上，我的夏威夷花环悄然诞生。

由于使用了太多的鲜花，它们显得有些过于丰满，摇摇坠坠颤颤悠悠的，像压弯了枝条的果实，如此朴素生动。有一只小黑蚂蚁从花蕊中探头探脑地爬出来，醉醺醺地亲吻着我的脖子。

花海夏威夷，那些花无论多情还是高傲，热烈坦荡还是暧昧含蓄，一朵朵一树树，从不委顿凋谢在枝头，也不花瓣飘零落红无数——夏威夷的花朵，都是整朵整朵的，以完美的姿态从枝头坠落的，落在地上，仍如它生前婀娜娇艳的模样，花瓣上一阵阵盘旋不去的幽香，依然喷吐着鲜活的生命气息。

果 岛

名驰天下的夏威夷果，随随便便地掉落一地，散在树下。果皮是青绿的，乒乓球大小，除去坚硬的外壳，才有乳白色的圆形果仁，裂成几瓣崩开来。夏威夷果树有点像中国的枇杷树，叶肥厚，乍一看，果实隐在树叶中，不轻易示人。密密的树林在岛的深处，无穷无尽地延伸下去。若是走进树林中，低头细辨，才见眼前落果遍地，踢一脚满盘皆活，圆果像台球桌上的彩球溜溜乱滚。林中隔不远就堆着一只只满满的麻袋，远处有弯腰的身影掠过，是岛上的捡果人。

夏威夷果取之不竭，果树们好像天天都在开花，天天都在结果。不需要发芽的春天，也无所谓丰收季节，任你在岛上的哪个角落睁开眼，摘些果子就可开饭，这并非夸张得离谱。只是岛人的繁殖力比不过疯狂生长的植物们，先进的机器竟也对付不了树林中的小圆球，于是采摘夏威夷果，人手永远是不够用的。捡一袋果子的工钱不菲，如此原始烦琐的人工，放在中国不是什么难题，在美国的夏威夷，常常眼看着果子一日日烂在土里钻入泥里，加工厂的老板们也无能为力。这才算明白市场餐馆里，那种油汪汪脆生生香喷喷的夏威夷果，卖得好贵的原因，不是果子的错，是人的错。

番石榴就完全是另一番景象了。除了华人中的广东人，很少有人会对它多看一眼。它的果实几乎没有什么肉质，酸涩少汁，其味怪异。几年前，我曾在海南岛尝试过一次，实在不敢恭维。但在夏威夷茂宜岛的一条山沟里，漫山遍野竟然都生长着这种番石榴树，成熟的果实呈金黄色，外形似橘似梨，比中国石榴小许多。它们看上去很茁壮，村姑农妇般布衣素裙，一副自得其乐的散漫。

早年的夏威夷岛其实没有番石榴。番石榴来自中国，是一百年前到美国卖苦力的华工，从广东福建一带漂洋过海带来的。他们带来的是番石榴的果实，自家门前树上长的，不用花钱去买，那家伙命硬，颠簸多远的路也不坏，有它在路上解渴充饥，咂着酸涩的家乡口味，千里万里之外，就像老婆伴在身边了。

他们把吃过的番石榴籽儿，在岛上随随便便一扔，不多久，番石榴的树苗长出来了，过了几年，他们发现树上挂满了中国的番石榴果。他们吃中国果，又把籽儿带到别处；再过了许多年，岛上遍地都是番石榴树了。如今茂宜岛和火山岛上，只不过定居着百十个华人，还大多是混血。华族的后裔也许不再吃番石榴，但番石榴作为夏威夷岛的一个新物种，从此生生不息。这种关于果实迁徙的过程，是否可以看作由自然书写的历史教科书呢？

木瓜是岛上一种最常见最受欢迎的水果。那果实其貌不扬，类似中国大陆二十世纪六十年代常见的菜瓜，形状和瓜皮颜色都有些蠢笨。将冷藏过的木瓜切开，刀下闪过一片红光，有了喜庆的气氛，那瓜蛋里竟藏有鲜红饱满的果肉，质地比西瓜细腻。瓜瓤中密密麻麻塞满了瓜子儿，圆溜溜的小黑球，黑鱼子一般。用勺子抠去瓜瓤，再舀起瓜肉来吃，香甜清凉，蛋羹似的滑溜，爽口又熨胃，真的很好吃。还有面包树、懒人果和杨桃呢，植物园商场门口的柜台上，切成一盘盘随便放在那里，旁边有牙签，自己挑选着戳来吃，都是免费的。奶油果的颜色很怪，一层绿一层褐，像夹层蛋糕，初入口竟有中国松花蛋的味道，留在舌上，则是满口奶油的余香了。

最喜欢一种名叫"南瓜莓"的小果子，密密地挂在树上，远看像一片小红灯笼，摘在手心上，玛瑙一般红得透明，杏子大小的扁圆形，周边有一轮一轮的凹槽，果然像个袖珍的小南瓜。果皮薄如熟透的西红柿，中文译成南瓜莓，形神兼备，倒是恰如其分。

就连茂宜岛市中心的海滨大道，那棵一百三十七年树龄的大榕树上，都挂着一嘟噜一嘟噜红彤彤的小果子，老榕树悬珍珠果，平生第一次见到，差点疑是红珊瑚了。

有树有果的地方，是鸟的天堂。五彩的小鸟栖在枝头，变成了会唱歌的果子。

从檀香山市所在的欧胡岛，到夏威夷也即火山岛，再到风光旖旎的茂宜岛，处处可见树林边上立着的牌子：请不要给小鸟们喂食，以免使它们丧失捕食能力。

想必是那些四处奔忙自己捕食采集果实的飞鸟，衔来果实又吐出了种子，它们是岛上辛勤的义务植树员，把珍奇宝贵的种子送往海边山脚。年复一年，绿了海岛红了山坡，小鸟养护了海岛也养育了自己，海岛养育了自己也养活了小鸟。夏威夷岛上甜美的果浆汁液，流淌成一条条甘泉涌溢的生命通道。

夏威夷群岛各个岛上往来的飞机，尾翼上绘着绚丽多彩的热带花卉图案，每半个小时一班，绝对准时起降，好似一只硕大的鸟，或是人在模仿着鸟的行为，在岛屿间飞来飞去。二十世纪五十年代末，夏威夷波利尼西亚人的最后一位仁慈的女王，将国土并入了美国的版图，但夏威夷人膜拜自然、热爱自然的天性和习俗仍被保留至今，大自然是夏威夷人心中永不退位的世袭女王，宇宙早已授予这位女王以永远的权柄和魅力。

离开夏威夷那天，送我去机场的国斌林岚夫妇，在我的手提包里放了几个夏威夷香蕉，却在机场的安检口被无情扣下。那一天我被正式告知：凡是夏威夷岛上出产的果蔬，一律不准自行带往岛外；反之，也同样不允许从美国大陆和其他陆地将果蔬带入岛内——这是为了保护岛上物种的纯度，防止细菌和一切微生物侵入夏威夷而必须严格遵从的法律条款。

我心悦诚服并生出由衷的敬意与感叹——好一个天然夏威夷！

　　天然夏威夷是由一代代夏威夷人悉心养护的，在这蓝色的星球上，若是人类都能如此恭奉大自然的法则，我们将同享所有美丽的生命。

雪　天

　　每年下第一场雪的日子，我总会想起多年前，一个雪天的经历。

　　那些日子我始终被一件事情烦恼着，烦恼的起因似乎是为了一些闲言碎语。那时我初涉文坛，很容易被那些谣言困扰。当事情渐渐平息时，我偶然听说某某人在其中做了手脚，心里顿时对此人充满了愤懑。我发誓要当面去质问她。

　　很快便有了一个机会。我出差去某地，恰好要路过那人所在的城市。我向朋友要来了她的地址，决定在那个城市作短暂的停留，去义正词严地指责、声讨她，然后同她拜拜。

　　到达那个城市时，已是傍晚时分了。当我走出车站时，发现空中已飘起了雪花。那场雪似乎来得很猛。我看着地址打听路线，乘坐了几站电车。下车时，天色很快暗了下来，完全陌生的街名和异样的口音，令我不知自己置身何处。但我只能继续去寻找那个记录在怨恨的纸条上的地址。

　　雪下得越来越大，风也越发凛冽，四下皆白，分不清天上地下，只是混混沌沌跌跌撞撞地朝前走着……街上几乎已没有行人，那时我才发现，自己一定是迷路了。

　　就在那个时候，我看见了街边上一间简陋的平房窗口，露出一线微弱的灯光。我敲打了那家人的房门。门开了，灯光的暗影中，站着一位上了年纪的老妇，她接过我那张写着地址的纸条，在灯下看了看，又低头仔细地打量着我，说："那地方太难找，跟你说不明白，还是我领你去吧！"不容我谢绝，她已经跨出门槛，踩在了雪地里。

"这大雪天儿出门，一定是有要紧事吧？"她回过头大声喊。我含糊地应了一声。

"你是去看望病人吧？看把你累的急的！是亲戚？朋友？"她放慢了脚步，一边拍掸着肩上的雪花，一边等着我。

我心里咯噔一下。亲戚？朋友？病人？……我沉默着，无言以对。我怎能对她实言相告，自己其实是去找一个"仇人"兴师问罪的！

似乎就在那一刻，我忽然对自己此行的目的和意义发生了一丝怀疑。我不知道自己来这个城市干什么，甚至也不知道我要去寻找的那个人究竟是谁。那个人隐没在漫天飘飞的雪花中，随风而去，也许出于无知，也许出于一时的利益之需，她才那样做。那也许真的是一个需要救治而不是鞭笞的"病人"呢！

脚底突然在一个雪窝里滑了一下，大娘一把将我拽住。

"这该死的雪，真讨厌……"我忍不住嘟哝。

"不碍事，不碍事，就快到了。"她说，"前面那个电线杆子右拐，再往前数三个门就是。"

"大娘，请回吧，这回我认得路了……"我说着，声音忽然喑哑了。

她又重复指点了一遍，便转身往回走。刚走几步，又回过头，大声说："不碍事，明儿太阳出来，这雪化一化，就有路了！"那个苍老的声音，被纷扬的雪花托起，在空荡荡的小街上蹒跚。

我在雪地上久久伫立着。雪化一化，就有路了。那么，就把冷雪交给阳光去处理。雪不能永远覆盖道路，因为路属于自己的脚。

那个风雪之夜，当我终于站在那费尽周折才到达的门牌下面时，我已经全然没有了跳下火车时那种激愤的心情。我平静地站了一会儿，将那张被雪水洇湿揉皱的纸条撕碎，然后慢慢朝火车站方向走去。

因为你没有责备我

在杭州经历了一场"自行车车祸"之后，我觉得，其实世上的许多事情，处理的方法不同，结果也会很不一样的。

2012年10月，因母亲突发脑溢血，我接到家里电话的当天，立即飞回杭州。所幸母亲抢救及时，在浙二医院脑外科手术后，第四天即苏醒过来，但仍留在重症监护室治疗。作为患者家属，我们全家亲友二十四小时轮流在重症监护室外守候。我因值了一次夜班后即患感冒，便改为每天一大早去替换值夜班的亲友，然后到中午妹妹再来换我回家吃午饭。

那天中午我离开医院已近一点钟，只能打车回家。因住处的位置恰好在单行线一侧，出租车若是一直开到家门口，就得绕一个大圈儿。于是我就近在家对面的马路边上下了车，打算穿过斑马线，然后再穿过一条慢车道（自行车道），就可以到达公寓大门口了。

斑马线上空是高架桥，桥下竖立着一排巨大的水泥立柱。我急步穿过马路后，下了慢车道（此行合乎行人交通规则）。但在我的前面另有一个行人，部分地挡住了我的视线。我刚走上慢车道没几步，一抬头，只见右侧冲来一辆电动自行车，速度很快。我立即意识到应该赶紧避开，刚停下脚步，却为时已晚，那辆自行车猛地冲过来，他显然已经看见我但却刹不住车，车子的惯性将我一下子撞翻在地。我听见车子倒地很重的响声，身体与那辆自行车一同甩出去，摔倒在路面上。那个瞬间我脑子里一片空白。我努力地想要站起来，用了很大的力气，最后好像是那个骑车人把我搀扶起来的。总之，当我终于艰难地站起来的时候，我发现四围已经围满了各式各样的人——端着饭碗正吃午饭的街边杂货店的伙计、顾客、行人、从远处飞奔而来的闲人……把我们和自行车团团围在其中。我愣愣地看着他们好一会儿，才明白那都是些看热闹的人：自行车撞翻了人！被撞的人和撞人的人——双方肯定马上就要开始破口大骂了，关于责任和赔偿的唇枪舌剑，一场精彩的恶战在即！

可我惊魂未定，一句话也说不出来。只是在心里怪自己倒霉，怎么说摔倒就摔倒了呢？

后来我终于看清那个骑车人是个小伙子，中等个头，他把翻倒的电动自行车扶起，一脸羞愧地走过来，低头对我说了声对不起，然后轻声问道："撞坏了没有呢？"

我说没有，没有撞坏，你看我不是已经站起来了吗？没事没事……刚说完这句话，我开始感觉到了疼痛。疼痛是从右腿上传来的，是那种被剜去了一大块肉似的钻心的痛。我不由得低头去看自己的右腿，厚厚的细条绒长裤完好无缺，而疼痛是从长裤里面发出来的。

"你看一看吧，看看伤着没有……"他说。四周的众人都热心地附和："看一看的好……"

于是我不得不当众将裤腿捋起来寻找伤口，当时的情形颇为尴尬。时近深秋，长裤里面还有一条棉毛裤，捋起来很费劲。总算把棉毛裤捋到了膝盖左右，顿时，小腿上一道渗血的刮痕清晰可见：刮痕足有一尺多长，上面的皮都被刮掉了，"见光"后迅速变得通红……

我茫然地看着自己小腿上的伤口，一时手足无措。

众人七嘴八舌地发表意见："去医院！你应该带她去医院检查的！"

骑车人嘟哝说，当然是要去医院的，就是不晓得该把这辆电动自行车存放在哪里。

我心想刚从医院回来，怎么又要去医院呢？我真的不想去医院，去医院实在是太麻烦了。我的肚子咕咕地叫唤，我很饿，只想回家吃午饭。但我裸露在阳光下的小腿，确实又痛起来了，谁知道会不会骨折呢？我试着走了几步，居然能走，一瘸一拐的，好像只是因为伤口疼痛的缘故。我用杭州话对骑车人说："你看，我能走路嘛，大概是不要紧的。算了算了。"

看热闹的众人一时哑然无声。大概在他们管过的闲事案例中，从来没有碰到过这么一个傻女人，竟然主动对肇事者说算了算了。人群中立即有声音喊道："不能算了，你把他放走了，万一有点啥事情，你再到哪里去寻他？"周围那些富有正义感的观众们，七嘴八舌一片援助之声。

我仍然拿不定主意是否应当去医院。何况，我的注意力开始转移到了我的长裤上，根本没注意到那个骑车人已经不见了。我开始反复查看自己的长裤，琢磨着为什么裤子没坏，而里面的皮肉却撞坏了。最起码也得先把外裤撕破，然后才能撕到我的腿吧？自行车倒地的一刹那，巨大的冲击力，究竟是怎样穿透裤面，在不损坏布料的情况下，直接剐去我腿上的肉呢？这个问题使我十分好奇与困惑。当时我满脑子都在探讨这个问题，根本顾不上其他。我就那样傻乎乎地站在那里，研究着自己莫名其妙的裤子和小腿，眼睁睁看着伤口越来越红肿……

看热闹的人们终于对这样一个奇怪的女人失去了兴趣，再说，骑车人已不知去向，这场纷争也无法继续下去了。人群纷纷散去，马路边上只剩下了我一个人。我捡起散落在地上的杂物，正准备往家走，那个骑车人满头大汗地跑过来，他说总算已经找到了存放自行车的地方，现在就可以陪我去医院了。他说着就伸手拦下了出租车。我也觉得自己似乎再没有什么理由拒绝去医院了。上了车，司机问去哪里，我想反正我每天都得去浙二医院守候母亲，还不如就去浙二医院，即使有什么问题，自己看病与看护病人都方便。

在车上，骑车人满脸歉意地向我解释说，他的电动车车速太快了，他只注意到走在我前面的那个人，那人挡住了他的视线，等他看到我的时候，已经来不及刹车了。

我说："我也太大意了，立交桥的柱子挡住了我的视线，我忘了再多看一眼了。"

他说："我是骑车的，你是走路的，总归是我的责任多一点。"

我说："我过马路总是心不在焉的，我老公一向都很为我担心……"

他说："我那是一辆新车，刚买了没多少日子，开得不顺手，想不到还是闯祸了……"

我想自己是遇到了一个诚恳的善良的人了。心里有些感动起来。肇事者和受害者彼此都主动承担责任、率先作自我批评——如此违反常规的情形，如今恐怕已不多见了吧？

不由对那人产生一点好感，随口问那骑车人从事什么职业，他说和朋友合开一个影楼，大部分业务是接拍一些广告。又问他家里的情况，他说妻子是个小学教师，岳母家在茅家埠乡下有房子，他有时去那里住，风景好空气也好。我说你福气挺好的，等于有乡间别墅啊。他笑笑说是，平时虽然挣钱不多，日子过得还算安稳。

就这样，我在刚刚离开浙二医院半个多小时以后，非常戏剧化地重新饿着肚子回到了这家医院。下车后，腿部肿胀，行走已有些困难。他去急诊室挂号，我忽然想起提包里有一张浙二医院的病历卡，前几天刚刚插空给自己看过病，就说："你拿这张病历卡去吧，就不用另外再买一份了。"他挂了号回来，从他脸上的表情看，对患者的名字一无所知。然后一起上二楼，等候，终于见到医生，简单叙述受伤缘由，医生无动于衷，开条让去交费。我忍不住提出了自己最关心的问题："会不会骨折？要不要拍片子？"（在我看来，只要不骨折，皮肉之伤就无关紧要了。）年轻的男医师用一把医用镊子，在我的小腿髌骨上啪啪敲了敲，痛快答复我说："这一根骨头很硬，一般情况下不会断，你放心好了。喏，再给你开点消炎药。"

立刻放下心来，大大松口气，以为万事大吉。包扎完毕，急着要走（肚子更饿了）。骑车人说还得去交费拿药呢，你的腿不好走，我一个人去就可以了，你在这里等我，我取了药就回来。我正懒得走动，就说那也好，你去你去。就在二楼急诊外科门口候诊的椅子上等。

等了一会儿，未见回来。又等一会儿，走廊上却走过来一位熟识的老医生。他见我狼狈不堪地坐在急诊室门外，一条裤腿高高挽起并有敷料橡皮膏覆盖，不由大为惊异。问我何事，我三言两语道出缘由，并说看来无碍，正在等那个肇事者给我去取药。老医生神色大变，叹口气说："你也是，这么相信人家？依我看，那个人是不会回来了。"

我这才想到，一盒先锋霉素起码也得十几块钱，他假如不回来，我是没地方去找他的。刚才我怎么就没想到这个人有可能不回来呢？我的病历卡还在他手里呢。

这些念头仅是一闪而过。我对老医生笑笑说："不会的，他会回来的，我相信。"

老医生将信将疑地看我一眼。说一句"你有什么事情可以来找我"，便走开了。

老医生刚走，就见那个骑车人从楼梯口匆匆奔来，手里拎着一大包药。我想：医生怎么给开了这么多药啊？看来我病得不轻呢。等他走近我，我一眼看见那一大包塑料袋的药里，居然有几盒六味地黄丸,不由暗自吃惊:从没听说外伤还得服用六味地黄丸呀?把他手里的大袋子接过来仔细一看,里头还有好几种别的药,药名都似曾相识。我纳闷了一会儿,忽然想起自己那张病历卡里头,夹着一张处方笺,是前几天看病后,还没有抽出时间去排队划价交费的。我恍然大悟地问那个骑车人:"哎,你怎么把我病历卡上的另一张药方上的药,都给买了?"他刚一点头,我又好气又好笑地嚷道:"谁让你买那些药啦?那些药跟你又没有关系的嘛!"他低下头望着自己脚尖说:"就算是我给你的赔偿吧,我真不知道怎么赔偿你……过几天你还得来医院换药,我会陪你来的,这期间你如果有什么意外我一定会管的……"

遇上这么个人,算是我不幸中的一点运气。我想:反正也没有骨折,我才不会跟他纠缠不清呢,这件倒霉的事情,赶紧就到此为止吧。我把裤腿勉强放下,他搀着我下了楼,打车回家。到了公寓大门口,我说停车吧,我自己走进去就可以了。他却坚持非要送我到电梯口。到了电梯口,我又一次朝他挥挥手说你回去吧,我自己能走(我真的不想让他知道我住在几层几号)。可他非要送我上电梯,说是不亲自把我交给家人,他就还没尽到责任。于是只好同他一起上楼,到家门口按了电铃。正想最后一次同他说再见,他递过来一张名片,说那上面有他的手机和办公室电话号码,我哪天去医院换药,提前给他打电话,他会到楼下来接我等等。我接过名片,说:"好了好了你请回吧,没有意外我就不找你了……"

进得家门,跟父亲简单复述事情经过后,就在厨房里狼吞虎咽地开始吃我盼望已久的午餐。刚端起饭碗,门铃响得急促,一开门,见又是那个骑车人,他手里拎着一大堆水果,放在地上转身就走了。我在他身后喊道:"你别那么客气了,我不会找你麻烦的……"我开始觉得这个人有点过分了,我根本就没让他赔偿,他干吗这么三番五次地用各种方法赔偿我呢？

腿上的疼痛到了夜里越发加剧，幸亏没有发烧。过了几日，我正在考虑去换药的事情，他又主动找来，说要陪我去。我说换过这次药之后，你就不用再管了好不好？这伤肯定得养一段时间，我自己能对付，不然你这样一趟趟跑也太辛苦了……

于是又一起去了浙二医院，很快换药完毕，我就直接到母亲的重症室去了。分手时我有些感慨地对他说了一句："电动车速度太快了，你以后骑车还是要小心一点喔。"

他很认真地说："我会当心的。这次，给了我一个教训。"

我本该走了，却又多说了一句："我觉得你这个人，蛮有责任感的，社会上要是像你这样的人多一点就好了……"

他连连摇头，急忙分辩说："我也没有那么好。只是……只是因为……因为那天中午我把你撞翻之后，你站起来的时候，连一句责备我的话都没有说，所以我……"

我一时无言。我已经忘了当时的情形。我想，自己当时完全是因为被撞蒙了。

这场"自行车车祸"已过去大半年。腿上的伤口其实伤得挺深，中间两寸长厚厚的结痂，趴在我腿上像一只大甲虫，足足过了三个月才掉。那三个月根本无法冲洗淋浴，只能把右腿架在浴缸边缘上洗澡，很像练功或是杂技的某种姿势。结痂脱落后，在我右小腿上留下了一条半尺长的瘢痕，我那以前还不算难看的小腿被彻底毁了，从此夏天再也不能穿短裙了。

但我心里并不记恨他。母亲病了我被撞，真应了祸不单行那句话。

此后我再也没有见过那个杭州的骑车人。写到这里，翻找出他的名片——这个年轻人叫沈晓程，杭州市孩儿巷海天摄影工作室的职业摄影师。

第三辑　女书

妙笔，妙在不华丽、不煽情，实话实说，有话好好说。

妙笔，妙在少装饰、少卖弄，原汁原味，言之有物。

若是写作者都能拥有一支诚实的妙笔，我们都能成为幸福的人。

以思想悦己

若是读过张爱玲那篇《谈女人》的散文，似乎所有关于女性话题的讨论，都显得有些多余了。

将近半个世纪过去，女人安静地匍匐在张爱玲的书本里养息。纸页虽已发黄，但女人的脸上却连一丝皱纹都没有。想必那女人的魂灵，已被真正懂得女人的女人勾勒了下来，所以这世界尽管颠来倒去，书里的女人却永远不老。

张爱玲擅长用小说写女人的故事，小说中的女人，都被她双刃的刻刀，在笔下雕刻得入木三分。她偶尔撩开了故事的帘子，走出来直接戏说女人，那女人就成了她手里的绝活，玲珑剔透、淋漓尽致。

这篇散文的语言是直白而朴素的，像是不经意脱口而出的玩笑，带着女人自嘲的口吻。不知是应把女人当成"不负责任的小东西"，还是把女人看得"太严重"。然而那双殷殷注视着女人的眼睛，眨眼间便把女人的美德与恶习，透心透肺地看了个彻底。文章被作者一句句充满智慧的隽语、一条条警醒敏锐的格言，丝丝缕缕地穿缀起来，却绝不声张，娓娓的，喃喃的，似女人喝茶，从容地与人闲聊着，慢声细语地说着些极平常的话语。

旁人闻着杯里散出些不平常的香气，将那茶端过来喝一口，才知那原来是一坛陈年好酒。

《谈女人》原来是张爱玲读一位无名氏所作的英文小册子《猫》，以及观看奥尼尔的戏剧《大神布朗》之后，一时兴起随手写下的读后观感。但几十年后再被别人来读，又读出些经久不衰的意思。

无论是男人还是女人，走进张爱玲的作品，或嗔或笑，有人觉得痛快淋漓，有人惶惶不安——因为女人从中看见一个真实的自己，而男人，则从中看见那个"女人的劣根性是男人一手造成的"。所以她说"完美的女人比男人更完美""而一个恶毒的女人就恶得无孔不入"。又调侃说"女人的确是小性儿，矫情，作伪，眼光如豆，狐媚子（正经女人虽然痛恨荡妇，其实若有机会扮个妖妇的角色的话，没有一个不跃跃欲试的），聪明的女人对于这些批评并不加辩护"……

如女人敢于对女人说出关于女人的真话，那个女人才是真正的女人。

文学艺术长久的生命和魅力，依然在于信守和表现你自己所感悟的真理。

张爱玲看来不是一个女权主义者。她对于女性自身的认识，更遵从世界的原生态和生命的自然本质，如江河入海，循着地形地势的天然流向，绝不奢望将其纳入主观和人为的轨道。有好说好、有坏说坏，好好坏坏，任由女人自己去体味评说。言语间不乏诙谐而又辛辣的批评，充盈着哀其不幸、怜其不争的挚爱之心，比起那些激烈鼓吹女性统治世界、一味赞美女性却无助于克服女性弱点的种种"主义"，倒更有实事求是、返本归原的一份真诚善意。

所以张爱玲推崇《大神布朗》中的地母娘娘，她说："超人是男性的，神却带有女性的成分……神是广大的同情、慈悲、了解、安息。"如同女人永远伟大的母爱，精神里面"有一点地母的根芽"，带着"光荣燃烧的生命的皇冠"，"像大地的偶像，眼睛凝视着莽莽乾坤"。

许多年过去了。我们今天的女人有了经济的独立、婚姻恋爱的自由选择，改换了服装和生活方式，但女人却还是那个女人——"有美的身体，以身体悦人；有美的思想，以思想悦人。其实也没有多大的分别。"

同半个世纪前的张爱玲略有一点小小的分歧，在于那最后一句。

现代女性的自我意识觉醒后，大约已不满足于以身体和思想悦人。女人在情爱中，须以身体悦己；面对世界，则以思想悦己。聪颖的女人不再专为男人展示她的可爱，智慧的头脑将首先使自己获得欢愉，那欣悦才有地母般的根芽。

你对命运说："不！"

一个忠告：你对命运说"是"，一切就变得不那么苦。

——《绿宝石的眼睛》

我在一天时间里，从日本到印度，又经西欧、东欧，再横越太平洋到美国，把这个拥挤的地球，急匆匆走了一圈。

我没有乘坐航天飞机或运载火箭那种现代交通工具的机会。我只是用我的眼睛，从一排排变成了中国方块字的小说译稿上，兴致勃勃地走过去，像小时候跳格子，或是像坐火车时望着车厢连接处下疾驰而过的铁轨枕木。我发现世界上凡有火车的地方，车厢车头可以千奇百怪，但那作为铁路基础的枕木，其坚固的程度几乎无一相异。我环绕它，巡视它，无论在地球哪个遥远的角落，我都听见那个固执的声音对命运的回答。

那是一个由女人自己塑造的地球，这颗太阳系中唯一有生命居住的行星。我不认识天涯海角那些肤色、眼睛、头发各异的女作家，我只看见一颗颗女人的心。那是浸透了苦难的土地上长出来的果实，也许它酸涩，也许它泛淡，但我知道它们每一颗都饱含爱的浆汁。

女人从来用自己的心写作，一个男人说过。那也许是最自然的、最自由的写作动机与境界。心，是一湾温柔的湖、一泓清澈的潭、一片澎湃的海。当你远征去、凯旋归，当你踌躇满志，当你筋疲力尽，你都会不顾一切地投向它的怀抱，洗涤你落满伤痕、尘土的身体和灵魂。女人的心灵是一块奇妙的再生之地——生命、希望、力量和爱情。

她自己或许变成了一页页稿纸、一本本杂志，用那些被男人垄断了几千年的文学，在蓝汪汪的大洋里，拼出自己的陆地，拼出一个自己的五大洲。应该说没有女人是不会有"人间"的。那么没有女作家呢？很多个世纪以前，谁是第一块从海底升起的礁石？（班昭？蔡琰？）那个跛足的文学巨人瘸着一条腿走了许多年，终于走不动了。他说被历史锁在他脚脖上的女人，用千年的泪水锈蚀了他的铁鞋，露出苍白而健全的脚趾。她们说她们原来就是那另一只脚。

从此那一只脚落下的地方，就有了自己的脚印。她们不再按照男人的意志来解释、理解这个世界。她们本来就是为了创造而降生的。那些个易感的心灵，束缚得太久，归还得太迟了。她们生来是为了创造——创造真实的人类和人类的真实。她们要证明自己。

于是便有了我"坐地日行八万里"，遥瞰的一块新大陆——面前这六篇不同国籍的女人所写的作品。

其实也许算不了什么新大陆，无论是故事内容，还是写作技巧，或是语言、构思、人物，都没有我们期待的新玩意儿，甚至也没有沾一点时髦的诸如新小说派、结构主义、魔幻现实的边边。它们是规规矩矩的良家女子，从生活的现实到现实的生活。平凡、琐碎得我几乎都失掉了兴趣。

在这个男人暂时被束之高阁的世界里，女作家们似乎永远在重复一个古老而陈旧的弱女子的故事。六十年代、七十年代、八十年代。生存、婚姻、晚年。爱情、事业、独立、平等。

不幸的女人和女人的不幸——难道这就是女性文学、女性作家们永恒的主题？

那个跛足巨人走得多么沉重、多么迟缓、多么犹豫啊。

会写字的女人。用字母、字块辛辛苦苦垒起的大陆，又被永不平息的大潮所吞噬。

我记得自己说过，我愿意首先作为一个作家。然后才是女作家。

信子两手捧着茶盅，透过窗子眺望那过午的大洋彼岸。

那年在庐山参加笔会。一日，听说有人找，以为会和什么老朋友重逢。门口却站着一个面容憔悴的女人，三十出头，神色恍惚。她抓住我的手，眼便湿了。坐下，无话。好一会儿，才知她专程从南昌追来，为了要同我谈些心里的话。心里的话多半不是什么快乐，周围的人，怕是没一个愿听，才专门要找作家。

她有两个孩子，南昌有一个不准她看书交友的丈夫。自己在外地的工厂，回一次家，便要挨一次打。本来早可以离了，只是因为她多病，偏不能服用任何抗生素，病倒了，无可救药。万一有三长两短，孩子留给谁去？想也不忍。广州有个十几年前的男友，主动来寻她，她偷偷去了广州，以为心里那十几年的债，可找着了主人，可是从广州回来，爱却不见了踪影。究竟离是不离？调是不调？爱是不爱？千头万绪，走投无路……

我留她住了，要帮她出主意，却只是一个劲儿问："你跟你丈夫，到底过不得下去？"她只是一个劲儿含糊其词："那孩子呢……"一同下山到了南昌，以后又通了一阵信，她最终还是自己同自己纠缠不清。我便几乎要对她发火，既然过得下去就不要抱怨，要抱怨就快下决心。她再没有回信。我有一阵很内疚。那时我才明白，做了母亲的女人为着孩子是这样犹疑不决的，我实在不是一个完整又标准的女人。

客居美国的日本女作家米谷富美子的《远方来客》，就是这样细致入微地展现了一片女人的内心世界，细致得几乎不厌其烦。作者越是不厌其烦地描写主妇那种细碎、沉闷、辛苦的日常生活，平静记叙主妇对于自己同弱智的儿子、暴躁的丈夫之间的冲突及对大洋彼岸的日本家乡的怀想，越是可见主妇无可解脱的困境。这种沉闷与琐碎没有惹恼克己宽容的女主人公，却终于惹恼了读者，使读者对这个本为自立而出走、远涉重洋同一个美国人结婚的女子，在一个自由的国度里建立了一个不平等的家庭产生隐隐同情。女主人公信子患精神障碍症的儿子从教养所回家度假，从此成为她家庭的"客人"，而信子又将成为这位"客人"、这个家、这块国土永远的"远方来客"。在信子与儿子、信子与丈夫、丈夫与儿子之间，处处存在着难以克服的精神障碍，真是一个严肃而冷酷的嘲弄。在那个永远无法摆脱的矛盾中，信子作为母亲，或许是胜了；作为人，或许是输了；作为客，或许是麻木了。但作为一个真正的女人，她仍会坚韧地活下去，为着她永远的义务和希望。

日本海，太平洋；日本面孔，美国身材的儿子；现代美国生活方式，日本的感情、心理；美国人的节奏，日本人的心态——交错穿插，一幅颇为新奇的画面。在渐渐品出小说中跨海越洋的地域差、文化差、时差、物差的微妙时，我开始感到小说在构思上有独特的尝试。

　　　　猫明白它不会再找一个家了，便离开了那个地方。

我想起小时候上学去，总要在小巷子里路过一个小杂货铺，它专卖切好的甘蔗、老菱、荸荠什么的。一个瞎老太婆睁大着那双白茫茫的眼睛，一只手收钱，一只手摸摸索索地抓那些东西递给买主。常常有淘气的孩子把一个铜板或是圆铁片当硬币塞给她，一只手抢过东西就跑了。她不能去追，便使劲眨着白眼，把铜板朝着笑声处扔过去，骂一会儿，也就作罢。空下来，便拆一堆小山似的棉纱头……

　　我在江南水乡陆家湾插队的时候，外婆总是三天两头从镇上叫一只运货的小船，穿过两岸桑林密密的小港，到我住的村子里来给我送吃的。她有一只奇大无比的绿搪瓷杯，里头装满了笋烧肉、煎鱼或是千层包子。后来我执意离开那地方去了黑龙江，她真的伤了心，有好几年时间不理我。我回家探亲，专门到舅舅住的灵隐上天竺去看她。她似乎忘了以前的事，还给我吃笋烧肉和鱼丸子。我每次走，她送我到楼梯口，我说声再见，她便低低地自语道："明年回来，不知见不见得到了……"一年又一年，她送我，便重复那句话。终于有一年秋天，我收到家里一封厚厚的信，打开了，里头是一块黑纱。我在哈尔滨整整戴了一个月。等我再回杭州，楼梯口再没有她的声音了。又一年清明，我和妈妈专程到乡下去给她上坟，其实我知道，她并不是我的亲外婆，妈妈是她从育婴堂里抱来的……

　　赫蒂死了，死在那所空荡荡的破房子里，两周以后才被发现。那只叫蒂贝的猫失去了保护人，最终也是与老妇相同的命运。赫蒂为了蒂贝而拒绝去养老院，在养老院里她本来可以活得久些（也许更短）。一个繁华的伦敦，对于赫蒂来说，是一个梦里的虚无。她唯一拥有的，是那只捡来的猫。人类、家庭、子女早已背弃了她。这个世界上疼爱她、懂得她的，只有一只猫。

　　《老妇和猫》的作者莱辛什么也没有说，她只是记录了一个真实的故事，记得那么冷静、客观、公正。甚至没有同情、哀叹、指责。她似乎同那老妇一般平静地对待既来和已去的一切。那隐忍，或许是因为她的老妇连抱怨的资格也不具备；那默然，或许是因为她的老妇已经对周围的一切习以为常。作者用一种与社会同样冷酷的口吻来叙述老妇的遭遇，无疑是冷酷得入木三分。赫蒂一生中，从来并不觉得那么痛苦——她痛苦得不动声色、痛苦得自得其乐——如此畸形荒诞的人生，人是多么微不足道。而女人、老妇人，抑或更渺小。渺小的女人竟然还有那样执着的爱心，对一只猫，对这个冷酷的世界。呵呵，她真是那么渺小吗？

毕竟，它让你想起了许许多多往事。老人、孩子、朋友、自己……挣扎、沉浮、苦斗、生生死死……

> 我仅仅是存在于概念和用来称呼看不见的物品的词语的世界上。只有黑暗是实的，只有它在四分之一度音和半音中颤动。我的生活中只有那充满了各种音响的无边黑暗。如同现在——我们背后的这个夜莺歌唱的森林。

这是一部十分成熟的作品。《绿宝石的眼睛》作者哈·阿乌德尔斯卡是擅长于广播剧创作的。难怪她会把一场几小时的对话处理得如此精彩，如此动人。仅仅是两个人物、一个地点，竟然有情绪的大起伏，大升降。这是一个充满了误会、争执、仇视等各种悬念，充满强烈的性格对照、回忆中的经历对照从而走向互相理解的令人信服的心理过程。几乎每一句对话、每一次转机、每一回思想交锋、每一次谅解和好，都是那样的准确和细腻，情感与思维丝丝入扣。作者具有一种强大的牵引能力，把她的读者乖乖带进了华沙郊外森林边的黑暗，然后再从树叶和夜莺的歌唱中将光明从远处唤来。夜幕撒去时，那两颗心都沐浴在晨光中，洗尽尘埃，绿宝石闪闪发光……应该说，这种以对话为主体的小说是很难写的，要在一个很局限的场景中完成两个人物大幅度的自我审视和心理演变，每一个对话层次都必须有丰富的底蕴。然而作者从容不迫地带领她的读者在黑暗中周旋，走向迷宫深处，却又豁然开朗。两个人物的事业、命运、婚姻家庭和处境，在她笔下不仅互相做了鲜明的参照，常常还反其意而用，令人瞠目沉吟，而后幡然大悟，其味无穷。

但我毕竟不是评论家，只有一点读后感，也是因我自己的创作而发。

那么珊珊呢？我认识她十年了，竟还没有写过一点儿关于她的什么。

总是本来更像小说的那些人的故事更难变成小说。

她与我同岁。前不久我住院时，她天天下班后骑车到医院来看我，给我熬了绿豆汤带来。然后同我讲她的周末游泳计划或是关于自我价值的苦恼，她认为值得写成小说——考试得一百分便顿时狂妄自大，错一道题又沮丧得想自杀。是不是有点像这个民族，自卑与自负的焦点始终未能调好……她说话累了，便站起来为同病房的病友倒水，她走出门去的时候，他们惊讶地发现她走路时一条腿有些困难。她进来了，谈笑风生地坐在那儿，我从他们的眼睛里看出，谁也不相信她是个残疾人，或许只是一只脚伤了筋。她坐到好晚才走，那些天她写论文太累，想给自己放松放松。她是另一个医院的医生。她走了，病友们便迫不及待地问："真的？""真的。""怎么得的呢？小儿麻痹？""不，我不知道。""不知道？"

我真的不知道她那条腿是怎么回事。十年来，她从未提起过它，就好像那只是因为鞋子不合脚似的，因此我也就从未建立起有一个残疾朋友的概念。有一年她到杭州，我居然领她爬上了宝椒山，为她拍照，选择最佳镜头，我说："蹲下。"她说："这里不好。"我回答说："蹲下。"她终于红了脸，说："我蹲不下。"我吓了一跳，脸顿时也红了，一路歉意，决心把她照顾好。但到底还是没有记住。我只记住她影集里中学时代滑冰的照片上，苗条秀美的身材和脸庞……似乎是因为"文化大革命"，全家被扫地出门。也许在干校，也许在农村。马车、拖拉机？一场永远留在记忆深处的厄运……

"那她后来怎么考上了研究生呢？"她们还在钻牛角尖。

我知道她一连考了三年。其实她可以心安理得地在医院里当她的大夫，在家里自己的房间里当她的独养女。偏偏她有那么一个颇为开明的"马列主义老太太"的妈，对我说："我就让她考。女人，要靠自己。瞧我，十八岁结婚，念了两个大学，也没念出头。一辈子当夫人，啥意思……"

珊珊是独女，要换煤气、接站、买车票、挤车……于是就学会了骑车。

我终于注意到她的腿，也才注意到她的顽强和自立。可是以前我为什么总记不住她的腿呢？这倒是一个值得深思的问题。事实上，我从来没有同一个残疾的珊珊交谈，我的朋友在心灵上同我如此平等，在精神上她是一个健全的人。于是在这里，身体的残疾与否早已变得无足轻重，我们的忧患困惑休戚相关。我还记得我在一个下雪天的晚上去告诉她，我想出了一个小说题目叫《爱的权利》，我躲在她的小屋里改完了我的中篇《淡淡的晨雾》……她给予我的总好像比我给予她的多些。她一向是在追求自己的灵魂完善的，这对于她比一切都更重要。

《绿宝石的眼睛》中的马雷克的苦恼，似乎已经涉及以上这样一个思想层次。他总是同自己过不去，愤世嫉俗、怀才不遇。我想这个人物对于中国的青年读者同样很有意义。遗憾的是，作者对这种痛苦的挖掘浅尝辄止了。自从认识珊珊以后，我渐渐悟到，以一个残疾人对于生存的顽强抗争精神，去感染、启发一个陷于精神苦闷中的健康人实在是缺乏思想力量的。如果他们不能在同一个精神世界中思索，面对共同的人生课题，那么心灵的交流和对话很可能是浅近、表层的。所以，伊娜的绿宝石眼睛所能照亮的黑暗也就非常有限了。

女人写女人，既可从当代女作家的小说中窥探当代女人的生活，也可从女作家笔下的当代女人生活，来发现女作家自己。这一组小说如果说有什么特别给我留下印象的东西，那就是我又一次听见了那个熟悉的声音，听见她们不幸又不屈地对命运说"不"——也许我们会因此变得更苦，但我们只能如此。

我最后读的是那个剧本《女强人》。

也许它比以上的作品更富现代感，我一口气读完了它。读完之后便有长久的怅惘，进而转为疑虑。一个闪念十分无情地从脑际掠过：这个作品会出于一个女作家之手？

我才想起来去寻题目下作者的名字——阿尔布卓夫。我相信这绝不会是女作家。女作家笔下的女强人绝不会是这样一个玛雅。我绝不想标榜自己也属于女强人之列，因为我根本缺乏那种男性的魄力。但我开始怀疑高莽先生饿着肚子亲自来找我约稿，会不会是他一个小小的错误——他牢记我是女作家，却忘记了我是一个女人。一个女人大概不会像阿尔布卓夫先生那样看待玛雅。尽管这是一部有分量的作品，揭示了现代社会中妇女解放与自然、社会要求的深刻矛盾，在戏剧形式上也有新的试验和创造；尽管我并不认为玛雅的生活合乎人性，我却在玛雅扭曲的人性中看到了代表着一部分社会舆论和习惯势力的伴音与艰难挣扎以求自立的女人之间的分歧。这种基本立足点的差异使我无法对这一剧本有更多的赞美。对此我只能表示抱歉了。

几千年来，男人们可以理直气壮地说："鱼，我所欲也；熊掌，亦我所欲也。"荣誉和幸福、事业和爱情，对于成功的男子永远是一个良性循环。而女人——为什么雄心勃勃、富有心计的玛雅得到了莫斯科郊外的科学工作者别墅，却要付出高于男人几倍、几乎失去全部女人的欢乐的代价？为什么？玛雅又为什么会变得不像女人？玛雅之所以失去自我，是女人的悲哀，还是社会的悲哀？仅仅问一个为什么就够了。

玛雅说过："我不会在任何东西面前退却。我还要为这个姑娘复仇——向所有的人！我一步也不后退，不！不！"而面对着为新时代的知识妇女的真正解放做出牺牲的"女强人"，一些铁石心肠的男人会冷冷地笑着说："活该！"一些温和的男人也许会摸摸你的头发，说："回来吧，还是回来的好。"

为着《女强人》的大幕落下之后，留给男人和女人们更多的甚至是反面的思考，我们将由衷地感谢阿尔布卓夫先生。

我回到了自己的国土和自己的位置。

我相信我们的女作家在读到以上的作品之后，会有一种耐人寻味的微笑。如果我们能够有更多的自由来描写我们这个时代女人的生活，我们用黑色的方块字垒成的陆地会更加坚实丰富。如果我们能够越过女人自身的心理障碍，我们的作品将会更多地漂洋过海！

我们将永远对命运说："不！"

《珂赛特》读后

　　英文版《珂赛特》是雨果名著《悲惨世界》的续集，1996 年由中国作家出版社翻译出版。作者劳拉·卡尔帕金，美国女作家，华盛顿大学驻校作家。

　　当今世上的续集已经太多，而非原著作者本人创作的续集，更容易给人一种狗尾续貂或是假冒伪劣的担忧和怀疑。

　　运气似乎不错，长达七百多页的《珂赛特》尚值得一读，只是需要时间和耐心。门一般的封面确是有点沉重，推开它费些气力，但一旦走进去，一个多世纪以前的雨果留下的人物和故事，依然活着并散发出长久不衰的魅力和吸引力。

　　如果说《悲惨世界》是以冉·阿让一生的命运作为主线贯穿整部作品，那么续集所表现的社会背景，则要比原著显得更壮阔，更复杂，更激昂，因而具有了史诗的意味。故事穿越了 1832 年巴黎市民起义的街垒战、1848 年的革命风暴及 1851 年的雾月政变和第二帝国的兴衰，像是那一段历史长廊中的几根粗壮而结实的支柱，将繁复的石料、木椽和瓦片一一黏合，形成一种气势磅礴的大结构关系，书中始终跃动着一股波澜起伏的强大的气韵，撼人心魄。

　　《珂赛特》的叙述方式和语言风格，虽然承袭了十九世纪那种至善纯美的氛围，但较之雨果当年强烈的浪漫主义色彩，以中文阅读的感受来说，该书似乎显得冷静而沉稳，因而也更带有理性的成分。

雨果当年把珂赛特交到她的爱人马吕斯手中时，一定不会想到珂赛特在一百多年之后竟会重新复活，并将爱情和理想之炬，灿烂而又悲壮地传送下去。珂赛特是全书最具光彩的人物，她是驰骋在风暴与浪尖上的白帆，是爱与美的精灵。三十年的时间跨度将她从一个美丽纯洁的少女，变成一个坚定的革命者和一个孱弱丑陋的老妇，但她仍然是那个冉·阿让视为生命的珂赛特，她的一切行为和情感，都能在《悲惨世界》中找到依据和渊源。百年前的珂赛特与百年后的珂赛特，超越了时间的阻隔得以永生，这是衡量一部续集的成败得失，最见功力的玄妙之眼了。

尾声更是颇有回味的——珂赛特的丈夫马吕斯宽恕了叛逆的儿子让－吕克，因为冉·阿让——一个他曾经诬害过的人，教会了他懂得宽恕和仁慈。尽管冉·阿让在续集的第一卷中已故去，但冉·阿让诚实与正直的品格不死，只要这个悲惨的世界还存在愚昧和困苦，冉·阿让的精神就将延续下去。只有真正具有生命力的世界名著，才能为续集提供如此广阔的思想艺术空间；而优秀的续集，可为名著锦上添花。

在图书市场日渐商业化的时代，《珂赛特》独特的个性魅力，在于它思想的力量。它的视线穿越了一个世纪前风云激荡的历史迷雾，而将最后的目光落在至今仍然压抑和摧残着人们的那些社会痼疾上。知识分子的良知没有国籍和国界，作家劳拉·卡尔帕金在《珂赛特》中思考和关注的，是一个人类文明永远无法回避的话题。

用书中珂赛特和马吕斯自己的语言说，他们是一个"永远的反对者"。

反对封建君主制、反对强权政治、反对任何扼杀新闻和出版言论自由的党派和团体、反对复辟帝制和一切谄媚妥协告密卑劣的行为。不论在何种情势下，与他们终极目标相悖的，即是他们所要反对的。反对是一种责任，一种使命，一种原则。为了他们所反对的，即便倾其所有，付出极其昂贵的代价，反对者也不可被反对摧毁。为此，珂赛特放弃了婚后舒适的生活，用冉·阿让留给她的所有财产，创办并维持了激进报纸《光明日报》。而后风云突变，共和被推翻，报纸被查封，马吕斯一次次被捕坐牢，珂赛特从上流社会沉入社会底层，仍在"地下"坚持斗争，写作并散发小册子，继续宣传共和的理想，最后珂赛特和她的支持者们冒着生命危险救马吕斯出狱，珂赛特甚至替人代笔写信养活重病的马吕斯，并和她的女儿芳汀成为自食其力、独立谋生的劳动者……

珂赛特已是一无所有。但她"失去了家庭，却保留着自由。她失去财产，但保留着诚实的品质"，她和马吕斯毕其一生心血和精力所追求的，是自由、平等、博爱的崇高社会理想，是一个大写的人的尊严和价值。在多年险恶的环境中，支撑着珂赛特的力量不仅来自爱情，更是来自她内心深处对于社会公正的渴望。

也许在二十世纪的读者看来，百年前巴黎的街垒战，那种流血牺牲的反抗方式已多少显得幼稚和陈旧，但反抗本身，仍然是并将永远是一种值得敬仰的行为。尽管社会的进步始终在革命和改良之间徘徊或踌躇，时至当代，循序渐进的改良更显出它事半功倍的优势，但革命依旧神圣，革命已超越了它原本的含义，成为一种"反对"的精神载体。那些存在于文学作品中的知识分子革命者形象，作为一种独立人格的象征，在茫茫悲惨世界中，是不可多得的亮色。

梁山"好汉"与女性

说来惭愧，中国古典四大名著的其他三部，少年和青年时期，都曾认真读过。为读《西游记》，弄得茶饭不思。唯独《水浒传》，不知为什么，始终没有耐心从头到尾看一遍。也许因为印象中的《水浒》，篇篇都讲的打杀和流血，很难使一个女孩对它发生兴趣；也许是因为《水浒》中一百单八将的事，在民间流传太广，它们就像一棵棵的树，栽种在街头巷尾，随处可见，日日为百姓们的饭后茶余遮阴蔽日，就连不识字的人也会侃侃而谈。我脑中关于《水浒》的一鳞半爪知识，大多都是道听途说得来。听得太耳熟，没了新鲜感，况且凭直觉，也并不特别喜欢。

到了"文革"，1975 年我在上海修改知青小说，正赶上伟大领袖发表重评《水浒》的最高指示，《水浒》陡然大热。出版社连夜大量印刷横排本的《水浒》，好提供给广大群众作批判用。但人多书少，一时供不应求，人们似乎并非是为投降派所吸引，而是那四大名著经历了"文革"破四旧，家家都已荡然无存。出版社的编辑们考虑到我属于"新生事物"，优先赠给我一套。当时确也兴奋，将其带回杭州家中保存，却不知为何，后来仍是没有读过一次。对宋江只反贪官不反皇帝的半截子革命者形象，当然是稀里糊涂、不甚了了。

所以这一回播放《水浒》电视连续剧，便狠下了一番决心，定要把《水浒》看到底不可，搞得天天晚上像是在补习功课似的。

且不谈改编与原著的差异得失。只因《水浒》中表现出来的女性观，本能地引发出作为女人的一些感慨，就谈谈《水浒》中梁山好汉和女人的关系。

《水浒》中的女人大致可分为两类：一类是与梁山好汉同打江山共患难的好女人，如孙二娘、顾大嫂和扈三娘。这类女人作风正派，绝不乱搞男女关系，而且颇有男子气概，具有铁石心肠，忠肝烈胆，能杀能打。但这类女人即便再是身手不凡，武艺高强，也必须在男人领导之下从事造反工作。孙二娘和顾大嫂，对外人心狠手辣，但对丈夫言听计从，在家仍是贤内助的。就连那个色艺双全的扈三娘，也万不能让她彻底战胜男人，而必然败于男人手下，再把她打发给一个她根本看不上的矮脚虎为妻，最后改为以辅佐夫婿为己任，不同生却共死一处终了。这类好女人本身都没有故事，上了梁山以后，便沦为梁山的后勤总管，仍然回到厨房，再也无大作为，仅仅是军营里用作摆设的精致茶盏，反正在梁山不会发生性骚扰的丑闻。

另一类，便是直接或间接地将男人们一个个造就成梁山好汉的"坏女人"。

"坏女人"之"坏"，首先在于不守妇道，三不从四不德，嫁鸡随狗，大搞婚外恋，最后诬陷、敲诈、杀夫再被"正义"所杀。一个潘金莲不够，又一个阎婆惜也还不解恨，再加一个乱至佛门的潘巧云，三个女人的心思、行为与下场竟是如出一辙，人物的性格逻辑十分模式化，可见这是原作者反复强调的一个重大妇女问题。就连卢俊义遇上了飞来横祸，原先的贤妻也是连人带物，说背叛就背叛了的。王婆虽已无法身体力行，却在暗中教唆，是坏女人的罪魁祸首。好好一个男人，平白无故总被女人所害，害上梁山当了贼寇，责任当然要由女人承担。女人是梁山的一块心病，凡是上不了梁山的女人，都是邪恶和祸水的化身。那几位好汉其实没有一个是被官府逼上梁山，而是被"坏女人"逼上梁山的。女人之"坏"，甚于官府，更甚于朝廷。在梁山那样男人的世界里，女性仍然是一种命定的劫数。

所以林冲的夫人受辱，是必须悬梁自尽方可雪耻的，那是《水浒》的女人们的榜样。李师师由于早年误入青楼，虽不算在好女人之列，但由于同情造反，肯为自己心仪的燕青兄弟，去向皇上求情，她那些历史污点，暂且就不计较了。

想必《水浒》的原作者，定有潜在的憎女情结，所以梁山的好汉们，无论上山前还是上山后，都以坐怀不乱、不近女色为荣，只有把女人视作微尘草芥，方能显出英雄本色。说梁山好汉只反贪官不反皇帝，还应再加一条，梁山好汉只反女人不反皇帝。若说好汉们歧视女性，有点太现代，但梁山务必是一块欲望的禁地与净土，好汉们才不至于为女人而误了救国救民的大业。

英雄末路。那个时代梁山的英雄们，因为拒绝女性而成为英雄，但是否也可以认为，英雄的造就并非只是英雄的牺牲，还有女性的牺牲。

今天试图用影视和戏剧重新诠释《水浒》，但无论怎样地煞费苦心，原著中的封建糟粕，非但难以掩饰剔除，反倒越发显得伪善起来。《水浒》原著中的女人命运，来路和去处都是按当时的主观意志设定，这使得它在无意中，成为一部关于女性历史的精妙教学参考书。

柔性的战争

　　战争在女性笔端被重构，那种炮火下的冷酷与残忍，自然不会有本质的改变。但体验战争的视角、思考战争以及描述战争的方式，却具有别样的风采。

　　宗璞在病中苦耕，历时七年，长篇小说《南渡记》的续集《东藏记》终于面世。计划中尚有《西征记》《北归记》，是总书名为《野葫芦引》的多卷长篇系列。

　　此前还未有这样一部完整的大书，将抗日战争中的知识分子，里里外外地刻画得如此透彻。尽管大学南迁之后，在日军的轰炸和追击下，仍然没有一处可放下一张平静的书桌，人和书籍始终都在不停地颠沛流离、东躲西藏，直到无处逃遁。战争虽然能够消灭无数肉体和生灵，但暴力却无法征服一个民族的文化与精神。知识和教育在炮火硝烟中延续传承，才使得这片土地上拥有一代代不屈的灵魂。

　　小说人物以明仑大学历史系教授孟樾、夫人吕素初和女儿孟离己、孟灵己等一家人为轴心，放射至孟樾教授的亲朋好友同事邻居周围近百人，写出从京城南下的一群知识分子，在抗日战争中的个人遭遇、情感经历以及心灵成长的历史。孟樾一家在战火的胁迫、物质的匮乏和教业学业的艰难中，始终坚守的仍是知识分子的良知、气节、正义和真诚。即便在那样恶劣的环境下，他们从未放弃争取自由和民主的另一种"战争"，那是真正"藏"在人内心深处，不会被战火湮灭的理想。在《东藏记》的历史氛围中，当原先幽静的书香家园被战争所摧毁时，故乡和老屋并非是家园的全部象征。知识分子真正的家园，它的代表符码是书桌和书本，是温情与良知。孟樾一家带着他们的书本，在流浪中创造着心灵家园。乡村与河流，天空与自然，赋予了他们新的"家园意识"，那是永远不会坍塌的精神城堡。

很久没有读到如此纯净的文字了，所有的人物和故事，都是用宗璞独有的才情来讲述的。她从容洗练的语言，把苦难中的一切繁复都化为透明和单纯。以宗璞深厚的文化教养，她对世事的理解，从来是宽宥的，她的文字无须剑拔弩张的激烈与刻薄，更无须喧哗与矫情，只任其自然而然地流淌，从不虚张声势，却能不动声色地把故事讲得入味，似有一种看不见的磁性在吸引你，让你随行。她从不把话说满说绝，从那种委婉含蓄却绝非世故圆滑的表述方式中，可见其内心对人世的切切爱意，具有真正的大家风范。

宗璞的语言是柔性的，被一种母性的仁慈与博大的情怀包容。书中众多的女性人物，无论是至情还是至善，是古怪还是任性，都传递出三十年代知识女性的新鲜美好与青春气息。警报与饥饿，在女性温暖的双手抚慰下变得能够忍受；女性的柔情化解了恐惧与忧烦，消融着耻辱与绝望，使得西南偏远的穷乡僻壤，都笼罩着温馨的家园气氛；炮弹下的鲜血和死亡，也被覆盖着凄迷的美感——所以，宗璞笔下的战争，是柔性的战争。

宗璞以平和的心态和优雅的笔调，描述了知识和书本对战争的抵抗。山峁里不堪一击的书桌课本，和天上狂轰滥炸的钢铁炮弹，形成了极大的反差。然而，宗璞正是从这里发现了被战争所激发的另一种美——人的抵抗与不屈，男人和女人共同的坚韧和顽强。正是由于文化在战争中的不可毁灭性，战争才会焕发出另一种光彩——战争在另一种意义下的审美性，这也许至今都是被人们忽略的。

宗璞以她优美温婉的语言风格，确立了《东藏记》与众不同的艺术魅力。众多的人物命运和世相心态，在看似平淡的生活情境和细节中缓缓铺开，伏有大气磅礴的布局。第五章插入的"流浪犹太人的苦难故事"和第七章的"卫凌难之歌"，在文体上亦有突破，像一曲忧伤的咏叹调，令人落泪。宗璞笔下的战争没有刀光剑影，却烙刻了深重的精神创痕，并具有一种浓郁的书卷气息。那种浸入骨髓的中国文化质感，在阅读中竟令人有如置身于《红楼梦》的语境之中。行文的调子虽有明清小说之风，包括小说结尾处的"间曲"，但在作品的整体把握上，仍能体会到宗璞深厚的西学功底，在对历史认识的理念上，隐含着鲜明的现代意识，将中西方的文学精髓，融合得如此天衣无缝。

读《东藏记》这样隽永而精美的小说，真是使人受益又享受。

在海风中飞翔

喻丽清——一个清雅秀丽的名字，用她的书页做翅膀，从西海岸的金门大桥起飞，乘着太平洋的海风，正悠悠然朝着她故乡的土地飞过来。

其实，早几年她就已经在我们这儿的书店悄然登陆了。1996 年河北教育出版社出版的海外女作家《金蜘蛛丛书》，曾出版过她的专集，颇受大陆读者欢迎；2000 年又有于青女士主编，陕西太白文艺出版社出版的《旅美华文女作家精品书系》，其中喻丽清的小说、散文集《飞越太平洋》，近五十万字，好厚的一大本，若是没有超强的引擎动力，如何载得起如此阔重的双翼。

去年秋天访美，由朋友引荐，行前已与她有书信往来。知她祖籍杭州，生于浙江金华，幼年去台湾，毕业于台湾医学院，后到美国留学定居并婚育，现供职于柏克莱加州大学脊椎动物学博物馆。因有这份同乡之缘，甚是惊喜，又是女人，更多了一份亲切和好感，故而专门去书店买了她的书来读。沉沉一大本书捧在手里，来来回回颠颠倒倒地翻看，一时竟放不下。

那是好大的一片天空。从旧金山到威尼斯，从台湾到苏州，大至美国时事杂议，小及家中一粒纽扣，女人清澈的目光从海上掠过，任是最细微的一丝波澜、最迅疾的一片飞鸟，都被她的笔轻轻捉住无法逃脱。我看见清朗的风、绮丽的云，在书中的世界漫卷飞扬，无论是小说诗歌散文戏剧，内容与技法都是极为丰富多变的。

因此，那清澈不是溪流的浅显，而是以锐利的洞见作为底蕴的，像高山湖泊，清得醇厚，有一种深沉的内力藏在其中；那秀丽也不是盆景式的奇巧，在精短优雅的文句中，溢出一股以柔克刚的浩然之气。看似平常的事情，淡淡地静静地叙述着，却总有神来的最后一笔，画龙点睛一般，忽然叫人把眼睛瞪大了。

她写伞，说它是一片行走的屋顶，但简体字里的伞，把"伞"里的人都失去了，只剩下一把伞架。她写台北的莲，说"文化没有带领大众，最终总是大众污染了文化"。她写旅途，说"但愿自己这一生不是来还债，而是来报恩的"。她写化石，说对它而言，"死亡实在是一种凝固的生命而已"。——她是用发现者的眼光写作的，所以不断给予我们触动与震惊。那种富含哲思的语言，如诗如歌，合卷后依然萦绕心中，令人久久回味。

真的是好喜欢啊。

后来在旧金山与她会面，外表那么娇小纤弱、清丽温婉的一个女人，却有一种内在的坚韧与成熟，确是文如其人。近年，喻丽清当选为海外华人女作家协会主席，可知文品人品俱佳。我在柏克莱她的家中，见到她多才多艺、豪放潇洒的丈夫唐孟湘先生，夫妇同船共渡几十年，被人誉为"神仙眷侣"，叫人好生羡慕。她家中的窗台书柜茶几书桌，到处可见她从世界各地搜寻来的小盒子，镜盒砚盒墨盒，木盒石盒瓷盒玻璃盒，长圆方扁、千奇百怪，精致可爱得让人恨不能掠为己有。忽记起她《盒子》那篇文章，眼前的盒子便一只只都放出光来：

"要是往抽象的意义上来看，其实，汽车不过是行的盒子，房屋是住的盒子，心是无限大的小盒子，而我们的身体不过是五脏六腑的盒子……是的，设若五脏六腑为底，七情六欲为盖，底盖相合时，应当可以关牢我们的灵魂。我的身体便是我的潘多拉之盒——我最初的，也是最后一个盒子——而那无限大的小希望，它是我的最后一点秘密的内涵。"

她捡来世上各式各样的空盒子，然后把自己对生活的爱与思索，一点点地装进去，再把那些盛满了才情的小盒子，一只一只毫不吝惜地赠送给她的读者。

她的灵魂在盒中飞扬，她的书本在海风中飞翔。

让我们把丽清的小盒子，一个一个顺序打开——这一套从她几十年文学创作中精选的百万字文集，我们将会从中受益，发现许多的美、更多的爱，还有无限大的小希望。

"安妮"来了

　　安妮来了！那个可爱的红头发女孩儿安妮，终于从加拿大来到了中国。

　　安妮是谁？你真的连鼎鼎大名的安妮都不知道吗？若是借用大文豪马克·吐温的话说：安妮是继不朽的爱丽丝（指《爱丽丝漫游奇境记》的主人公）之后，最令人感动和喜爱的儿童形象。安妮是"乘坐"着上千页白纸装订成的四架"纸鹞"，飘过大海穿过白云飞过来的，安妮一定没有见过中国桂花，所以她选择了桂花飘香的日子，降落在美丽的杭州——浙江文艺出版社。在这之前，安妮已经在世界各地的少年读者中，畅行无阻地周游了近一百年。

　　几年前，"安妮系列"的第一本《绿山墙的安妮》，已经由马爱农女士译成汉字折成的纸鹞盘旋在中国上空了。正因为有那么多熟悉安妮的读者渴望知道她后来的故事，如今这厚厚的四大本"安妮系列"——《绿山墙的安妮》《少女安妮》《女大学生安妮》《风吹白杨的安妮》，像一个个正在长大的俄罗斯套娃，排成天使的队列走来，在我们眼前灿然一亮。

　　安妮来到中国好像有点儿太晚了，今天有许多孩子，或许智商出众，但是情商与情感、想象与心智却正在一日日衰退。所以其实安妮来得正逢其时，在这个人与自然越来越疏离的年代，我们正急切地等待着安妮来临——期盼着她的热情、坚韧和坦诚，给那些干涸而冷漠的心灵，输送高能营养液以及滴灌清水。

"安妮系列"是一部优美的成长小说。故事从爱德华王子岛上绿山墙的卡思伯特中年兄妹，决定领养一个男孩帮着做田里的农活，而令人大吃一惊的是，孤儿院送来了一个整天耽于幻想、喋喋不休、脸上长满雀斑、不受欢迎的安妮开始，讲述了安妮这个精灵般的红头发女孩，如何像一阵清风吹进了闭塞的乡村。她很快爱上了这个望得见蔚蓝色的大海和红色的灯塔，路边长着高高的冷杉、开满了苹果花和樱桃花的美丽的阿冯利村。孤女安妮以她的率真消除周围人的敌意，以爱心赢得友谊，以浪漫抵御孤独，以倔强坚持自己的天性。在安妮大胆而离奇的想象中，她为自己每一处心爱的自然景观起了富于诗意的名字："情人的小径""闹鬼的森林""悠闲的旷野""闪光的小湖""紫罗兰溪谷""森林女神的水泡"等等。许多年以后，书中描述的这些地方都已成为著名的旅游地，每年都有数以万计的游客慕名前来。安妮的故事好像就发生在昨天或是正在发生着，在这里时间或是消失或是成为永恒。百年前的安妮依然是一个跺着脚唱着歌扑到你怀里的亲亲小姑娘，她那些饶舌的话让你想起来就觉得好笑又亲切，安妮能感染每一个见到她的人，安妮实际上没有国籍没有年龄，安妮未经污染的健康心智与纯真情怀，超越了一个世纪的人性，所以直到今天，我们还得读安妮，还在读安妮。

在《绿山墙的安妮》中，我们会遇到许多这样的句子：我能听到小溪的洪亮笑声一路传到这里。你留神过小溪有多么快活吗？即使在严冬，我都能听到它们在冰层下面的笑声。

尽管日常生活有时会粗鄙、烦琐，充满了各种烦恼，但在安妮那儿，正如读者黎雅说的那样："幻想在平庸中灿烂。"安妮的天性中有一种奇特的力量，能够在艰难与沮丧中发现被人们疏忽了的美与爱。安妮是个极度情绪化的女孩，快乐与悲伤大起大落，最终却总是能以达观与善良拯救自己；有时候安妮醒着做梦或是梦里也洒满阳光，安妮是一个真正拥有幸福感的人，因为她能创造出诗情与乐趣，感染自己也感动周围的人。

安妮也会因偶尔的冲动、小小的虚荣、奇异的冒险想象或是过分的自尊而犯错误，甚至可以说，安妮的成长几乎就是由她不断犯下的一连串错误，以及她对错误的勇敢克服，还有她的"错误"中那些真正有价值的因素组成的。读者无论是爱上安妮还是迷上安妮，都会连同她的错误一起爱上。

《少女安妮》讲述了中学毕业后十六岁的安妮，留在阿冯利村小学当老师，试图"改造"阿冯利村的一连串多姿多彩而又多灾多难的故事。经历了家庭的变故后，安妮逐渐变得更有责任心而坚强，重返大学，成为"女大学生安妮"。安妮开始恋爱了，真诚化解了她与一直暗恋着她的童年伙伴吉尔伯特之间的误解与怨恨，成熟的安妮终于懂得质朴与高尚才是她所追求的真爱。大学毕业后的安妮，来到一个远离家乡的夏缘镇做中学校长，她在白杨树叶的倾诉声中给未婚夫写信，于是有了"风吹白杨的安妮"……四部"安妮系列"每一部书尾的彩页上，都附有一些中学生和大学生对"安妮系列"发表的精彩读后感，每一部书中的插图都是如此传神：挎着篮子调皮的小姑娘安妮、戴着帽子咄咄逼人的安妮、坐在草地上沉吟的宁静的安妮、穿着曳地长裙如玉树临风般独立的安妮……告别了少女时代的安妮，依然好奇地品味着每一天遇到的每一个精彩的细节。

若是你从此结识安妮，你也许会觉得当今那些所谓的偶像明星，其实多么苍白。

安妮来了。安妮教会我们去爱——热爱人和自然。安妮点亮了我们心灵中麻木了的或是沉睡的那个角落，让我们看见自己曾经的梦想依然在暗处熠熠发光。

在人们越来越频繁地呼唤"情商"这个词的今天，可爱的安妮其实是一个有关"情商"鲜活而生动的范例。"安妮系列"无意中给我们泄露了关于培育情商的秘诀。试着去幻想、梦想或是想象吧，很多时候人们抱怨生活，只是由于丧失了感受快乐的能力。

期待着那位曾风靡世界的加拿大女作家露西·莫德·蒙哥玛利的"安妮系列"的后三部——《梦中小屋的安妮》《温馨壁炉山庄的安妮》和《彩虹幽谷》，能够早日飞落中国。安妮婚后养育了六个可爱的孩子，我猜想，那些孩子也许个个都比童年的安妮更"另类"，但他们都会像安妮一样浪漫而充实地成长。

画廊的情爱象征

美国女作家丹妮尔·斯蒂尔 2005 年出版了她的一部长篇新作 *Impossible*，这个书名直译的话是《不可能的爱》。译者给它起了个颇具中文情调的名字——《画廊情殇》，这很容易让人联想到我在1996 年出版的长篇小说《情爱画廊》。两本书的题目，四个字竟然有三个字重合。也许由于这一令人惊奇的巧合，译林出版社请我为该书的中译本写几句话。

我也因此对这两部小说内容和小说意象的相关性，产生了某种好奇之心。

丹妮尔·斯蒂尔在写作该书之前，肯定没有读过中文的《情爱画廊》，而我在 1995 年写作《情爱画廊》之初，《画廊情殇》还是没有影子的事。应该说，我和她，对于对方都一无所知。这两部书远隔重洋，具有东西方相异的文化艺术背景，可是，究竟是什么原因，使我们的写作"心有灵犀一点通"——都不约而同把爱情的发生地，安放在与"画廊"有关的地方？为什么我和丹妮尔小说中的艺术家，都爱上了比自己年长的女人？为什么我们塑造的艺术家男主人公，都是狂热追求艺术创新、性格难以掌控、不拘生活小节的"画疯子"？

但这些问题真的那么重要吗？既然爱情没有国界之分，艺术没有国籍之别，那么，全世界的爱情，全世界的画廊，都会活跃于不同国籍的写作者的视线之中。进入全球化时代，中国的画廊早已不再钟情纯粹的东方情调，无论是经典西洋画还是传统水墨写意，都吸取了现代艺术的元素，融入世界艺术海洋之中。美国的画廊则也许更为离经叛道，任何不同民族不同艺术风格的优秀作品，都可能在纽约东区画廊中占有一席之地。那么爱情——我们还能指望什么全新的发现与创造？在如今全世界都似乎已经穷途末路的爱情旅程中，"洛丽塔"早已长大，廊桥的女主人弗朗西斯卡老了，"泰坦尼克号"沉没了，耶利内克的钢琴教师埃里卡用刀子刺向自己……"情殇"是一个汉语语词，然而，其意之精准，可成为覆盖全球的爱情专用词，更像是人类的爱情宿命。

尽管要将《情爱画廊》与《画廊情殇》做比较是困难的，但我仍然发现了一些有趣的差异：我的小说故事以一幅幅充满创造力的绘画，构成了绚丽的情爱画廊，而她的小说借用画廊来产生爱情；我描述艺术创作本身激发的爱情，而她写的是作为商品的绘画，在交易中发生了爱情而又拒绝物质交易；我试图以无声的绘画语言和画面，替代以往爱情表达的陈词滥调，而她的画廊只是爱情的背景，甚至与绘画本身没有太大的关系；我的男女主人公的爱情障碍是爱情的土壤，而丹妮尔笔下的爱情专注于如何战胜自己；我的叙事带有浓郁的抒情色彩，而她的小说情节从头至尾更像一份经纪人精确的时刻表……

但这些小说设计以及审美风格上的种种区别和比较，真的那么重要吗？我不知道。

真正引发我产生兴趣和思索的，却是关于"廊"的象征和隐喻——画廊、走廊、长廊、游廊、廊檐、廊桥……画廊通常是封闭的，它的墙壁实际上由一幅幅绘画作品连接而成，由于观赏需要顺序而行，产生类似"廊"的感觉，画廊不具有扩张性，它所有的风光都在画廊内部。而走廊和长廊的主要功能是房屋与房屋之间的连接体，是可在雨雪中行走的通道；中国宫廷或豪门的花园九曲长廊，或沿坡而筑或临水而建，以柱式颜色或窗棂的图案变化展现美感，带有装饰与审美的功能；廊通常呈半开放式，行走在廊中的人，在观赏廊外风景的同时也融入为廊的风景。廊檐是避雨遮阳的实用性建筑，江南古镇水边多廊棚，亦为同理。廊桥可看成是一艘通风而安全的渡船，在中国南方某些古镇，廊桥甚至是用作贸易的集市，联通并交换两岸的物资。在世界各地的建筑中，"廊"都是一个兼具功能与审美的奇妙物体。

廊可穿行，廊可抵达，廊可听琴，廊可读书，廊可观赏，廊可徘徊；廊中的人来去自由，或隐或现；廊下的风声雨声，营造出浪漫的情致；廊的开放式空间，使得它充满想象与魅惑；廊连接了两个端口，就像男人和女人短暂的邂逅，如同一个身体进入另一个身体；廊中注定了要发生故事并遗情遗梦，那是一个最适合爱情滋生，而又便于爱情迅速逃逸消失的处所……若是我们能够坚持走完长廊，那么，爱情也许才会在一所房子里长久地安居下来。

所以，无论在大洋此岸或彼岸，都会有写作的人，对"廊"的意象一次次着迷。他们有时错把画廊和长廊当成了思想的隧道，企图穿过长长的黑暗，走到大山的另一侧去。

棋逢对手

——读山飒小说《围棋少女》

山飒，对于中国读者来说，是个有点儿陌生的名字，因为《围棋少女》是她首次被译成中文并在中国出版的长篇小说；但也许会有人对阎妮这个名字有印象——那个十几岁就在国内出版了好几部诗集和散文集的女孩儿。多年前我在北京阎纯德教授家中见到她的时候，她还是一个笑容甜甜的小姑娘。阎妮在高中毕业后即赴法留学，在法国旅居多年后，她开始尝试用法文写作，第一部法文长篇小说出版后，获得了龚古尔处女作奖、法兰西学院奖。十几年过去了，阎妮就像一只从蛹中飞出的蝴蝶，在法文与中文、欧洲与亚洲偌大的天空中翩翩起舞。阎妮正以惊人的速度成长着，长大了的阎妮变成了小说家山飒（Shan Sa）。

心里一直希望能读到阎妮的小说。终于，由春风文艺出版社出版的长篇小说《围棋少女》的中文版，在今夏一个燠闷的日子，为我们带来了一阵凉爽的清风。

在法国，山飒的法文小说《围棋少女》，已成为2001年至2002年最畅销的小说之一，并摘取了中学生龚古尔奖桂冠，该书已被译成十七种文字。这个能娴熟优美地运用法文写作并融入西方社会的女孩，我们能感知她的才华、想象她的聪慧，但却无法知道在她的双语写作之路上，曾洒下了多少艰辛的汗水和泪水。中文版《围棋少女》的语言文字经山飒本人润色，在原汁原味的中国故事的中文叙述中，隐含着西方现代小说的意蕴。山飒游刃有余地穿行其间，中西方双重文化背景给予了她丰富的营养。

《围棋少女》的故事背景取自中国二十世纪三十年代，东三省沦陷时期的某个城市，一个日本青年军官与一个中国少女，在"千风广场"刻有棋盘的石桌前相遇，对于围棋的痴迷使他们互相产生兴趣。围棋成为一种文化与和平的象征性代码，在彼此的心灵深处相通相融，继而激发起朦胧的爱欲。但超越了种族、阶级与政治的爱情，却仍被无法超越的战争障碍所阻。在小说结尾，日本男子为了让少女免遭日本兵的侮辱，亲手杀死了少女而后自杀。这一从未得到过表达的爱情，最终只能以死亡的方式得以实现。

阎妮笔下的爱情带有凄婉而绝望的品质，整部小说的人物与语言，始终被置于一种冷峻严酷残忍的氛围之中，流畅的文字却留下沉重的阅读痛感。单纯的故事中穿插着战争时期的女性生活状态、年轻的抗日分子的地下活动和悲壮的牺牲。由于日本间谍和中国少女这两个完全"对立"的人物关系，便赋予了"棋逢对手"另一种含义。小说从"围棋"这个极小的平台，描述并折射出那个时代及人类的终极悲哀。如此奇巧精美的构思和感人至深的叙述，可谓女性写作之上品。

山飒擅用场景、行为与心理刻画人物，精致而洗练的短章、诗化的语言、人物的叙述角度不断切换的二元结构，宛若电影镜头一组组交叉连接，具有弹性节奏。黑白分明的棋子，在故事中已不仅仅是道具，而是一种意象：中国少女与日本军官，各自每走的一步棋，都曾试图将对方围困。但双方都没能走赢那盘棋，被围困的最终却是没有出路的爱情。焦虑的男子与神秘的少女，孰黑孰白？孰是孰非？棋错半步、落子不悔——山飒将围棋的棋道棋理演化成一次小说的文体实验，细细品味真是妙趣横生。小说中的人物，如同对立又依存的棋子一般，只在棋盘上狡黠地无声地移动，让人明白感受爱情和表达爱情都不需要语言。

最后要说，山飒在该书中成功地塑造了那个复杂的青年日本间谍，他在军国主义教育下，满脑子狂热的报国理想，但内心又充满柔情与怜悯，对和平生活充满本能的渴望。爱情既能滋生仇恨也能化解仇恨——爱情的表述在山飒笔下抵达了人性的深度。正是由于这种纵横交错的双视角，而非绝对的女性视角，山飒的小说让我们看到女性写作的宽广前景。

《女人森林》之魅惑

　　《女人森林》写什么——女人们。然而，如今记述女人生活的小说，连女人自己都讲腻了。这位名叫颜桥的青年男作者，还能讲什么？

　　《女人森林》怎么写——如今小说文体几乎已被穷尽。而颜桥这位后来者，却在奇思妙想中笃悠悠架起了一座森林里的空中走廊。

　　小说的结构和叙事语言妙趣横生。套用规范的俗语测评：有创意。

　　估计读者很少能与这样的小说相遇，它也许可称为"卡片小说"——每一个章节，都像一张扑克牌，可以随意抽取；每一个单篇，讲述一个独特的女人故事；每一个断面，都是当下女性生活的病理切片；每一个她，都被冠以形象化的称谓，同时也被抽象为一种特征和意念，令人一目了然，过目不忘。若是将几十张牌排列联结起来，便构成了今日女性生存生活形态的人物画廊。这样的小说样式是一种"有意味"的形式：生活的多样性，已将以往的整体感和统一性悄然消解；每一个女人，正以各自不同的方式选择人生，迅速老去，或是艰难重生。

　　女人森林——那些游荡沉浮于都市的年轻女人，犹如缠绕浸淫在森林的氤氲与雾气里，一株株芭蕉橡胶木瓜椰子，汇成一片蓬勃鲜活的热带雨林，湿漉漉黏糊糊地立在眼前，"高清"而又高深。

男人写女人，其实与经验无关，而与眼光和指尖有关。

颜桥似有一双冷眼：眸子里像是安了一个 CT 磁头，将女人的身心一截截一层层扫描，无情透视着女人琐细的日常生活；尖利的目光如箭穿射，将女人的满腹心事，惆怅虚荣犹疑焦虑，一一收录眼底。

颜桥却有一双温热的手指：无论靓女丑女才女，不幸落在他笔下（一键之下），由衣饰而肌肤而腑脏，一键一键接近真相，美体的瑕疵与弱点均一览无余。在他淡淡的调侃与冷冷的嘲讽中，女人无地自容。就在女人跺脚闭眼，意欲跳下悬崖的那一刻，他却轻轻收手，万般怜惜地将女人留在了键盘上。

男人写女人，并非取决于阅历，而取决于理解。颜桥曾说：男人其实是用鼻子去触摸女人的气息，徘徊在女人每一个触感的末梢。

还有书中那些"螃蟹女""孔雀女""半瓶子醋女人"的好玩插图，这一套"心情卡片"，更是一次图文并茂的体验。读者穿过幽暗斑斓的《女人森林》，可在林立的"牌阵"里，感受并体验女人的悲欢。

而颜桥，仍在一次次洗牌。男性与女性间的那座桥，谓之"桥牌"。

《西湖》姊妹书

2009 年 ——《西湖》杂志创刊五十周年。犹如西湖边的香樟树，已是枝繁叶茂的好年华，树冠撑起一把绿伞，为路人遮阴蔽阳。

《西湖》是西湖的女儿，我也是西湖的女儿，若是以此自喻，她小我九岁，可以当妹妹来看待。但她 1959 年出生的时候，我还是小孩子，对于她童年的样子，记不太清楚了。我长到十九岁，就离开了西湖，去往很远的北方，所以她做姑娘时的模样，我也见得不多，但她既然生在西湖边，天生丽质加江南水汽滋养，必定要脱胎为美人的。我每年南北来去，听闻她一天天长大，心里自然欢喜。她到了四十岁以后，进入风姿绰约的中年时期，越来越充满青春活力。如今她年过半百，即便以挑剔的眼光来打量她，也不能不承认，《西湖》已从窈窕淑女变成仪态万方的大家闺秀，有了一种成熟宁静之美。

《西湖》既是女儿家，总是喜欢梳妆，时不时要换换衣裳的。创刊的时候明明叫《西湖》，但在二十世纪六十年代，曾经硬邦邦套上了《革命文艺》《群众演唱》的红袍。二十世纪七十年代，她还穿过一件叫作《杭州文艺》的外衣，虽是那个时代老式的样子和料子，但她仍然想出办法，在领口袖子腰身那些小地方，弄出一点花头来吸引读者。即使湖水每天不是蓝色就是灰色，但有微风吹来，湖水漾开，湖面就会一波波泛起诗情的涟漪。一直到 1978 年，她总算脱掉了旧衣服，换回了《西湖》这条漂亮衣裙，每月都洗熨一新，款式与时俱进。进入公元 2002 年，她忽然别出心裁，披上了一件《鸭嘴兽》的斗篷，听起来蛮吓人。我想她都四十而不惑了，还那么爱开玩笑，西湖里怎么可能钻出一只古怪的鸭嘴兽呢？原来漂亮女人也喜欢标新立异，搞了一个新编"美女与野兽"版，给自己增加一点时尚新潮气息，来吸引读者啊。到了 2004 年，她又把斗篷掼掉，重新穿上了《西湖》职业裙装，气定神闲地坐在湖边，召开八方文友聚集西湖的笔会了。

一家杂志办了五十年，不断求新求变，锐意改革，总是好的。犹如女大十八变，各个不同的历史时期，有不同的乳名，见证了不断变化中的社会风貌。乳名变来变去、叫来叫去，叫到最后，结果大家仍然叫她"西湖"——那么，这个"淡妆浓抹总相宜"的"西湖"，她的优雅淡定、她的荣辱不惊、她所承续的吴越文脉和人文精神，就是她最本质、最恒定的品格。

回顾我和《西湖》的友情，其实有着特殊的渊源。二十世纪七十年代至八十年代，曾在《西湖》担任编辑直到后来成为《西湖》当家人的薛家柱老师，是一位令人尊敬的优秀诗人。他的妻子曾与我母亲是同事，当年他和女友还在恋爱时期，我就知道他的名字了。我从北大荒回来探亲，还曾和母亲到他家幽静的庭院里去拜访过。可以说，薛老师是《西湖》在青少年时代，抚育她时间最长、最尽职尽力、耗费心血也最多的一位"养父"。后来又有钟高渊、嵇亦工几位敬业的主编和社长。评论家高松年先生，是《西湖》的编辑主力，也曾多次与我联络过。其中我和嵇亦工较为熟悉，二十世纪八十年代，他作为一位声名鹊起的青年诗人，一脸稚气满腔诗情，从军队转业到杭州工作，曾为《西湖》专程来我家组稿，与我父亲和妹妹也都熟识。三十年过去，他已经成为一个著名的"湖畔"诗人，《西湖》成就了他的诗歌艺术，也练就了他的工作才干。

《西湖》五十年风雨一路走来，幸运的是，她的历任"养父"，都是作家和诗人，经年累月赋予她丰富的文学营养；历任编辑，也都具有较好的文学修养，最终将她调教成一个秀外慧中的文化传播者。在纵横交叉的文学江河湖海中，《西湖》是一个风光独特的存在。

为了写下这些真诚的纪念文字，我翻查了自己保存下来的所有刊登过自己作品的刊物。1978年，我曾在当时的《杭州文艺》上，发表过一篇题为《归来》的散文，文字之幼稚令人汗颜。更为遗憾的是，自1979年直到2003年，后来这二十多年的时间，我竟然没有找到自己在《西湖》发表的任何一篇作品。莫非在很长一段时间里，我竟然忽略了冷落了这个家乡的妹妹吗？而1982年的《西湖》杂志1—2期，曾经连载了《浙江日报》记者周荣新和胡振先生合写的一篇报告文学《寻觅生活中的绿色》，记述了我从家乡杭州出发，在文学之路上艰难的成长历程。由此可知，《西湖》曾对我寄予厚望，给我支持和关注。无论出于什么样的原因，距离、时间，无论找到怎样充分的借口，我对故乡小妹的无情无义，都已经被留在了杂志的空白处，也留下了我亏负《西湖》的歉疚之情。在此，让我对薛老师、高松年先生和钟高渊先生说一声对不起。

但是，我的妹妹张婴音，却和我的"西湖"妹妹，有着实实在在的缘分。张婴音学习写作以后，在《西湖》副主编罗敏然女士的鼓励下，创作了短篇小说《少女的肖像》，发表于1987年《西湖》2月号，主编钟高渊先生也曾给予她许多关怀。1989年9月，她在《西湖》发表了小说《变色口红》，1990年，又发表小说《红玫瑰和白康乃馨》。二十世纪九十年代，还发表了《我不是妙龄女郎》《东瀛台湾女》《喝酒的日本人》等多篇散文。张婴音走上文学道路，她写作的进步与收获，可以说承恩于《西湖》的培育辅导。温柔的西湖之水，滋润着西湖的女儿。那个"西湖"姐姐对张婴音的爱护帮助，比我这个北方姐姐，要体贴细致得多。其实，《西湖》杂志善于发现新锐之作、勤于培养青年作者的"刊风"，在文坛早有好名声。几十年过去，"西湖"从一个妙龄少女，变成了许多文学作者的"养母"，如今已是"儿孙满堂"，桃李遍天下了。借此机会，我愿意替我的婴音妹妹，谢谢这个热心善意的"西湖"妹妹。

所幸在近几年，我与《西湖》的稿件联系多了起来。2003年春，我在杭州照顾母亲，每天跑医院，路上遇到了一点意外，感触颇深，回京后写成一篇随笔《因为你没有责备我》。由于写的是杭州人和杭州故事，就主动想到应该送去给《西湖》看看。后来发表在2003年8期的《西湖》杂志上。2007年，我写了回忆书法家姜东舒老先生的随笔《永不褪色的记忆》，用电子邮件发给了嵇亦工先生。他回信给我说，姜东舒先生德高望重，其书法艺术成就，更是浙江和杭州的骄傲，非常欢迎你能为家乡留下一些"永不褪色的记忆"。稿子很快就发表在当年的《西湖》上。那时姜东舒先生已经病重，他在病榻上读到这篇文章，颇感欣慰。大约半年以后，姜伯伯就过世了。我为自己在他生命最后一段日子里，能通过《西湖》杂志，记录下他与父母的患难友谊、他的书法成就以及为人品格而感到庆幸。在此，也要感谢《西湖》的支持。

德清政协文史办主任杨振华先生，近年来一直致力于研究并书写德清籍文化人物。期间他写下《张抗抗：德清外婆家》一文，稿子送交《西湖》，发表在2008年11期《西湖》的《民间叙事》栏目上。这个栏目已经陆续发表了为数不少有价值的文章，2008年连载董学仁先生的《自传与公传》，就是具有历史真实性和思想深度的好文章。

这几年我正忙于写作长篇，挤出时间浏览各类期刊，自然很有选择性。而《西湖》却是我必读的刊物之一。我曾认真地对嵇亦工社长说，一本《西湖》要看好几个小时，害我花费很多时间呢。此话并不夸张。《西湖》的栏目设置用心独特，文学与文化并重，史实与思考兼具，每一期质量均衡齐整。以2008年为例，《民间叙事》《文学前沿》《一个人的文学史》《文坛榜样》等栏目，坚守"自由之思想，独立之精神"，文章耐人寻味，每读必有收益。《西湖梦寻》一栏，由于我和作者孙昌建相熟，读得格外仔细，也因此增加了不少有关西湖的人物掌故和历史知识。再如《汉诗》《实力》这些诗歌栏目，属于《西湖》的"当家花旦"，算得上老名牌了，但我不懂诗，不敢妄谈。《新锐》是《西湖》近年的主打产品，已陆续推出为数可观的新人新作。前不久，无意中与一位北京的青年业余作者说起《西湖》杂志，他对《新锐》栏目极为推崇，暗中已把自己将来有一日能在《西湖》作为"新锐"露面，当成了努力写作的动力和目标。

秀美的湖光山色中，《西湖》正和她的作者们一起成长。

五十年过去，年复一年，源源而来的六百本刊物，投掷了消耗了多少位编辑的青春岁月？五十年过去，《西湖》以钱塘江天目山的日月精华，铸得这一把"越王宝剑"——华丽精美的刀鞘，锐利韧性的刀锋，含而不露，相得益彰。这本持守着鲜明个性与人文品格的纯文学刊物《西湖》，是一部越看越长、翻不完的大书。

我的这个"西湖"妹妹，天天与永世不老的西湖做伴，想必是会越来越年轻的。一个作者终其一生，作品终究有限；而一本刊物的生命，却可无限延长。我们无论怎样勤奋写作，都比不过《西湖》

累积的作品容量。我们只能珍惜《西湖》、欣赏《西湖》，继续为《西湖》认真写稿，为"西湖"妹妹美丽的裙衫，添一条花边或钉上一排新扣子。愿《西湖》永远以新锐的姿态，守望西湖并疏浚古老的西湖水系。期待着《西湖》的新作者和新作品，像龙井新茶岁岁蓬勃，叶叶矜贵。

作为"西湖"的一个"姐姐"，我愿召唤更多的爱书人，加入并续写这一部翻开的"西湖姊妹书"。

清清西湖，悠悠我心。

快乐的忧思

——谈张婴音的儿童文学创作

我是张婴音作品的读者；我也从事文学创作，可以说是张婴音的同行；而且，我必须承认，我是张婴音的姐姐。要是我父母知道我为了避嫌，不肯承认她是我妹妹，弄不好就会不承认我的。所以，我很幸运地具有了以上三种视角，来探讨张婴音的儿童文学作品。

作为婴音的读者，我很喜欢她小说中幽默俏皮的文字，生动有趣的故事、人物和细节；作为她的同行，我看到她身上的那种踏实、敏感、对生活充满好奇和爱心的品格；而作为她的姐姐，我深知这么多年来，婴音在完成她的杂志社编辑工作之后，业余坚持儿童文学写作，是多么不容易。她的作品，都是利用节假日，在照顾父母、养育孩子的空隙中，一点一点挤出时间写成的。有一年她和丈夫孩子全家来北京度假，我们计划去内蒙古旅行，临走前一天她宣布说她打算放弃去草原，因为她竟然把未完成的稿子带来了北京，必须要利用这个假期把它写完，这让我很是心疼，当然也心生敬意。一个人如果主动放弃别人觉得很有诱惑力的 A，而选择别人看起来没有价值的 B，那么 B 一定是她真正想要的东西。所以我知道，她写作的动机和动力是如此单纯，既不是为了赚钱也不是为了出名，却是因为纯粹的喜欢和热爱。在今天这样一个大多数人追名逐利的社会里，真是非常难得。

婴音作品的艺术特色，比较鲜明的一点，是语言（叙事与对话）中所充溢的童稚气息。她擅长在作品中营造儿童语言的氛围与语境，所以翻开书页后不久，我们就会不由自主地对着书本傻乐，好像自己也变成了其中的一个孩子。叙述者与被叙述者，通常不再需要身份的刻意转换，作者与书中人物之间，处于同一"语言体系"之中，没有年龄和心理的隔阂。

我所了解的婴音，几乎还在上小学的时候，她就对同学们种种有趣的语言和行为有一种敏感的接收能力，然后自发地进行转述和加工。这种叙述才能，在她读高中的时候，就表现得非常充分了。记得每天晚上全家人吃饭的时候，她就会把学校里、邻居家的小孩（后来是工厂里）发生的事情，绘声绘色地讲给我们听。她总是能够抓住最有趣味的细节，包括人物的不同口气和动作，什么事情一经她讲述，就会变得特别好玩，让人笑得喷饭。有时候原本并不那么好玩的事情，被她一讲，也变得好玩了。这种即兴随意的口头叙述，也许对她后来的写作，成为一种类似"无心插柳"的基础训练。当这种口头讲述不能满足她成长后的表达欲，她便转向了文字的尝试。直到现在，周围的孩子们身上任何一点点鲜活和异常的表现，都会引起她的浓烈的兴趣。而对于成人世界的那种钩心斗角一类的事情，她却通常是漠然、索然、淡然、茫然的。所以说，婴音选择写作，基于她对世界上一切单纯有趣的事物，充满本真的热爱，有时候我觉得她天生就应该从事儿童文学创作，因为她拥有童心。童心是一片未被污染的净土，儿童的视网膜，天生能够过滤许多杂质。很难想象一个未老先衰或是世故圆滑的人，能够真正理解并同情儿童的烦恼。婴音有时候好像是一个长不大的孩子，她所具备的这种心理特质，使她得以用儿童的眼睛去观察生活，于是，她的视线能够到达对于成人来说往往被屏蔽的那些角落。

　　婴音从事儿童文学创作，已经有二十几年的历史了。到目前为止，她出版了中短篇小说集《快乐妈妈和快乐女儿》，并出版了一本小长篇《天天都有麻烦事》，她的作品获得了一些儿童文学奖项，这都是值得祝贺的。在她的大部分作品中，故事内容和主题取向，有一条一以贯之的主线，就是今天的儿童怎样才能快乐健康地成长。"快乐健康"应当是她的人生理想，也是她鲜明的教育理念。比如《我不是尖子生》《问题女孩》《罗老师的月亮》《少年孤独者的自白》等篇，都对当下的家庭教育和学校教育，发出了温和的质疑。一个优秀的儿童文学作家，不会仅仅是一个生活的忠实记录者，而应当在故事中体现出自己的"儿童观"，这种"儿童观"渗透在每一部作品的构思里，通过儿童的笑声传递出来，就有了润物无声的阅读效果。我们看到，婴音笔下的儿童，大多淘气却有主见，善良而聪慧，具有上进心和集体荣誉感；婴音笔下的家长，多半善解人意，擅长和孩子沟通、平等对话，关心儿童心灵胜于衣食住行等物质生活；婴音笔下的老师形象，不是现实生活中常见的那种粗暴、生硬，令孩子们望而生畏、恐惧和厌烦的老师，而是平易、活泼、感性、富于同情心的"大朋友"。婴音擅长以一个个生动可爱的人物形象，从正面引导她的小读者。在充满童趣的故事中，激发小读者的阅读兴趣和思考。但她的小说叙事方式又绝非娱乐化的，而是具有一种"快乐的忧思"风格，在貌似轻松、幽默的语言表象下，表达出她对当下社会现象和教育制度委婉的批评和矫正。从这个意义上说，婴音的小说，在对现实生活的关注程度、对人类原初天性的探求深度上，都得到了十分可喜的有益的收获。描述今天儿童的真实现状和心理，需要有扎实的儿童生活的功底，需要一份与孩子"同心同德"的理解力与亲和力，懂得并学会使用他们的语言。在这一点上，婴音也做出了可喜的尝试和努力。

2006年出版的《天天都有麻烦事》，是婴音的第一部描述儿童生活的长篇小说。出版至今，受到了很多小学生的欢迎。小读者的喜爱，是对作品最真实的认可与肯定。"天天都有麻烦事"，书名已充分显现了小说的内部结构，读者可期待书中一个接一个的悬念、惊奇和精彩。这部小说并没有复杂的情节——几个可爱的孩子，每天发生并"创造"出来一个个出人意料的小故事。平常却不平淡，细致而不琐碎，语言、动作、细节、事件，像一条在风中飞扬的彩带，环环相扣，每一环都是孩子心理情感性格的不同侧面——自尊、诚实、友爱……如何被激发培养；莽撞、嫉妒、娇气……是怎样被克服战胜。"麻烦事"其实是成人对于孩子的看法，而孩子们，恰恰在大人们所认为的"麻烦事"中，得到无限乐趣；麻烦即"矛盾冲突"，与成人的冲突及与自己的冲突。但孩子们正是在这些"麻烦"中辨认自己和周围的世界，然后悄悄迈出去一小步，再一小步……

《天天都有麻烦事》，是婴音儿童文学创作的一个新起点。

然而，在婴音从事儿童文学创作的多年中，我没有给予她太多的关心和支持，作为她的姐姐，自然是很惭愧的。因为我太知道写作的艰难，就我本心来说，确实不希望她那么辛苦。我希望她的人生只有"快乐"没有"忧思"。当然，如今她已经取得了一些成果，那么，我希望她能按照自己的小说理想中的人物那样，快乐健康地生活，和她笔下的人物一起成长，这就足够令人欣慰了。幸好婴音原本就有一颗平常心，童心和爱心，这是一个写作的人应当拥有的最珍贵的生命品质。

在时间的深处

　　——读苏沧桑《风月无边》

　　最近读到费振钟先生主编的"江南民间生活摹本"丛书其中的《风月无边》一书。书捧在手里，轻巧而精致。封面上的碧塘艳荷粉墙水田，拂来了江南湿润的暖风与雨丝。内文一页页如波浪起伏，每一面纸上都嵌着疏淡的底纹，一竹一亭一柳一燕，清晰而模糊的影子，若隐若现地在湖水中沉浮。再配以优美的文字与黑白色风景图片，可知浙江摄影出版社对这套书的设计制作，怀有怎样的偏爱且多用了几分心思。

　　这是一本关于西湖的书。"风月"二字，本是人世间泛意的温情与诗意。但自从被御笔在湖心亭抹去边际笔画，"风月无边"就变成了西湖的一个代词。我这个出生在杭州的女人，虽在青春年少时越出了西湖的地界远走他乡，却终究是逃不出这个"无边"——在心灵的牵念与思忆中，西湖始终忽远忽近地随我而行。

　　该书作者苏沧桑，来自东海边的一座小城，原本不是西湖的女儿。她恰好是在我离开西湖那个年龄走近西湖来上大学的，也许应了"一半勾留是此湖"那句诗，后来她就在这座城市里住了下来，做了西湖真心实意的"养女"。我把《风月无边》从头读到尾，第一感觉是沧桑对西湖的热爱，比我要多得多；她对西湖的了解和认知，那样细微体贴的个人感受，也为我所不及。再读王旭烽女士的《走读西湖》，明白自己枉为"杭州女人"了。由此相信了西湖的这一个"无边"，有胜溢沧海的容量、覆盖群山的气势，把天下凡有这份抚风赏月之心的人，都收降成了西湖的儿女。

风花雪月、清风明月——湖光山色流云千载，终是波澜不惊。

见过苏沧桑，一个文静秀美的江南女人；待细细品味《风月无边》，才知沧桑内心的聪慧与丰富的情思，更是一片"无边"的绿色桑田。苏沧桑笔端的西湖是女性的，是沧桑用自己的眼睛观赏、用自己的灵魂感知的西湖。迟来的苏沧桑从容地踏着桂树竹林的小径，寻找岁月在湖山留下的每一道踪迹，追问着西湖风月的成因与去向——

沧桑写断桥，撑开了一把千年的油纸"伞"；沧桑写苏堤，长堤破水入"梦"境；沧桑写晚钟，让人听见了穿透尘世的梵音；沧桑写双峰，缠绕于一个"无"字；沧桑写三潭印月，波光里扬起了幽怨的洞箫声声；沧桑写虎跑，着眼于"泉"；沧桑写龙井，落笔于"叶"；沧桑写雷峰塔，意在苍凉；沧桑写满陇桂雨，重在迷失；沧桑的云栖竹径，是天堂里的小路；沧桑的阮公墩，是一块含烟的翡翠……

人说沧海桑田，今有沧桑来说西湖，真的有缘分——很久很久以前，西湖曾是海湾，就像一只海里的蚌壳，千年万年磨砺成了一粒珍珠。

人所共享的西湖山水，就此被沧桑的个人感受内心化了，西湖的风光月色由"有形"而变得"无形"，无形即无边，世间只有飞翔的心灵才能真正"无边"。于是在风云际会的无边岁月里，我们看到了曾在湖畔匆匆来去的人：林和靖、秋瑾、吴昌硕、俞平伯、林风眠、史量才……还有遥远的许仙白娘子、梁祝和苏小小……

月湖雨湖，梅林桂雨，朵朵涟漪阵阵馨香中，古典的爱神与美神一次次起降。那都是一些善解"风月"和呼风唤月的人，即便是女杰秋瑾，"月白风清"的自由世界，是否也是她最终的梦想？若是没有那些改变着或是创造了别样风月的男人和女人，西湖纵然"无边"，却只是一片空荡荡的山水。然而，究竟是因西湖绝世的美景，惹出了无数美丽凄婉的故事，还是因那些发生在长桥断桥孤山吴山的"风花雪月"，才使得西湖历尽沧桑而容颜不老、妩媚依旧……

还有岁月遗存的杭州民俗风情，烟花河灯画舫绸庄酒肆扇铺……说不尽的繁华与热闹。按照这套"江南民间生活摹本"丛书的初衷，苏沧桑曾试图描写杭州的市井生活世俗风物，但那个时代确实离她太远了，终是有"隔"的感觉。正如费振中先生那个有趣的引言中所说："写着写着，就把自己写进去了。这样也好。"苏沧桑优美的文字之旅，便成为雅俗共赏的风月之解；她充满柔情的女性眼光让我们懂得：脚步落在杭州的土地上，城内湖边，每一步踩下去，必有些不同寻常的来历。

然而，西湖果真是那般娴雅的吗？在时间的深处，风消月隐之时，我听见了南屏晚钟的佛国余音，空谷传声警示众人。在时间的深处，我看到狂风掀起的湖水，寒冷的月色如雪片一层层叠垒。西湖的秋风残月中，伫立着岳飞、于谦、张苍水、章太炎、龚自珍、秋瑾等人的背影，犹如西湖四周的群山，成为西湖的脊梁，一直朝着东海延伸而去。

在时间的深处，隐藏着西湖千年魅力的全部秘籍。

顺便说到，王旭烽所著的《走读西湖》（同是浙江摄影出版社出版），落笔于"西湖是一座书院"，更偏重于西湖名胜的历史性，把许多被时间掩埋的人文典故重加发掘整合，与苏沧桑的《风月无边》

是不同的路数。那些描写西湖的书，彼此应是相得益彰的：历史与现实、理性与感性、审美的客观性与个人化，犹如手心手背浑然一体。

　　说西湖风月，不可忘西湖风骨；柔美与凝重，才构成了"淡妆浓抹总相宜"的完美。

青春不必强说愁

读蒋青青的小说，从开始到结束，都叫人忍不住悄悄地乐。

很反常啊？异数异端啊？少年天才啊？不会吧，青春文学——意味着叛逆、晦涩、沉重、早熟、暗无天日……我不信如今的校园小说，还有谁能让我微笑。

可我实在没必要假装流泪什么的，尽管眼泪能骗取信任。我只想告诉你，除了卡通动漫之外，像青青那样单纯清爽的文字，既不搞笑也不玩深沉，既不苦大仇深也不癫狂热烈，却能让人发出会心的、诚实的微笑，在如今的校园小说热潮中，其实不多。

就好比你走进了校园小说、青春文学那一片姹紫嫣红的花坛里，尽管新人新作"乱花渐欲迷人眼"，你仍是会从斑驳的色彩中，一眼注意到她，然后，停下脚步。

她藏在众人（众花）的背后，素淡、羞涩、含蓄、纤细，不卑不亢，不声不响。沃野千里良田万亩，而这一朵小巧的七色花，却从喧闹狂野的大红大绿中，从灰暗冷漠的大黑大白中，晶莹透明地闪现出来。她的花瓣有七种颜色，每一瓣都是阳光的一种色彩。就是在阴天和黑夜里，你都能看见阳光蓄电池在花瓣上闪烁着的亮光。

阳光温暖，蒋青青笔下的"我们"高中三年的生活，较之那些地狱般阴冷恐怖的校园生活，暖色就变成了另一种"另类"。

狗狗的校园生活是快乐的。快乐得像一个校区动物园。那种快乐并非来自生活本身（那样沉重的功课压迫之下说快乐有点像商女不知亡国恨吧），而是源自内心的快乐。也就是说，一个人是否能够得到快乐，取决于你是否有感知快乐的能力。感知快乐其实是一种体验人生、认识世界的方式。也许这个世界确实很罪恶很丑陋，但我们宝贵的青春年华，不该提前为后半生的痛苦陪绑。我们有权利快乐啊，我们快乐，因为我们还没有被尘世污染。仅此一点，就足够让我们骄傲了。所以，狗狗和她所有的同学——那些有着各种可爱的动物名称和外号的男生女生，三年同窗，朝夕相伴，衣食住行、吃喝拉撒，每个人的性格、嗜好、特征，包括弱点毛病，课堂上宿舍里，每一个细节，都让人忍俊不禁，一粒青橄榄，嚼到最后，留在嘴里却是涩涩的甜味，那种口感确实很奇妙。

所以蒋青青的文字俏皮、幽默、风趣。俏皮可抵抗沉重，幽默可化解烦恼，风趣可自得其乐。学校食堂一碗清汤寡淡的面条，居然会越吃越多，可见吃面条的人，是怎样的有趣了。若是我们的眼睛充满笑意，每一件令人生气的事情都可以得到宽容谅解。

蒋青青作品的另一特点，在于其作品中生动而丰富的知识性。

校园本是个学文化学知识的场所。即便学不到太多可用的知识，也应该学到掌握知识的路径和方法。文学作品可以让课本上"死记硬背"的单词公式分子式，变得生动活泼而充满意趣。蒋青青在高中就酷爱生物课，曾获得全国中学生生物竞赛二等奖。在她的这部小说中，处处可见原本枯燥乏味的知识，被文学的语言激活后，无孔不入地闪烁在校园的日常生活之中。这是蒋青青作为一个文学新人，明显区别于其他"80后"的强项和优势。阅读她的作品，启人心智，常有恍然大悟之感，忽然就觉得，呵呵，原来我们换一个公式，就把这道题做通了呢。

曾经问过蒋青青："你的校园小说为何没有早恋？"青青答："我真的没看见啊，我们的男女同学都很哥儿们。"又问："小说中的老师也很可爱，那是真的吗？"青青答："那就看你怎样看老师了，每个人看到的不一样。"再问青青："那么家长呢？家长没有压迫你吗？"青青答："这有点像联邦调查局的口气啊……"

算了，打住。说感动有些矫情，但我仍是喜欢这样散发着阳光气息的作品，青春不知愁，不必强说愁。未来的残酷人生尚远，微笑也许是身心健康的免疫系统吧。

在亲情纽带的牵绊中成长

　　"龙城三部曲"《西决》《东霓》和《南音》，又一次展示了作者笛安塑造青年人物出色的文学才能。笛安以流畅娴熟的叙事完成了浩浩百万余字的长篇小说，意味着她也同时完成了自己的青春成长。年轻的笛安，如今驾驭长篇小说已然非常得心应手，这部小说的取材，从以往的"一个人的青春"，转向了"一个被青春烦扰的家庭"，可看作是她文学创作路上一座新的界碑。

　　笛安作品与时下青春文学普遍特征的区别在于，她试图将自我融入家庭亲情的非对抗性的立场，以及世俗化、家常式的叙事策略。

　　对于这个以当代亲族家庭生活为底版的大故事，笛安本人似乎不愿意被冠名为"家族小说"。我赞成。因为"家族"需要历史背景的依托，应该具有对家族历史与地域文化纵向的追溯探寻。但"龙城三部曲"中描述的这个大家庭，故事的展开基本是横向与平面的。除了西决、东霓和南音等众多鲜活生动的年轻人之外，"家长"仅仅是一些面目模糊的符号，是大家庭网状结构中勾连故事的一个个节点而已。笛安所倾心的是表现"寄生"在这个"屋檐"之下的小麻雀们的烦恼与挣扎。而麻雀对于"屋檐"的叛逃渴望，是温和与微弱的，并不构成作品的主要冲突。冲突更多地发生在生活现实与年轻人的内心需求之间。她从"80后"写作业已泛滥的"叛逆"窠臼中跳出来，重新审视家庭，另辟蹊径，通过被年轻人忽略或不屑的亲族之间的人际关系，找到了一个新的叙述视角——她的故事都是在"麻雀"之间展开的。她关注的是南音、西决和东霓自身的存在方式和内心世界；关注这个大家庭中亲戚之间的聚合与分离；关注她们狭小封闭的生活圈内这一条血脉相承的内在纽带，究竟怎样牵绊着她们与社会的关联和纠结。在今天这个由独生子女组成的家庭所构成的中国特色的社会形态中，人们不再有亲兄弟和亲姐妹，那么堂兄妹、叔侄、表亲之间的关系，便成为人间社会仅存的亲情，甚至是残存的稀缺情感。这是笛安的敏锐与过人之处，她通过身边"叔伯舅姨的子女们"这个独特的切入点进入小说，建立起人物关系的根据地，然后七枝八杈地伸展开去，从她们自己的小圈子小天地小空间里，试探性地踏入那个未知而迷惘的虚拟社会。由于家庭成员之间往来的天然合理性，为她的故事谋篇布局带来了极大的便利。试想，再过若干年，在这个社会里，就连叔伯舅姨家的表兄妹堂兄妹也不再有了，每个人都是一个个处于游离状态的单细胞，每个家庭都是孤立孤独的"个体户"，社会成员之间缺乏有机的联系，那么，人世间会是怎样一种寡淡索然的情景呢？

笛安这部小说，唤起了青年读者对于亲情的渴望，成为当代社会一曲家庭亲情的挽歌。这其实是一部有关学习如何去"爱"的小说，一部拒绝人与人之间冷漠和疏离的小说，一部试图在南辕北辙的人生路径中，寻求温情与理解的小说。

尽管，《南音》中西决用车碾压医生的情节、南音爱上伤者弟弟的突兀设计、东霓坎坷的人生命运，尚有不合情理之处；那些因凶杀与疾病而起的情节设置，略显陈旧；尽管"龙城三部曲"的人称变换留有生硬的痕迹；尽管笛安流水式的叙事方式和过于絮叨的对话尚需加以节制；尽管笛安能把故事写得好看，目前却还缺乏从故事中提炼沙金的能力——笛安仍是值得寄予厚望的。

　　为郭敬明的写作团队感到欣慰。他们的青春很相似，但他们对文学的挚爱很真诚。祝愿笛安和她的文友们，写出更具鲜明个人风格的精彩作品。

铁肩·柔情·妙笔

在满城泡桐开花、洋槐开花、蔷薇月季开花，所有所有五月的鲜花盛开的日子，拜读了贺捷生大姐的新书《索玛开花的时节》。

一个洋溢着浓郁女性意味的书名。

一篇篇喃喃细语、娓娓低吟的美文。

一部重述历史、关注现实的文化人随笔集。

却是出自一位身着戎装的女将军之手——2011 年这个春天，花开时节，作者动容，阅者动心。

如今年逾七旬依然端庄秀丽的贺大姐，青年时代就读于北大历史系，中年曾供职于中国历史博物馆，二十世纪八十年代调军事科学院任军事科学研究部部长、军事大百科全书编审室主任，是一位史学专业的军史专家。然而，在她不离不弃的终身伴侣之外，内心深处却始终痴迷爱恋着另一位心魂相依的情人——文学。早在少女时代，她便对纸笔情有独钟，此为天缘，一生牵念。二十世纪七十年代中期风急浪险的特殊岁月，她曾为一部被扼杀的电影奔走呼吁；八十年代初，她为建立中华文学基金会四处募捐。工作之余，她忙里偷闲写作散文随笔，曾有电影《残月》、电视连续剧《风雨桥》问世。多年来，却始终隐身低调，说自己只是一个业余作者。其实，贺大姐早已是中国作协的老会员，参加过第四届至第七届作家代表大会，可谓资深军旅作家了。

这位偶尔一身戎装的女将军，日常佩的不是刀剑，而是——笔。

前些年，配置了新式武器——电脑，换笔更张开始操作键盘。还不断更换新款手机，常有彩信发往众友人，那些可爱的图片，据悉都是她亲自从网上下载，还自配音乐，好一番陶然自乐的日常情景。

人们可知道，这个热爱写作的人，自身就是故事的发源地。

《索玛开花的时节》第一辑、第二辑，分别为"梦回湘西"和"寻觅光荣"，是作者有关家庭、家族、战争、革命、友人的历史追述，以及与作者本人身世命运休戚相关的珍贵记忆。

那些充满了理想、牺牲、光荣、奉献、罹难的家族史，由于自身的传奇性，猩红的血色里，透出些许神秘的光泽。如今，尘封的历史帷幕缓缓拉开，她以清澈的目光与阔放的个人视角，远眺并审视那些逝去的岁月。长征路上雪水草根化成的母乳、飞马铁骑上的父女之情、铮铮铁骨的侠义养父、枪林弹雨中的生死友情、"文革"中有争议的人物、身边受冤屈的平民……笔下的英豪好汉，个个都是实实在在的血肉之躯。她将那些曾被忽略、被遗落、被屏蔽的历史细节，一一捡拾收存，重新梳理重组，在不懈的回望与追问中，赋予它们富有弹性的生命质感。那些流淌着父辈的热血亲情，弥漫着战火硝烟、生死离别的家族史，在她深情的描述中，散发出浓郁的人性意味，也因而构建出一个更为可信、复杂丰满的大时代。于是，往事超越了以往宏大空泛的命题，有了可触可闻可感的温度与气息，成为活的史实。

贺大姐以笔解史，在感性的表述中，有据有根，掘进有度。她以军人和史家兼具的品性，坚定地持守在一段段历史险峻的隘口。却不知她那娇小纤弱的身体，何以蕴藏着如此巨大的勇气和力量。

一个敢说真话、担得起道义和重负的女人，可谓"铁肩"。

该书的第三辑"美丽行旅"、第四辑"我心如花"，记述了作者近年来采风走访边地古城，徜徉于自然山水，关心环保、地震、奥运、世博的种种体验与感悟。

一个心里有爱的人，必是热爱大自然的。

一个懂得爱的人，必能以爱心施予他人。

一个刚满十八天就在母亲怀里踏上风雪长征路的婴儿，一个从延安被送往湘西避难而寄人篱下的稚嫩女童，一个"文革"中父亲被迫害致死、正值青春年华而西去青海教书的柔弱女子——她这大半生里，虽然沐浴了刻骨铭心的亲情友爱，但也遭逢了太多离乱冷眼。

然而，爱心仍在那里。不会泯灭不会减损。爱之心芽，在苦难中滋生、养育、成长，教会她感恩及惜福。因而，在她安稳幸福的后半生，无论为人为文，皆能善解人意、宽谅谦逊。

盈盈爱心自笔端流泻，化为景仰、欣赏、赞美、感念的篇章，升华为对天下万物的仁慈大爱之情。

"我心如花"，浸染着爱心的朵朵花瓣，绽放于北方的寒春之中。

这是一次柔肠百结、温馨委婉的文字行旅。

女将军之爱，爱得温情脉脉。爱祖国爱生活爱文学爱亲友，心有大爱，国事家事天下事，终是以柔克刚、刚柔相济。

最后说说"妙笔"。

妙笔似有过誉之嫌。贺大姐的文字，初看朴素无华，流畅平和，并无惊人之笔，叙事似有拖沓之处，内容略有重复。然而，细读体味其中奥妙，别有一番清雅的意趣。

让我们欣赏这样的句子：

……是的，我的长征，留下的是一路哭声，也是我的生命之歌。

　　……两只船一前一后缓慢地漂着，我也像是被风吹落的一片孤零零的小树叶，被凄凉的风吹着、卷着。何处是我的根？哪里是我的家？

　　在这辽阔的草原上，牧歌的旋律显得那样优美，那样悠扬，听得人都要跟着飘起来……

妙笔，妙在不华丽、不煽情，实话实说，有话好好说。

妙笔，妙在少装饰、少卖弄，原汁原味，言之有物。

文如其人——贺大姐的文章正如她的为人，温柔委婉，本色本真。那种天然去雕饰的语言风格，另有一种动人的内在感染力。

　　妙笔何来？神来之笔何在？——只求诚实记事、诚心言情、诚意抒怀。若说妙笔生花，故"我心如花"；若说妙笔不生花，书写的过程，也使心灵得到一次次"升华"。

　　她在《索玛开花的时节》的新书发布会上，以"我是一个幸福的人"为题答谢众友人。这一声发自内心的感叹，拜谢了文学的恩赐。

　　若是写作者都能拥有一支诚实的妙笔，我们都能成为幸福的人。

历史天空与精神原野

——读贺捷生《父亲的雪山　母亲的草地》

贺捷生女士所著《父亲的雪山　母亲的草地》一书，2013 年 10 月由解放军文艺出版社出版后，得到关注和好评。书中收集的散文单篇作品，先行在《人民文学》《中国作家》《十月》和《人民日报》等报刊发表，引起较大反响，频频获得刊物和全国散文年度奖，该书出版后，获《作家文摘》年度非虚构类"十大影响力图书"奖项。

该书由若干篇短文组成，其中最长的"短文"有几万字之多。全书由"苍茫""血亲""怀想""童眸"四部分构成，结集为三十余万字的厚重大书。作者以自己带有传奇色彩的身世为隐线，讲述了父亲贺龙与母亲蹇先任在战争年代的戎马生涯，以及新中国建立直至"文革"发生，父母风云跌宕的悲壮命运，记述了数位为革命而献身的父辈英烈族人亲友的往事……作者通过书写，寻觅自己的天空，追溯精神与信仰之源，如涓涓细流汇集为滔滔江河，揭开心灵深处的惊涛骇浪。

近年来，此类"红色题材"陆续面世，为数可观。三年前，贺捷生出版的散文集《索玛开花的时节》，已在这一领域中初露才华。而《父亲的雪山　母亲的草地》一俟出版，迅速受到了史界、文学界的青睐。这一部在内容上并无猎奇玄妙之处，在思想观念上，甚至带有鲜明的"传统"或"正统"意识形态色彩的作品，究竟为何能够成为一个文史双修并茂的独特文本？"红色意境"中潜藏的奥秘与魅力，颇有解析研究的价值。

作者在后记中写道：

> 早知道文字是迷人的，却不知道文字这般迷人。坐在北京木樨地那座住满世纪老人的高楼里，我期待的文字常常穿越时空，翩然而至。它们引领我回溯和追忆，寻觅和缅怀，在一次次倾情呼唤中，沿历史大河逆流而上，直至它的源头。我发出的声音可能很微弱，但我感到我是在对天空倾诉，对大地倾诉，对潺潺流向未来的时间倾诉，而这种倾诉，原来是如此幸福，如此快乐。

这段话，也许可以成为引领我们通览该书的导语。当作者立足于"倾诉"的个人立场与个人视角，她便脱离了历史"宏大叙事"的预设轨道，还原为一个聪慧柔弱的小女儿、一个耽于思念怀想的感性女人、一个情感与理性并重的知识女性……

在这片充满人性意味的青草地上，往日抽象的革命话语如同露水一般褪去，那些富有生命质感的语词，似雨后的新鲜蘑菇，从草地细微的裂缝中悄然钻出地面。贺捷生的叙述，自有一种凄美伤感的情调，蕴含着绵长柔软的柔情。情在笔下流淌，平淡似水；往水的深处望去，滴滴血痕洇开，化为带血的泪。父爱如山、母爱如水，父亲的雪山象征着顶天立地的人格力量，母亲的草地意味着丰沛与美丽的人格魅力。此前谁听说过带兵统领的指挥员，怀里竟然揣着襁褓中的婴儿？当他跃马扬鞭冲向敌群，浑然不知婴儿已从怀里被抛入草丛。敌退后才慌忙返身寻找女儿，失而复得喜极而泣。一代刚毅坚强的革命者形象，被重塑为有血有肉、充满人情味的普通父亲。

1935 年 11 月，长征队伍开拔，八个月后改编为红二方面军的红二六军团杀出重围，去追赶红一方面军。此时蹇先任十月怀胎临产在即，被军团总指挥安排在桑植洪家关老家待产，而腹中婴儿偏偏迟迟不肯降生。贺捷生在《远去的马蹄声》一文中写道："……母亲心急火燎，连拉开肚子逼我出生的心都有了。她每天早晨醒来，都要拍着滚圆的肚子，对我呼喊：儿啊，你怎么还不出来？你爸爸就要带着大部队远远地走了，你那么不听话？……"捷生好像听见了母亲的呼喊，终于降生人间。可是——"初次来到这个世界，恐怕没有谁比我听到了更多的马蹄声；没有谁像我那样整日整夜地枕着马蹄声入眠……我母亲说，我在童年说出的第一个词，不是'妈妈'，而是'马马'……"

如此发自肺腑的真情表述，比比皆是。依照我们的习惯思维，很难相信这般缠缠缱缱的文字，出自一位女将军手笔。写作的将军不佩刀，作者以柔情如诉感染读者，语言的魅力具有强烈的征服力。

该书以较多篇幅，记述了作者最敬仰最依赖的父亲贺龙与母亲蹇先任，几十年来在她脑海中盘桓不去的亲情记忆。那不是军史和党史刻印的肃穆词条，而是刻骨铭心的声音、影像与鲜活的细节。她写父亲当年"两把柴刀闹革命"，在故乡湖南桑植起兵，一举端了芭茅溪盐局。而"柴刀"因湖南口音之误，日后传为"菜刀"。她写父亲在战时间歇中与战友一起为她起名字；写"人性"压倒了"军纪"的父母亲，不忍将她弃置于荒天野地，竟轮替在马背上带着她，历尽九死一生，走过雪山草地；写父亲与周恩来当年以诗和韵的友谊，父亲在她上大学后，还把那首"虫声唧唧不堪闻"的七言诗亲自教给她……

因而，父亲英年蒙冤而死，是她一生中无法抹去的伤痛。

伤痛之于一国，是民族的巨大损失；之于一家，是坍塌的天地，尤其对于一个天性敏感重情的弱女子而言，此后她一生都沉浸在无法弥合的伤痛之中。但她下笔梳理浩繁史实之时，并未耽于"文革"的惨烈情景，而是从寻访父亲当年"闹革命"的兴肇之地起始，步步回溯，以此反证"理想"的正当性，追问"违背理想"的罪恶之源。

她在《回到芭茅溪》一文中写道："从悬崖上垂下的每片芭茅叶，都带着父亲的体温……怆然插向空中的叶子，宁愿被折断，也不愿被压弯；凛冽的风从远山吹来，成片成片的枯叶在风中摇晃，发出窸窸窣窣的声音，如同一个伤痕累累的兵团，擦干血迹，咽下悲伤，又要整装待发……我真想走到它们面前，伏下身去，把它们一丛一丛抱在怀里，对它们说出我的渴望，我对这片土地万劫不复的眷恋……"

伤痛并非来自战争年代，而是"中国人民重新站起来了"的和平时期。那场"浩劫"有如嵌于体内的弹片，阴雨天钻心蚀骨疼痛。尽管作者决然无意否定父辈曾经的"光荣与梦想"，然而，她以文字的手术刀，一次次揭开结痂的伤口，试图将被体液锈蚀的弹片取出，提醒着人们保持对来自"身后的子弹"和权力滥用的高度警惕——此为全书的筋骨，柔中带刚，绵里藏针。

"离愁"是该书的另一条副线。母亲蹇先任带着这个孱弱的女婴，抖尽米袋里最后一点粉面，搅拌野菜做成稀汤糊糊喂养她，走过万里长征路，终于抵达延安，实属世界战争史的奇迹"花絮"。然而，战事严酷，她不满两岁时，父亲又率部东渡黄河抗日，只得托两位南昌起义的旧部把她带回湘西抚养。她的童年始于离乱漂泊之中，在对亲生父母遥远渺茫的思念中一天天长大，直到新中国成立，母亲才把她从湘西接回父亲身边。

远离父母的童年孤独而凄苦，离愁成为她人生中挥之不去的阴影。在我们熟悉的"战争与革命"宏阔壮丽的画卷中，出现了另一种被人忽略的灰暗底色。一位养父家有三子，负累沉重，仍对她不舍不弃；一位养父家庭不睦，妻子吸食鸦片，但他为了呵护小捷生而忍气吞声委曲求全。他们离开陕北前对贺龙的庄重承诺，一诺千金，宛若《赵氏孤儿》中程婴的现代版。两位领受周恩来统战嘱托的养父先后去世，养母带着她东躲西藏多次迁址。离奇的是，从她孤苦的童年直到险象环生的中学时代，暗中总似有绰绰人影在护佑她……兵荒马乱之中，捷生的亲生父母远在陕北生死不明，而这个珍贵的小生命，却奇迹般地活了下来并受到良好教育。世事苍茫，谜团疑虑山重水复。

与战场的壮烈牺牲相比，人世间其实还有一种看不见的牺牲。无名无分无利无言的牺牲，并非出于高蹈的理想和目标，仅仅只是为了恪守托付和信任。当胜利的旗帜飘扬，那些默默无闻的义士，已长眠于黑暗的地下。1949 年，捷生终于结束了颠沛流离的生活回到北京父母身边，从此，生活中又平添了新的离愁。若干年后，她写下《鸿蒙初开的日子》《庭院深深深几许》《逃离雅丽山》的感人篇章，诉说她对养父那般忠诚仗义的"湘西汉子"的怀念。

在一个女孩忧愁感伤的目光中，有关"革命"的话题，被"离愁"拆解重装为一面可视可感的多棱镜，照见了史书记载的伟人伟业背后，那些普通民众所付出的艰辛与牺牲。宏伟的史诗，演化为凡人匹夫的多声部合唱，"革命"因此变得亲近而真切了。

饱满缠绕的思绪，弥漫浸淫全书，在灰暗中透出微茫的亮色。

捷生的"血亲"卷，怀念母亲的文字达四篇之多。《外公在母亲心中》一文，记述了母亲蹇先任的家族史、与贺龙的恋情，以及中共高级女干部蹇先任在建国前后的业绩。蹇先任与贺龙结婚之前，在长沙参加过学生运动，从事党的秘密工作，是一位比父亲贺龙还早两年加入中共的老党员。"当她站在父亲面前时，她那两只像湖水般深邃的眼睛，她在艰苦环境中锻炼出来的从容与沉稳，让父亲认定她就是自己要找的女人……正是这样的知识女性。"

贺龙迅即向蹇先任求婚，蹇先任不慌不忙地回答，要去慈利县问问她父亲。贺龙爽快地说："好嘛，过几天我们就把慈利县城打下来！"县城打下来后，翁婿一见如故，从此，外公做生意的舟船，驶上了革命的航道。那是怎样一个豁达睿智、识大体顾大局的外公啊！两个女儿分别嫁给了贺龙与萧克，两个儿子也先后参加了红军，蹇家为革命奉献了四个儿女。长征开始后，外公关掉了豆腐坊和染坊，背井离乡远避他乡。外公累得腰慢慢弯下去，外公老了，外公至死都在盼着"天亮"，儿女会回到自己身边。就在外公去世后的第七天，慈利宣告解放……而他的女儿蹇先任，战时领导正规军游击战辗转南北，后留学苏联，历经千辛万苦取道新疆回国，建国后历任各级干部职务，2004年于北京安然逝世，享年九十六岁……

捷生在《在围场骑马挎枪》一文中写道："骑白马，挎双枪，几十年后，母亲回忆围场的这段岁月，神采奕奕，依然沉浸在对当年战斗生活的痴迷之中……每当红日东升或夕阳西下，她在洒满金辉的原野上策马前行，风吹动她齐耳的短发和手枪把上的红绸，就像一团火奔向太阳……"

新一代革命女性形象跃然纸上：独立自主、坚定顽强，而又柔情似水。新中国成立后，蹇先任不顾一切地返回湘西，为父奔丧并寻找失散多年的女儿，有如花木兰卸甲还妆，甘愿回归"父亲的女儿"和"女儿的母亲"身份。一个真正的女人，内心终是儿女情长。

贺捷生擅写人物，无论赫赫有名的将领还是普通士兵，在她笔下，音容笑貌如见其人。战争总与鲜血死亡相连，"人"在瞬间消失。"人"的肉体被毁灭，却有"气息"长存。贺捷生的"怀人"，怀念的是具体的"个人"；浓墨重彩的是"人"栩栩如生的性格；怀恋的是"人"的胆识与风骨。大时代的人，在创造了历史的同时，也重塑了自己。

写不尽那些可敬可亲的"人"——贺氏宗亲族人为国捐躯的三千英烈，大姑贺英、向媛姑，在"文革"中致残失明的"瞎子哥"贺学祥……

她走进徐向前元帅的故居，缅怀这位"精神"的父亲；她探访童年住过的陕北庄里镇——当年的红二方面军指挥部，瞻仰父亲战争年代的亲密搭档和生前好友、全国人大常委会副委员长习仲勋长眠的墓地；她写"像黄金一样纯粹"的"淘金司令"齐锐新，为新中国勘探黄金踏遍万水千山；她写父亲的爱将——贺学文之子贺炳炎，怎样从一个机灵的小铁匠成为所向披靡的"钢铁将军"，贺炳炎因负伤不用麻药截去右臂的情景，催人泪下……

亡灵列队消失在历史的深处。先人的义勇旷达，比照出今人的平庸唯利。她试图以"先人"道德化的人格理想，唤回今人迷失的心魂。血肉之躯的"人"，是作品的血肉。由此，父亲高耸的雪山、母亲多汁的草地，以强烈的象征意味、史诗般的美学气质——矗立、舒展。那也是贺捷生的历史天空和精神原野。

长天秋色好

——读万绍芬散文集《秋水长天》

人到晚年，繁杂的往事多已被岁月湮灭，而那些在脑海中始终鲜活如初的记忆，必定是生命中最有价值的珍藏。

万绍芬大姐的回忆散文集《秋水长天》，以她饱满的深情、独特的经历，娓娓重述历史，殷殷寄情现实。从高层领导岗位退下来以后的这些年间，她在从事各种社会活动之余，并未安享抚花弄草怡养性情的晚年之乐，而是转场于她热爱的文学领域，气定神闲伏案写作笔耕不辍。几年过去，收获了数十万字的篇章——山高水长归来时，秋色艳阳正当年。

在这部书中，我们读到了她在工作中与胡耀邦、万里、习仲勋、陆定一、刘英等忧国爱民、勤政善思的老一辈革命家，因工作相处的亲历往事；看到了她所记述的班禅大师、冰心大姐、科学家、基层干部、橘农的亲切身影。二十世纪八十年代，中国改革的破冰之旅已在艰难推进，万绍芬作为新中国第一位女省委书记，领军于经济相对落后的江西一隅，前行的步履更为沉重。然而，在省会南昌、北港九江、吉安、赣南老区、共青城……祛旧鼎新的步伐正在日益加快。

三十年过去，当年改革开放的设计者、先行者们种种大胆的奇思妙想，如今已变成当代人的共识；经济建设中那些果断的决策举措，如今已硕果遍地。那些曾经创造了历史、改变了历史的人，从作者真实的叙事中清晰重现，在她的记述中，一字一句地复活。

历史拒绝遗忘。

从某种意义上说，这部散文集，是共和国历史进程的生动侧记、改革开放三十年的备忘录，是优秀中国女性参与高层政治的缩影，更是一位心怀真情大爱的女作家，以文字寄托的精神追求和人生理想。

从大时代汹涌澎湃的波涛中，我们也听见了一位"永远在路上"的女干部，几十年风雨兼程、不断进取的脚步声。

回望历史、记录历史，需要面对真实的勇气和胸怀。

在"记事篇"一辑的首篇《真假落选》一文中，她以平静的心态、恳切的语气，忠实记述了二十世纪波谲云诡的八十年代末，有关中国政体改革的一段插曲。

该文的起因，是某位老同志，前些年在境外出版的一部自述中写到，自己曾在 1987 年十三大的中央委员选举中落选，并提到万绍芬那次也落选了，去找中央领导给想办法。万绍芬女士在《真假落选》一文中，纠正了这一谬传，直言陈述那次闭幕会上公布中央委员选举结果，按姓氏笔画排列，自己的名字就在万里同志的后面。她不明白那位老同志的记忆怎么会出现如此之大的偏差，由于担心该书会在海外造成以讹传讹的后果，当时很想给他打电话说明情况要求更正。但考虑到那位老同志年纪比较大，为顾全大局计，她理性地做出了"冷处理"。那位老同志的书中还涉及了对耀邦同志的一些负面意见，以她多年对耀邦的了解和信任，她坚信耀邦同志是光明磊落的。接下来，她笔锋一转，坦然写道："作者落选的心情我能够理解，因为我本人也有过落选的经历和感受，但不是在十三大，而是在 1988 年的全国总工会第十一届代表大会上，那是我有生以来的第一次落选，而且是在我刚从省委书记任上调到北京工作才三个月，还是在任中央委员的情况下，当时，对我的打击可谓不小……"

读到这里，我的心倏然一紧。二十世纪八十年代中后期风云激荡的氛围在瞬间闪回——那是中国政治体制改革的一个重要转折期，学界政界思想活跃，民间的民主诉求日渐激烈。1984 年的中国作家协会第四次代表大会选举，内定的副主席候选人落选了好几位，作家代表们直接投票，选上了几位非候选人的副主席，得到了中央的支持与认可。在当年那种言路敞开、民意通达的背景下，第十一届全国总工会代表大会的选举，同样体现出了代表们要求表达个人权利的强烈愿望。但是大会在酝酿讨论候选人时，忽略了详细介绍万绍芬同志的考察材料，加上某些误传，各地代表对她的真实情况缺乏足够了解，导致最后统计选票总数，她的赞成票离当选差了几票……

人在浪尖，风高水急。人的一生中，如此严峻重大的考验能有几回？

面对这个代表了"民意"的选举结果，万绍芬同志处变不惊，仍在主席台安坐，淡定自如。第三天，她和一千七百多名代表一起庆祝大会闭幕。散会后，她回到住处，发现桌上有几张纸条，是几个代表团在选举前两三天写的，希望她去代表团住地和代表们见面交流，却不知为何被延迟送达。她对秘书说，代表对候选人有知情权，虽然选举已经结束，但我还是应该去进行弥补，为代表送行。次日一早，她微笑着走访了四川团、河北团、铁路团的住地，在大家发自内心的热烈掌声中，她一次次诚挚祝愿工会工作在"十一大"后开创新局面。

一位刚刚落选的候选人，主动选择去面对并看望投票后的选民，这需要具有何等的气度和胸襟。她既然担得起历史曾赋予的重任，也经得起"委屈"与"误解"的考验——万绍芬大姐用自己的肩膀独自承受了巨大的压力，战胜了这一次特殊的挫折。她以豁达坚韧与超然大度的姿态，证明了自己的人格力量，也因此赢得了人们更多的理解与尊敬。事后，她得到了来自各方的热情问候与慰藉。负责这次选举的中央书记处书记阎明复同志对她表示了歉意，他说这次落选，是会务工作上的问题，是意外的情况……

　　万绍芬大姐在《真假落选》一文的开篇中写道：

> ……有些记忆，只是为了正视——正视历史的真实与真实的历史……我们党，我们国家的选举制度，正在不断地进步、完善着。其中，差额选举就是民主进步的一种体现。在我六十多年的革命生涯中，有过从基层、市、省到中央多次顺利当选的记录，也有过落选的经历，落选的滋味，我是品尝过的。但是，我仍然赞成差额选举，而且希望有新的进步和提升。

　　这些毫无矫饰之情的肺腑之言，因来自她亲历的往事而格外令人敬佩。万大姐在当年落选后仍然坚定地支持差额选举，除了她的个人修养及思想境界使然，更多地体现了她对社会进步的深远思考。自二十世纪九十年代以后的漫长岁月里，她一次次当选了各种重要职务——党的十四大当选为中央纪律检查委员会委员，在第八、第九届全国人民代表大会上，连续顺利当选为全国人大常委，始终活跃在政治与社会舞台上。那年的落选风波，作为一种提醒与警诫，永远沉淀在她的记忆深处。

并未远去的二十世纪八十年代改革浪潮，那些惊心动魄、纵横交错的时代印痕，那些身先士卒、勇于探索的践行者，为我们留下了多么宝贵的精神财富。

　　《秋水长天》一书中，除了人物篇、纪事篇和出访篇，还收录了作者近年的诗词六首，从中可品味作者的文化素养和审美趣味。早在她担任江西省委书记之时，就对江西省的文学事业给予了格外的关爱和支持。在后来担任中央统战部副部长职务期间，她勤于读书思考；退出政坛后，她寄情文学，认真写作。万大姐的文章和文字，一如她本人的性格，坦诚而委婉、诚挚而谦虚。内容翔实、用词严谨，字字句句，充满对善人善事之爱。高官能有如此真性情，尤其难得。文章写尽天下事，终是个人心迹。

　　该书的另一特色，是作者在观察事物记述事物时，所表现出来的深厚人性关怀。作为一位资深女性高级干部，万绍芬大姐在《归来，生命边缘的归来》《凌晨"鸡毛信"》《报告文学引起的风波》等篇章里，都传递出了她内心浓郁的人情味、慈爱心、良知卓识与女性情怀。

　　二十多年前，我与万绍芬书记有缘相识，觉得她和蔼平易，说话坦诚率真，少有官气，她便给我留下很好的印象。多年后再次见面，是在2006年中国作家协会第七届代表大会上，那时她早已是中国作家协会的老会员了，并在七代会前当选为代表。我在惊喜之余，深为作家队伍多了一位具有丰富实践经验的写作者而高兴。

　　愿万大姐和她的新作品，永远生气勃勃地走在路上。

《情爱画廊》再版序言

距 1996 年春风文艺出版社"布老虎丛书"出版我的长篇小说《情爱画廊》，至今已经过去了八年。2005 年，时代文艺出版社将推出该书的修订版，我颇感欣慰。

时间往往使生活中的爱情破碎或是变得麻木，但时间会留下那些关于爱情的美好文字。

因为爱情原本就活在我们的梦想中。

没有梦想的人生，是苍白而可悲的。梦想是激发人类去创造生活、改变生活的一种基本动力。在这样一个物欲横流的商业时代，爱情理想主义，多多少少能唤起人们对物质、财富、功利的质疑，填补一部分人的精神空白。也许能够抵御或是拒绝低俗与污浊，使心灵和情感得到短暂的净化。

不同的阶层会有不同的理想——《情爱画廊》表达了一部分知识分子、一部分白领阶层、一部分艺术家，还有一部分向往崇高生活的普通人心灵深处的爱情理想。人类文明发展的历史，本身就是一个不断追求完美的过程。人性的天性是憧憬完美的。艺术的真实不能简单等同于生活真实。文学作品若是在"梦"的语境中来表现爱与美，会发现并拓展读者潜在的心理和审美需求。

千百年来，爱与死是文学永恒的主题。进入二十一世纪，种种刻骨铭心、凄美决绝的爱情故事，仍然打动并征服着读者。尽管文学世界中的爱情版本永无穷尽之时，但作品中叙述与表达爱情的语言，似乎正在一日日枯竭与衰退。在这部小说中，我试图用艺术家的绘画语言，来替代文学的叙述语言。当读者们穿过这道长长的画廊，用眼睛欣赏那些被爱情催生，同时又催生着爱情、诉说着爱情而同时又被爱情诉说的画面时，在那些绚丽的色彩、奇异的光线、怪诞的构图面前，你们是否同时能感觉到书中人物内心激情的震荡、喃喃絮语中的温情、深沉的苦痛，以及最终战胜自我的理性光芒？

《情爱画廊》以女性的审美价值观来写"性"。在人类文明史上，"爱"与"性"始终是难舍难分又若即若离的，它们时时呈分裂状态，又常常重叠与聚合。有爱的性和有性的爱；被爱所激发所驱动的情欲和"性"行为，两情相悦所创造的欢娱和快感，是超然于实利和世俗之上、生命中最美好最壮丽的时刻之一。爱与性的同步，正是为了抵抗流行文化企图将"爱"与"性"拆解的浊流。书中的女主人公的身体之美，只有在成为自己精神象征的前提下才是有价值的。为了彻底摈弃父权历史强加给女性的文化遗传，女主人公舍弃了原有的家庭，离开了女儿，传统的"母性"和女人的"自我"发生了猛烈的冲突，亲密无间的母女关系不再构成文化意义上的承继关系，而是背离、中断，还原成生命独立的个体。女主人公秦水虹那样具有现代精神的"女性美"，不再是被男性本位文化所掌控的女性形象，而是在今天开放的社会背景与生活形态中，重新苏醒的女性自我。

小说的故事发生在烟雨朦胧的江南小城与粗犷的北方都市之间。这也许隐伏着某些文化观念上的碰撞与交融。也许更为含蓄地表达了在今天这个变幻莫测的人世间，固守与行走、喧嚣与宁静、排斥与宽容、沉潜与浮漾的矛盾。

文化被历史和人塑造。二十世纪持续至二十一世纪的爱情观大震荡，有助于社会的细胞更新和基因修复。我相信，两性关系平等和谐的理想，也将在这一过程中得到提升。更为人性化的书写，一定同人类灵魂深处的梦想有关。只是，它需要时时刷新。

　有女如云

《作女》台湾版序

长篇小说《作女》将由台湾九歌出版社出版，一本书能获得更多的读者，总是让人高兴的。自 1998 年台湾业强出版社出版我的长篇小说《情爱画廊》、散文集《女人的极地》，继 2001 年台湾宏文馆出版我的随笔集《女人向前走》以后，《作女》是我在台湾出版的第四本书。

海峡有岸书作舟，作者与读者，都是一条船上的人。

对于台湾读者来说，"作女"也许是一个陌生的"外来"语词，但书中所写的现代"作女"生活，应是所有华人，或许都曾遇到过的身边之人之事。

在中国许多地方的方言中（上海、江浙、山东、北京、天津、东北），把那类不安分守己的女人，有违常规、自不量力的那些行为——统称为"作"。

"作"字，念平声，在汉语词汇的发展变化中，也许同源于"兴风作浪""犯上作乱""作孽""作恶"的那个"作"。到了当下，还有"作秀"的"作"。"作"字专指女性（很少有人指责说男人"作"）。"作"立足于男性价值标准，是男性强加于女人、带有贬义的动词。在我们以往的文化概念中，"作"是一个坏词。

我想为"作"字正名。对于现代社会，"作"其实是一个好词。

好作品不仅要吸引读者的眼球，更应触动读者的神经。

进入二十一世纪的自由经济时代，城市女性的境遇发生了深刻的变化。商业和物质的极大丰富，为女性带来了更多的发展机会，同时也使女性面临着来自外部世界以及女性自身的严峻挑战。

近二十年来，我发现在自己周围，有许多女性朋友，越来越不安于以往那种传统的生活方式，她们的行为常常不合情理，为追求个人的情感取向以及事业选择的新鲜感，不断地折腾放弃；她们不认命、不知足、不甘心，对于生活不再是被动无奈地承受，而是主动出击和挑衅。她们更注重个人的价值实现和精神享受，为此不惜一次次碰壁、一次次受伤，直到头破血流，筋疲力尽……

我把这样的女人，誉为"作女"。

在我看来，如今"作女"的横空出世，是女性的自我肯定、自我宣泄、自我拯救的别样方式；是现代女性在新的历史条件下，对自己能力的检测与发问。"作女"作为中国二十世纪九十年代至二十一世纪的新现象，恰恰是中国女性解放的标志之一。女性的进一步解放，无法跨越女性个体盲目和狂热地"作"的这一历史阶段。

"作女"群体的崛起与涌现，绝不是一种偶然的现象，而是社会发展变革的必然。社会的进步诱发了女性强烈的"作"欲。这是对几千年男权社会所制定的种种戒律和道德规范的颠覆与反抗。封建社会的文化传统和纲常伦理，在商业时代的逐渐弱化，给女性带来了巨大的飞翔空间与更多的梦想。

但由于女性整体的能力和素质差异，女性身体和生理的局限性，使得女人只能以冒险精神和非常规的做法，对压抑束缚她们的一切做出本能抑或是极端的反应。她们的力气不够顶开头上沉重的盖板，所以只能一点点拱动，拱动就成为女人"作"的姿态与形状，恰如女人的身体曲线。"作"的欲望来自女人的身体深处，是女人与自己进行的持久战争。

由于女性的性别特质，她们的行为带有强烈的感性色彩，她们通常被感性所支配，往往做出非理性的情感判断。这是"作"的生理依据。"作女"不一定可爱，有时甚至令人讨厌。但一个社会若是缺少"作女"，我们的生活就会减少许多活力和色彩。

"作"的过程会使女人获得心理上的种种快感，爆发出强大的内在冲击力。"作女"不同于"女强人"，她们并不看重最终目标，只希望通过"作"来使自己的人生有声有色。所以小说的女主角卓尔说：我"作"故我在。

一部分"作女"的成功与获利，具有示范效应，吸引了更多的"作女"。"作女"不一定能"作"成功，但不"作"的女人多半不能成功。机会与灾难，通常同时降临在"作女"头上。

"作女"也有极大的负面影响，女性对自我的过度张扬，造成家庭的不稳定以至解体，具有极大的破坏性，女性为此将付出相当惨痛的代价。一部分走火入魔的"作女"，甚至会走向犯罪。我对"作女"们抱着赞赏认同，却又不得不时时为她们提心吊胆的矛盾心情。

那些较低层面、低水平的"胡作非为"，暂时不在本书的关注和描述之列。

"作女"群体实际上由各个性情迥异的"作女"个体组成。

"作女"没有年龄限制——少女少妇中年老年，只要想"作"，随时都可以"作"。她们其中有的人为物质生活而"作"，有的为精神追求而"作"；有人是先天性自发的"作"，有人是后天被迫的"作"；有人是阵发性间歇性的"作"，有人是持久性锲而不舍的"作"；有的真"作"，有的假"作"；有的明"作"，有的暗"作"；有的狂"作"，有的蔫"作"。尽管表现形式千姿百态，但本质上的共同之处在于：女性解放全靠我们自己。

如今，看看我们周围的女人，无论是在大陆本土还是在台湾地区，大家会发现"作女"们真是比比皆是。"作女"的故事实在太多了，不胜枚举。本书并非是"作女"大全，只是写出了一个名叫卓尔的女人和她的女友们，生气勃勃却又屡遭挫败的生活。我相信，这本书也是为台湾女人而写。但愿台湾的男性读者也能因此对今日女性多一点了解，并有所获益。

与此同时，我对那些温柔贤淑、勤恳敬业的女人，依然心怀敬意。

第四辑　女声

音乐只是有点儿模糊，有点儿空灵。它无形无状、无影无踪，无法触摸、无法品尝，是一种流逝的时间，一种被曲谱固化的记忆。音乐被人吸纳到心里去，又被人在各个生命阶段自然而然地传递下去，音乐就变得永恒了。

高山流水听诗琴

  五月杏花时节，一阵微风一场细雨。郊外苍茫的大山，一夜间被山花点亮了，一树树娇艳鲜嫩的粉白色杏花，<u>丛丛叠叠的花蕾花朵</u>，如萦萦缠绕的湿雾晨岚，似天上浮游的云朵，由山脚飘入山谷，顺着山坡恣意蔓延；杏树的嫩叶刚出芽，星星点点绿色，衬出满树轻盈的花枝。刚返青的近山，被雪绒般的杏花覆盖了；沉郁的远山，被挺拔峭立的花树染成了花山。目光跟着杏花林越过延绵的山峦，视线所及，满山漫天，是一座座高低起伏、延绵无尽的绚丽花坛。

  琴声悠然响起，虽是寻常的试音调弦，却如一道闪电悄然划过蓝天。树枝草叶忽地静了，大山骤然停止了呼吸，那一曲圆润流畅的丝弦曲乐，似天籁之音，沁入花团锦簇的山谷，惊飞一群五彩山雀。

  《远方的客人请你留下来》，这首活泼欢快的二胡经典民族曲目，出于一位娇小灵慧的杭州女子之手。

  严洁敏，二胡演奏家，中央音乐学院教授，硕士生导师。中国第一位民族器乐演奏和作曲双学士学位获得者。中国音乐家协会二胡学会副会长，中国民族管弦乐学会胡琴专业委员会副会长。出生于杭州。六岁开始学习二胡，十岁考入上海音乐学院附小，1990年以优异的成绩毕业于中央音乐学院。1989年曾获得 ART 杯中国乐器国际比赛二胡青年专业组二等奖。1994 年夺得台北国际民族器乐协奏大赛第一名。2002年获霍英东教育基金会第八届全国高等院校青年教师奖。2004年成为首批中国教育部"新世纪优秀人才支持计划"入选者。曾于1990年获中央音乐学院艺术歌曲创作奖，并于1991年在北京音乐厅成功举办了个人交响作品音乐会，是我国民乐演奏界的佼佼者。严洁敏的二胡演奏音色纯美，技巧全面，表现力丰富，她擅长以高难度技法驾驭复杂的曲目。

此刻，她不是在华美的音乐厅灯光下为观众演奏，而是在杏花烂漫的天然舞台上为友人抚琴。女人纤巧的手臂舒缓地拉开琴弓，似乎要把花山拥入怀里。与音乐为伴的女人，必是爱生活更爱自然的。

那个春日，有幸在大山里聆听严洁敏的二胡，是我的福分。二胡在元代自域外进入中原，流传几百年，颇受汉民族的喜爱，已成为我国独具魅力的拉弦乐器。它既善于表达哀婉忧伤的情感，也能表现气势宏大的意境。此时，在洁敏气韵深长的二胡乐声中，我心已然陶醉。

山路蜿蜒，往山涧深处的小村盘旋而下。路两边都是杏花密密盛开的老树，黝黑的花枝壮硕而秀美；粉白的花朵，亲热地互相簇拥，小风掠过，花瓣纷纷飘落，俏皮地拂过车窗，扬起一片银色的雪末。车子在花丛中穿行，洁敏一路欢笑惊呼，像是回到了孩童时代，正在浓密的花荫下欢喜地做游戏。一双水晶般纯净的黑眼睛，瞳仁里映出缕缕花蕊，像两粒嵌了花瓣的琥珀。

那个春日，云在山顶，伸手可及；水在山下，举目可望；就像洁敏在很多年里，一步步走向她的音乐梦想。

眼前闪过一个瘦小的身影，十岁的小女孩，身上背的琴盒，几乎与她身高齐平。她独自一人从杭州登上火车，去上海音乐学院附小读书。只是因为喜欢二胡，耳边每时每刻都有弦乐在萦绕，每一根头发都像是琴弦做成的，一抬手梳头，旋律就飞起来。暑假来了，寒假过去了，每一次开学前，绿色的车厢都会迎来一个背琴的女孩。她静静地坐在车窗前，心里默念着最喜欢的二胡曲谱，望着未知的远方。

从上海音乐学院附小，直到走进中央音乐学院的艺术殿堂，小琴童走坏了多少双鞋？拉坏了几把琴？拇指肚上磨出了多厚茧子？十年童子功，是一节一节稳重坚固的枕木，托起银亮的铁轨，从杭州到上海再一步步送她去北京。呼啸的车头像一只巨大的音箱，在年复一年的轰鸣声中，把洁敏造就成了一位优秀的青年二胡演奏家。

荷兰最有影响的 De Volkskrant 报称严洁敏的演奏为"中国的奥依斯特拉赫""激情的演奏大师"。法国里昂进步报 Le Progress 评价其"显示了对二胡这件乐器音质音色极高的控制能力，以及对戏剧性、对比性卓越的控制能力"。

洁敏接受过多年系统的学院派教育，经受了严格的音乐训练，汲取了华夏沃土赐予她的养料精华。她像一朵恰逢佳期的花苞，将天地赋予她的能量注入琴弦，然后，粲然迸发、绽放。

那个春日，我们在深山里的小石潭边听琴。

泉水冷冽，清澈见底。流苏般飘逸的水草、光滑的鹅卵石、蓝灰色花纹的小游鱼，倏忽就不见了。一只摆渡的铁船停在水边的沙滩上，四下空无一人。山谷静谧，微风拂过崖上的灌木，发出飗飗的声响，忽有翅膀的黑影飞快掠过，在水面上扇起细微的涟漪，只听得一声声婉转的鸟鸣，从坡上的杏花深处传来。碧绿的池水被清风吹皱了，一波一波漾开去，如丝丝缕缕颤动的琴弦。

我们在水边，听《流波曲》，听《河曲》，听《悲歌》，深沉的乐曲犹如泉水汩汩流淌，在委婉哀怨的音调与深沉愤懑的乐声中，泪水悄然涌上来。听《江河水》，二胡悲痛欲绝的倾诉，营造出一种压抑沉闷的气氛，传递了人类超越时空的痛苦。洁敏细腻精准而又激越狂放的演奏风格，将二胡这一古老器乐的魅力发挥到了极致。

那个春日，一缕阳光穿透幽深的峡谷，洁敏如同一个阳光女孩，脸庞和心思同样明朗通透。平日里，洁敏该是一个素朴淡定、安静温婉的江南女子；而当她拿起琴弓，沉浸于自己的音乐世界时，马上变身为一位高贵的艺术女神，浑身散发出浓郁刚烈的激情。她纤细灵巧的双手滑过琴弦，左手揉弦、拨弦，准确控制泛音颤音滑音，右手顿弓跳弓颤弓抛弓，左右开弓配合默契。琴杆与弓弦在她的臂弯里收放自如，好像已成为她身体的一部分。

大略知道，二胡的音准控制很难，没有可供依赖的明确界定音高位置的标识，由于二胡没有指板，每一个音高都仅凭手指的感觉来掌控。待那一曲终了，试着将疑问请教洁敏，她笑着回答："先得学会听啊，没别的窍门，就是听，听到最后，就能听见心里有了回声……"

那个春日，在洁敏即兴的琴声中，微风暂歇、游鱼沉伏、飞鸟噤声、杏花凝眸——自然万物与我们一起屏息静气，倾听这一场没有舞台和乐队的独奏音乐会。

夕阳西斜，山谷沉寂。石潭两侧巨石兀立，灰褐色的石壁，鬼斧神工般刻出粗粝的线条，如同一座座奇幻苍健的石雕。琴音回旋，如丝如瀑，从石崖上温婉地垂落；忽又变得高亢激愤，音符中透出韧性的硬度——洁敏的演奏技巧如此神妙，每一声长音与短符，每一个华彩乐段或是抒情旋律，都充满了刚柔相济的温情与力量。《急板》是意大利作曲家 Setfano Bellon 专门为严洁敏创作的一首赋格曲，由一组长音和快速移位及不间断的循环，构成了乐曲的主要部分。洁敏炉火纯青的技艺，将古老的二胡奏出了崭新的乐感。由二胡改编的《流浪者之歌》，在洁敏的演奏下，以频繁的快速换把及大跳、快速换弦、超高把位的快速两手配合等高难技巧，将二胡演奏水准推向了一个新的高峰。音色音质之华丽精湛，可与最优秀的小提琴曲媲美，令人惊叹。

那个春日，唯一遗憾的是，洁敏在山野林间的即兴演出，没有乐队。我曾在剧院欣赏过她的独奏音乐会，二胡与庞大的管弦乐队、二胡与弦乐四重奏、大提琴互相配合，将音乐会不断推入高潮。记得在一首协奏曲中，乐队将碰铃清澈的音色糅进了乐曲，给那个乐段增添了空灵的禅意。

音乐是抽象的情感表达，无论是创作者、演奏者、欣赏者，理解音乐享受音乐，都需要超然的悟性和心的呼应。此时此地，我只能想象，这一场在青山绿水中独特的二胡独奏音乐会——"台下"的淙淙泉水、啾啾鱼虫、飒飒山风、啁啁鸟鸣，还有树叶的哗响与杏花无声的震颤……组成了天然和谐的配器，那是大自然专为洁敏配置的最独特的"爱乐乐团"。

那个春日，二胡乐曲在微波涟漪的水边久久不散。其中有不少曲目，都是由洁敏自己改编或是编配的。早在1988年，严洁敏凭自己的实力和才华，考入最难考的中央音乐学院作曲系；1991年，获得民族器乐与作曲双学士学位，并成功地在北京音乐厅举办了个人交响乐作品音乐会。她是一位出色的演奏家，同时也是一位勤于拓展自己知识结构、勇于尝试二胡曲目新颖的现代性、善于把二胡融入世界现代音乐的创造者。

那个春日，洁敏的丈夫赵戈，亦在水边乘兴操琴，琴弦如戈，乐声如帛，好一对神仙眷侣。赵戈教授任教于中国音乐学院，同样长于二胡演奏与教学。多年来，赵戈与洁敏共同切磋二胡技艺，在乐坛携手而行。洁敏拥有这样一位体贴仁厚的丈夫，是洁敏的幸运。

这个比翼齐飞的音乐之家，告诉了我们，什么叫作"琴瑟和谐"。

多年来，洁敏已经录制并出版了大量音像制品和个人专辑。新近出版的严洁敏二胡独奏音乐会 DVD 专辑《诗弦》（上、下），是洁敏表演艺术的精粹和珍品。

诗弦——丝弦似水，意韵如诗。高山流水，皆为知音。

音乐之伴

　　音乐是有年龄的。

　　在我们幼年的时候，音乐也许曾经是保姆。旋律的构成简单而稚拙，但每个音符都舒缓、柔和、温厚和淳朴。那节奏是摇篮式的，在摇晃着的歌谣里，我们的骨节一寸寸放大着成长着，却分不清保姆和音乐，是怎样各司其职又互为其主。

　　少女时代，音乐轻捷的脚步，是我们第一个悄悄钦慕的恋人。我们在深夜与它相约，聆听它的倾诉和呼唤。乐曲中每一处细枝末节，哪怕一个小小的颤音，也会让我们心跳脸红；那欢喜是纯真无邪的，来自生命本源的冲动，饥不择食，来者不拒，无论哪一种音乐都会使我们欢欣。但可惜那时我们太年轻，心里喜欢着，却无法理解和辨析它真正的奥妙。

　　到了发烧友的年龄，音乐是托付和发泄所有的青春热情、寄予内心狂热崇拜和爱恋的对象。那一段阳光灿烂的日子，我们偏爱激昂、亢奋、热烈和无序的歌曲，严格说那已不是音乐。革命一度消灭了音乐，对于音乐革命的热爱，爱得盲目而疯狂。音乐在那个年龄已不再是音乐本身，而是作为激情的象征存在。更多的时候，它是一种煽动性极强的燃料，可驱动我们的血肉，为欲望和理想奔走。

　　当我们成为沉稳和成熟些的青年时，浮游荡漾在空气中的音乐，也渐渐沉淀下来。那时我们开始思考音乐，我们努力试图去解读和领悟，还有对话。音符变得立体，有一种辐射和扩张的趋势，暗藏着你听得见或是听不见的声音。音乐不再仅仅是一种情绪，而有了实在和具体的内容，成为可视可感的语言和思想，甚至是哲学。你发现音乐世界其实是一条深不可测的隧道，内壁悬缀着抽象的音符，不可复制也不可临摹，往往当你开口或是动手将其制作成曲谱时，它们却已消失。你只能将其烙刻在脑子里，一遍遍碾磨成体内血液流淌的声音。

被琐事杂事俗事缠身的中年，岁月匆促，音乐在生活中已是显得奢侈的享受，往往纯粹是一种娱乐和休闲。那时候音乐有点像一个失宠的旧情人，只是在百无聊赖的日子里，会偶尔下决心安排一次有礼貌而有节制的约会。多少有点儿可有可无的意思，但若是真正割断情丝，又是不甘的。在忧伤的乐曲中，重温往昔的缠绵和恩爱，毕竟还有一种依稀的幸福感。

音乐对于老年，若是感观麻木得不再需要，那定是摈除得很彻底很坚决的。没有音乐的老年，也许枯涩，也许灰暗，但也许恰是因他的内心饱满滋润，而无须依赖音乐的浇灌。人到了老年，对音乐的选择变得十分挑剔。若是喜欢的音乐，必是自己灵魂的回声，是真正属于自己的，爱憎分明，万物不可替代。除了自己认定的那种之外，天下的音乐都是不堪入耳的噪声。所以老年的音乐，由于排除了功利的杂音，在自然淡泊的心境中，便有了一种宁静透明的质感。人走向生命尽头时，音乐不再是保姆也不再是恋人，不是先哲更不是神灵，而只是一个忠实的人生伴侣。

所以音乐有着极其博大而丰富的包容性。音乐无法定义。音乐可以被每个年龄段的音乐爱好者音乐迷分享，音乐其实是没有年龄的。古典或是现代，严肃或是流行，在欣赏者那里，并没有绝对的界别。在美丽的音乐中我们常常迷途甚至错位，但音乐宽容大度，因为动人心弦的音乐永远是唯一的审美标准。

音乐只是有点儿模糊，有点儿空灵。它无形无状、无影无踪、无法触摸、无法品尝，是一种流逝的时间，一种被曲谱固化的记忆。音乐被人吸纳到心里去，又被人在各个生命阶段自然而然地传递下去，音乐就变得永恒了。

感受茅威涛

很多年，凡是遇上浙江小百花越剧团来京演出，总要设法去观赏。一是因为越剧之优美，可让人寄情怀乡；更多的，是为了去看茅威涛。

曾看过茅威涛主演的《西厢记》《孔乙己》《陆游与唐琬》。

每次，在台下，默默地欣赏茅威涛，或远或近。每一次见茅威涛，她都会变成另一个男人，一个被我所艳羡，也可能厌烦、怜悯的男人。大幕拉开之前，也许并不一定喜欢她扮演的那个剧中人，但每当大幕落下时，最终还是欣然接受了她所塑造的那个人物，是由于被她的演技所感染所征服。剧中人在剧本之中的生命本是静止的，是表演艺术家以自己的声音将其唤醒，在自己的形体中使其复活，在惟妙惟肖的表演中将"他"在"我"的主体中显形。那么究竟是剧中人的幽灵附着于表演者身上，还是表演者将自己的灵魂交付于剧中人了呢？

一个优秀的表演艺术家，也许当是后者。

很多年中，就这样静静地期待着茅威涛的每一次盛装出场，期待着她"化身"的每一个新角色。无论是飘逸俊朗、风流倜傥的书生，还是耿直感伤、愤世嫉俗的失意文人，或是蒙昧愚钝、淳朴生动的小人物……百人千面，栩栩如生。茅威涛摇身而成张生，是潇洒落拓、缠绵悱恻的一个情种；茅威涛演陆游，重在表现陆游的"忧思"和"无奈"——报国无门与母命难违的复杂境遇，与错失爱侣的大悲大恸，浑然交合一体，令人悲怆怅然；茅威涛另塑孔乙己，则是新旧交替时代混沌愚昧，却又自私狡猾、可怜可悲的民众个体活生生的再现。茅威涛为演孔乙己不惜剃去满头青丝，以"光头"亮相达到人物的真实感和艺术的严肃性，即此一项，可知她对外形塑造的严格、对艺术"纯度"的要求之苛刻和敬业精神了。

还在电视中见过茅威涛的专场演出。她所有的优秀保留节目，一场一折，都是最精华最精彩的，听得耳朵都酥了，看得眼睛都满了。那一晚的越剧飨宴，从茅威涛飞扬而又忧郁的眼神中，闪过两个字："哀伤"；从茅威涛爽朗宽厚、带有磁性而更具魅力的唱腔中，传来两个字："磊落"；从茅威涛每一个华丽转身的洒脱甩袖中，留下两个字："大气"。

那是一种经年累月的艺术修炼，终至炉火纯青的境地。

那晚的电视专场结束后，还有电视主持人对她的采访，那是我唯一一次见到她卸装后的"真人"形象，她的魂灵重新回到了自己的躯体，端庄沉着，落落大方。我听到她用很好听的南方普通话阐释自己的艺术理念，她丝毫没有刻意地表现表演艺术家的"明星气派"，而是还原为一个善于思考的现代的知识女性。

源远流长的越剧"女小生"这一奇异的表演艺术特色，由于茅威涛等诸位优秀的艺术家而得以传承。也许，在由女性所塑造的那些刚柔相济、富于同情与哀悯、重情重义的男性角色身上，在那些身体线条流畅、音质醇厚动人、动作舒展洒脱的男装的女人身上，寄予了观众更为丰富的男性想象。"女小生"也许是一个曾经被误导的女性理想——女人可以成为男人、女人应该像男人那样？但事实上，在越剧艺术的发展过程中，男性却被逐渐地改造了，那些由女性塑造的男性舞台形象，在阳刚勇猛的传统习性之中，被赋予了更多的体贴与柔情。

由于茅威涛的存在，也许使得更多的人，不会轻易放弃观赏越剧。"小百花"的演员整体都是如此优秀，一个好演员的诞生，确实能够救活一个剧种。近年来茅威涛一直亲自担任着浙江小百花越剧团的团长，从剧目的选择、改良到音乐、唱腔、表演和舞美的重新设计，她都已经承担起了超越一个演员的责任。

就那样远远地欣赏茅威涛。就像读一本好书，而无须结识书的作者那样，我至今没有在舞台之外见过茅威涛。我宁愿在心里保留着一点关于她的神秘与牵念。仅仅是倾听她回肠荡气的声音，感受她目光流盼中的深情诉说，回味她无言的背影，已足够。

我本天地书一卷

——观新编越剧《藏书之家》

舞台的大幕拉开时，我们首先看到了深藏于高墙中的天一阁一角。虚拟的庭院与天井，被笼罩在浓重而悠远的书卷气中。当幽怨而哀伤的越剧乐曲缓缓飘起，人们预感到这里将会发生一些同书有关的故事。几百年前，这座书楼就已悄然隐藏于江南的蒙蒙烟雨之中。天一阁的浩瀚藏书收藏了几千年汉语书业的兴盛，却也掩藏了藏书人家的全部艰辛与孤独。

幽暗的灯光下，我们隐隐看到了那面顶天立地的墙，守护并承载着天一阁四百余年之久的藏书楼。我们通过书墙来感知书楼的存在，封闭的书墙阻隔了世间的欢娱常情，也设定了一个往心灵纵深发展的舞台表演空间。然后我们看到了人，那个固执顽韧的守书人，天一阁阁主范容，从泛黄残破的书页中昂然走来。书墙虚化为明朝末年的惨淡背景，纵然山河破碎，田产皆尽，于范容而言，却有那位异端思想家李贽所著的《藏书》陪伴。若是有一日能将李贽被禁的《焚书》，与《藏书》双书合璧，归于天一阁，范容的世界就仍是完整的。他以文人的梦想筑就了一座坚实的书墙，得以守望自己孤傲的精神城堡。因此，在最后一刻，我们看见了书——被月光或是烛光照亮的千册万卷厚重的典籍，使得整座天一阁通体透明，在黑暗中发出异样的光彩。范容的身影融入墙内，化作了其中一册薄薄的小书。

"我本天地书一卷……"这是剧中范容的唱词。范容成全了李贽的传世之作，而《藏书》《焚书》又成全了范容的人生；世俗的人生升华为精神之旅，于是束之高阁多年的这本书，终有一日被后人细细翻阅，一页一页化成这一幕一幕的立体舞台剧。

此前尚未曾有过这样一台戏，为我们一扇一扇地推开尘封的古旧木门，让百年寂寥的民间私家书楼，在舞台上破壁而现。以小说蜚声文坛的编剧王旭烽，把舞台变成了一座"动感书屋"。守书人的书缘已了，情缘却未断，书香余墨散复聚，人去楼空书犹在。当收书、守书的行为过程变成藏书人非功利的一种自觉，传承延续的是千年的历史文脉，深层的民族精神内涵也因此得以彰显。

浙江小百花越剧团茅威涛戏剧工作室，经过近十年来一次次的剧目创新，反复锤炼三年之久的《藏书之家》，又一次成功地诠释了如此厚重的文化命题。这是一次商业时代的艺术冒险，是对传统越剧模式的又一次勇敢突围。看似守望，实为前行。若说范容守书是"抱残守缺"，那么越剧小百花所做的却是"抛残补缺"——抛甩传统越剧中那些正在逐渐萎缩的观赏性，补上以往的才子佳人戏所缺乏的思想性，即对于现代观众而言，所能唤起的心灵感应和共鸣。这是一种以出击达成的文化守望，试图寻找越剧这百年剧种可持续发展的路径。

百年越剧以悲情动人，而《藏书之家》的剧情依然悲切感人；百年越剧以优美著称，而《藏书之家》的音乐唱腔设计，依然优雅凄婉；美丽越剧《藏书之家》的舞美设计，落在一个"藏"字、一个"书"字上，书楼的中华文化意味隽永而大气。剧情设置了"晒书""抄书"几场特有的众人戏，伴唱合唱，烘托出欢乐明快、矢志不移的书楼氛围。

　　然而，藏书之重，守书之难，注定了《藏书之家》不可飘逸不能洒脱。小百花越剧的领军人物茅威涛，这一回又大大"变脸"——她在戏中饰演主人公范容，把女子越剧以往风流倜傥的"女小生"，改造成了一个负有文化责任感的志士，一个忧心如焚、忧心忡忡、忧国忧民，陷落于"藏书"与"情感"复杂心理矛盾冲突中，无奈而又寂寞的末世文人。茅威涛的表演素以流畅、细腻、丰富著称，而在《藏》剧中"三跪求书"的经典唱段和表演，更是丝丝入扣，回肠荡气，具有外柔内刚的文人气质，达到了炉火纯青的境界。

　　茅威涛作为一个功成名就的优秀表演艺术家，本可以因循守旧地按越剧的固定程式，轻车熟路地继续扮演那些俊朗秀美的"女小生"，但她却偏偏放弃了许多前辈艺术家通常采取的那种稳妥的"投保"方式，而将自己的艺术才华无偿"投资"于越剧的创新。这种探索是以艺术生命作为抵押的。当帷幕徐徐落下，我依然听见她醇厚的声音在剧场上空经久不去："我本天地书一卷"——那个瞬间，真不知是她飘逸的长衫变成了一本奇书，还是世上的好书都被她的宽袖轻轻吸纳了。

　　当剧场外的俗世间，优秀文化正在流失并被商业吞噬之际，这个小小的舞台上，却在颂扬着寂寞守志、藏书承志的美德。饥藏书、寒藏书、孤藏书、忧藏书、喜藏书、乐藏书……恍惚间，发现场内场外竟然具有如此鲜明的反差。我作为一个写书的人，亦心生惭愧。一部《藏书之家》，恰恰印证小百花越剧团所有演创人员为人类文明传承所付出的汗水。走出剧院或正在走进剧院的年轻观众，会觉得这一张戏票，多少是有些重量的。

致敬！布莱希特·小百花

——观新概念越剧《江南好人》

江南好，风景旧曾谙。

大幕开启，几件短衫长袍高悬。服装是时间的刻度——历史背景在这斜襟大褂中无声地显现。民国初年的外衣徐徐降落，剧中人像钟表的指针开始行走。面对《江南好人》亦庄亦谐的舞台，耳眼一时竟不够用了。那个曾经塑造了数个潇洒飘逸女小生的茅威涛，一开场，已变身为娉婷柔美的歌伎沈黛。沈姑娘在乐曲中倾诉心绪，分明是越剧女旦清悠婉丽的嗓音。沈姑娘的身段婀娜多姿，活生生一个令人怜爱的江南民女。沈姑娘的表演含蓄细腻，传递出民国女人素雅委婉的韵味。曾被我们熟悉的"风流才子"茅威涛，在《江南好人》中骤然变得陌生。她一人分饰男女二位主角，于不同的时空，将自己分裂为两半：这边厢，还原旗袍长裙的女儿之身沈黛；那边厢，另塑西服革履的沈黛"表兄"隋达。全剧茅威涛共用六套女装四套男装，反复易装达十四次之多，演员的高强度体力消耗与后台高效的精准配合，令人叹服。每当沈黛隐去，隋达随即登台。隋达消失，沈黛悄然复现。男女主角的性别转换，如同幽灵一般自由来去，传统戏剧舞台封闭的空间被一次次打破重组，给人极其震撼的审美惊喜。

2013 年初，茅威涛、郭小男伉俪，携浙江小百花越剧团，于国家大剧院首演新概念越剧《江南好人》。京城报纸前一日已经刊登了茅威涛的女装剧照——惊艳而不失端庄、妩媚兼具优雅。京城隆冬寒风萧瑟，大剧院戏剧场春意弥漫。京城及异国"茅迷"纷至，为梦中的茅威涛而来、为美丽的越剧而来、为一次戏曲的视觉听觉盛宴而来。

2012 年春季，茅威涛的经典作品《西厢记》在国家大剧院封箱之日，我曾深感失落，好似一件宝物从此被雪藏深山。心里却明白，必有另一只沉甸甸的戏装箱子，即将打开了。

时隔半年，茅威涛与女旦老搭档陈辉玲双双华丽转身，变为性别角色对位置换的男女主角，重返大剧院舞台。两位功成名就的表演艺术家，敢于"扬短避长""另起炉灶"——需要多么强大的勇气和能量。

日内媒体的报道，大多落笔于茅威涛"首秀女角"的新奇"看点"。

"秀"的英文原意为"表演"。近年来，"秀"已俗化为"炫耀"。光怪陆离的"炫秀"过后，曲尽人去，终有艺术之魂，不散不灭。

在茅威涛早已被公认的艺术成就光环之下，她根本不需要为迎合观众而"秀"，也无须为"炫秀"而秀饰女人，更不必为"作秀"改弦更张。茅威涛此次"生改旦"，需要越过难以想象的技术障碍。小生与女旦的发声支点完全不同，为了找对嗓音的发力点，练习女旦的肢体语言，茅威涛没少吃苦，从夏至秋，每一曲每一步，都浸透了涟涟汗水——只有在为艺术虔诚"献身"的激情驱使下，她才能完成如此高风险高难度的自我挑战。她是为了《江南好人》的剧情需要而"变脸"，为了独特的舞台呈现而"变性"，为了越剧艺术的发展和创新而"变声"。她即便"秀"了，"秀"的是艺术创造的新生命和新成果。多年来，她正是从每一部新剧塑造的新角色中，一步步走向崇高绮丽的艺术境界。

《江南好人》改编自德国戏剧家布莱希特的话剧《四川好人》，原剧本对善恶的评析与表现，具有相当的思辨深度，在世界戏剧史上颇得好评。孤独善良的民女沈黛，因向"穷苦"的神仙伸出援手，而被神仙认定为好人。好人得到善款回报后，却被乡邻敲诈欺凌。沈黛孤苦无助，只得设计"请"出强人"表兄"隋达，应对贪婪懒惰的"群众"，以保住自己安身立命的小店。以表兄之恶，护沈黛之善，善恶集于一人却又互相冲突抵牾。而后，好人沈黛偶遇一位失业飞行员杨森，被此人的远大志向吸引，继而彼此相爱。沈黛以借贷相赠助其进京。自私冷酷的杨森利用好人沈黛痴情，一心盘算索取沈黛的"陪嫁"，然后溜之大吉。杨森不知隋达即沈黛变身，对"表兄"无耻实言。沈黛梦破，醒悟后痛别杨森，再次化身为表兄隋达，以一笔赠款开设丝绸工厂以求自救。杨森得寸进尺未遂，逼隋达交出"失踪"的沈黛，并诬陷隋达杀害沈黛。神仙因考核"好人"业绩再次降临，在愤怒的群众"举报"下，公开审判表兄隋达。剧情由此推向高潮——"恶人"隋达终于不得不道出真情，褪去男装，还原为女人沈黛。杨森窘然离去，众人浑噩如故……

剧终前，沈黛与三神仙有一段对话，可谓全剧点睛之笔：

神仙丙：现在我们庄严宣布！

三神仙：沈黛是标准合格的江南好人！

沈黛：神仙啊，我本是一个普通女子，为什么非让我承担这个责任？

三神仙：因为神仙需要好人，民众需要好人，社会更
需要好人！

沈黛的疑问也是观众的疑问。在这个恶人称雄、好人难得的世
界上，"好人"成为人们一个可望不可即的梦想。我们想做好人而
不能，更不愿意为助恶人而做好人。然而，人性本是善恶交杂，并
没有绝对的好人与恶人。善与恶，每时每刻都在纠结、裂变、互相
转化。在一个极度贫困或是贫富严重分化的社会环境中，良善无法
存在，更无法生长。

话题回到"秀"。导演郭小男对布莱希特的话剧《四川好人》
情有独钟——"众里寻他千百度"，这个剧本"选秀"确是别具慧
眼。该剧在德国诞生半个多世纪后，郭小男和编剧曹路生将其移植
为越剧台本，故事发生地改为民国初年的江南小镇，借此剧探讨人
性善恶、叩问灵魂。作品的寓意之深、表演弹性之大，为导演和表
演者提供了"炫技"的大舞台。导演大胆设计由男装版茅威涛与女
装版的茅威涛一人兼饰隋达与沈黛男女两个角色，这一构想堪称奇
绝。倒像是布氏当年就为"未来中国"的茅威涛施展技艺，量身定
制好了剧纲。这个"秀"，秀得冒险却颇具创意。

2012 年是布莱希特逝世五十六周年。《江南好人》的导演郭小
男说：该剧是对"布莱希特"哲学的一次致敬。在今人或许已经淡
忘了这位戏剧大师之时，郭小男率小百花一船才子佳人，从大运河
终点杭州逆流北上，扬举布莱希特之旗，直抵大运河的源头北京城。

有关《江南好人》更多的话题，可从导演构思上展开。在该戏
的移植改编中，导演颠覆了传统越剧的叙事程式，与先锋戏剧进行
了"无缝嫁接"。吸纳了现代音乐剧的形式元素，以多种"非越剧"
的手段，为越剧注入新鲜活力：叙述神仙无钱住宿遭拒，三个店老

板托字来回走一趟，因果了然；沈黛渴望的婚礼，在众人歌舞的"虚拟"叙事中成为泡影；民初西洋文明的侵入，以一场"绅士"集体舞，烘托出当年的环境氛围……舒缓的江南小调、清雅的苏州评弹，与跳跃的西方爵士乐混搭；幽默讽刺的台词念白、场景道具的象征意味、节奏明快的现代舞片段、说唱RAP……种种新鲜的艺术手段，在传统越剧叙事模式的缝隙里熠熠生辉，完美地呈现出舞台创意的新鲜感。糅入了与观众可交流可沟通的"当下性"，剧场内时时响起热情的"茅迷"观众会心的笑声和掌声，也征服了更多的年轻观众。

因此，导演完全有理由宣称：这是一部面对未来的戏剧（越剧）。

然而，对于导演来说，最难的不是戏剧形式的变革，而是布莱希特话剧语言的犀利和思辨特性，在转化为戏曲唱词，尤其是越剧软糯的方言之后，所能承载和担当的思想表现力度。郭小男以"小生"之豪迈，以"女旦"之细腻，对布氏的"好人"进行层层剖解。以越剧的舒缓哀婉，重新阐释布氏的尖锐与激烈。或许，世上最坚硬的东西，是柔软，可谓以柔克刚、水滴石穿。《江南好人》终是将布氏冷峻的人性批判与价值判断，以剧中各色人物复杂性格的表演，以越剧明快流畅的唱词念白，以简约多样的歌舞，完美地进行了阐述。布莱希特所倡导的戏剧间离理念，与中国戏曲的抽象写意，达成了奇妙的融合。

致敬，布莱希特！您对人性的叩击与追问，是越剧新生的催化剂。

值得一说的，还有小百花当家花旦陈辉玲的出色表演。此次茅威涛的老搭档陈辉玲反串小生，平头西装厚跟皮鞋。昔日柔弱秀美的唐琬或红娘，摇身一变为心狠手辣的失业飞行员杨森，好一个吕氏唱腔传人小生版，剧中人杨森干练决绝顽劣无情的人物特性，被陈辉玲洒脱自如地发挥，表现得"入骨三分"。在茅威涛与陈辉玲几十年的演艺生涯中，这一出《江南好人》，各自都将"才子""佳人"集于一身了。

《江南好人》具有超强的演员阵容，大部分演员需要反复反串多个角色。卖水的老王、理发师、警察等所有的剧中人，个个演技不俗。方知"小百花"的每一朵花，都是"佳人又才子"。此次团队集体亮相，有意无意地"秀"了一把浙江小百花女子越剧团"超性别"的整体演艺水准。

我沉醉于江南故乡的百花丛。作为一个越剧爱好者，我为《江南好人》兴奋难眠。这一对"才子与佳人"的神仙眷侣郭小男茅威涛伉俪，面向未来，还将怎样求新求变，带给我们更强烈的震惊与艺术之梦呢？

江南好人多，江南百花开——能不忆江南？

茅威涛的泉与月

《江南好人》的余音未落，《二泉映月》已冉冉升起。前后不到一年，北京国家大剧院的戏剧舞台，又一次被浙江小百花越剧团的新剧目刷新。

新编越剧《二泉映月》，特为"小百花"自家庆生而创演。建团三十周年，三十而立。舞台下观众狂热的欢呼与掌声，是献给小百花三十岁生日最好的礼物。

三十年来，我在北方的风沙雨雪中，一次次眺望江南，远远地，追寻我心仪的小百花。眼见春花秋月潮起潮落，小百花悄然含苞灿然绽放。一朵朵、一簇簇，绚丽或素朴，华美或简约，一年一年，花开花落，小百花在戏曲天地中傲然独秀；三十年的日月精华，育成一个烂漫的百花园。

每一次，在台下静静地欣赏小百花，心里总会再三惊叹：这个雍容华贵的"花王"茅威涛，这个时刻喷涌着新鲜艺术激情、持久旺盛的艺术创造力的茅威涛——在她充满了蓬勃生命活力的"花花世界"里，她内心炽烈的光亮来自何处？艺术的泉源来自何方？

青年茅威涛，八十年代中期初次亮相《五女拜寿》，登台即已显露女小生越剧尹派传人的惊天才艺。多年来，她在《陆游与唐琬》《西厢记》及新版《梁祝》等传统经典剧目中，塑造了一个个风采翩然的生角，美艳端庄豪迈洒脱，令人倾倒流连叹服。茅威涛多年获重奖无数，盛名美誉之下，口碑人缘俱佳。然而，茅威涛此生，注定是为催发越剧的百花争艳而来，为越剧艺术的创新拓展而生。一个优秀演员是一根撑天的台柱，但一位杰出的表演艺术家，心里必有大梦，一个自由大舞台之梦。这个"小生"从艺三十五年，坚持超越自我、挑战自我，不懈不怠。自二十世纪九十年代，茅威涛的创新倾向初见端倪；至二十一世纪，建立在小百花唯美诗化风格之上的创新思维基本成型——"花王"茅威涛率小百花群芳闯天下，标新立异特立独行。一出新戏就是一朵奇花，每一次绽开，花瓣会变色，花姿会变形；朵朵奇花异香，从国门之内飘往海外。那旧日的锦袍宽袖，甩去了传统越剧的刻板程式；今日的短衫西装，融入了现代戏剧语汇及多种表现手段，在承续传统越剧优美婉约风格的前提下，使越剧舞台空间呈现出更为丰富的样貌——《孔乙己》《藏书之家》《江南好人》……现代新概念越剧的热带风暴，旋风磁铁一般，将年轻一代观众吸入剧院。狂烈的掌声与喝彩，伴随着老观众及批评界的质疑与争议。

那个台上的风流女小生，台下亦是个铿锵女汉子！

2014年夏，《二泉映月》破云而出。那几日，泉涌运河源，月洒长安街，京城票难求，争看小百花。新编越剧《二泉映月》的作曲、唱腔设计、舞美灯光服装造型师，均为国内顶级艺术家。故事取材于无锡惠山，烟雨霏霏油伞轻移，自是江南古镇的氛围；茶馆道观琴棋诗文，亦为越剧故乡的气韵；无锡小调和二胡名曲《二泉映月》等民间音乐元素贯穿全剧，偶尔借得评弹袅袅弦乐，弥漫着阿炳那个动荡年代芜杂的背景。明知茅威涛曾为"孔乙己"剃发、为"江南好人"易妆女旦，在男女二角之间转换游刃有余，但美小生又一次"自毁妆容"变身盲人，心里依然隐隐地疼痛惋惜。然而，茅威涛擅长塑造类别迥异的各色人物，从不会让观众失望。阿炳的绝世琴声，世人早已耳熟能详；而这一个茅威涛版的阿炳，饱尝人间辛酸、白衣长发盲眼的阿炳，是一个将灵魂融入音乐的阿炳；污浊混沌的俗世，唯有音乐之光引领他行走在黑暗中。这个阿炳对音乐的痴迷执着，与茅威涛对越剧的热爱同气相求。该剧专为茅威涛设计的几场"内心独白"跌宕起伏的大段唱腔，情感的表述倾泻丰沛饱满；她巧弹琵琶，善施弓弦，足见其累积经年、深厚丰富的表演艺术功力。

三十年的百花园，今日喜见奇花满园——茅威涛多年的黄金搭档、梅花奖得主陈辉玲，音域宽厚深沉的"熟女"老生吴春燕，清俊干练的原生代女小生江瑶……可谓是一台极品女子联袂出演。即便是剧中的普通角色，百花园的朵朵小花，也是生动鲜活个个出挑。

该剧导演郭小男及青年编剧罗周，将该剧定位于"一个落魄灵魂生命过程中对音乐的启迪"。以阿炳寻母为切入点，提炼升华其苦难人生，勾勒出其生命与音乐互构的意义。开场一声悠长的咏叹"姆妈……"，叩问阿炳的身世之谜，道尽人间冷暖，戏里戏外，终是一个"情"字。

天幕上那个巨大的月亮投影中，茅威涛的阿炳，似一个渐行渐远的音符，飘逸于云中。

江南夏夜，傍泉听琴，山泉可濯目，明月可覆体。阿炳的惠山泉，亦是茅威涛不竭的艺术之泉。月色清辉，月盈月蚀，舞台的追光在天上；弯弯新月下，又一朵好花开了。

有女如云

赵一曼归来

——电视连续剧《东北抗日联军》观后感

赵一曼回来了!

半个多世纪之前,我们童年时代即已熟知的东北抗联女英雄赵一曼,在 2015 年这个夏季,驾白马着红衣,朝我们飞驰而来。她瘦弱的身躯伤痕累累血迹斑斑,明澈的双眼却含着欣然而倔强的笑意。

值此中国人民抗日战争胜利七十周年纪念日来临前夕,杨靖宇赵尚志李兆麟周保中……所有的抗联英雄们都回来了。他们从电视连续剧《东北抗日联军》的深山密林里回来看望我们。他们依然如同当年那样,个个英姿勃发,长枪短枪枪不离身,破旧的棉袍皮袄、霜雪湿重的皮帽棉靴绑腿……在冰天雪地上散发出炽烈火热的情怀。

或许,在这个以"精英"替换了"英雄"的和平年代,在这个功利至上道德紊乱的商业时代,在经历过把英雄人物拔高神化,作为服务于政治的工具之后,人们不再轻易相信英雄甚至质疑英雄的价值,从昔日的轻信盲从,转向当下的平庸麻木。在时代审美趣味嬗变为"火烤胸前暖,风吹背后寒"的两难困境之下,电视连续剧《东北抗日联军》如何讲述大半个世纪前那些抗日英雄故事,赢得普通观众的认可,是一个具有挑战性的难题。

令人欣喜的是,由李文岐担任导演的五十集电视连续剧《东北抗日联军》，最终完成了一幅气势恢宏的全景式东北抗日图，逼真地还原了二十世纪三十年代至四十年代的伪满洲国，从哈尔滨城市到游击队老营、从苏联远东军部到中国村屯，宏阔跌宕的战时场景。全剧众多性格鲜明的联军将士、栩栩如生的志士仁人，构成了东北抗日英雄的人物长廊，描画出一部悲壮的反法西斯战争长卷。

作为一名女性观众，我对剧中的女英雄赵一曼的人物塑造，怀有更为深切的关注。"这一个"非虚构的赵一曼，这个已被历史教科书固化的赵一曼——她的成长轨迹、性格特征、女性情感、从容赴死的心理依据……将会以怎样的影视形象，呈现在我们面前？

其实，赵一曼始终都屹立在那里。从西南蜀地"不远千里"来到东北领导抗日的这位"女特派员"，这位出身于富裕人家、曾经留苏学习的知识女性，为了抗日毅然北上，成为抗联某团骑马挎枪的女政委，最后英勇牺牲于日本鬼子的屠刀之下——赵一曼的存在与逝去、赵一曼英勇无畏的事迹，早已进入史册。只是，这一位颇具传奇色彩的巾帼英雄，若是由于影视作品编导的认知理念而对人物的处理简单化，会把一位有血有肉的爱国女子，变成"高大上"的空洞符号。

赵一曼从屏幕上归来之时，她以艺术的形式复活。

电视连续剧《东北抗日联军》中的赵一曼，较之以往那些被模式化的英雄形象，有较大突破。"这一个"赵一曼，端庄秀美聪慧，散发出温婉柔韧的女性气息。她与女土匪兰白线之间的斗智斗勇、她对兰白线抢劫百姓财物的土匪行为的憎恶与劝解、她对兰白线的爱子竭尽全力的救护……赵一曼的人格魅力与爱心终于感动了兰白线，坚定的抗日信念征服了兰白线，以至于兰白线最终放弃了"报私仇"的土匪生涯而参加了抗联队伍，跟随赵一曼一同去打鬼子，尔后壮烈牺牲。剧中的赵一曼，在土炕上整整一天紧紧抱着兰白线病中的儿子，为他轻唱童谣"推磨推磨推豆腐……"，她向兰白线深情提到了自己远在四川、一别几年的幼儿，抗日的烽火硝烟中，赵一曼只能以这种"移情"的方式来释放自己深藏的母爱。这是两个相异的精神世界的女人对话，兰白线终于认识到，她们所面对的日本侵略者，才是中国女人共同的敌人。我们看到，在那个平易家常、可亲可信的赵一曼身后，站着另一个"战斗"的"不屈"的赵一曼。赵一曼为了掩护部队突围而受伤被捕、被日军转移到哈尔滨监狱关押后，在狱中受尽酷刑摧残。竹签钢针皮鞭电椅辣椒水，她沉重的脚镣艰难地移步监舍，墙上留下一长串手指的斑斑血迹……剧中真实地还原了赵一曼多次受刑的场面，酷烈残暴令我不忍注目，心里一次次被尖锐的疼痛划伤。一个能够抵御肉体摧残折磨的女人，内心定有超拔于肉身之上的天下大爱。

日本指挥官横木在审讯期间，多次企图以母爱与女性的弱点为突破口，让她说出赵尚志和抗联队伍的去向。凶残的横木无法理解，日本女人惯于在家相夫教子，而一个中国的年轻女子，却抛家别子带领抗联将士风餐露宿转战于白山黑水之间。如果赵一曼换一种"活法"，她也将平安度过一生。这是该剧中充分展现赵一曼内心世界与女性情怀的重场戏。她与横木的"对话"并非声嘶力竭剑拔弩张，却是字字句句情理相兼柔中带刚。赵一曼拒绝了在侵略者奴役下的"生"，选择了为自由和解放去死——正如她在临刑前给儿子宁儿的遗书中所写"母亲和你在生前是永久没有再见的机会了"。为人妻母竟有如此决绝的"狠心"，因为她已不再是宁儿一个人的母亲，而是所有中国孩子的母亲。她要以一己之身来护佑天下的孩子，以自己的牺牲来换取中国人的尊严。她超越了传统女性的性别局限，升华为一个真正意义上的"人"。

赵一曼生前活跃在黑龙江省珠河一带，珠河，一个美丽而温情的地名。珠河有泪，溅起珍珠般晶莹的浪花；珠河有情，用流水揩净赵一曼身上的血珠，化为天边血红的晚霞。

活在二十一世纪的人们，已无缘得见赵一曼的真身。我们在屏幕上见到的，是由刘威葳饰演的赵一曼。刘威葳再现了赵一曼当年的风采，她有一双宁静而略带笑意的眼睛，面容自信、神色淡定。以生活化、人性化的举止神态语气，呈现赵一曼的内在气质，承载赵一曼高尚的灵魂。面对剧中那些感人至深的场景与对话，我心战栗、震动、钦佩、景仰，有一些瞬间，我甚至确信刘威葳就是赵一曼。刘威葳塑造的这个温和、内敛、沉稳、刚烈的赵一曼，符合我们对于赵一曼生前的想象。女英雄赵一曼，在反法西斯战争胜利的大半个世纪后，素颜洁面，重新归来。

赵一曼的生命停留在三十一岁。骑马挎枪归来的赵一曼，依然年轻美丽。

我们在这个特殊的日子缅怀赵一曼，因为赵一曼不仅是女性英雄，更是超性别的人类精神象征。

何为人类精神？反抗——反抗侵略、反抗暴力、反抗一切强权下的奴役！

唯有顽强抗争、抗拒诱惑、抵抗犬儒——将生命托付于灵魂的自由与解放，才会造就新一代的中华血性男儿，新一代刚柔相济的现代女性。

七十多年过去了，在赵一曼为此献身的土地上，那些曾经助纣为虐的汉奸伪军、那些卖身求荣的叛徒、那些跪于强权下的顺民，还有如今那些甘当物质奴隶、精神奴仆的人们，那些沉湎于肉身享受的贪腐男女，在赵一曼面前，是否会有一丝羞愧、一瞬反省？

所以，赵一曼——不仅是历史，更是当下。

第五辑　女友

我们需要倾诉，倾诉是一种减轻压力的好办法。然而，只有在心领神会的女人之间，才能承受彼此的倾诉。同性的倾诉越过了异性间的心理障碍而长驱直入，那一双双柔软的手，帮你卸下压在心上的包袱，女人忽然变得轻松。

大雅古仪

　　古仪的这一本新画册，是她多年来的精品集锦。

　　一阵幽雅闲逸的江南雾气，从纸页上冉冉升起，又泅泅淡淡地弥散开去。水雾散尽的庭院檐下，亭亭玉立着一位抚箫的女子；雨后的芭蕉树前，一位抱琴低吟的夫人独自端坐。膝下的石阶与身后的叶片，仍留着湿漉漉的水迹。她们的裙衫和面庞因而显得有些模糊，在袅袅的乐声中若隐若现，平添了几分悠远的怀旧气息和东方情调。

　　我看到许多美丽的女人，从古代的熏风中娉婷走来。她们款款移步，穿过斑驳的历史长廊，每一扇窗棂映出的倩影都是一个历史断面：从巫山神话至清代的红楼梦境，由深宅大院而至乡野荷塘。她们卸下楚地女神的布衣宽袍，换上东汉貂蝉的曳地长裙；千年后的月光下，锦缎旗袍以更为端庄的姿态出场，每一道搭襻和袖口绲边，都在诉说着女人的心事。太阳出来时，采桑撷莲的村姑们那一身蜡染的花布衫，让田野的风光都黯淡下去了。一群蜂蝶轻灵地缠绕着女人的发髻鬓角，似能听见嗡嗡嘤嘤欢快的闹忙声。

　　这是一部关于女人的画集。民族民俗民间的中国女人。在古仪笔下，画中的女人均被赋予了典雅与华贵的品性。也许，那些极端的女权主义者，也会因此发现"自己"内心的柔情，被画中女人温婉的外表中所透射的无邪之美所震惊。

古仪自幼习画，"文革"前考入中国美术学院附中，现为杭州画院副院长。经过多年沉心潜气的修炼，中国画洒脱的水墨写意和精致的工笔技法，被她融合得天衣无缝。画风的整体印象，有如巨大的苍穹之下悬浮涌动的云层，被奇妙的阳光从背后一根根一线线勾勒出清晰的边际，或是被黑暗中掠过的闪电瞬息照亮。然而，无论是画中传统的大家闺秀还是娇艳怡人的风情女子，都悄然传递出浓重的文化气韵和别具个人风格的女性情致。

古仪用色，多是柔和沉着的中间色调，虚虚淡淡地化开去，看似不肯定不经意的随和，却自有一种难以捉摸的准确和精巧。暖色是温馨的，向外漫溢着优雅与祥和；冷色有梦幻的意蕴，藏着几分戏谑和迷思；冷暖相间的自然风月，则更多些安逸与寂静。画面若是留白，流动着的空气几近透明；悠长低回的箫笛声声，在朦胧的鹅黄朱红青灰银紫色上如烟缭绕，那样的含蓄收敛干净，是真正爽心悦目的颜色。观者的目光仅仅只停留于画上的色调，就已被置于大雅如诗的韵致和氛围中了。

古仪塑人，女子的造型个个生动并富于情趣。静坐者贤淑，伫立者飘逸。一颦一笑、一静一动，纤手细颈腰肢发髻都在浅吟低唱，裙裾腕袖流云生风。古仪构图擅长以背景衬人，一个女子一道风景，那风景定是只为女子一人所设——洛神来自茫茫的洛水深处；采莲女的小船淹没在硕大的荷叶里；品茶的女子身后，墙上的茶壶与袅袅茶香融为一体，花格窗棂假山影壁的深深庭院，问春在何处……那些水墨隐淡的写意，似在若有若无之间；女人服饰上精美的花纹，却是一笔笔雕刻般的精工细作。更爱古仪所绘女人服饰或人物背景上的花卉，牡丹华贵、芙蓉俏丽、昙花冷傲、梅花高洁、杏花烂漫、海棠热烈……采尽人间百花，把世上最美丽的花朵，都移植到女人的衣衫上了。无论虚拟还是写实，滴墨点彩中都伸展着艺术的花蕊。

古仪画中的女子，面孔通常并不漂亮，大多带一点夸张的憨气，任是拈棋读书、观鱼赏春，神态中总有童稚的拙朴与天真，一个个清纯可爱，惹得观者一心想过画中女人那般悠然自得无忧无虑的人生。古仪塑人，美而不媚，审美品位就在这一字之差。

其实古仪最擅点睛。整幅的朦胧或是隐晦，只一点恰到好处的亮色，画面便豁然开朗了。女人的裙衫布衣上，只需在花蕊中缀一点浅浅的银粉，月光来了，雪花飘了，梨花开了，雾气散了，女人由矜持变得活泼，由沉稳变得洒脱。还有金色，本是忌讳的，用不妥便俗艳了，但古仪却是独辟蹊径，画中的裙袍衫裘腰带头饰，常用金色"绣"出，惜墨如金，镶嵌那么一星半点，女人忽然就闪烁起来，眉眼像是太阳从云中钻出，刹那间亮得晃眼，女人顿时变得神采奕奕，更添了几分灵气。古仪奇巧的"点金术"，用重彩为女人点睛，美目盼兮——美目烁金。

作为一位热爱艺术的赏画者，细读古仪画册，可知古仪的艺术素养来源丰富，博采中西画水墨水彩水粉之长，广纳风俗图案壁画布艺之精要，以女性画家独特的艺术造诣，抵达中国画唯美、纯美、空灵的精神境界。

这是二十一世纪的女性之诗——来自灵魂深处的女性自觉，勾画出如此自然天成的女性画卷。

曾经写过一篇名为《悦人与悦己》的随笔，谈到女性自觉首先表现为女性的"悦己"意识。在古仪的画中，我们欣喜地看到，几乎所有的女性人物形象，都是在女性眼光下"我看"——"看我"的记述，而非男性视角下带有观赏性的"被看"。古仪描绘的女性之美，没有夸饰矫情之感，而是从女人内心滴滴泉涌的自我珍惜与珍重；古仪创造的女性之美，呈现出一种"自赏"之美，怡然自得的性情之美、气质神态之美；那是画家心灵镜像中自我认识的审视与折射，也是内心情感的真实表露，体现了现代女性追求自由与自立的价值理念。

与"现实生活"的距离感以及疏离感，亦是古仪绘画创作的另一艺术特色。古仪笔下的女性来自远方、来自古代、来自历史、来自书卷。她们活在自己的世界里，玩味着那些被男性社会所漠视的细微情趣，与琐碎庸常的日常生活若即若离。画面的情境既是"过去时"也是"未来时"，这一个"未来"，是女人在画中才能实现的关于尊严的梦想。这样的女人心里是充满爱意的，不是被人"所用"，而是"爱人"和被人"所爱"的。于是，女人的浪漫心思和博大胸怀，不再被那狭小的庭院空间所束缚，它超越了时空的局限，让女性精神以拒绝俗世的姿态得以飞升。

黑格尔认为："我们可以把那种和悦的静穆和福气，那种对自己的自足自乐情况的自我欣赏，作为理想的基本特征而摆在最高峰。理想的艺术形象就像一个有福气的神一样站在我们面前。"这段话可看作是对古仪创作的别样解读。古仪画中的女性形象多处静态，那是一种来自心灵的安宁，矜贵持重，闲适恬淡，任何多余的肢体语言都会破坏了画面上女人的无声之美。喧哗易而无声难，女人在画上默然无语，却从"无声"中传递出女人内心的欢喜欣悦——有力量承受生命所有的欢乐与苦痛，那样的女人才是有福的。

因此，古仪的绘画语言风格，可用王国维所说的"古雅"之风加以概括。大雅古仪，心仪纯美，天生一个风清月朗的西湖快乐女神，所以她笔下的山鬼也娇嗔，贵妃少霸气，昭君无怨恨。古仪以她对人世的宽容，对物欲的淡泊，对爱与美的虔诚，一笔一笔勾勒着自己的艺术宫殿，因而近年来多次在国际上获奖，作品被多家画廊和博物馆收藏。

　　和悦静穆、纯净和谐——是人生亦是艺术的境界。大雅古仪，风雅绝伦。

守望西湖的青藤

　　那一株青藤，在七八年的时间里，曾移动了四回。

　　每搬迁一次，藤叶覆盖的面积，总比先前拓展膨胀了许多。然而叶片的纹路与肌理，却是越发精致与鲜润了。

　　最初是湖滨三公园对面的街铺，一家只有几十平方米的小店，只能叫作茶屋吧。门面虽小，茶屋的氛围是温暖而亲切的，喝茶的客人就像茶水一般流动起来。后来搬到了六公园湖畔居对侧之后，好似一株茂盛的青藤，一年一层楼地攀升上去，直到把整座三层楼都盘踞了，很有了茶楼的规模和模样；在杭州城里，说起青藤茶馆，如今怕是很少有人不晓得的。细细追究起来，"青藤"是九十年代在西湖边发出的新芽，并不是河坊街的老字号，仅仅七八年间，长藤弯弯，青叶缠绕，架起一座浓荫蔽日的硕大茶棚，不说是个奇迹，至少也是带了些传奇色彩的。

　　尤其，店主是两个年轻的杭州女人。七八年前，差不多还是茶叶嫩尖一般新鲜的女孩儿啊，如何就能把一片片茶叶变成蜻蜓的绿翅膀，在西湖的暖风里飞起来？

　　后来那个不算小的三层空间，也容不下这对翅膀了。每一枝柔韧的青藤，都缭绕着女人的梦想在一圈一圈地盘旋。2003 年秋天来临，西湖扩建改造工程完毕，"青藤茶馆"在四易其址之后，选择了元华广场二层，在一公园的西湖南线入口悄然开张。猛然扩大成五千平方米的面积，计有八百多个座位。结果呢，茶客光临的高峰时，茶席仍然不够用。即使在杭州这样温柔富足的龙井茶乡，喝茶喝出如此蔚为壮观的景象，也令人啧啧称奇。

"青藤"究竟握有什么样的秘密武器，让杭州人把一杯清茶喝得上了瘾？

新"青藤茶馆"掩于婆娑翠竹丛中，依然有着女性的含蓄与秀气。沿木梯拾阶上得二层，眼里掠过青石小桥泉水游鱼，一步一景，脚步顿时就慢了下来；四处流连顾盼，眼神也不大够用。围廊隔断的分割与设置，一改先前繁复的传统风格，赋予了现代的空间概念，只觉得抬头低头通畅敞亮，叫人想起凉风微袭的山间茶园；数间小巧玲珑的江南小筑，均以西湖十景命名，影影绰绰地藏在曲径通幽处；古色古香的窗格门扇，造型简洁颜色古朴的茶桌茶椅、藤制木质，件件精心得不留痕迹；灯具也是极讲究的，柔和的光线若有若无，便有了月夜星空下品茗的感觉；壁上镶嵌的橱柜木格，收藏各色紫砂名壶和历代茶具，还有墙上精心装裱的名家字画，如此浓郁的文化气息，茶馆不再是茶馆，而是一所小型的茶艺博物馆了——边走边看，峰回路转，就有迷路的担忧了，果然又有阔大的厅堂在前，一面弧形的白墙落地，简约而朴素，内里透出现代的开放意识；宽阔的阳台设有露天茶座，西湖碧波就在眼前，似乎伸手可触。逢年过节，一边品茗一边观赏西湖上空的璀璨烟花，将是怎样的好心情。忽然觉得"青藤茶馆"更像是一座内涵丰富的文化广场，杯水之中，竟是天外有天的。

也巧，"馆主"沈宇清和毛晓宇，这两位杭州女人的名字里，都有一个宇宙的"宇"字，似乎注定了两人今生有缘，必得同心同道去开创新天地的。宇清灵秀，晓宇沉稳；宇清聪慧，晓宇大方；

熟悉这一对"姐妹"的人，简称、昵称其为"清清"和"毛毛"以示区分。两个清清爽爽的江南女子，开了多年茶馆，言行中却看不出阿庆嫂般"女强人"的精明泼辣，只是轻声细语地说着平常的话语，如同一杯澄澈的清茶，散散淡淡波澜不惊。茶馆的画册底封上有两句诗曰：青染湖山供慧眼，藤萦茗话契禅心。恰似这两位开茶馆的女人，淡泊随缘，慧心禅意，原本看重的是茶品茶趣，不经意间，却把这悠闲之乐，做成了茶的事业。

很多年前毛毛和清清是一个单位的同事，时常相约去看湖。湖光潋滟、山色空蒙，让人相看不厌。是谁突发奇想地说，若是舀一勺湖水来饮，不用煮即是茶了；又说要是能变成一棵树呢，就能一辈子都守着这湖，天天同西湖做伴了……

那就开一家茶馆嘛。茶馆一定要开在西湖边上，晴湖雨湖雾湖夜湖都是一杯茶了。

于是女人在如花似玉的年龄，结伴种下了一株纤细柔弱的青藤。为什么是"青藤"呢？也许只因为青藤是一棵能够守望湖水的树，青藤的枝蔓像湖上袅袅行走的舟船，青藤叶片就像飞在空中的茶叶；还因为绍兴的"青藤书屋"曾给人奇异的文化想象……更是因为，今天的女人不再是花朵，两个独立的女人，原本就是两株并肩生长、蓬蓬勃勃、自由自在、生命力顽强坚韧的常青藤啊。

七八年间，茶馆虽然几经搬迁，那一根根柔韧的藤蔓，却始终立定脚跟沿着湖滨一线蜿蜒，执着地不愿离开。"除了西湖边，哪里我们都不去"——那是一个关于守望西湖的诺言，一生一世的守望，犹如千年的西湖，淡妆浓抹自有定力。女人的丈夫由爱"人"而及茶、由爱茶而及青藤屋，最后也变成了守望西湖的那两个女人身后的忠实守卫者。

一个听起来浪漫而动人的故事，落在杯中，是沉甸甸、续之不竭的一壶清茶。"青藤"连续多年被评为"杭城十佳温馨茶楼"，功夫终究是下在一个"茶"字上——茶叶的品质、茶具之精美、茶艺表演，还有独到的待客之道。杭城的人都知道"青藤"所用的茶叶均为货真价实的上等佳品，片片让人放心；"青藤"沏茶所用之水，都是天然泉水；更值得称道的是"青藤"用以佐茶的各式茶点，真的可口入味，真的好吃，每一种制作都是不含糊的。此前几年中我曾多次去过六公园的青藤老店，每一次都是茶醉食足而归。那样琳琅满目的茶点之宴，铺就了一道丰盛的江南食品艺术长廊……

想当年"青藤"创业初始，两个女人曾亲手"研制"本家茶蛋茶干。女人的温情与心思，就这样点点滴滴地留下来了，也长久地留住了"青藤"的茶客们。"青藤"特制的茶具上，有"青藤"的店标———一缕清茶的丝丝热气，在空中轻盈升腾，恰似一根柔软韧性的青藤，有意无意地勾勒出了茶杯的形状。茶香袅袅，绵绵不息，更似"青藤"的流水与人气。

这一想也就恍然："青藤"是把天下的茶客，都当作养育自己的沃土来侍奉的。所以"青藤茶馆"每搬一次家，便愈发呈现兴旺之势，因为它把根上的土壤也一同带过去了。

西湖幸有"青藤"，南来北往的爱茶人，从此都与"青藤"一起来守望西湖。昨日的茶还未凉，今日喝茶的人又回来了。

女神的眼睛

辛娜卓嘎——藏语"森林女神"之意，是藏族人对南京林学院进藏考察逾十七年之久、著名高原植物生态研究专家徐凤翔女士的崇敬而亲切的称呼。

《辛娜卓嘎——森林女神》已在电视台连续播出多次了。远离冈底斯山和雅鲁藏布江的中原沿海都市的人，又一次感受到了来自世界屋脊的神圣。

其实，女科学家徐凤翔，早在十几年前，就从黄宗英女士为她推开房门的森林"小木屋"，向我们走来了。那些充满了传奇色彩的故事，从长空的旋风里、从汹涌的河流中、从黄宗英的笔下，悠悠荡荡地飞出了神州大地，精灵般地飘向喜马拉雅山麓以外的地球各地。

当女神注视着脚下的河谷和冰川时，雪峰与河流在阳光下发出刺眼的耀斑。我们的目光穿过薄淡的云层，人们发现，那闪闪的亮光竟是女神的眼睛。

我合上那本摄影图册时，女神的眼睛便从那些绚丽的图片中浮了上来。

那天的会议快结束的时候，黄宗英老师从她鼓鼓的提包中，悄悄搬出了那本沉沉的大书塞在我手里。我打开书本烫金的封面时，感觉着一种宗教般神秘仪式的开始。很快我的呼吸急促，神思飘忽，眼底疾速掠过飞旋的云团、陡峭的石壁、巍峨的雪山、茂密的森林、湍畅的溪流，还有开满鲜花的高原谷地……那个时刻我屏息静气，天地突然沉寂，四周悄然无声，除了女神眼中的西藏风云之外，这个世界的一切一切，都似乎已不再存在。

——这便是《中国西藏山川植被》大型摄影图册。

画册中精选了徐凤翔女士在进藏考察的十五年间，途经西藏十八个主要林区、二进墨脱、六渡"三江"（怒江、澜沧江、金沙江）、横贯西藏，境内行程十二万余公里，亲手拍下的百十幅西藏自然风貌图片。彩色的图片从地貌、山体、江湖、植被、森林、古树、花菌、农牧、气象和奇景等十个方面，展示了那座神奇而瑰丽的科学宝库。精美的画页中，还附有中文藏文英文的序跋及图片释义。

女神那一双明亮而睿智的眼睛，把我们带到了无人曾经飞越的雪峰仙境。

让我们停一停，在渺无人迹的亘古高原，在深邃凝重的冰川峡谷。

见过冰斗、冰瀑和冰舌吗？纯净的白色，白得几近透明，融入瓦蓝瓦蓝的天空，落入蓝宝石船的湖泊，白得令人心颤，蓝得让人心醉。

见过海拔 4200 米高处罗布萨的幽幽古堡吗？天地苍凉，肃穆沉静。蓝白相间的旋转云层、金色的峭壁、黑色幽灵般的古堡，蓝白黄黑四色，只用颜色的切割，剪出了历史和自然的叠影。

时而恍惚觉得自己是在观赏油画——那帧《角峰延绵》、那幅《山溪秋色》，还有《沼生植物》《草甸金秋》《杜鹃丛林》，浓烈而炽热的赤橙黄绿，一层层涂抹一笔笔勾勒，空中永恒的风在奔袭，地面是蓬勃的生命在呼唤，黑夜养息着山岩的峥嵘，阳光造就了峰峦的灿烂。那是一个伸手便可触摸的真实，在女神深情而挚爱的目光中，西藏是光焰魔术，是色彩的舞蹈，奇谲的光幻伴随呼啸的水声，为森林女神的表演奏出欢快的音乐，那歌舞便永无止息。

版画似的《石壁》《巨柏爪状根》，刀刻斧凿一般，烙下岁月庄严的印记。

却也有国画般清丽隽秀的《一沙盖石》《群峰峭立》《曲江层纱》《轻纱柔曼》，飘逸而轻柔的浅绿，水墨般弥漫渗透开去，如雾如纱，缠绵温婉，一改高原的冷硬与刚毅，还其春天女儿的情怀。

在女神深远而博大的目光中，我们的眼睛不够用了。

拥挤、污浊而狭小的都市空间，曾遮蔽了模糊了我们的视线；已往那许许多多忙碌琐碎的日子，使我们的眼神变得无所适从游移不定。

女神晶莹而透明的眸语，折射出清晰而锐利的光束，直逼我们的内心，照见那里的短视、混浊和浅陋。

在都市翻滚的商潮、金钱、人欲之外，在高速发展着的经济与一次性消费的商业文化之上，那个遥远的世界屋脊，却还有一方保持着地球原始生态的净土，一方尚未被地球人的欲望毁坏的森林山川植被。

那是永恒的自然，是人类赖以生存的永远的家园和梦境。

徐凤翔女士使用自己全部生命在呵护着它，也实现着一代知识分子精神关怀中的终极理想。整整十七年的西藏岁月，用生命挽回了丰硕的科学研究成果。在这本抑或是她用许多次九死一生的冒险经历集成的摄影图册中，当她用自己的眼睛记录下了一个凝固在永恒的瞬间中的西藏时，大地的精灵也同时赋予并造就了她一双艺术家的眼睛。

　　——到西藏去！到西藏去！合上那本精美而沉重的画册时，心里燃起了一个强烈的愿望。然而孱弱的都市人，是否真能有女神那样的勇气和意志呢？

文竹之床

那是我一生中见过的最浪漫、最温馨的床榻。

当然是双人床。古铜色、结实而宽大，床栏四周镶有简洁的铜雕装饰，角上竖着四根铜柱和顶架，可用来悬挂纱幔或蚊帐，是几个世纪前流行的那种古典欧式铁床。

但床上没有蚊帐，只有一层层朦胧的绿雾，纱一般云一样，忽忽悠悠地飘逸，在空气中微微战栗。定神细辨，那绿雾非纱非云，而是一根根细长柔曼的绿茎，在床栏上一圈一圈地缠绕过去，从木柱上攀升，一直延绵到床顶。绿茎上轻盈细碎的叶片，在蜿蜒旋转的绿茎上，一圈又一圈俏皮地舒展着，随意挥洒开去。于是，整个床都被覆盖在淡淡的绿荫下，床上的人，每日沐浴着一片绿云沉入梦乡。

在心里惊叹着，小心伸出手去，那真的是一棵活的文竹，蝉翼般翠嫩的叶片上，传来新鲜清凉的生命质感。我从未见过这般绿茎如藤，冠盖似云的文竹，它的枝条那么细弱，却深藏着经久的耐力和潜质，萦回缭绕，步步为营。它被静静地养在床边的一只花盆里，想必已有许多年了。平静漫长的岁月里，它定是被床的主人悉心呵护，才会长成这么一顶阔大的绿伞。

二十年前我见到这只文竹之床，是在哈尔滨。床的女主人乔良老师，是黑龙江省艺术学校的舞蹈教师。乔老师是达斡尔族，十二岁考入歌舞团学艺，二十四岁开始搞舞蹈教学，丈夫宋晔在省歌舞团做舞台美术设计。记得那年我在养着那盆文竹的普通宿舍楼里见到她时，已近中年依旧清纯如水的乔老师，每一根乌黑的头发上都飘溢着幸福的气息。

拥有文竹之床的人当然是幸福的。那棵绿色的植物，用她和他彼此的生命汁液浇灌，日复一日，在他们爱情的絮语中生长，然后用温柔的藤叶，夜夜把他们轻轻裹挟在绿色的情网中。

后来的许多年，文竹之床一直留在我的记忆里。我心目中的爱情也从此依了那个样子——它应该是一棵活的树，每时每刻都有新的叶芽，一寸寸生长缠绕。

今年早春，在哈尔滨开省政协会，竟然意外重逢久别二十年的乔良老师。年过六旬的乔老师身材挺拔轻盈，仍不见老。乔老师退休后仍然在搞舞蹈教学，她编导的民族舞多次得过全国舞蹈比赛大奖。乔老师温和的眼神中依旧闪烁着少女般的纯真，却不知为什么，好像多了些许感伤和忧戚。

我终于问起了那棵文竹，那弥漫着诗情和爱意的文竹之床。

乔老师淡淡地说，文竹早已不在了。他过世之后，文竹就死了，和他一起走了。

我在心里责怪自己。她的丈夫病了多年，我竟然一直没有听说。而那样繁茂、苗壮的文竹，真的也会死吗？

那一夜，在宾馆房间幽暗的灯光下，我们躺在各自的床上，一直谈到深夜。乔老师晶莹的眼泪一次次从面颊上滚落，令我一次次想起当年她为文竹浇水的情形。她说起几十年里他们彼此的依恋，说起他几次手术后，还拖着未曾痊愈的病体，到剧场去看她编导的节目彩排，只为了能再帮她提一点小小的修改意见。说起他病重时，每天注射一支白蛋白，一天就需自付一千多元的药费，她倾其所有，抵押了房屋，昂贵的医药费所欠下的巨额债务，一直到丈夫去世几年后，才靠她在自己创办的舞蹈学校里教学所挣的钱陆续还清……丈夫走了以后，她一度去美国女儿那里住了一阵，却还是回了哈尔滨，因为他留在这里，她要回来陪伴他。

后来我说，乔老师，如今您就这么一个人生活，会不会觉得太孤独？

乔老师轻轻的叹息从黑暗中传来：不，我不孤独，因为我有自己喜欢的事做，还有他陪着我，在心里。所以我不孤独。只是偶尔地，会有一点点寂寞。

那个夜晚我第一次懂得了"孤独"和"寂寞"这两个词的区别。我同文字打交道那么多年，乔老师让我羞愧了。是的，她有时会有点寂寞，但她不孤独。

我们终于沉沉睡去。在宾馆的床上，单人床，没有文竹的床。但我清楚地记得自己梦见了多年前乔老师的那只大铁床。那棵文竹的茎已经长得像一株真正的毛竹一样粗壮，巨大的绿冠有如一片茂密的森林，无穷无尽地铺陈开去。婀娜的枝叶在微风细雨中摇摆，不停地变换着姿势。太阳出来的时候，我看清了那些枝叶原来是乔老师的纤弱的手臂，修长的小腿和光滑的手指，她们在音乐中舞动、战栗、飞扬、升腾……床沿上坐着一个永远的观众，目光如炬，像舞台深处那一束莹玉般的追光，与她一同旋转跳跃。音乐终止的时候，他们重新还原为一棵静静的文竹，茎叶相拥，如一座山岩上永远的化石。

你若是见过文竹之床，你会相信爱情，尽管今天它已不再属于时尚。

文竹会死去，但它却以另一种方式在乔老师心里生长着。或者，它们早已化为乔老师的舞姿，继续展示着生命的美丽。

玛丽的天使

三封重复的信

五月在北京，离去西德访问还有一个多月，我几乎同时收到了两封法国来信。一封从杭州家里转来，另一封从黑龙江作协转来。信的笔迹和内容一模一样，但分别寄到了国内两个不同的地址，看来是为了提高收到信的概率。

信是用中文写的：

张抗抗：

　　您好！

　　您还记得我吗？我就是玛丽夫人，想写关于您的论文的那个法国大学生。论文现在写完了，还要 6 月 24 号（下午）在巴黎第七大学考口试。

　　那么我最近听说您可能从 6 月 15 号起快要到柏林的世界地平线艺术节去？以后好像也许也要去波恩去几天，以后几天，以后好像去巴黎，对吗？

　　我自己不可以去中国（现在有四个孩子！最小一岁

了！），那么我可以去波恩或者巴黎见您，怎么样？会使我很高兴，因为我这两年都是关于您和您的作品学的，有机会和您接触更好了！

还有另外一个可能：如果您从波恩到巴黎坐火车，一定要通过斯特拉斯堡。我家离斯特拉斯堡只有三十三公里。如果您愿意的话（如果您也有时间），请您来我家做客，怎么样？您这样会认识我的家庭。（可惜我先生不在，他正在非洲，8月才回来。）我可以给您把我的孩子介绍，也可以让您访问斯特拉斯堡城市，除了6月24、25、26、27号以外，我什么时候都在，电话号码：（88）708355。

我把这封信也寄到杭州和柏林，希望您能够早收到。

我这次的问题是：

（1）您什么时候在波恩？

（2）您什么时候在巴黎？

（3）您愿意来我家做客？地址：（此处略去）

（4）我们会不会有机会见面？

发生什么我还是祝您：一路平安！生活愉快！

玛丽

1985 年 5 月 24 号

玛丽？我想。哪个玛丽呢？

好像三年前是有一个玛丽的。那时她住在德国，给我写过一封中文的信，说她学了几年中文，毕业论文想分析我的作品，希望和我联系，得到我的书，等等。她的中文信写得不短，钢笔字娟秀细巧，相当于中国大陆的高中水平，语言也流利，没有错字，也没有太多的病句。信上说，她生在巴黎，一直到结婚。因为丈夫是个军人，现在随夫住在德国。她有四个孩子（我吃了一惊），但自己还在自修大学课程……

我想起来了，我给她回了信。因为信封上要写德文地址，就去求助于同楼写童话的朱奎的妻子蒋丽华，她懂德语。蒋丽华对她发生了兴趣，后来我又经常不在哈尔滨，似乎就是由蒋丽华同她通起信来（玛丽也会德文）。再后来，有一次蒋丽华好像告诉我，玛丽回了法国……我给玛丽赠过书和照片，还给她一个杭州家里的永久性地址。仅此而已。

玛丽曾送给我一张她和孩子们的照片。我完全没有看清楚她，只看见草地上几张圆脸、几条小胖腿、几双好奇的眼睛……而这些，实在也很淡漠了啊。我并不十分需要知道地球的那一边有个玛丽。

玛丽又重新出现了。是她自己走来的。我忽然有些感动——她一定是真想见到我。

我给她回了信，告诉她我们将在访德后去巴黎，给了她巴黎朋友的电话。我心里希望着她能够到巴黎来（我们在法国短短的一周里是绝无可能去那个欧洲的首都的）。当然，这仅仅是一种非常可有可无的设想而已。

我完全不知道她的孩子们的年龄。我没有给她的孩子们带礼物。

欧洲之行的第一站是西柏林。

一下飞机，库冰就郑重地交给我一封信，说是从法国来的。我看到了我已经十分熟悉的笔迹和一封第三次重复阅读的信内容。哦，玛丽，她担心我收不到那两封信，同一封信她投寄了三处。

我是一定得见她了。热情的玛丽。

无论如何，我应该和她见面。

"我是玛丽"

抵达巴黎的当天下午，就去参加在郭安博物馆召开的座谈会。巴黎最大的一家中文报纸《欧洲时报》在前几天已刊登了中国几位青年作家将抵巴黎并举行座谈会的消息，还对我们各自的经历和作品做了介绍。我们走进会场，很快就被各方面的朋友包围。总是惊叹——呦，卡特琳娜！啊，阎纯德教授！李杨老师！哈，王克平！噢……

时间和人的空隙中，有一个三十岁左右的法国妇女（看上去还要年轻些），走到我身边，轻轻说："你好，我是玛丽夫人。"

玛丽？哪个玛丽？在我们的公务邀请书上签字的人也叫玛丽……

她穿一条火红色的连衣裙，一双黑布鞋，手里拎着一只草篮子（家庭主妇之用），偏着头，又补充了一句："我从法国东部来。"

我把她抱住了，玛丽玛丽！你真的来了！我知道你会来的。

"收到我的信了？"

"你的毕业考试通过了吗？"

"你现在住在哪里？"

我迫不及待地发出一串提问。紧接着使我惊诧的是，她的中文口语说得相当流利。她口齿清楚，语调沉稳，从不需要停顿中断下来思索。我忍不住打断她问：

"你去过中国吗？"

"没有。"她有些难为情，"二十岁的时候，刚准备去，遇到了我现在的先生……"

会议要开始，她匆匆给我留下了她父母家的电话。她父母住在巴黎郊区，她的孩子们现在也都在这里……

"我们一定抽出时间见面。我给你打电话。"我肯定地说，"我们要好好谈谈。"

"你会到我家里来吗？那里虽然没有什么特别……"她依依地望着我。

"一定。"我保证。下定了决心，即使放弃卢浮宫的蒙娜丽莎……

四个"没想到"

"玛丽！"

"是抗抗吗？"

"是我。我明天下午到晚上有空。我去看你。怎么去呢？很远吗？"

"很远，要坐小火车。"

"你会开车吗？你开车来接我好了。"

"我有一个大车，太大了，巴黎市区不好停车……"

我已经目睹在巴黎城里停车就像失业者找工作一样。

我们最后商定，明天中午在一个书店门口见面，然后坐地铁，坐小火车去她家。

"这儿离凡·高的墓地很近，你如果有兴趣……"她在电话里说。

现在我有兴趣的只是她本人。她为什么学中文？怎么学的？她为什么研究我？为什么生四个孩子（四个孩子的年轻母亲不是典型的法国妇女）？为什么……

为什么呢？

我们坐在卢森堡公园的一棵树下，这儿离那家书店很近。时间还早，玛丽说想陪我参观点儿什么。树荫下很凉快，清风吹来许多思绪，又飘散……

她还是拎着那只长方形的草篮，似乎很重。她从里面拿出一本字典，捧在手里，我瞥见那篮子里都是书。

"我进城来，总要到书店去。"她微微一笑，"一个人总是在家做妈妈，没意思……我喜欢看书。"

那为什么……

"三年前我从《中国建设》杂志看到了对你的介绍，我想，我应该研究年轻的作家、女作家。我读了你的作品，很喜欢。毕业论文要翻译作品，我翻译了《夏》和《爱的权利》。也许我是第一个翻译的人。"

玛丽一口气说。她说中文很连贯，表达十分准确。虽然，她从1973年开始学中文，毕竟是断断续续。十年前结婚时，英文刚"毕业"，中文却搁了浅。她不甘心，坚持了十二年，终于写完论文，就在不久前通过了巴黎第七大学的考试，获得了文凭。

"我真的不想研究名作家，"她强调，"而是研究自己感兴趣的人。"

卢森堡公园很有名。可是，除了平平常常的池塘、沙地、花坛、树林、鸽子，我看不出"名"来。玛丽说，这是因为公园里有一个参议院大楼的缘故。

我们决定去坐地铁。

"你一定奇怪我为什么嫁给军人吧？"她突然问，"他是个飞行员。"

"中国姑娘曾经很喜欢同军人结婚的。"我说。

"可是法国人不。法国姑娘不喜欢军人，认为军人都不好，同战争有关系。我不这么看，他们中间有好的也有坏的。我丈夫的同事有很多人都很好。我认识我先生以后，爱上他，因为觉得他这个人，同别人不一样，怎么说，就是不很自私吧。"她笑了笑，"他总是先想到别人的。我认为他不错，当然以前我没想到会嫁给一个军人，也没想到会离开巴黎。"

"你对你现在的生活满意吗？"

"有爱情的地方，就会满意。"

下地铁，蜘蛛网一般的地铁。巴黎的骨髓。

她给我买了一大沓黄色的地铁票。一次多买便宜些。车来了，她指指头等车厢，说：

"我们上这儿。我有一张东西，政府发的，我是四个孩子的母亲，乘车特别优待。"

她掏出一张月票似的卡片给我看，又补充一句：

"其实，我也没想到，我会是四个孩子的母亲。"

地铁走了好久，到站了，换小火车。半小时一趟。车厢里很空。下午的斜阳从一边窗钻进来，照着玛丽和我。她个子不高，有些像中国人。脸庞很秀气，也有些像中国人。声音轻轻，很文静，贤淑，性情也有些像中国人。火车穿过田野，车厢这一头，只有我们俩，我们紧贴着说中国话——我差点又忘了这是在哪里。我们交谈，谈经历，谈爱情，谈中国……

车速减慢了，又是一个小站。玛丽站起来说："可我怎么也没想到，我会同一个中国女作家做朋友。"

"我可以吻你吗？"

我们刚接近那所白色的房子，绿色的栅栏里就传出了一阵猛烈的狗吠。一条黑缎子似的狗扑在花园的木门上——我退了几步，有点惧怕这种欢迎方式。

玛丽将门开了一条缝，钻进去找链子拴狗。

花园很大，有樱桃树和草地。两位老人迎上前来，我想这一定是玛丽的父母。我们用互相听不懂的语言表示了问候，但大家又明明都懂了。看出了他们很高兴我的到来。玛丽是他们唯一的女儿。

草地上有一个天蓝色的圆形"池塘"，比双人床略大些，是用充气的泡沫塑料圈装上水做成的。"池塘"里有一个三四岁的小女孩，在扑腾玩水，胖胖的小肚皮满是晶莹的水珠。另一个四五岁的小女孩和一个七八岁的小男孩，站在圈外的草地上正用毛巾擦身体。

"你好！"那个男孩首先向我伸出手来。我愣了一下——他说的是中文。

"你好——！"又有一前一后两只湿漉漉的小手伸过来，是那两个小姑娘。她们也对我说中文，就像两个中国女孩那样，一边睁着水晶般的蓝眼睛，好奇地望着我。

"这是一号，"玛丽指着那男孩，"这是二号和三号。"她拍拍那两个女孩，"我告诉她们今天有一个中国夫人要来，他们学会了说'你好'。"

卢森堡公园的中午是恬静的，但这里是何等热闹忙碌。

"呵，这是一位荷兰姑娘，这是第四号。"她指着一个坐在草地边上晒太阳的姑娘说。那个姑娘穿着一条裤衩，戴着胸罩，显露出全身黝黑而健康的皮肤。她哄着一个一岁多一点的小娃娃，伸手给我说："你好——"

"现在她在这里，可以帮我做许多事。"玛丽说，"我教她德文，还想教她学中文。"

欧洲有这样的习俗：想学哪国语言，就住到那一国的人家里去。同那家人的家里人一样，帮他们做一些事。主人管饭。

三个孩子围在我身边，开始仰视我、观察我，星星般的蓝眼睛一眨一眨的。

我后悔自己没有给孩子们带礼物，只能送给他们每人一个纪念章。有长城、天安门、南湖亭……我依次帮他们别在汗衫的前襟上，二号马上把它们拼命地倒过来看。一号对他妈妈说了一句什么。

"他说，我可以吻那位夫人吗？"玛丽做了翻译。

我弯下腰，他踮着脚。那个吻，轻轻的，同他一样，很有礼貌。是西方人接受礼物的吻。

三个孩子、玛丽都不见了。

我和荷兰姑娘坐在树下喝饮料。树下有一张餐桌，摆满了小小的玩具汽车，足有几十辆。树后不远，有一个色彩鲜艳的秋千架，一人高的玩具鹿……整个花园，是一个孩子的乐园。玛丽在这儿当母亲，我想，看来她是一个不坏的母亲。

忽然从房子里走出一队人。每个人手里都捧了一件东西。神情庄严，慢慢走上来。

"这是我的论文。"玛丽指着儿子手里举着的一本厚厚的文稿说。

"这是一件从东部带来的礼物。"二号走上来。

"这一包，给你的同事们。"

我突然变成了一位至高无上的大公，或是富有的公主。我收到这么多的礼物！我把一号二号三号紧紧搂在怀里吻他们。谢谢他们为我举行了这么隆重的"典礼"。玛丽还是一个不错的导演哩。

"按照我们这里的习惯，收到礼物要马上打开看。"玛丽笑着说。

论文起码有二百页。上面有我的照片，我的亲笔信的复印件。最后，还有她的译作，还有她不知从哪个画报上剪下来的关于"文革"、知青、"五四"事件的图片，作为我创作那个时代的背景说明。

玛丽！

好个东部带来的礼物，竟是一个金发碧眼的娃娃，穿着民族的长裙，戴着一块黑色的头巾，玛丽说那头巾原来是红的，战争后，当地的人们为了表示悲伤，就换成了黑色。玛丽，你怎么知道我从小就希望得到一个真正的洋娃娃呢？那双眨动的眼睛里盛着许多我幼时听熟的童话，好像就要张口娓娓述说。我吻她，她也吻我。我的新朋友！

"你为什么不看那个呢？"三号让她的妈妈问我。

那是一盒巧克力，无法拆封。很对不起，小姑娘，让你失望了。

我给玛丽带来了一只中国式的缎面手提包、一条有中国字的骨质项链，还有茶叶什么的。玛丽说："我很喜欢。"

女孩子们从此便围缩在我的身边，不再走开一步。她们一边吃着树上刚采下的新鲜樱桃，一边发问：

"你有孩子吗？"

"他在哪里？"

"他有多大了呢？"

"他放暑假了吗？"

三号的问题特别多，我总是听到她重复那个单词"玛达姆"（夫人），一下午花园里都是这个词。

"妈妈，中国话很好听，我想学中国话。"

"夫人和我们一起吃晚饭吗？中国在哪里？"

我们在花园里拍了照，玛丽便带我去参观她父母的住宅。由于她和孩子们的突然到来，所有的房间里都住满了人。

"这是我父母的房间，让给我和四号住。在东部，我们有一所很大的房子，四号也是自己一个房间。"

大黑狗也上楼来陪伴玛丽，像一个巡视的法官。它不再吼叫了，轻轻地迈着一级级楼梯。

"这是一号和三号住的房间。"这个房间里放了两张小床。"这是二号的房间。"玛丽说。

"为什么不让两个女孩子住一个房间呢?"我问。

"因为二号特别爱讲话。只要有两个人,她就不停地讲话。不睡觉。"玛丽也笑了。

"四个孩子,我简直无法想象你……"

"是很累,每天晚上等孩子睡了,我才能学习。家务事做不完,我只要挤出空,就看点书。我先生回家来,知道我不喜欢做饭,问他饿不饿,他总说不饿。我们都喜欢孩子。孩子教给我们许多东西,比如,爱人、爱生活、耐心……"

"孩自——孩自——"三号在一边自言自语。

"畏什么,畏——什——么……"二号也在嘀咕,模仿从她母亲口里发出的那种奇怪的语言。

玛丽摸摸她们的头发,说:"我喜欢学语言,中文、英文、德文,将来还想学俄文。学了语言才可以交朋友,互相了解。我想知道世界上的事情、真实的人……"

去凡·高墓

太阳高悬,时间还早。我们决定去凡·高墓。它离这里三十公里。荷兰姑娘和二号、三号与我们同去。二号亲热地牵着我的手,像是老朋友了。

一阵马达声,玛丽从门外的路上开过来一辆红色的汽车,有点像面包车,只是后面开门。我们上了车,觉得车内的装置很特别,座位十分宽大,头顶有一面大网……

"我就是开着这辆车从东部搬家来的。因为我先生下个月从非洲回来后,就要到法国南部工作。我们一家也要搬那里去。正好我又到巴黎考试，又要见你，就把孩子们都带来了。"玛丽一边倒车，一边絮絮地说。她又变成了一个熟练的驾驶员。

这是一辆旅行专用车，全家都可以装下。车上有水，有炉子。可以做饭，还有孩子们用的厕所。晚上就睡在车里。那面大网，是罩行李的……

二号坐在我的膝上，一只手勾住我的脖子，专心地听她妈妈说话。一个多么能干的妈妈呀，我简直佩服得说不出话来。

车在公路上飞驶。玛丽嫌热，开着身边的车门。

"你们搬家来，一路上很热闹吧？"我问。

"当然，走上十几里，就得停一次车，不是这个要喝水，就是那个要撒尿……"她笑得自豪，"可我们还是回到这儿了。"

我大笑。二号发现了我的两颗虎牙，又发现了脸上的一颗黑痣，好奇地伸出手想去摸。她长着亚麻色的头发、大眼睛，很美。是一个好动好说话的孩子。我从一开始就喜欢上她了。

远远地望见了乡村教堂的尖顶。坡很陡，玛丽加大了油门。一个红色的小小的她，驾着一辆红色的大车——她什么都敢做。她已不是那个文静贤淑的她了。她怎么会不是典型的西方妇女呢？

车停在教堂下面。傍晚，周围空寂无人。只有灰鸽在石子路上悠闲散步。前天我们刚刚参观过印象派画展，在凡·高那五幅画前迷惘和震惊。而此刻，在夕阳阴影中显得苍老而疲倦的教堂，又该是凡·高的第几种印象呢？我们环绕着教堂默默地走了一圈，谁也没有说话。

玛丽告诉我，凡·高晚年就住在附近，常常在这里作画。他死后，就葬在当地的公墓。她告诉我一个法文的地名，可惜我没记住。

墓地在一个小山顶上，四处是麦地。绿色的麦海中，有一座"小岛"。小岛十分绚丽。每一座墓前花坛里的鲜花都开放了。墓地是十分辉煌的。金色的十字架、闪着黑色光泽的大理石，石上还放着陪伴故去的亲人的孩子们的照片、花篮、一本石雕的书……

"那些花都是谁种的呢？"

"死者的亲人、朋友，每年春天的时候来……"

孩子们十分快活地在墓上爬上爬下，嬉笑追逐。

玛丽说："有人不喜欢孩子在墓地吵闹，可我想，假如死者有灵，一定会高兴孩子们来看他们……"

善良的玛丽，你说得多好。

凡·高的墓在墓地边上的一道石墙下，墓棺上爬满了藤叶，墙上有几朵小小的花。墓上再没有什么其他的装饰，俭朴得像一座无名荒冢。只有那山顶、那无法遮挡的天空、蓝得透明的天空，似一个永远无法到达的幻想、一个永远捉摸不透的感觉和印象，陪伴他的孤独……

玛丽从地上的沙砾中拣出一粒扣子大小的薄片，上面有细密的螺纹、古怪的图案，像贝壳的残片。她说这儿曾经是海。

二号、三号都蹲在地上寻找起来。

如果你去爱人……

回到玛丽家，已近七点钟。她的父母已摆好了晚饭。大黑狗焦急地在桌子下面窜来窜去。

"c'est du jambon."二号用法语对我说。指着餐桌偏着头看我。

"她说，这是火腿。"玛丽翻译。

"c'est du jambon."我重复了一遍。

"c'est unefour vchev tte."她又教我。

我问她："你和我坐一起吗？"说完才想起我用的是中文。玛丽走开了。

她竟然听懂了，点点头，钻到我身边的座位上来。她是怎么听懂的呢？特异功能？

玛丽来了，对我说："一号问你，今晚上你可以留在这儿吗？"

我很为难，回答说："我把你们带到中国去，好吗？"

三个人都瞪大眼望着我。

我问二号："你愿意同我去中国吗？"

她毫不犹豫地说："愿意。"

三号凑上来："我也去。"

"那你们妈妈怎么办？"

二号说："那没关系。"

三号说："妈妈会来看我们吗？"

儿子放下刀叉，搂住了玛丽的脖子：

"妈妈，我不去，我和你在一起。"

我们吃火腿、牛肉、沙拉。孩子们吃得很多，最后吃奶酪，二号和三号都吃了一大块，很香，吃了还要。我不吃奶酪，吃巧克力冰棍。

二号鼓着腮帮子，用舌尖舔着冰棍，小声地问了我一句什么。玛丽又走开了，我听不懂，只好重复了一遍。她笑了，又说：

"c a tu l aime？"

"c a tu l aime？"我又重复。

她笑得更响，仍然说：

"c a tu l aime？"

玛丽来了，她说："她问你：你喜欢这个吗？"

我点点头。我很喜欢，所有的一切我都喜欢。

吃过晚饭。三号在花园里拼命地抓自己的小腿，我一看，她的腿上让小虫咬了一个小红点，很痒。我就从包里拿出一瓶风油精给她擦，又吹吹……抬起头，发现二号在不安地扭动身子，伸出自己的胳膊、小脚，到处在寻找什么。我扑哧乐了。她一定是在找自己的红点子呢，她一定很想擦擦那个神秘的中国绿药水。

她没有找到红点。我在她白胖胖的小腿上擦了一点绿，她兴奋得大叫，跑去给玛丽看。

一号竟然也在"排队"，低下头，指着自己的脖颈上根本不是红点的地方。我也满足了他的要求。我竟然变成了一个受欢迎的小儿科医生。

玛丽感动地看着这情景，她说："一个人如果去爱人，生活也会给你许多爱。"

"不是有个娃娃陪你去中国吗？"

如果有可能的话，我真想留下来，同玛丽和孩子们住上几天。我相信，孩子们能给我许多关于法国、关于世界的新看法。

但是天已渐渐暗下来，快九点了。回巴黎，路上需要一小时。

玛丽说："再过几分钟，将有一趟火车经过。"

孩子们都已上楼去睡觉了。

我上楼同孩子们告别。

四号已经在小床上睡着了。二号正在卫生间的浴缸里由荷兰姑娘给她洗澡。玛丽告诉我，她平时总是亲自给孩子洗澡。"别人洗，我很嫉妒。"她坦率地说。二号从浴缸里探出头来亲我，同我告别。一双蓝眼睛，有点迷惑不解地望着我。

"安·卡德琳！"我叫她的名字，声音却突然噎住了。我突然很想生一个女儿……

一号和三号在自己的房间里，望着窗外。窗口正对着铁路。

"我只好一个人去中国了。"我说着，心里真的很难过。

三号突然抬起脸来说：

"不是有个娃娃陪你去了吗？"

三岁孩子的幽默，令人难以置信。我也喜欢三号了。她一头金发，沉静的眼睛总像在想些什么……

玛丽又拎上了她的草篮子。她要送我到住处，再住到巴黎市内的一个朋友家里。

两位老人在门口默默地送别我，我按西方习惯拥抱了他们。我知道，玛丽的父亲年轻时在越南生活过，后来又参加过反法西斯战争。他主张人和人都应该是朋友，应该相爱。玛丽从小就生活在这样一个家庭里。

"遥远的东方客人，但愿你还会再来"——我从他们眼睛里看到这句话。谢谢你们。这样的人情味，是多么珍贵啊。

我和玛丽在站台上等车。我恍然觉得她是我一个多年的老朋友。而且，我似乎曾经来过这里，真的。这所白房子、秋千架、樱桃树……

玛丽说："如果说西方国家有自由的话，就是可以按自己的愿望去选择人生的态度。我说的态度，不是道路。你可以自己决定你到底想做一个什么样的人。每个人都尊重别人的自由。我们有句话说：'别人的自由开始的地方，也是你自由的终止。'我很赞成这样的生活。"

我说："你会到中国去旅行吗？"

"当然。"她很肯定，"现在我们六个人生活，要旅行，就要存钱。而且，现在孩子太小，我是四个孩子的母亲，坐飞机，嗬！不，我要对他们负责……"

她说得挺认真。她又重新是一个好妈妈了。

有女如云

"我忘了告诉你一个秘密，我中学时代第一个男朋友，就是一个中国人，我很爱他。可是他说，他不能够娶一个外国妻子。我很伤心，就想学中文，同他做个朋友。后来他走了。不过我真的交了不少个朋友。以前我也很'左'，后来才慢慢懂得一些事。"

　　多么有个性的玛丽啊。

　　火车终于来了。

　　走进车厢，刚要坐下，玛丽说："我们坐这一边吧，可以望见我家，孩子们也许会在那儿——"

　　我有些怀疑。我们已经等了十几分钟的火车，而孩子们刚才就准备睡觉了。

　　车轮启动。小火车站的栅栏，一所所别墅，掠过去，掠过去……

　　啊，我突然望见，在一座白色楼房的窗口，伸着几个小脑袋，许多双手，向着我们挥动。我看见了：安·卡德琳、荷兰姑娘、两位老人……

　　我扑出窗去，连连挥手。我的眼前一片金光灿烂，一片晶莹浩茫……泪水将我冲击得很远，又回到那片"池塘"、那块草地、那张白色的长餐桌……

　　亲爱的玛丽，愿你将来带着孩子们到中国来，全世界人都会是你的朋友。

　　亲爱的安·卡德琳，你长大后，还会记得有一个夏天，你外祖母的花园里，来过一个中国"玛达姆"吗？

　　有一个娃娃陪我回中国了。那是玛丽的天使。

女人聚会

　　日复一日的琐碎、繁杂，年复一年的疲惫、辛劳——尽管有丈夫的体贴和礼物，有孩子成长带来的欢乐，慰藉和爱抚着我们，但这些不该是全部，还有一种来自女人们的慰问，来犒劳我们自己。

　　去年秋天在华盛顿，郊外森林中的一所木屋，一些美国妇女这样对我说。

　　她们的聚会已经坚持了二十年，每个星期天的早晨，六个中年女人，开车从城里，或是更远的小镇子，陆续赶到 Marcil 的住处。每个人都带自制的各式甜品，作为这个星期天聚会的早餐，由大家分享。那所四面都是玻璃窗的褐色大房子，掩隐在茂密的树林中，无论从哪一面望出去，都是无边的绿色。清凉的微风从露台上吹过来，阳光在花瓣上闪烁。这个暂时把丈夫孩子忘在一边的早晨，真是妙不可言。

　　她们聚在一起，低声交谈，朗声大笑。用她们彼此懂得的语言，谈着自己即将变老的身体以及内心顽强的抵抗——锻炼、工作、阅读，等等。她们谈近日城里的妇女游行，关于堕胎和男女平等的工作报酬。她们会谈到自己的家庭问题，夫妻关系父母子女，等等，互相讨教解决的办法。有时她们还会谈起抑郁症和同性恋，谈起下一次的度假旅行和园子的花草。女人的话题实在是太多了，每一次只能有一个中心，却不仅仅是家长里短的那些。女人的时间太宝贵了，她们只能将星期天早餐的时间给予自己，来完成一周积攒的心愿。

是什么样强大的吸引，使得她们的聚会能够持续二十年的一千个星期天？

——倾诉与倾听。

我们需要倾诉，倾诉是一种减轻压力的好办法。然而，只有在心领神会的女人之间，才能承受彼此的倾诉。同性的倾诉越过了异性间的心理障碍而长驱直入，那一双双柔软的手，帮你卸下压在心上的包袱，女人忽然变得轻松。

我们需要倾听，倾听是一种充电器，倾听是一种复合维生素的补充。倾听别人的倾诉，女人才能学会宽容；倾听别人的经验，女人会从中发现自己与"她"的不同，而变得更加丰富。

那是另一种形式的自我救赎，是一种心灵的温暖和灌溉的互助。现代的独立女人也会孤独。但当异性的爱情如洪水迅疾撤退时，同性的友情却一年年细水长流。

当面前盘子里的甜品慢慢空下去的时候，女人们已变得容光焕发心满意足。她们的空盘子里被盛上了崭新的好心情，然后驱车归去——一次女人聚会所补充的能量，也许足以使她们坚持到下个星期天早晨。

后来，在西海岸的旧金山，我也曾遇到过一次女人聚会。那是几位来自台湾的美籍华裔女作家，於梨华、吴玲瑶、蔡玲、叶文可等人，每月一次读书会，茶点轮流做东，彼此交换好书，交流读书心得，谈天说地，很是畅快淋漓。

现代的都市女性们渴望成为独立的个体。多一些女人聚会，能教我们自己来解决自己的问题，不必有劳男士。

曼哈顿袜姐

　　小 S 1980 年移民到美国，算起来已经在纽约住了整二十年。十几年前，她离开曼哈顿那家打工五年的店铺，带着她在好心的孙老板店里积攒的售货经验和一口流利的英语（还忙里偷闲地学会了一些法语），咬咬牙在曼哈顿通往新泽西、波士顿的火车站出口处，开了一家规模不小的袜店，那货架上陈列着上万个品种的袜子，琳琅满目煞是好看。商店每天清晨七点半准时开门，是为上班的人预备的；到晚上九点打烊，是为下班的人着想。所以她的顾客总是川流不息，高峰时雇着好几位员工都忙不过来，生意一直红红火火，如今已像钉子一样楔在了纽约人的生活中。

　　小 S 不是老板娘，而是真正的老板。前几年还曾同时开着一家礼品店，"野心"很是不小，后来实在忙不过来，才把国内的弟弟找来接管，算是喘了口气。已经在美国一所大学毕业，现在联合国工作的女儿，下了班会来接替母亲，让她去健身房轻松一会儿。但更多的时候，小 S "拳打脚踢"，从进货到销售，里里外外独自一人打理。

　　在美国卖袜子，不像在中国那么简单。美国这个移民国家，各色人等的需求和选择大不相同，把袜子的品种和类型搞得五花八门眼花缭乱。比如说，喜欢小动物的人，袜筒上得有小猫小狗的图案；

放春假了，全家人都得穿上印着草帽啦冰淇淋啦牛呀马呀或是得克萨斯仙人掌的袜子，才能开开心心去郊外；有人过生日，最好送一双印着生日蛋糕的袜子；情人节那几天，要准备充足的货源，袜子上全是鲜艳的红嘴唇、紫色的玫瑰花或是纯洁的白云；体育爱好者，会买印有足球篮球网球拍游泳衣滑雪板图案的袜子；环境保护主义者，需要长颈鹿天鹅鲸鱼什么的；热爱和平的反战斗士，在货架上寻找袜筒上的 LOVE（爱）字样；若是个同性恋者，男子也专买印有梳子指甲油眉笔剪子口红图案的袜子。到了最近几年，袜筒上流行手机电脑网络了，几天更换一种款式，穿着溜冰鞋都追不上袜子的速度。不同的节日，要有与各种节日内容气氛呼应的袜子来搭配。犹太人不过圣诞节，到了 10 月的犹太新年，袜子上就得有只小山羊，来表达他们的信仰。可见那看似平常的袜子，在美国人的生活中，非要穿出许多名堂来不可。

小 S 不怕这个。要想把袜子卖得好，就得成为一个袜子的行家。她卖了十几年袜子，已把美国的脚文化研究得十分透彻。女人的尼龙连裤袜，应当含有一种叫 LYCRA（莱卡）的化学纤维，那是从石油中提取的，优质的纤维要在机器杠杆上反复打磨，才像皮筋一样富有弹性，她用眼用手，一看一摸心里就有底了，光是连裤袜就有十几个品种：收肚子的和不收肚子的、包脚的和不包脚的、有跟的和没跟的、宽腰的和窄腰的……曾有一位女顾客来买袜子——要 2 号，小 S 扫她一眼，说你该买 3 号。女人很生气，说难道我有那么胖吗，NO！坚持拿了 2 号袜子，去更衣室换，一会儿工夫，拎着那只袜子出来了，苦着脸对小 S 说："嗨，你说得一点儿也不错，我确实得穿 3 号的。"小 S 一看，那 2 号袜子已被她的脚撑破了。

每天早晨商店一开张，有关袜子的趣事就一个个自己蹦过来。赶早班急急忙忙来买袜子的人，多半是由于出了"事故"：

——你瞧瞧小姐，我脚上的袜子，一只蓝一只灰，真是太奇怪了。我坐了地铁又坐巴士，想一路，才明白今天早晨起床时没有开灯。我如果穿着这样的袜子去上班，别人一定以为我昨晚没有回家。相信你能使我穿上相同颜色的袜子。

——你好，我真的不敢相信，走在路上，袜子怎么就破了。可是我的裤子必须要配这个颜色，你能帮我找到一双合适的袜子吗？

——你的袜子在脚趾这儿怎么都有接头呢？我需要一双没有接头的袜子。

凡是遇到这种麻烦的顾客，小S会不软不硬地调侃说：假如你以后知道了有制造这种袜子的厂家，请你一定不要忘记告诉我。

纽约闹市，人头攒动。一不留神，店里也会丢袜子，小S自己就把小偷抓住了，推到门外拉倒，懒得叫警察。偶尔，也会遇到这样的美国警察，竟然对她说：我需要一些不付钱的袜子。

小S笑嘻嘻回敬他：我没有不付钱的袜子，那样你会坐牢的。

小S在美国，就靠着规规矩矩守法做生意，踏踏实实赚自己的辛苦钱。每天早晨一睁眼，跳起床洗把脸，顾不上化妆，打个的士就冲到店里，决不允许自己晚开门一分钟，决不会为了多睡五分钟而丢掉老顾客的信任。她一天的饭食都在店里凑合着用快餐对付，晚上十点多钟清完了账回到家，已经是筋疲力尽了。但靠着她以前练功的身体底子，坚持到如今，面容上没有留下风霜的痕迹，一头短发，一身便装，依然精干利索，看上去仍是容光焕发的样子。

我曾去过她的住处，漂亮的房子和家具，却乱得很难找到一处坐的地方，看得出女主人根本无心料理家事。她隔三岔五地去健身房做运动，就是最大的享受了。但她说最苦的不是辛苦，而是连诉说辛苦的地方都没有。因为整个美国都很辛苦，美国不喜欢抱怨的人。

二十年前她刚到美国时，没有钱，不会英语，却不愿在叔叔家吃闲饭，自己出去打工，吃着米饭咸菜度日。一次在租住的房子里给女儿包一顿韭菜饺子，白人邻居来抗议，说那是死尸的气味，气得她用刚学会的英语和人吵架。当她用孙老板借给她的一万美金开店的时候，最大的理想就是自己什么时候能有一万块钱就好了。而如今一次性付款给自己和女儿各买了一处房子，貂皮大衣随便地扔在沙发上，无数各种款式的鞋塞满了柜子，她已没有任何金钱的压力和挣钱的动力，但她仍然如同十五年前商店开张的第一天那样，不敢有丝毫的懈怠和疏忽。她说这样的辛苦不是为了钱，为了什么呢，说不清楚，袜店是她创下的一份家业，是她的智慧能力的体现，她用二十年时间证明了自己的价值，当然要倍加珍惜。

二十年前，在东北那个城市的一所艺术学校，我们曾同住一室。她常把自己办公室的钥匙借给我，让我晚上写作用。我的中篇小说《淡淡的晨雾》，就是在她的办公室里，用晚上的时间写完的。那时她刚离婚，带着一个三岁的小女孩，周围的闲言碎语，弄得她心烦。她去上课，把淘气的女儿关在宿舍里，女儿想出去玩，打不开门，搬来一只空痰盂，翻过来踩上去，自己去鼓捣门闩，一脚把痰盂踩漏了，她下课回来，抱着女儿一起大哭。小S有一副好身段一副亮嗓子（直到这次见她，那说话的嗓音依然脆朗）。本想在京剧专业上好好发展，没想到那个美国的叔叔，因在"文革"中给她父母一家人太多的"海外关系"牵连，大陆改革开放后，一心想要补偿，决定选择一个孩子办移民，娘家人一致"推选"了她。她恋恋不舍地离开中国，还有几分惶恐不安。临走时，我曾送她一只红木小船，愿她一帆风顺。

我原以为当年那个漂亮的青年京剧教师小S，已经消失在纽约的茫茫人海之中。有时想起她时，也猜她多半会嫁一个有钱的华商，过起了全职太太的生活。无论怎样推测，就是没有想到过，她会独自在曼哈顿奋力打拼，并至今单身一人。

犹豫着问她为什么一直不结婚呢，她爽爽地回答说，因为没有时间恋爱。一天一天地过去，卖的袜子都是成双成对的，却把自己孤单单剩下了。偶然遇到一个还算合适的人，却搞不大清楚，那人是真的喜欢她本人，还是喜欢她的财产，所以从不敢贸然把自己交出去。好在也早已习惯了一个人的日子，虽然袜店三百六十五天把人拴得没有自由，但自己的心里总还留有一份自由啊。

小S是从纽约的《世界日报》上，看到我讲演的消息，率领了她的女儿和弟弟，还有专程从新泽西开车赶来的孙先生，一同出现在华美协进社的讲演厅里的。我认出她的时候，她抱住了我，我的衣袖湿了。后来的几天里，她带我去看她的店，去看她的家，为了我而给她自己找了一大堆麻烦。有时我想，若是她这次不主动找我，我们此生很难再有联系了。看来，曼哈顿的袜姐小S，仍保留了她当年的那一份真挚善良，是个重情重义的人。

愿那些多彩的袜子，早晚得到一双合脚的好鞋子。

天涯独行

　　趁着到夏威夷大学讲演的机会，我插空为自己安排了一次旅游。从火奴鲁鲁岛飞往邻近的岛屿，在火山岛下了飞机，见一位年轻女导游笑吟吟前来迎接，用汉语自我介绍说叫小Z。小Z黄皮肤黑眼睛，一头直发短短，不施粉黛，从里往外透着精明干练。开口说话，分明是北京口音。在这天涯海角的地方，见到大陆出来的人，彼此都惊讶又亲切。

　　小Z驾车，领着一车人游岛。先去黑沙滩，然后是四处仍在冒烟的火山公园、喷着热气的硫黄井，最后还要穿过一条长长的火山隧道（凿通了熔岩山体而成），以及刚刚冷却的新鲜火山，黑色的巨大板块翘裂着像是刚经历过一场地震。小Z一路轻松地同大家说笑，谈笑中就把这个岛的历史地理状况介绍了，又讲那个穿着白袍子带着小狗的火山女神的传说，还有在火山岛探险猎奇的故事，然后带大家到市场去买水果吃，教我们学习用当地方言向人致意。她的知识面广而丰富，看得出是费了心思一点点积攒下来的。谁有问题，她那种幽默的解答方式也让人叹服。我一直从旁留意着她，心想这一个三十多岁的大陆女子，怎么会跑到如此偏远的小岛上来，并成为一个称职的导游呢？

　　如此吃吃玩玩，不知不觉一天就飞快溜过。按旅游团的规矩，最后一项必定是由导游开口收取固定的小费。但是一直到了飞机场，见她把返回火奴鲁鲁的客人送走，也没听她提到关于小费的任何一个字。我吃惊不小，顿时心生敬意，本来就对她有几分好奇，这下倒真有了了解她的愿望。恰好因我第二天还要由此去茂宜岛，这一晚将留在火山岛过夜。在她把我一个人送回海边宾馆的路上，我终于忍不住问她，怎么没见你收小费呢？不会是忘了吧？

她笑笑说，要钱真的是说不出口。我有工资，工作一天下来，我已经得到了应得的报酬。小费是额外的，你服务得好，不开口人家也自然会给。

又补充说，假如有人没付小费，我就想，旅行在外的人不容易，他一定比我更需要用钱啊。

车到宾馆门口，时间还早，我说你可以留下来喝茶吗，我很想同你聊聊天。她说家里有孩子，想早点赶回去，假如不见外，你莫不如跟我的车一起到我家看看，我们可以边看边聊啊。我欣然上了她的巴士，那车开得飞快，中途嘎地停在路边的麦当劳，她冲下车买了一大包食品，说是给丈夫孩子带的晚餐。然后又把旅游巴士开到她的老板家，在那里换成自己的面包车。

那老板是个中年女子，来自台湾，早年学艺术，后来到这岛上谋生，开了华语旅游公司，为人诚信，生意做得长久。她家门前的树别有一番风姿，种种奇花开得俏丽，看得出主人是爱生活的人。墙上挂着几幅她自己的绘画作品，客厅里摆放着几件雕塑，也是主人的作品，色调柔和，构思不俗。偌大个房子，只见女老板单身一人，她独自经营着这家公司，倒也悠然。

在老板家一边吃着台湾香喷喷的油煎鱼糕，小Z一边把当日的有关事宜报告完毕，就急急告辞。到家时已天黑，一幢宽敞的美式住宅，门前的围栏里散落着各种儿童玩具。一位高个儿的中年白人开门来迎，她向丈夫介绍了我，便直奔卧室去看望孩子，男孩女孩等不及妈妈下班，已互相依偎着在床上睡着了。小Z亲吻过孩子，旋风一般到厨房给我下了一碗中国面条，味道还真的很中国。吃着餐后冰镇的木瓜，小Z给我讲她自己的故事。

她大学里学的是通讯专业，毕业后在大陆一个城市工作了几年，结婚生子日子很平静。但她总觉得这样的安逸不是她所要的，她老是听见自己心里有一个声音，呼唤她到外面的世界去闯荡。正好有朋友在塞班岛，她去了，由于学过日语，在岛上的日本超市做售货员，干得不错。写信让国内的丈夫也出来，丈夫不肯，婚姻就有了问题。后来认识了美国人约翰，也就是现在的丈夫。两人相处了三年而后相爱，后来，她同原来的丈夫离了婚。同约翰结婚后，他们共同选择了夏威夷的火山岛，作为他们新生活的开始。约翰在医院工作，收入比较稳定，她做导游，每天都有新的客人，整天在大自然中转悠，也是她喜欢的。她买了汽车住房，还把国内的孩子接到了美国读书。应该说，一切都很美满。

然而，在这么遥远的太平洋中央小岛，总共只有一百个华人的地方，她一个中国女人，每天面对着她的白人丈夫和混血孩子，她不感到孤独吗？

他们都是我的亲人，她回答我。一个心里有爱的人，大概不会觉得孤独。

那你会永远在这个小岛上住下去吗？

不知道。我常常觉得，什么都没有永远。这个小岛肯定不是终点，我也不知道自己将来会去哪里。我不喜欢一成不变的生活。你看，我每周有三个晚上去学电脑，还想学很多很多东西，我这个人总是不安分，不会安于现状的。

你丈夫能懂得或赞成你的想法吗？

不完全是。从这个意义上说，我始终是一个人在生活。但是，一个生活得充实的人，也不会觉得孤独。

谈得很晚了，小Z和丈夫一起开车把我送回宾馆去。在汽车里，我问约翰中国的太太和美国太太有什么不同，约翰说，美国太太总喜欢不断地提醒你，她为你做了什么什么，而中国太太很少计较这些。约翰已经学会了好几句中国话，看得出来，他很爱自己的妻子，但他却不能完全了解她。

车灯消失在黑暗的公路上。在我后来的印象中，小Z始终是独自驾着一辆越野面包车，充满活力地穿行在火山岛的烟雾和热气里。

在日本女诗人财部鸟子家做客

在东京的最后一日，按照日中文化交流协会的安排，由长野微小姐陪同我去清濑，会见日本著名女诗人财部鸟子女士。

手头恰好有一本从国内带来的《日本现代女性文学集》，其中收有财部鸟子的诗作《总看见死亡——写给作为难民死去的小妹妹》。作品后面有作者简介：财部鸟子，1933年出生，新潟人，生长于被日本占领的中国东北地区，1946年回国。出版有诗集《腐蚀与冻结》《西游记》《鸟有之人》等。曾获日本地球奖、现代诗茶花奖。我原本有些纳闷——自己从不写诗，为何安排我去与诗人"交流"？这才明白财部鸟子女士童年时代在中国东北生活了十二年之久，我这个也曾有东北生活经历的女人，想必应当与她有话可说。

其实在前天东京会馆的招待会上，她专程从清濑前来，已经同她见过一面。她步态轻盈、身材匀称，丝毫不像七十岁的老人。那天她对我将去她家做客表示欢迎，问我是否能吃寿司，说她和丈夫将请我去清濑一家最好的寿司店午餐。

清濑在东京郊外，坐地铁然后换计程车，已是东京郊外风光。车停在一条清静小街上，上三楼，进门就见柜子上一瓶精心插好的花草——新鲜的枫叶雏菊，散发着秋天的气息与主人的心意。她的丈夫是一位美术学院的院长，身着深灰色的日式和服，身材魁梧健壮，笑容可掬。几间屋子的地上都铺着日式凉席，素净而简朴的装饰，没有丝毫奢华之气。脱鞋，在客厅里盘腿而坐，顿时有一种家常的温馨。财部鸟子说茶几的布帘内安有电热丝，把脚伸进去便可取暖。试一试，真的很暖和。

我说我不会写诗，所以来拜访诗人有些惶恐。但我在"文革"中下乡的地方，正是您曾经生活过的佳木斯附近，我去的时候那个城市还有许多日式建筑。不知您幼年对佳木斯留有怎样的记忆，后来可曾再回去过？我去年刚刚去过佳木斯，很多新建筑，那个老公园还在……

诗人的言谈轻声细语，但我听见了她内心长长的叹息。她说童年的佳木斯很冷，她在专门的日本小学校上学，大人不许她们和中国孩子往来，放学时有中国孩子跟在她们身后吐吐沫，但也有中国孩子偷偷地跟她们玩耍。她不明白大人们为什么要离开日本到另一个国家来生活。在战争的轰炸、交战、撤离中，她全家陆续有十几个人死在中国，直到1946年终于从大连坐船，在海上漂了三个星期回到日本。幼年的孤独、寒冷、恐惧，也许是使她写诗的原因，后来就一直写下去了……

诗人的丈夫提醒她说，我们还是先去吃午饭吧，那个饭店老板等着我们呢。

那家寿司店也在一条小街上，门面很小，店里也就两张桌子，墙上有画，柜台后的陶艺、酒瓶和装饰倒是漂亮精致，不像是饭馆，倒像是一家待客的前厅。据说这家店已经有几十年历史，来客都是固定的老客户。菜很快就上来了，极其新鲜的生鱼片、生海螺片、生鱼鳍……极为可口的调料。生鱼片一入口，点头惊叹说真是好新鲜啊。还有天妇罗和生鱼卷米饭团（寿司）、酱汤，即便不喜欢日餐，也觉得好吃。老板个子高高，面相严肃，猛一眼看去，有种高仓健的硬汉气质。我把这个印象通过长野微告诉了他，他便高兴地一直陪在一边同我们说话。他说这些鱼都是今天一早去买来的，虽然开寿司店的老板都会选择新鲜的鱼，而他买鱼，却懂得识别新鲜中更新鲜的，所以他做的寿司也是最好的，肯定在日本再也吃不到比这更好的寿司了。

吃过他做的寿司，几天后再吃别家的寿司，果然就再吃不出那般鲜嫩纯正的口味了。

吃着说着，说中国，知道我是中国的作家，又说艺术。他告诉我，他的父亲是一位很有名的画家，他的太太是他父亲的学生，平时有客来就照顾生意，闲了就画画，这墙上挂的就是他太太的画。抬眼看，那幅花草很像中国的水墨，素淡空灵的很耐看。越说越投缘，他转身进屋拿出一本2004年的挂历送我，上面全是他父亲的画作。遇到这样爽直热情的汉子，我也只能乖乖领受他的好意了。于是大家照相合影，我开玩笑说，回去告诉中国朋友，说高仓健如今在清濑开一家寿司店呢，有照片为证。他嘿嘿答道：可惜我笑了，高仓健是不笑的。我说没人见过笑着的高仓健，这照片很珍贵呢。说笑间，忽然觉得半个多世纪前那场残酷的战争已是何其遥远。普通的日本人民，大多如他们夫妇这般辛勤地工作，知足常乐，过着平静而安稳的日子。席间多次谈到艺术，财部鸟子的丈夫对我说，艺术的本质应该表现整个宇宙的精神，而不是一国一地。我亦十分赞同。

临走时"高仓健"递给我一双筷子，说这是他的名片。筷子封套上有名字和地址，上写"割烹——寿直"，"寿"与"直"中间有个字是日文的片假名，不识，至今无法读出他的全名。他夫人开车一直把我们送回财部鸟子家，午餐才算正式结束。

三楼侧室有一间财部鸟子的书房，窗外一株樱花树，枝叶探至三楼，可以想见樱花盛开的日子，诗人面对着云霞般灿烂的花朵，思绪怎样地飘然荡逸。墙上的镜框里镶嵌着一幅诗作，上部配以她丈夫创作的一幅小画，显得雅致古朴。财部鸟子切了苹果，在小小的方桌前，我们继续着诗与文学的话题。翻看了她的几本诗集，还有她与世界各地的多位诗人，一起创作的"联诗"。她说那次诗人的聚会很有意思，总题确定后，一人先写一段，别的诗人再往下续写，写不好不允许出门。在那些诗人的名字里，有熟悉的北岛先生。

重读财部鸟子的那一首《总看见死亡》，最后一段是这样的："我突然睁开了眼睛。她不会回来。在留下哭声的梦境中，我不愿听见一声枪响。"我虽然没有读到她全部的诗作，但对于"和平"的祈愿，应该是她作品坚定的主旨。

曾问过她战后可曾回过童年生活的佳木斯，她说八十年代初去过，幼时的房屋都还在，唤起她许多旧时的记忆。她写过一部中篇小说《天府》，讲述的就是那一段生活。后来她找出日文的文稿给我，我看见了"三江平原""松花江"这些熟悉的词语。我把这部文稿仔细地收好带回了中国，希望能有人将其译成中文，让中国读者从另一个角度，更为真实地了解那场侵略战争，在一个日本女孩心中留下的阴影。

临走时好奇地问起她这一笔名的来历（她的本名是金山雅子）。她笑着说，金山是财，而她的生肖属鸡，就组成了这个笔名。她更愿意成为一只飞翔的小鸟，有属于自己的自由天空。

车行渐远，她和丈夫还站在路边目送着我们。上了地铁，才忽然想起她赠送我的一只日本民族的传统工艺"草木染"的布袋，竟然忘在她家没有拿走，觉得自己十分失礼。而她家远在郊区清濑，谁也没有时间再去取了，只好请求长野微打电话向她解释一下。没想到过了几天，长野微将那件礼物带到了大阪，说是财部鸟子将我

　有女如云

遗落的东西，从邮局寄到了日中文化交流协会，请她们转交给我。为了安慰自己，我只好想象她真的变成了一只小鸟，栖息在云霞般的樱花树上，然后在树林间不知疲倦地飞来飞去。

东京五日，就这样在不停歇的交谈中度过。留在我印象中的东京，是一个在话语的波浪中起伏的城市；嘈嘈切切的语音淹没了街道的喧嚣，从高楼大厦间的缝隙里钻过。在那个洁净的城市里，飘落的言语甚至无法变成可辨的尘埃飞扬……

在第六日离开东京去箱根的路上，面对窗外深秋的秀色，一路默然。

好像说了很多，又好像什么也没说。像是该说的都已说了，又像是刚刚才开始。像是听明白了什么，又像是更不明白。在每一次交谈中，我们都跃跃欲试，企图一语中的，却又常常词不达意，欲言又止。任何表达总会有局限，任何倾听也会有贻误。言语渐渐模糊下去，而那些具体而形象的事物，却一次次从记忆中跳出来——比如精美的盘子、秋天的插花、透明如玉的生鱼片、茶几下的暖炉、中文书库般的办公室、微笑的眼神和路灯下的身影……却似乎传递出更多可供回味的意蕴。那是一种无须言语的对话和交谈，心灵瞬间的感动和感悟，不知不觉间，提问与应答已经完成。

汽车盘旋在箱根的青木原林海，神秘的富士山在天顶时隐时现。随后的几天中，我们将会开始同日本大自然、风物、古迹的对话，那是更为感性的交流。当语言成为个人意愿的所指时，也许它根本无法到达自己的目的地，仅仅只是一种靠拢和接近的尝试。它更无法穿越千年的文化屏障，在异地上空自由飞翔。而语言的能指却有着更为宽广的空间——他和她曾经说过的那些、你曾经说过的那些，谁也不知道将在什么时候，那些言语就像一粒粒被风吹来的草籽儿，一场春雨过后，它们会在各自的土地上悄悄发芽。

第六辑　女思

尚在阅读童话的少年时，曾认真想过：如果我的脚穿不上那只水晶鞋，为什么不能按自己脚的尺码去另做一双水晶鞋呢？

世上没有找不到鞋的脚，只有货架上等着脚的鞋。

问题在于，你首先得拥有足够的天然水晶石。

我的女性观

女性观并非女性宣言，它在大多数情况下只是一面镜子，不是为了自我欣赏，而是供我们自己寻找瑕疵，审视检点。

有一种看法认为，优秀的女人比优秀的男人更为优秀，所以她们应当到那些男人占据统治地位的世袭领地里去打败男人战胜男人，比如政坛、高科技，还有战争什么的。女人如果不能击败男人，就把那般的优秀都浪费了。

但我一向没有这样的野心，或者说缺乏这样的雄心壮志。对于男人的领域，我历来是不感兴趣的，不屑与其争夺。因为我觉得女人应该有，或者原本就有属于自己的一片领地。例如情感、心灵、艺术，还有家庭。至于政坛和科技领域，在今天这个时代，女人想在那里占上一席之地，中国、北欧和东南亚都有成功的例证。可惜大多数女人天生不喜欢那些地方，这是人性的自然物质属性使然。

因此，最好不要有打败男人的念头，这是不聪明和不划算的，男人若被驱逐了，女人不是更累吗？优秀的男人多些，可以多多"为女人服务"。

所以中国古代的太极图，是以阴阳平衡、阴阳融合为哲学基础的。黑白鱼形中间有一条共用线，既是阴阳之界，也是共生互济的同一生命体。阴中有阳，阳中有阴，阴阳互补，就相得益彰了。

另有一种看法认为，女人应该在女人的一切领域里，击倒所有其他的女人。优秀的女人只有打败别的优秀女人，才能成为真正出类拔萃的女人。当一个女人站在没有对手、鹤立鸡群的高处，女人才能高枕无忧，一劳永逸。

　　但我恰恰是一个缺乏嫉妒之心的女人。遇见或是发现了优秀的女人，就会由衷地欢喜和倾慕。我认为凡是真正出色的女人，是不惧怕挑战的，她们可能被同性或异性击败一时，但她们不可能被战胜；她们可能出错，但她们不会被超越。任何出色的或平凡的女性，都有自己独立而独特的领域，不可以被别人侵犯。若是以为有谁能君临众人之上，那是一个缺乏自知之明的女人。

　　再说，即使在女人的领域里击败了其他的女人，只剩下一个人形影相吊，岂不是成了一个现代的女堂·吉诃德，还得再去为自己制造出一些女性假想敌，以备女性战争之需。当女人在整体上处于弱势时，一个孤独的女强人，还有胜利者的骄傲和快乐吗？

　　一个真正在精神、人格和经济上都独立自主的女人，一定会把其他的优秀女人都视为自己的朋友。

　　那么，你既不想打败男人，又说打不败女人，你到底想干什么？

　　我想说，女人真正的对手，女人永远的敌人，女性解放的道路上最顽固的障碍，是女人自己。

　　我只希望战胜自己，战胜人性中那些与生俱来及后来被污染的环境所添加的弱点。我像所有的平常女性一样，有怯懦、虚荣、狭隘和依赖的习性，我常常陷入鱼和熊掌不能兼得的矛盾之中，还有内心深处良知和利益的冲突。

　　我习惯把目光投射在女性的弱项上。我希望女性能更多一些率真的自省和坦诚的自我剖析，而不是仅仅诉说女性的苦难。我愿意通过写作，来帮助女人们真实地了解男人也懂得女人自身，而不是仅仅抱怨男性的压迫。我以为女性自由的获得，最终取决于"人"的自由，取决于社会体制和意识形态的整体变革。

我至今依然坚持认为，只有在一个男人和女人都能得到快乐和幸福的社会里，女性解放才能真正实现。

这样看来，我不太像是一个女权主义者。尽管女权主义的崛起，使得全世界的女性扬眉吐气，让男性的霸权大为收敛，但是权利和权力是两种截然不同的概念。我更愿意女权是权利的权，而不是权力的权。当女人的正当权利得到法律的庇护时，任何不正当的男性权力都再无用武之地。所以，一个理想的社会，男权和女权应是平等分立、互相制约的。我们最终所渴望的，是男人和女人之间的和平共处，达到一种两性和谐、自由融洽的境界。

我喜欢女人是温柔美丽的，在柔美中传递出女性的自然魅力。坚韧是一种品格和精神，优秀的女人应具有博大和悲悯的胸怀。最后想到两个字，也许可以概括我的女性观，那就是：柔韧。

柔弱与柔韧

"柔弱"曾是女人的代词。从语词的读音、象形到词意，都传达出千百年来男权文化之下女人的特性。

柔弱与剽悍对应，可以给男人极大的满足和丰富的联想。柔弱是娇媚是窈窕是纯情是温顺，小鸟般依人，使男子顿生怜香惜玉之心。

无论男人还是女人，对于那一个"柔"字，恐怕都没有异议。

可是"弱"字呢？一个柔再加一个弱，气息奄奄的样子，真够古典的。

再去大街上走一趟，如今哪里还能找到又柔又弱的女子哩。

即便在偏僻的农村山区，仍被封建陋习和夫权统治压迫着的劳动妇女，常年上山下田，辛苦劳作，想要柔弱，怕也是柔弱不起来的。

对柔弱很有了些疑问，又由质疑而思绪纷乱了。

眼前飘过北大荒夏季的原野上，绿色的草丛中，一大片一大片蔓延开去的白罂粟花。那花瓣极轻盈的，丝绸一般润泽柔顺，像千万只飞舞着的白蝴蝶，扇起草甸深处薄淡的水汽。野罂粟长茎无叶，茎上有短细的小刺儿，托着顶端上一朵粉团似的花蕊，在轻风中颔首颤动。

摇曳着的罂粟花，很像女人的白纱裙，柔顺而温馨。

然而，罂粟却不是柔弱的。

　　风很大的时候，常常有暴雨和雷电袭过，罂粟细长的花茎也轻易不折。

　　那花朵总是挺拔地招摇着昂扬着，像水边一只只单腿伫立的白鹤。

　　她酣畅地活过自己的季节后，雪白的羽毛四散飘零，任凭秋风将她吹落他乡。

　　那一粒粒轻微而细小的种子，沉静而安谧地蛰伏于严寒与冰雪之下，不动声色地吮吸着温热的地气，酝酿着来年的辉煌。

　　春雨归来时，星星似烂漫的小花，重又唤醒了覆盖了整个草原。

　　那是柔韧而美丽的罂粟。白罂粟、黄罂粟。当然还有红罂粟。

　　今天的女人柔而不弱。

　　如是女人甘愿持久地将自己滞于弱者的位置，那么男人们自然永远地居高临下。嘴上将女人当作濒危动物保护，而眉间却露出施舍与恩赐的快感，在心底，则计算着扶贫助弱应得的回报，绝不是无偿无息贷款。

　　柔者必韧。刚者，却脆而易折。女人的秘诀和奥妙恰恰在于柔韧。天长日久，终能水滴石穿，以柔克刚。

我们需要两个世界

　　我不清楚欧洲关于女性文学的概念，仅仅是指女作家的作品，还是一切有关妇女的题材和所有反映妇女生活，包括男作家们描写妇女的文学作品？如果仅仅是前者，那么，女性文学的含义就太狭窄了，因为，这是男人和女人共同的世界。男人笔下的妇女形象恰是女人塑造自己的一个不可缺少的补充。俄国作家托尔斯泰的《安娜·卡列尼娜》《复活》，德国作家伯尔的《无主之家》，奥地利作家茨威格的《一个女人一生中的二十四小时》等优秀作品，都深刻地揭示了女性永久的痛苦和追求。所以我理解女性文学是一个范围广阔的领域，在这里浸透了男人和女人共同体验到的妇女对生活的一切爱和恨。

　　我的作品中写过许多女主人公，如果把她们改换成男性，那么作品所表现的思想感情和矛盾冲突在本质上仍然成立。

　　因为我写的是"人"的问题，是这个世界上男人和女人所面临的共同的生存和精神危机。十年内乱中对性的摧残，对人的尊严的践踏，对人个性的禁锢、思想的束缚。1978 年以来新时期人的精神解放，价值观的重新确立……这对于关系到我们民族、国家兴亡的种种焦虑，几乎吸引了我的全部注意力。它们在我头脑中占据的位置，远远超过了对妇女命运的关心。我这样讲，绝对没有排斥女性文学的意思。我只是认为，在相当长的一段时间内，男人和女人这种共同的苦恼还会是一个相当突出而又迫切有待解放的问题。由此我们可看出，妇女的解放不会是一个孤立简单的"妇女问题"。当人与人之间都没有起码的平等时，还有什么男人与女人的平等？所以，我们如果仅仅站在妇女的立场去看待社会，正像中国古诗所说："不识庐山真面目，只缘身在此山中。"那个社会只是平面的和畸形的。

我的作品受到许多青年人的欢迎。有一个男青年在读了《北极光》以后给我写信说，他觉得岑岑身上的那种追求精神写的是他。所以，优秀的女性文学也是给男人们看的，它帮助男人们了解女人那颗丰富易感的心灵，也因此认识他们自己。

事实上，正如我前面谈到，大量的知识妇女正日益要求得到更多的学术发言权和国家、企业的管理权，希望人们首先把她们作为一个有用的人而不是传统意义上的女人看待。她们不愿意通过丈夫体现自己的价值，而希望自己的个性在工作和与人的交往中充分体现；希望自由地发表自己的独立见解，按自己愿望去做事情，成为丰富的、全面发展的人。于是，她们对于夫妇之间的感情生活有了更高的要求，希望丈夫对自己的个性有更多的尊重，也愿意扩大社交，同更多的男人建立友谊来提高、充实自己。我们在过去与未来之间不断调整焦距，寻找自己新的位置……由这一切从女人的自我出发产生的行动，带来了一系列的新问题。离异、分居、独身等新兴的多种生活方式，破坏了以往稳固平和的家庭结构，又一次向实际上依然是以男性为中心的社会提出了挑战和反抗，引起了社会的惊慌。这恐怕也是世界性的潮流。她们赋予爱情新的生命，新的内涵，新的乐趣。传统家庭模式不断受到冲击，而爱情却在生长和强化。中国妇女在过去可以忍受无爱的婚姻，而现在却走向不受婚姻和传统舆论束缚的爱情。到底哪一种更为道德呢？我想是不言而喻的。可是，我却暂时不会去写这样的小说。因为这意味着我们将把宝贵的时间投入到一场无休止的争议和辩论中去。也许，目前中国的当代文学，最敏感的并不是暴露文学，而是"女性文学"。要写出这个时代真正的女性文学佳作，我们还需要做必要的等待和准备。

这也是现代妇女面临的不幸。

可悲的是，在一个愚昧落后的社会里，妇女的解放往往最先遭到妇女们的反对。因此传统的意识往往在妇女头脑中沉淀得更加深厚。

毫无疑问，历史、自然和社会对妇女是不公正的。这种不公正不仅仅表现为男尊女卑、大男子主义的传统意识，还表现为大多数妇女在几千年的封建压迫下，由于遗传和生存适应等自然规律的碾磨，形成的心理缺陷。许多妇女缺乏自强自爱的坚韧意志，难以摆脱自己的依附性和惰性，对于家庭、丈夫、孩子的兴趣总是大于自身的智力开发……如此种种，便成为许多男人轻视妇女的理由。我们就是在这样一种恶性循环中爬行。如果我们真心希望唤起妇女改变自己生活的热情，那么我们在作品中一味谴责男人是无济于事的。我们应当有勇气，正视自己，把视线转向妇女本身，去启发和提高她们（包括我们女作家自己）的素质，克服虚荣、依赖、嫉妒、狭隘、软弱等根深蒂固的弱点。只有当我们用自己的劳动证明了我们的价值，才能有力地批判男性中大量存在的大男子主义、自私、狂妄、粗暴、冷酷等痼疾，也才能真正赢得男人们的尊敬。

女性文学真正的责任在于提高妇女的自我意识，要实现这个目标，过程是长期而艰巨的。

我想举一个例子。一次有一群男女大学生激烈地讨论问题，其中一个女生责怪男生说："你们真没大丈夫风度，也不让着我们点儿。"——这就是弱女子意识。她缺乏足够的自信，只能依靠对方的让步，来获取胜利。这种以不平等心理去换取的平等，不是真正的平等。正如一些慷慨的男士总要表现出"保护妇女"的姿态，而大多数妇女也很乐意接受这种"恩惠"。因此，最可怕的不是社会轻视妇女，而是妇女总把自己当成天生的弱者。

不能说男人和女人谁比谁更优秀。他们都有各自的和共同的问题。不要把男人和女人绝对对立起来。事实上，生活中同性之间的矛盾往往比异性之间的矛盾更为严重。

我们需要两个世界。

七十年代的中国历史上，妇女的地位曾突然变得"至高无上"。大批女钻井队员、女消防队员、女矿工应运而生。出现在文学作品中的她们，都是些浓眉大眼、气势汹汹，只谈革命不谈爱情，不爱红装爱武装的男性化的女人。这样的形象被当成妇女解放的标志，实际上却是一次更大的倒退，这是对人性的严重歪曲，如同扼杀我们的生命。中国几乎经历了一个没有女人的时代。教训沉重而惨痛。而生活在今天这样一个开放时代的妇女，她们比任何时候都更珍视自己的女性特质。她们并不一定非要和男子做同样的事情，而是要以与男子同样的自信和才能，去做适合她们做的事情。她们不是要同男子一样，而是要更像女人，比男子们更富于魅力。她们需要事业、成功和荣誉，也需要爱情、孩子和友谊。

当然，新的问题总是层出不穷。事业和爱情往往难以两全其美，家务和工作的矛盾日益突出。献身于科学文化事业的妇女不容易寻觅到满意的伴侣，因为男子们更愿意选择能够为他们服务的贤妻良母。有成就的中年妇女，承受着照料家庭和事业竞争的双重负担，智力上优势的强度和持久度也总是低于自己逐渐上升的生理劣势，这种不公正是上帝的错误。我们所能做的，只是努力以我们的优势去战胜和改变劣势。我们只能以自己加倍的勤奋和努力，以我们潜在的力量，使男人们不仅在口头上，而是真正在行动上承认妇女参与管理这个世界的权利。尤其在中国，如果没有妇女观念的现代化，就不会有真正的现代化。

只有当不再需要用"三八"国际劳动妇女节来提醒男人们尊重妇女的时候，妇女才有自己真正的节日。

请不要问我们的年龄

走遍九百六十万平方公里土地，我们在任何一个角落相遇，即便是在大洋彼岸邂逅——你说：我属牛。她说：我也属牛。彼此再不需要多余的自我介绍。我们的心灵早已被共同的命运凿开了相互理解的通道。

七八年前我曾采访过一群四十岁左右的科研人员（他们大多数是"文革"前的大学生），即便在我那个已过了而立之年的年纪，我仍认为四十岁是个不可思议的概念。四十岁的人一定又老又世故，疲惫不堪而穷途末路。遥远而可怕的四十岁缓缓走来，难道真有一日竟会降临在我们头上？我们这些"老三届"不是才刚刚唤来迟到的青春，我们好像才刚刚开始生活。不相信。真的不相信。

然而前几天终于读完了"与共和国同龄女性"专栏上的所有文字。天南地北陌生的姐姐们，一个个携着从容的鱼尾纹向我步步逼近。当这个评奖活动开始时，《中国妇女报》的编辑找到了我，她们说要物色一位四十岁的女作家，所以只有找我。1990年的四十岁属于我。她们比我更坚定地相信我会有话要说。看来昼夜运行的宇宙和地球已经准确无误地把时间表送达，四十岁果然无可逃避地与我们的人生交叠。这是真的。

你、我、她，我们。我们就这样悄悄地步入了不惑之年。

诚然，生命赋予每个人以不惑之年。而唯有我们这代人，能够挺起胸对着全世界朗声说：

我们是共和国四十年历史的缩写。

几十篇征文在我眼前踩出了一长串泥泞又崎岖的脚印。我在其中也望见了自己的身影。我们吮吸着祖国母亲的乳汁，同新中国一起蹒跚学步，开始曲折又艰辛的长途跋涉。我们坎坎坷坷、跌跌撞撞地走了四十年，身上心上伤痕累累。只有当我们回头寻找和品味岁月珍贵的记忆，低头凝望着已经长大的儿女时，我们才会噙着眼泪欣慰地相视而笑。因为我们问心无愧。

春节时我回到家乡杭州，参加了一次杭一中初中同学的同学会。一别二十年，许多同学都已叫不上名字。更使我惊讶的是，几乎每个人目前的状况，都与少年时代留在我心中的印象大相径庭。当年的团支部书记成了科研人员，最调皮的人却当了党委书记，以前最不喜欢读书的人通过自学拿到了大学文凭，而以前腼腆内向的人却做了经理或工厂的工会主席……

她们说：不是我们选择职业，而是职业选择我们。

这句话久久萦绕我心。社会没有赋予我们选择理想职业的权利和机会，我们选择的仅仅只是这一代人的责任与义务，是这一代人平凡而踏实的人生态度，是普普通通的中国人自强不息的精神和品格。

你、我、她，我们。我们四十岁人的心路历程何等相似。

然而我们都是女人。与共和国同龄的女性，在侍奉着祖国母亲的同时，自己也已做了一回母亲。四十年的辛苦，为事业为工作留下抑或平常抑或丰硕的果实，为丈夫留下妻子的温情，为孩子留下母亲的爱心，为年迈的父母留下悉心的关怀照料——我们以为对得起所有的人也就对得起了自己。我们除了来去匆匆义无反顾，除了创造耕耘，除了执着与痴迷，除了给予和奉献之外，我们那丰富而易感的女性心灵中，还有什么更为深沉和厚实的东西留给了自己？

我多么希望读到那样的文章，用女人的火热心肠和真挚坦荡，来谈谈我们四十岁女人女性意识的觉醒，谈谈我们这四十年感情经历中所沉淀下来的痛苦的思索——我们究竟是从什么时候开始成为女人的呢？我们是否已经称得上现代女性？

曾经在很长很长一段时间里，我们希望自己成为像男人一样强悍有力的人，我们把同工同酬当成男女平等的理想标志，我们甚至以自己的女性特征为耻、以冷酷粗暴为荣⋯⋯究竟是什么样的历史转机，把我们重新送回到镜子面前？我们开始关心自己的仪表，关心时装，学会安排舒适的家庭环境。我们开始明白追求爱情、掌握自己的命运是天经地义之事。我们懂得了如何挣脱心灵的枷锁去获取一个女人真正的幸福。在物欲的狂潮中，四十岁的女人毕竟还有足够的自制力和才能的潜力，驾驭并实现女人的自尊。

但是，面对四十岁的共和国、面对四十岁的姐妹们和我自己，不惑之年仍然被众多的疑惑深深困扰。我们获得了上一代人不具备的自强意识和女性主体意识，我们却并不具备下一代人行动的决心与勇气。我们中间许多人仍然背负着沉重而畸形的婚姻，背负着极度的劳累与自虐，在痛苦与无望中挣扎。她们孤立无援、心力交瘁。而这些不幸与苦楚，隐忍在一部分女人的成功与骄傲之后，消磨于对社会条件改善的茫茫期待中。我们也许还在不知不觉变得麻木。

我想，这亦是我们这一代女人的悲哀。

所以，四十岁仅仅只是一个开始，是一个成熟的女性对人生彻悟之后，重新生活的开始。无论有过多少失望和迷惘，我们总得往前走下去。尽管青春美貌不能永驻，我们的血液中却始终充满着活力和热情。

恍然大悟地明白了，文明的习惯为什么不要随意打听女士的年龄——对于一颗永远年轻的心来说，老去的年龄并没有实际的意义。

不惑的是女人的自信。

打开自己那间屋的门窗

　　英国女作家弗吉尼亚·伍尔芙说：女人要有一间自己的屋。

　　这间属于自己的屋，自然是女性独立的标志。因为我们首先要有一定的经济实力，将这间屋子租下来或买下来。在这个有锁的房间里，我们身心独处不受打扰，也可以随时约会想见的客人；在自己的房间里，我们能够随心所欲做自己喜欢的事情，包括拉上窗帘写作。

　　自己的一间屋，象征着现代女性所渴望的自由空间。但是，女人拥有了自己的一间屋之后，那是否就是我们全部的生活呢？

　　按我个人的理解，那间屋的含义会更立体些。它并不意味着女人要把自己关在里面，并不意味着一种与世隔绝的姿态。它不是一个牢笼，不是一个封闭的禁地。那间屋当然有一扇通往外界的门，可以使我们来来往往出出进进，随时出门走到广阔的田野山川去，那间屋还有一扇巨大的玻璃窗，阳光可以充分地照射进来。若是站在窗前，我们的视线可以望见云彩、飞鸟以及很远的地方。这扇可关可合的门与窗，是女人能够安静地长久地使用这间屋的一个非常重要的前提。

　　借用这间屋和门窗的关系，我希望自己已经基本上表达了现代女性的生存理想，以及我本人对女性写作的态度。

西方女权主义的发展道路，同中国二十世纪的女性主义曲折历程，恰好走了一种倒置相反的方向。当西方妇女还在争取女性基本权益的初始阶段，新中国的建立，即以革命的名义立法保障了妇女就业生育等基本权利。由于对封建历史上"男尊女卑"的传统观念反抗，使我们对"男女都一样"的人格地位平等，具有强烈的渴望；但是到了二十世纪七十年代，所谓的"男女平等"完全被政治化了，"男女都一样"作为革命的工具被强化到极端，女性的特质被逐步清除，承担起男性的角色。

这种抹杀性别差异、权利与人性的分离所产生的直接后果，造成了中国妇女在很长一段时间内的严重异化。改革开放后，在中国本土逐渐生长起来的女性主义，开始对"男女都一样"这种特定历史条件下被扭曲的文化思维与模式进行了全方位的质疑与挑战，希望找回"男女都一样"的女性特质。在文学创作上，表现为新一代女性作家对自身情感和心理的重新关注。新时期文学中，那些当时最活跃的女作家们，作为女性意识最早的觉醒者，塑造了一系列新女性的文学形象，为后来的女性文学发展开凿了最初的通道。大家比较熟悉的我的短篇小说《夏》，表现的就是当时处于萌芽状态的女性反束缚意识。

二十世纪九十年代以后的女性文本，开始着力去描述和表现男人和女人"不一样"的那些生命基因。她们从女性立场去判断外界事物，用女性的眼光感知生活，用女性的话语表述内心情感。女性作家天生具有非常敏感和细腻的感受力，能够对那些被男性忽略的极为细小的事物做出反应。今天的新锐女作家群体，像春天的花朵一样遍地开放，形成了中国当代文学的一道绮丽的景观。二十世纪八十年代之前那种残酷的非人的政治风暴止息后，被抛在舢板或小舟上的女人，开始在阳光下长驱直入自我与个性的绿岛。作品中的性爱描写，从身体进入精神的层面，被寄予审美的厚望。性活动以及女性自我赋权的"身体写作"，已被视为女性价值实现以及女性解放的重要途径。市场经济正在逐步消解着"父权"，但与此同时，顽固的"夫"权却正"变脸"为商业的面孔，现代女性所面对的生存境遇、婚姻和性关系，在女性文本中都展现出更为丰富的姿态。

是性别的差异让我们回到了女性写作。这种女性的视角，我理解为"自己的一间屋"。这是一个立足点，也就是说，这间屋子是一个充满了女性色彩的心灵空间。用伍尔芙的话说："人只需走进任何街道的任何一个房间，便可感到女性的那种极为复杂的力量整个地扑面而来……须知这几百万年以来，妇女一直是坐在屋子里的，因而到此刻连墙壁都渗透着她们的创造力。"所以，当我们打开门窗时，那些微妙细致柔软活跃的女性元素，就会从门窗里飘散开去，使得外面的空气也充满了甘甜的女性气息。如果没有这间屋，我们就没有一个属于自己的视窗，我们会寻寻觅觅无所依傍，我们的目光会散乱无序。女性视角是我们与生俱来的身体感官，更是一种把握人生与文学的独特能力。也可以说，是一种女性潜意识宣泄流通的出口。

但是，新的悖论也无情地随之而至：如果说女人只能并且只应该从事"小女人"或"私人化"写作，岂不是承认文学的宏大叙事只是一种男性写作的特权？如果女性所关怀的世界只有身体和性，只有爱情和自我，那么是否等于印证了历史上男性对女性的歧视，而将男女共有的天下拱手相让了？如果说在商业时代的文化消费中，女人的身体本来就被男性当成一种性工具和性对象，那么，女性的身体写作，是否会成为对"男性窥视"的自觉迎合？

由此将引发更多的问题：女性主义是否是女性写作的唯一选择？女性意识是否应该覆盖女作家关注人生的全部目光？若是女性文学

像残疾人运动会那样，建立一种仅供自己欣赏的独立评判系统和标准，又如何去打破以男性为中心的社会秩序？过于狭隘的女性立场所带来的局限性，恰恰会使我们的作品大大减弱对男性的影响度，如果一个女作家能够关注自身以外更为广阔的世界，岂不是将获得更多与男性平等发言的机会？

我们真的需要一种所谓的"主义"来框定女性写作吗？

我曾说过，1985年之前中国没有成形女性文学，因为女性文学所应当包含的女性性心理、性意识以及各种女性经验，在当时都是不可涉足的禁区。事实上，在很长的一个历史阶段，女性只是一个被借用的人物外壳，作品中的女性意识是被抑制和贬损的。二十世纪八十年代初的思想启蒙，为中国的女性文学发展扫清了思想障碍，只有当"人"的尊严被重新确立之后，女性文学或女性主义从此才有了安身立命之处。到了二十世纪八十年代后期，更多的年轻女作家们，才有可能在一个相对开放的外部环境下，在解除了大一统的政治压力和计划经济的束缚，在多元文化状态下，轻松地折返女性自身。这是中国女性文学逐渐走向成熟的一个不可忽略的历史条件。

但这并不意味着，对于女性写作，应当单独建立一种完全不同于男性写作的评判标准；更不能认为，在文学这个男女共享的领域里，应当割出一块封闭的领地来专供女人游戏。

在我看来，这种画地为牢的文学分类，构成了女性写作的误区。

我想简单地陈述一下自己的写作道路，借此盘点整合自己的思路。

我在1950年出生于杭州的一个知识分子家庭，从小受到良好的教育和文学熏陶。我的阅读开始得很早，小学和中学的作文一直受到重视。1966年"文化大革命"开始，学业中断，1969年我离开杭州，到黑龙江一个农场上山下乡。在农场劳动八年，1972年开始发表关于知青生活的作品，1977年到哈尔滨学习戏剧创作。从1979年至今，发表了大约四五百万字的小说和散文作品。

　　新时期文学之初，"文革"留在人们心上的伤痕，促人猛醒催人发问。真实的生活渴望并呼唤着文学真实的诉说，人们试图通过文学寻求人的尊严与价值，文学成为作者与读者共同的精神出路。因而，我的短篇小说《爱的权利》《夏》《白罂粟》，中篇小说《淡淡的晨雾》《北极光》《塔》，发表后受到广泛的注意。从二十世纪八十年代中期至九十年代中期，新时期文学进入了实验阶段，出现了许多带有前卫和先锋色彩的新小说。我在对人性重新认识的基础上写作了长篇小说《隐形伴侣》（1986年出版）。还有中篇小说《第四世界》《因陀罗的网》《沙暴》，短篇小说《流行病》《无序十题》《斜厦》等，这些作品吸收并借鉴了一部分西方现代主义的创作方法，试图丰富自己的艺术个性。至二十世纪九十年代中期，市场经济逐步建立起以读者的需求为依托的运行机制，中国当代文学的道路被整体性拓宽，文学的多元化格局基本成形，多种文学风格和艺术思潮的作品各领风骚。1995年，我出版了长篇小说《赤彤丹朱》，表现年轻一代对历史的再认识和对中国老一辈知识分子命运的重新思考。1996年，出版了长篇小说《情爱画廊》，意在表现物质化和商业化的时代，人对爱与美、对自由精神的渴求。我的三部长篇小说，可以说反映了我在时代进程中，对社会和自我认识的三个阶段。《隐形伴侣》是对我们这一代人个人身份的清理；《赤彤丹朱》是对体制的反省，对历史的忧患；而《情爱画廊》是面对二十世纪九十年代市场的挑战所做出的积极尝试。近两年来，我写作中篇小说《残忍》《银河》以及《工作人》系列，内容扩展至城乡边缘，写作风格回归于平实与朴素……

　　若是以我个人体验来探讨这些，我想说的是，在我的生命中，性别苦恼实际上很少对我构成心理威胁，我忽略它是因为我早已超越了那个阶段。我对"女性意识"一直有着本能的认同，那是天然的没有受到破坏的东西，它融合在我的血液中，成为我生命的基本元素，而不是一种防卫或出击的武器。引述一位女性主义学者的话来印证我的分析，那就是：一个从不把男权放在眼里的女性，通常不会成为一个女性主义者。在我的作品中，我的兴趣早已不在男女关系的对峙，以及对男性的"指控"上了，我更关心的是"自由"——这种自由的完全获得，必定与男性世界密切相关，也就是说，只要男性或女性有一方觉得不自由，两性和谐与人的自由就无法真正实现。

需要特别说明的是，我以上的发言，绝没有对当下的女性文学有任何贬抑的意思。在一个多元文化并存的状态下，女性文学应是千姿百态的，每个人的创作个性都需要得到充分的尊重和理解。我的忧虑来自当下的某种性别屏蔽意识，我认为将那些纯粹描述女性生活的作品当成女性写作的范本，是狭隘的；更不赞成女性批评那种"削足适履"的批评方法，将女性立场这一原本模糊的概念，作为衡量文学作品优劣的标尺。

我比较认同女性写作中应当更为自觉地运用女性视角这一说法——在我们自己的一间屋子里，安静地思考与自省。用思想的火把光芒，照亮自己的灵魂的深沉悲悯以及肤浅虚荣；我们会在作品中说出女人的美丽或是平凡，聪慧或是愚昧对自己究竟意味着什么。然后，拉开窗帘，敞开我们的门窗，让新鲜的风吹进来，让明亮的阳光透进来。我们将走到外面广阔的天地去，用女人的心去感受除了男人和女人的关系之外，人与现实世界的更为复杂的关系；并将我们的眼光放射出去，看到高山、大海和更远的地方。我们将在女人优美的文体与语言表述中，传递出女人深切柔情的社会关怀、人文关怀与人类关怀。我们将在自己的那间屋里，书写男人与女人共同的历史，创造有利于自己和整个世界的文学。

　　正因为每个女人都会按照自己的愿望、审美品格和实际需求来选择和布置自己的那间屋，所以每个女作家"自己的那间屋"，都会呈现出迥然不同的模样。有的房间会寂静无声，有的房间终日里摇滚乐如雷轰鸣；有的房间里挂满了漂亮的衣裙，有的房间主人或许有收藏陶瓷或是匕首的爱好；有的人把墙刷成白色粉色绿色蓝色或是黑色，有人贴壁纸，也有人用木板装饰成一个森林小屋。所以，女人在自己的那间屋子里书写的文本，当然是异彩纷呈、风格各异的。因此，我十分赞成伍尔芙所说的：在文学创作中，如果以任何方式有意识地以女人的身份来说话，那么对她来说将是毁灭性的。写作是一种精神活动，在文学创作中，真正主宰着我们的，是艺术个性和艺术创造力。因为个性的差异实际上远远大于性别的差异。我仍愿意用伍尔芙的话来做本文的结尾，她曾这样说：保持自我比任何别的事情都更为重要。

女人为什么不快乐

　　历时十几年的改革开放，尽管起起伏伏、曲曲折折，毕竟已艰难地走出了千百年封闭的中国城堡，来到了通往大海的路上。

　　这个日趋开放的时代，似乎在无意中生下了一个副产品——人们只是在事后才憬悟和察觉到这个有趣的现象——自从二十世纪初的五四运动以来，直到八十年代，中国妇女才算重新又经历了一回妇女解放。

　　这一回比上一回，或许更透彻些，波及的幅度、触及的深度，也更引人注目和耐人寻味。

　　没有发起人，没有旗帜，也没有领袖，而是社会体制变革的过程中，一种水涨船高和水到渠成，是女人们发自内心、出自本性之需求的自然表达。

　　不必在此引述任何例子。每一个女人都是一种事实。

　　每一个故事都重复着同一个主题：平等和自由。

　　当那曾经束缚着女人们的种种封建传统、习俗、道德，在商品经济的冲击下，逐渐无可奈何地崩塌、消解之时，我发现以往那种种人为的妇女运动，是多么生硬简单和事倍功半。我因此越发相信自己曾经的看法：真正的妇女解放，不可能完全依靠以行政措施提高妇女地位的方式实现，妇女的解放首先取决于"人"的解放，取决于社会结构和意识形态的整体变革和进步。

今日中国的许多城市妇女们，忽然就得到了曾经梦寐以求，甚至未曾梦想过的那些生活方式——真正能使女人从昔日的厨房中解放出来的种种方便食品、煤气烤箱、微波炉，竭尽女性美丽的高级时装和精美首饰，偶尔奢侈潇洒一回的出租车、美容院和卡拉 OK，还有家庭计时工和各种清洗修理服务……

如今做女人很轻松很容易了吗？

好像并不。女人们似乎依然不快乐。

曾有许多男人抱怨说，如今的女人真是越来越厉害、越来越凶悍了。妇女的地位已经"高"到男人高攀不上的地步。不仅是"小姐傍大款"，就连已经结了婚嫁了人的女子，那丈夫若是没本事挣得高薪回家，太太定是整日吊着脸子，左右看不顺眼，不是逼着老公去"下海"弄钱以观后效，就是找碴儿生事以离婚相挟。再比比人家那有汽车有别墅的董事长总经理什么的，自家男人活活一个"窝囊废"了。男人们因此自惭形秽，呼吁要成立"男联"或"夫联"以便"自卫"。

这一类女人不快乐，是因为丈夫无权无势亦无钱可依赖。可如豁出去"挖"一个功成名就的现成靠山，一时也吃不准是否有成功的可能。

那么那些有钱有势的老板大款之妻呢？她们没有这些烦恼，应该是幸福的了。

然而她们也并不快乐。

有所得必有所失。钱和享受是用丈夫拼命工作的时间换的，付出的代价是昔日共处的恩爱和陪伴。据说深圳的太太们精神常处于高度紧张状态，她们必须时时警惕着企图坐享其成的入侵者，日日防备着丈夫的财产被新来的靓女偷袭，夜夜监控着丈夫婚外情的蛛丝马迹……不是完全属于自己的东西，总是担心着失去。外面世界对男人的诱惑太多，那时女人觉得财富也许已成为一种负担。

有钱没钱的夫人们，自是各有一本难念的经。

在商品社会里，女子的美貌犹如沙特的石油，是女人愿望达成的天然资源。对于这种资源的合理开发利用，使许多美丽的女人排除了奋斗和自强。于是不具备此种资源的女人，面对同样的目标，也许要支付高出几十倍的辛苦——所以在这个时代，丑女人不会快乐。

然而美丽的女子却时时掂量着美丽的价值。她要将自己的美丽，在一个最高的价位上抛出，而生意场却是瞬息万变，价码时起时落，兴许一不留神，那美丽的价值就没有到位；她还须时时维持和增添自己的美丽，美丽是一种最害怕毁坏和损伤的物质，而且，一旦失去，便不再回来。

看来，美丽的女人，有时比丑的女人，更不快乐。

耽于"苦海无边"的婚姻枷锁中的女人不快乐，而离婚独居的女人，虽潇洒却寂寞，似乎也不快乐。

柔弱的女子不快乐，是因为她无法使自己变得柔韧；强悍的女子不快乐，是因为找不到驯服她的对手；善良的女子不快乐，是因为无处安置她的真诚；邪恶的女子不快乐，是因为无限的欲望永远难以使她满足。

贤妻良母型的女人，在无私奉献中得到无穷的快乐，突然有一天孩儿他爹却对她摆摆手说声对不起——原因就是她把自己奉献一空。一个事业如日中天的男子，不再需要一个失去自我的空洞躯壳，既然彼此不再有共同语言就只好"拜拜"，另觅知音了。那快乐原来无根无据，男人一走，快乐便从此随他而去。

那么就当一个所谓的"女强人"吧！

是比男人的事业做得更成功更辉煌的那种女强人。

有女如云

是叱咤风云说一不二、决不附庸也不再无私奉献的那种女人。

然而丈夫还是走了，他说他想要一个真正的女人。是注重衣着服饰，举止温柔大方，既能出得舞场又能进得厨房的那种女人；是既读书又逛商场，既贤惠又知音，而且出差一回家就从物质到情感全方位补偿家人的那种女人。

终于是有女人做到了如此全面发展，做成一个炉火纯青的女人。

但这样优秀的女人仍然不快乐。

不快乐是因为她太累了。

快乐之神从一开始诞生，就以闪电的方式存在。它稍纵即逝，来去无踪。任何快乐都是短暂的。而在反复折磨着人们的痛苦之外，长久占领着我们感情空间的，便是那种既不快乐也不痛苦，可以称之为"平淡"的感觉。

女人为什么不快乐？

究其缘由，一种是因为女人对生活的要求太多；另一种是因为生活对女人的要求太多。

当妇女解放被一种新的经济形态潜移默化地实现着的时候，这两种对立的要求，便逐步达成了均衡。利己和利他的均衡，是男女平等的基础。

糟糕的是，这种起码的平等，并没有为女人带来长久的快乐。

更糟糕的是，男人也从不说他们快乐。面对生计的压力和激烈的市场竞争，忧心忡忡的男人们，甚至比女人还要不快乐。

或许快乐的永久覆盖，本来就是一种人类的情感乌托邦和情感毁灭吗——一旦我们彻底消除了不快乐，我们便不知快乐为何物了。

或许正是因为男人和女人都不快乐，才会生发出改变世界的愿望？

我们今天究竟怎样做女人？

我们还有没有希望做成一个快乐的女人？

我不知道。

我已放弃了通常认为的那种快乐女人的概念。我不想尽量把自己弄得幸福。我只希望自己拥有一点精神和灵魂的自由——逃脱所有那些为女人制定的标准（无论是男人为女人制定的，还是女人为女人制定的），在一个没有疆界的空间里，让自己遵从心灵的旨意，活得顺乎天然。

我不在乎快乐还是不快乐。但我总归不喜欢平淡。

每天都是好日子

好日子，好好过日子。

怎样的日子才算好日子？怎样才能过上好日子？

许多年前，郊外的舅舅有家邻居，年轻夫妇俩加一对小儿女，四口人住着祖上留下的一栋大房子，楼上一层出租，每月可有固定的房租收入，再加茶园和竹林的产出，吃喝不愁，小日子原本过得滋润。偏偏那男人不务正业，嗜赌成性，好逸恶劳；那女人也是没心没肺的，赢了钱，大鱼大肉地胡吃，输了钱，孩子饿得半夜哭抽了筋。夫妇俩隔几日就朝邻居伸手借钱，日子就一天天颓败下去。到后来，男人把租住的邻居退了，把房梁上的椽子隔三岔五地拆下一根去卖钱，只为给家人开伙。再后来，一家人搬到偏房去住，把墙砖瓦片都一张张揭下来卖了还债。没过几年，那老屋荡然无存，男人因盗窃进了监狱，女人带着孩子不知去向。那一家人从此消失得无影无踪了。

当时舅舅只是个技工，两个孩子都在念书，舅妈没有工作，全靠舅舅每月有限的工资过日子。但舅妈是个勤快人，她自己裁制全家的衣服，织毛衣做鞋子，一日三餐精打细算，饭菜可口，把个小家里外料理得熨帖，有难处也不见愁容更不抱怨。舅舅好脾气，两个孩子好性情，因此那一家人总是高高兴兴的，从没有见他们吵过架。许多年后，孩子都结婚成家，有了自己的房子，虽不算富裕，对父母却都是孝顺的，星期天大家聚在一起还是欢声笑语不断，让人好生羡慕。

好日子其实没有标准，就看你自己这辈子想要怎么"过"。

别墅、汽车、美女或大款——一部分人男人和女人的理想。但那真的一定会给人带来幸福吗？若是生活中缺少真情、同床异梦地彼此算计着钱财，互相提防着，警惕着，即便享受着丰裕的物质生活，也未必能体会出好日子的妙处。

匆匆上班下班，回家粗茶淡饭，即便住得简陋拥挤，穿得朴素清洁，只要一家人平安和睦，情投意合，应当是温馨的好日子了。

日子尽管过得辛苦忙碌，只要做着自己喜欢的事情，当然是好日子。

不要奢望好日子会从天而降，好日子是用辛苦和智慧换来的。

离异或失恋的男人女人，只要有自己独立的空间，有一份自食其力的工作，有相知的友人，快乐的日子统统是好日子。

别人的好日子，不一定是自己的好日子。把别人的好日子当自己的好日子来羡慕追求，也许还是没好日子过。

没有愿望就没有好日子，但愿望和欲望有本质的差别。欲望人人都有，愿望却属于你自己。实现愿望的过程，好日子在召唤。愿望实现的那一天，哪怕是一个小小的心愿，也是真正的好日子。

再是失意或是受挫，能从沮丧中挣脱重新开始，好日子就在前头。

若是每一天都有好心情，每一天都是好日子。

也有人放着好好的日子不过，离开温暖舒适的家，去荒野植树、去山区扶贫、去为别人的冤情奔走、去为正义呐喊呼吁——他（她）

　有女如云

把奉献当作自己的好日子，大家都有好日子过，才是他（她）的好日子。这是关于好日子的例外，但万万不可嘲弄轻视这样的人，若是只顾过自己的好日子，而损害别人的好日子，大家其实都过不成好日子。

女人说话

　　"女人说话"这个题目引起我的注意，起始于多年前，有一次我偶然听到了自己的录音讲话。面对空气中回荡的那个陌生的声音，我诧异地愣住了。我想：这难道是我在讲话吗？这怎么可能是我在讲话呢？难道我的声音原来竟是这样生硬、干涩？那语气和腔调，竟是那么自以为是、高昂激越？节奏和频率就像是在跳绳和百米冲刺，更像是在与人辩论，机关枪似的，嗒嗒扫射着，句子和句子之间能摩擦出火星，几乎都快要冒烟了……

　　我第一次感觉到，这不像是一个女人在说话。

　　或者说，仅仅是一种女人的声音，那声音被保留着，却滤去了女人的温婉，剔除了女人的韵味，被加工制作成一种非男非女的中性人的语调。那样硬邦邦、直筒筒的话语方式所不断输出的怪异的音符，连我自己也觉得不堪入耳。

　　这一偶然的认识，使我惊异、难堪和颓丧。

　　那一刻我首先想起的是国营商店的女售货员。那些年的女售货员们，无论年轻年长，无一例外地，都使用如此腔调的口气与人说话——随时可出击的反驳、噎人呛人的讥讽、振振有词的自我辩解、"二踢脚"炸响般的呵斥和训导，是那些年里女人手中的"硬通货"。

那"硬通货"后来以极其迅速和猛烈的态势发展蔓延。到了"文革"后期，中国的女人们，几乎都变成了售货员。女人除了像售货员一样训斥她的"顾客"，几乎已经不会用别的方式说话了。

我忽然觉得自己陌生的声音，原来也似曾相识。在我们每天枯燥地重复的日子里，这种声音其实早已主宰了我们的生活。

甚至，一直延续至今。

偏偏女人又是极爱说话的，女人们几乎从一睁眼便开始说话。但其实我们对于自己的声音却听而不闻、浑然不觉。我们曾以为天下的女人都是这样说话的。我们根本不知道女人应该用什么方式来表达自己的话音，我们真的会认为这样的女人很可爱吗？

1988年在美国，曾遇到一位台湾作家，寒暄过后，他彬彬有礼却又敬而远之地说道：听说，大陆的女人好凶悍的啊……

惊诧之余，不得不窘然自问：从什么时候开始，大陆的妇女，给人如此的印象？

于是留心地看着听着感觉着周围港台妇女们的言谈举止。就像是打开一本被禁阅已久的词典，读到了诸如温软绵柔委婉羞涩还有善解人意聪慧贤淑等封存了半个世纪的汉语词组。即便用女人的眼光来看女人，挑剔中也看出了港台妇女既传统又现代的女性魅力，忽而就觉得我们自己，确是在哪儿有点不对头。

回国后，一下飞机，耳边重又充斥着高一阵低一阵的售货员语言，高分贝高频率，低质量低水平；若真是个售货员售票员接线员护士倒也罢了，人家上班挣钱回家还得买菜做饭带孩子，一天累得心烦意乱，冲着陌生人甩脸子吼几声也实在情有可原；若真是个女工保姆也不必过于计较，人家粗手大脚任劳任怨，对丈夫对邻居隔三岔五制造出语言的暴风骤雨，街头巷尾吵骂叫嚷絮絮叨叨，只是出于习惯和娱乐需求而已；最惧怕的却是各色机构和单位里板着面孔的女性负责人，永远义正词严居高临下，或指示或批评或宣讲或报告，那铿锵作响、落地有声的话语磨砺着女人和男人的神经，是合法而无处起诉的事实噪音谋杀。

由此看来，即使是有文化的知识妇女，即使讲着极有文化的话语，话语间浸透的冷漠与蛮横，依然像一个七十年代的售货员。

异地的女人与此地的女人，反差如此巨大，是内地女人的悲哀。

语音和声调像一道无形无状的软笔，将当代中国历史各个时期的妇女，划出了清晰的界限。从世纪初叶开始的新文化运动，后来以各种名义进行的战争，以及从革命发端时便伴随而来的永无休止的斗争——革命、战争和运动的硝烟，一年年侵蚀损坏了女人的嗓音；男女同工同酬的部分实现，也因此改变了女人与男性中心社会对话的语气。当女人说话的声调都被赋予了某种意识形态的含义，当一切女性的娇声嗲语都被归结为资产阶级和封建主义的恶习，女性温和而优美的声音从此消失在阶级斗争的狂涛巨浪中。

字典被持续反复地篡改和修正。在中国传统文化中，曾以弱者形象出现的女性话语方式，诸如"指桑骂槐""指鸡骂狗""拐弯抹角""挑拨离间"，都被强大的政治氛围快速地翻越跳跃过去，就连女人自己也已不屑再用这样鸡零狗碎的方法说话。女人依旧深受压迫，但女人与男人的平等已从说话开始。

于是女性在词语的魔术中频频更衣——"飒爽英姿"成为女性的最新时装。"武装"战胜了"红装"，"劲松"取代了"骄杨"，夸夸其谈和出言不逊成为女人和男人共同的时尚；"帽子"和"小鞋"变作言语的利剑，被女人用得得心应手，可谓最具防护性和杀伤力的双刃武器；"厉害得像男人一样"是对女人的最高褒奖，在"泼辣"——这个衡量优秀女性的唯一标准之下，神州大地一时盛产"泼妇"，"泼水节"日日月月时时处处……

"文革"十年，女人衔着铁姑娘的假嗓，唱出了所谓的时代最强音。那是一片没有回声的死谷。巅峰处惊回首，已是女人的悬崖峭壁。

　　然而，绝路逢生时，这一代女人却已失音。

　　即便侥幸留着自己的嗓子，那构成女性话语的言辞和调性，却也已成为空中飘零的碎片，无法拼接成富有弹性的语句了。

　　从语音、语调、语气、语汇、语法，一直到话语内容以及内容的表达方式——我时时所见"文革"留给女人的"遗产"，那个几乎完整的话语构架，在街头巷尾和庄严的会议桌上，发出顽固而强硬的声声冷笑。

　　但今天的女人，确切说，是中年以上的女人，仍未觉察，也许仍不以为然。

　　我们也许曾试图控制或改变，但飘散在空气中的声音，却无法一次性回收。

　　我们真的就将沿着难以拉闸的惯性，继续把那种亦男亦女的中性人的话语，喂养给我们的孩子们吗？

　　心里隐秘的角落，越来越像一个风烛残年的老人，希望倾听年轻姑娘优柔娇媚的声音。那声音中有一种永恒的女性气息，如初春温煦的阳光，化解和消融着痛苦与仇恨。

　　终于有机会就这一话题的困惑，请教一位女将军。那女将军出身于元帅之家，自幼却严于律己，崇武而习文。既然多年修炼到少将之尊，可谓是女中强人、巾帼女杰了。但听她说话，全不见叱咤风云的威严，却像一位宁静温和的女学生。几乎在任何场合，她说话时总是慢声细语、不急不躁、娓娓道来、亲切柔韧，如细雨润物，以柔克刚。

　　我说，那是为什么？

她笑笑说：大概因为我小时候太笨，每句话都得想一想。

我说：我觉得，这也许同素质和修养有关，还有所处的环境？

她轻声说：是这样。其实，这是一种文化。

——女人说话，究其根本，是文化，是风采，是学问，也是艺术。

据说海外如今的选美标准，是"美貌加智慧"。有着美艳性感嘴唇的女人，必得当众开口说话。身体和精神若不是一个整体，那嘴唇就是身外之物。

自爱而自尊的女人，懂得用声音和话语塑造自己。

自信而自强的女人，能够以言语的魅力来征服男性。

即便不太美丽的女人，因知道怎样说话，也许也会使人觉得美丽。

美丽的女人若是以丑陋的方式来说话，那美丽便形同虚设，自然流失了。

家与业

在男人走过的历史中，事业的那个"业"，有如运货或是捕鱼出航的船只，风里浪里颠簸，早晚会有满载而归的日子；即便途中遇到风险，可随处择地固锚暂歇一时。所以家庭的那个"家"，说是避风的港湾，有点勉强，倒像是热闹的汛期过后，封江前夕寒风中的一袭沙滩——永远伸开着温暖的臂弯，等待着疲惫不堪的大船小船，迎接它们上岸，在冬天惨淡的阳光里，重新修复船底的漏洞，刷漆，织补船帆和渔网……

然而，在女人的生涯中，"家"与"业"的关系却似乎是另一种情形。

女人的事业是一只风筝，在空中飘荡着。看上去自由自在、无拘无束，那一片美丽的飘带，是鸟的翅膀，一飞冲天，直到在目力不可及的蓝天深处留下星星般的亮点。遇到风向和线绳偶尔产生合力的时刻，风筝得意地顺风翱翔，连女人也以为自己已经飞离了地面，春风将她带到远方的异地，有遍地的芳草和鲜花。

女人忘了，在风筝的背后，还有一根线牵着。牵线那一头的手，是她的家。

地面上的家，是早已生根的树。父母丈夫孩子还有杂乱的家什，哪一个都占着分量，单薄的风筝载不动那份沉重的家业。即使它浪漫地在空中飞扬，心里仍有一份牵肠挂肚的惦念。那根线在地面轻轻扯一扯，风筝的五脏六腑都会疼痛。若是要它回来，家中任意一个成员都有权摇起线圈收线，空中的风筝便开始晃荡摇摆了，就算心不思归，那抗拒也是坚持不了多久的，因为风筝的动力在那根线上。若是逆着线绳的作用力，把飞翔的梦寄托于风，咬着牙扯断了线绳的束缚，风筝的翅膀却还没有生成，那么这一场叛逆和挣扎的结果是断线的风筝终究不知让风吹往何处了。

忽然间生出这番感慨，也是事出有因。

近日出行，偶然在郊外路边见一座偌大的庄园，赭红色的围墙，圈起十余亩地，门前有端正的字牌，写着"永吉老年公寓"。心生好奇，信步入内，呈 E 字形的平房套院的廊檐下，一间间标准客房清爽整洁。虽是冬季，院内挺拔的杨树林和休眠的花坛草坪仍然营造出一片静谧和安详，抬头可望见蓝蓝的天空。田野清新的冷风中，有成群的喜鹊飞过。

正门的厅墙上，有这所老年公寓的介绍文字和图片，得知公寓的老板，是一位来自吉林的女士，原是吉林一所私立学校的校长，去年到北京投资创业，择得这一风水宝地。不到一年的时间，以极高的效率建成这座老年公寓，并将其定位在为高级知识分子服务的专门性养老院，并配有心血管病专家，全部的服务人员均来自护校毕业的专职护理员。十月间正式开业以来，颇受欢迎。

从来都赏识这种富有创造精神的女人，心中顿生敬意。

一位利索干练的中年女子闻声出迎，一见便投缘。女人健谈，爽朗而坦率，将她的故事从头细细说来。外地女子初来乍到在京城甚至没有一个朋友，样样从头开始，创业的过程辛苦艰难，调查批地建房，一个坎儿一个坎儿闯，到如今终于是里里外外妥妥帖帖，接收的十几位老人吃住都满意，已把这里当成了自己的第二个家。

我说等你这一百个床位都满员时，就到了收获时节了。

女子的脸上霎时就阴沉下来。她说我等不到那样的好时候了，这公寓从年初就不收新客户了，我正在找买主，想把它卖了，有人出很高的价，打算买下来改作度假村。这不行。不是钱的事，是我创下的一份事业，为老年专家晚年养老做的一件事，如果找不到像我一样能扑上心去管理的人，即使转手脱身我的心也不安。

我惊讶：好不容易有了成果却要半途而废，为什么？

接下来的谈话大大出乎我的意料，甚至有些震惊。

——若不是万不得已，谁能舍得撂下自己做了一半的事？那是因为不得不回吉林去，因为孩子要上中学，孩子需要妈妈；因为丈夫要我回去，家里没有个女人，家也真是不像个家了。我在外头闯荡了那么多年，他也是熬到极限了。跟你直说吧，他已经给我下了最后通牒，再不回去，我这个家就没了……

仍是没缓过劲来，追问说，那你丈夫为什么就不能辞职到这儿来帮你干呢？孩子也可以带到北京来念书，一家人不是又在一起了吗？

女人苦笑说，他在当地也是个人物，有他放不下的一份事业，我没有权利要求他为我牺牲。所以，明摆着，只有牺牲我自己了。毕竟，我还想要这个家……

一时无语。无论是惋惜还是遗憾，表达都很困难。

临走握她的手，她的掌心有力却透着凉意。

我们不能没有家。在大多数女人看来，没有家的女人像是无根之木，有着无所依傍的凄惶。而有家的女人更像那只风筝，飞得再高再远，都被地面的线绳牵着，丝丝缕缕中纠缠着为人妻母挣不脱解不开的结。

可我们也不能没有"业"。没有独立事业的女人，就像没有"龙骨"支撑的纸片，连风筝都不是，只是一块残破的碎片，任由谁在上头写别人想写的字，谁想要拿去另做他用，定是由不得你的意志来主宰。风可撕裂它，雨可浸淫它，世间的尘埃吞没它，家务的琐碎销蚀它，即便是一张小小的纸块，也早已失却了它最初的本色与价值。

于是，为了成全"业"，我们放弃"家"；为了保全"家"，我们又牺牲"业"。我们在"家"与"业"之间不断地徘徊选择，疲于奔命，却终是无法以家为业，无法重拾旧时"家业"的概念。"家业"是一个陷阱，几千年中捕获了一代又一代的女人。

在女人的"家"和"业"之间，真是没有一条可兼容的通道吗？

无路可寻时，只能对女人说：不再做风筝了，咱们最好成为别的什么吧。

不再做风筝了如何？梦想自己是一架轻型直升机，拥有独立的引擎、动力和双翼。上天入地来去自由，无论是空中还是水上，盘旋滑翔都游刃有余。若是有了孩子，就把她（他）放在飞机的副驾驶座上。

其实不做直升机也没有关系，哪怕是一只没有线绳牵拴的小鸟呢。

性爱与女性书写

　　二十世纪的中国，从二十到三十年代，在西方人文主义思想的启蒙下，经历了五四新文化运动，那个时期文学作品中所诉求的性苦闷性压抑，上升到人性的层面，祈望灵与肉的结合，传递出鲜明的人本主义色彩。但二十世纪后半叶的前三十年中，文学形态却发生了根本的逆转，在革命和理想的狂热中，爱与性逐渐退出文学，政治铁幕隔绝并封锁了一切私人情感，到了"文革"，不仅任何带有"性"气息的文字都已消灭干净，就连"爱情"在文学中都是讳莫如深了。

　　二十世纪最后二十年，历史总算不情愿地清了一笔账，这笔账是在二十年间，一点一点归还的，其中包含着文化的正本清源。当代文学也从试探到进攻到跨越禁区，一步步索还了它原本的真实性、自由的艺术个性和形式的多样性。文学永恒的主题——"爱"以及由此派生的"性"，从来没有像今天这样被重视被钟情被不厌其烦地反复操练。文学是人学，人皆有性或兼爱。有一种近于极端的说法：内地文学在二十年间的改观和发展，其中万不可忽略的方面，就是文学中"性"的入侵。甚至，"爱"与"性"在文学中的复归和深化，可以看作社会改革开放之路的标尺。

　　1978 年到 1979 年，一些中短篇小说率先冲破了这道封锁线，重视寻找爱的权利和位置。进入八十年代以后，大多数沉重反思历史的作品，都在批判中夹上了浪漫的爱情故事，可称作"爱情三明治"。但在八十年代初期，爱情只能有一种固定的传统模式——张洁的短篇《爱是不能忘记的》，描述了一段刻骨铭心的婚外情，尽管男女主人公仍局限于传统的柏拉图之恋，还是遭到了批评界的严厉诘难；本人的中篇《北极光》，只因未婚的女主人公对于自己的理想中人，有过三次纯真的选择比较，也被报界作为一种道德的歧途而多次连篇累牍地批判。不过，对于异类爱情故事的排斥和抵触并未持续很久，很快，文学作品中的爱情含量急剧增大，那些试图讲述纯粹"情爱"故事的言情小说开始崭露头角，以严肃的或羞涩的面貌迅速蔓延。在这些"犹抱琵琶半遮面"的爱情小说中，"性"开始以隐蔽的含蓄的方式悄悄出现了。如以张贤亮的《男人的一半是女人》、铁凝的《玫瑰门》、王安忆的《小城之恋》为代表的"三恋"，等等，都曾在一段时间内掀起轩然大波。然而，"性"比"爱"更具攻击力和征服欲，涉猎情爱婚姻的作品不仅未有收敛，而且一发不可收拾。九十年代初期，由于意识形态方面的某些限制，作家的社会批判不得不另辟蹊径，转而寻找其他出路。继而市场经济大幅度开放恰恰为情感表述提供了空间与土壤。几乎在很短的时间内，文学中的性爱描写已是势如破竹，锐不可当。其中如贾平凹的长篇小说《废都》、陈忠实的《白鹿原》、莫言的《丰乳肥臀》，在这些具有代表性的文学作品中，都以极其重要的篇幅和位置，表现了中国人半个世纪来被荒疏被阉割了的情欲和性爱。特别需要强调的是，这一时期，更年轻一代如陈染、林白等女作家的作品中，个人情感和生命体验上升到主体地位，从此改变了"爱情三明治"的模式，而成为纯浓的私人苦咖啡。

回顾二十年循序渐进的当代小说发展路径，可以清楚地看到爱与性之间不可抗拒的必然规律及其在文化内涵和思想层面的深度进取。直到二十世纪末，中国内地的许多作家才无奈地承认，多年来躲藏在"爱"的帷幕之后的"性"，是人生苦乐和复杂人性的极致，是生命的巅峰体验。无"性"的人是不健全不完整的人，无"性"的文学是单面的畸形的虚假的文学。"爱"与"性"是一个无法切割的整体，探究无"爱"的性和无"性"的爱，将有助于我们寻找人类痛苦的根源。我们终于有勇气大声说：文学中表现"性"不是丑恶不是淫秽不是罪过，而是文化是美学是尊严。

这对于海外作家来说是天经地义的事情，中国内地的作家在一百年里兜了一个大圈子，才在世纪末临近的时候，终于依山傍水安营扎寨。

于是今天以及今后，我们所面临的问题，不再是能不能表现"爱"与"性"，而是如何表现"爱"与"性"。九十年代以后，随着商品经济的发展，内地的文化市场逐渐形成。一般来说，市场是由需求决定的，而人的需求是由当下的人的生存方式、生活观念和文化底蕴所决定的，有什么样的需求就会有什么样的供给。因此，在那个盲目无序、混乱嘈杂的市场上，情况突然发生了某种微妙的变化，在一个昔日谈"性"色变的所谓正人君子的国度，重心骤然倾斜，似乎是为了对大众被囚禁锁闭太久的"性"趣做出某种补偿，"性"文化很快成为市场的抢手商品，如开闸的洪水铺天盖地而来。一时间书市充斥着格调低下、粗糙污浊的庸俗读物，以迎合大众的性饥渴和性迷惘。在这个处处遗留着落后的封建习俗，由知识和文明程度普遍低下的市民、农民、打工者和暴发户等阅读主体混合而成，建立在贫瘠单一的文化基地上的不成熟市场，被商业时代的利润原则所驱动，炮制出大量根本没有资格称为文学的流行书刊。在这些色情小说中，"爱"与"性"是分离的，无"性"不成书，无

"性"不赚钱，"爱情"只不过是一块金字招牌或是诱饵，"性"已无可奈何地沦为娱乐和消费的商品。无论在"爱"或是"性"中，我们嗅到的都是金钱的气息。在这个由大量男性读者为主体的市场需求背后，女性对于"爱"和"性"的需求几乎完全被排除在外。需求若是没有足够的实力去加以实现，则为无效需求。在一个长期以男权文化为中心的社会里，丧失了经济权利和自我意识的女性，在流行的商业文化消费中，始终处于边缘状态。

那么，文学的情形又是如何呢？超然于低俗的大众文化之上的纯文学作品，显然希望与此划出泾渭分明的界线。然而，文学毕竟是社会的产物，是作家个人情感和思维的创造物，当作家们脱下衣衫赤裸裸"涉入"爱河时，一不小心露出了臀后的尾巴。令人不能乐观的是，文学历经二十年的辛勤耕耘，收获的果实上仍然保留了根深蒂固的男性文化和小农意识的"残余农药"。在一些来自乡村的男作家的作品中，满怀对女性的玩赏心态，女人依然是"性"的代名词，是提供肉体慰安或心灵慰安的对象物，是履行"性服务"的工具。在男性书写中，女人被塑造成千古不变的淫荡性感尤物、祸水或弱者，女人仍被固定安放在被审视被选择被奴役的位置。他们对乡村的女人抛洒同情之泪或赞美之音，因为传统的女人寄托并维持着他们对封建文化的眷恋；他们排斥或贬损城市的知识妇女，因为独立的城市女人正在毁坏多年来他们为女人构筑的囚笼。纵观历史，"男性本位的文化为女人创造出两种文化境遇：一种是被'包裹'——身体的包裹，如束胸、缠足、贞节带、非洲的阴部缝合术，还有行为规范和心理情感的严密约束，等等，全方位展示了男性将女性之'性'作为私有财产的占有欲。另一种是'剥离'——女性的文化内涵与文化外衣被男权之手一层一层剥离，到最后只剩下了一个赤裸裸的身体。"而"包裹"和"剥离"具有完全不同的文化

有女如云

功用，"包裹"是为了把女人造成符合社会标准的商品以供出售，而"剥离"的目的则是为了尽情地享受这一商品的价值。在这种深厚的男权文化积淀下，我们何从奢望男性文学能够自脱窠臼——他们乐此不疲地用文学包裹女性再剥离女性，创造属于男性的"性文学"，然后供男性欣赏享用。在这些作品中，男性是一切性爱活动的主宰和中心，爱情成为被男性之"性"噬朽了的空壳，一座被架空的云中楼阁。

流行的大众文化中恣意肆行的俗"性"，与所谓的精英文化中男性立场下不经意泄露的雅"性"，是当下文化现状中的两极，两者遥相呼应，夹击着、围困着寻求身心解放的今日女性。

所幸的是，活跃在当下图书市场的许多女性作家，已逐渐走出被传统文化框定的误区，正在用她们的笔"重振河山"，彻底打破了文学中"爱"与"性"的千年陈规，用女性独特的视角和立场，以女性的叙事方式和女性话语，以女性的审美意识观照人生，创造着完全不同于以往男性作家的"性"文学。

八十年代以来获得了主动意识的女性文本，改变着男性本位文化中心视角的"他者"位置，呈现出女性主体在"我者"上的立场。无论是从对理想双性世界的积极想象与建构，还是从两性对峙状态的惨烈写真与破坏，都表明了"我者"主体对外部世界的"指控"。长期以来被男性文本为中心的文化意识所有意或无意掩饰、抹杀、轻视的，属于女性最隐蔽的体验和感受，开始被女性文本揭晓，女人所担当的性爱角色，富有自然性主动性选择性，因而带有了反文化反社会的意味。她们用自己的身体讲述那些曾经隐藏于光明之下的黑暗，不再成为异性文化谋略下无辜的受害者。与此同时，针对女性解放自身的欲望，女性文本开始转向了对"我者"内部世界的"自省式"的理性透视，思考传统的两性关系面临着怎样的危机状态，以及如何在即将崩溃的旧秩序和蜕变的阵痛中寻找自己的新定位。

在九十年代的女性作家笔下，她们所创造的女性形象，与以往的文学作品中那些总在等待他人取舍的女性人物，有了本质的变化。她们不再书写那种永无出头之日的异性爱精神迷惘之战，而是对一切既定文化思维下的成规与想象，进行全方位的质疑与颠覆，以至发出了"不谈爱情"的叫喊。例如池莉的《绿水长流》，张欣的《爱又如何》，对经典的爱情神话中的虚幻性进行了无情的挑衅和嘲弄。这些几乎有些矫枉过正的女性文本，对于解构父权文化中二元对立项的思维模式，对于消解二元差异式性爱的女性角色品质，无疑有着进步的历史意义。然而，在人类的文明史上，"爱"与"性"始终是难舍难分又若即若离的，它们时时呈分裂状态，又常常向往重叠与聚合。有爱的性和有性的爱，永远都是人类梦寐以求的理想。举一个也许并不恰当的例子，即便是在动物的交媾行为中，双方也仍是有选择地寻找自己喜爱的他者；古代三宫六院的皇上，也曾"三千宠爱在一身"。无论低级还是高级动物，天性和自然性都驱使它（他）们寻觅并喜爱自己所中意的异性。所以，放弃爱情只能是一种阶段性的反抗形式，是不得已的退缩和逃避。文学强大的生命力，在于它从人性的本质和真实出发，坚守自己所确认的价值标准。对女性文学而言，它将以现代女性的自我意识去渗透女性心灵，进而逐渐影响和改造男性。当女性具有足够的实力去与男性平等竞争的时候，女性意识将转化为有效需求并进入主流文化。

内地学者李小江教授，在新近出版的论著《解读女人》一书中指出：人自身的尊严感和对他人是否尊重，都会在性关系中充分体现出来——性，其实是人格的一面镜子。

事实上，在大多数女作家笔下，对于性心理、性意识、性感受的解构和分析，往往重于对性行为过程的直接描述，她们更注重

"性"事中的双方所传递所赋予的爱意。"性"对于女作家来说，是爱情的升华，是人格平等的互动，它被寄予精神的厚望，甚至，性活动被视为女性自我实现的重要途径。

我在1996年出版的长篇《情爱画廊》一书中，尝试以女性的审美价值观来写"性"。我认为被爱所激发所驱动的情欲和"性"行为，两情相悦所创造的欢娱和快感，是生命中最美好最壮丽的时刻之一，是超然于实利和世俗之上的一种高尚境界。我表现爱与性的同步，正是为了抵抗低俗的性爱观流行泛滥的浊流。书中的女主人公大胆冲破了原来所扮演的贤妻良母的规定性角色，与一位她喜欢的年轻艺术家发生了性爱，在她被爱所唤起的情欲和性爱高潮中，她第一次体验到身心融合灵肉一体的性爱是如此美妙。她身体的美只有在成为自己精神象征的前提下才是有价值的。为了彻底摈弃父权历史强加给女性的文化遗传，女主人公舍弃了原有的家庭，离开了女儿，对母亲"生育"角色进行了无奈的反叛。在这个自我实现的过程中，传统意义上的"母亲观"和她的"自我观"发生了猛烈的冲突，亲密无间的母女关系不再构成文化意义上的承继关系，而是背离、中断，进而分崩离析。我希望能创造出一种具有现代女性美的形象，这不是被男性本位文化异化了的女人味，而是在一种开放的生活形态中，重新苏醒过来的那部分被压抑的女性意识。

文化是被历史和人塑造出来的，二十世纪"爱"与"性"的观念震荡，有助于社会的细胞更新和基因修复。现代女性将在思考和改变自身命运的同时，融入全人类的文明进步。我相信，两性关系平等与和谐的未来文化正在被重新书写。

"水晶鞋"的逆向思维

　　进入一个多元化时代，文学领域也开始出现了多元多样的评论标准——若被 A 理论整体涵盖，BCD 类别的一大批作品便排除在外了；若是 B 理论侥幸登场，ACD 类别只能暂避一时；若在小范围内启动 C 理论，ABD 类别几乎变得一无是处……这一隐性定律，在各类文学奖项评审中，可寻见种种迹象并渐为主导趋势。

　　另有大众的阅读口味，直接掌控着图书市场的硬性销售量；网络文学、手机小说的点击量，亦已迅速生成被"数字化"了的另类文学评判标准，由数字决定文字的命运。其中一部分读者追捧的作品，必然被另一读者群追杀；某些批评家推崇青睐的作品，或许遭到另一些批评家的抵制贬损。一些作家酷爱的作品，在另一些同行中却哗然嘘声。从"别无选择"到"无从选择"——曾经一统天下的"绝对价值标准"板块，正在分崩离析裂成碎片。

　　写作者环顾左右，时时茫然无所适从：若从 A 而 BCD 不屑；若遵 B 而又被 A 边缘了。十八般武艺，终究天缺一角。

　　却问自己：文学在远古，究竟起源于生活还是起源于标准？

　　再问文学：文体风格叙事语言的变化，原本是因写作者的时代、心境之变而变，还是受控于标准而变？而所谓的标准，又是受制于何物而变？

文学作品价值标准的多向度，本是社会进步的标志，更是创作自由的基本常态。但若是写作的人，迷失在多样的标准里不知所措，便将写作的初衷与终极目标满拧了。

既然是为表现自己的认知而写作，为安放自己的灵魂而写作，那么，将所有人为的标准一并弃置便是了。回到写作的起点，文学其实只有一个标准，它始终在你心里的原地蛰伏，从未改变。

在这个纷繁多姿而又功利善变的年代，认定了自己信奉迷恋并擅长的那个标准，径自走下去。若是不屑做最好的 A，就做最好的 B；若是只能成为次等的 C，宁肯做优等的 D。多元时代的复杂与微妙就在这里，你可在一条轨道上走到尽头，将自己的优势发挥到极致。只要到达自己崇仰的那个标准的最高端，必有属于你的读者。

ABCD 只是类别与风格流派，彼此并非截然对立。你若是执意选择了 D，必得懂得尊重 A 和 B 和 C。在文学与艺术的迷宫里，每一条暗道都是相通的。文学无论怎样多元，仍有无数节点互相交叉。真正优秀的作品，在文学的本质上没有根本不同。岁月为你积攒的数字，才是文字的重量。就这个意义上说，时间将是唯一公平的绝对标准。

尚在阅读童话的少年时，曾认真想过：如果我的脚穿不上那只水晶鞋，为什么不能按自己脚的尺码去另做一双水晶鞋呢？

世上没有找不到鞋的脚，只有货架上等着脚的鞋。

六边锥形的六方晶体，多切面，善折射，是当下文学的形象代言。

问题在于，你首先得拥有足够的天然水晶石。

女性的自赏与自省

　　"女性文化"并非是无垠的太空，她一出世便有着性别疆界的羁绊与束缚。狭窄的空间局限，催其转而往深处开掘。

　　如果说，被学者反复探讨研究的"女性文化"，是树上的果实，那么，她的枝叶与花朵，她的根须与土壤——那些结果之前的原生态情状，无论借用怎样精巧的多棱镜，也难以管窥透视并一览无余。

　　想起不久前读过的一则报刊短章，饶有意趣，愿与大家共享：

　　某女在网上发个帖子，意觅年薪五十万的男子为夫。有好事男子回帖，大意如下：既然你明码标价，愿用自己的青春美貌作为条件，换得稳定安全的婚姻生活，将婚姻作为一个项目来经营，请原谅我也只能用谈判的基本原则提醒你：我认为你的希望很可能会落空，因为年薪五十万的男子，薪金将会逐年提升，在未来可能会达到一百万甚至五百万，但你的青春，却毫无疑问会逐年贬值。依我看，恐怕很少会有男子愿意做这么一笔亏本的生意。他若是只为获得"青春"，每年支付一定金额，即可按质论价通过租用得到，且年年保鲜，不存在年老色衰的折旧率。所以，在我看来，你不如通过自己的智慧才干，努力工作去挣到这个数目，恐怕远比你去苦苦寻找一位年薪五十万的男子，成功概率更高、希望更大……

　　言语调侃刻薄，却也不失坦诚，令人哑然失笑。商业时代的男女交往，不再有含蓄浪漫的文学情调，而须用商界的流通话语，才能准确体现双方"公正公平"的交换原则和意向。但笑容随即僵在脸上，心里涌起酸涩，默然失语。我的失落与文学无关，而是与"女性文化"有关——我在为那个"欲觅五十万年薪男子"的女人，遭受男性挖苦奚落不平的同时，却不能不为女人自取其辱而羞愧汗颜。

如此真实的当代女性心理与生活花絮，是当下"女性文化"斑驳光影的一种折射。

近日恰好读到一位男性青年作者颜桥的书稿，书名为《女性森林》，用卡片小说的结构形式，塑造了几十位年轻的都市女性形象。子题分别为"螃蟹女人""孔雀女人""包女郎""卡女郎""房女人""高跟鞋女郎""香水女人""便当女人"……每个女人都被贴上了具有鲜明时代特征的标签。他无情透视着女人琐细平凡的日常生活，女人内心的惆怅虚荣犹疑焦虑，被他淡淡的调侃与冷冷的嘲讽一层层扫描，美体美貌的瑕疵与弱点一览无余。一篇篇读下去，只见女人的"物质"与"矫情"，几乎把人逼到悬崖峭壁，幸亏他的指尖仍有对女人怜惜理解的温热，否则真让人绝望到跳下去的心思都有了……

以上两则事例，印证的都是当下中国，一部分男人眼中的"女性文化"。像是街上随时可遇的玻璃橱窗，一不小心撞上，看见一个变形的自己，吓一跳，不能认同，急避而去。

会有人说：你看——又是"被看"、依然"被看"、总是"被看"。

摆脱女性几千年来始终"被（男性）所看"的困境，是女性文化研究的重要课题之一。

我想说的却是："被看"何罪之有？莫非女人生来只是给自己看的吗？（躲入深闺绣楼，大门不出二门不迈？）女人难道要被人凝目注视，才能体现出自身价值？女人内心究竟是愿意"被看"（女人本能地喜欢在女人中炫耀以及向男人展示自己），还是一概拒斥"被看"（在某些民族传统文化中，恰恰是男性社会强制女人裹面蒙纱以免"被看"）？而从更宽泛的意义上说，近代女性解放运动的标志之一，正是女性冲出家门走向社会——期待"被看"。

错不在"被看"，而是被看者让人看什么，以及观者看到了什么。

若是除了青春美貌，女人再没别的看点，便是女人自己的问题了。

生来热爱镜子的女人，可知镜子其实有两种用途：自我欣赏或是对镜自省。女人若是坚持拒绝"被看"，那就鼓起勇气正视自己：从身体到习性到内心——除了美，还有瑕疵。

女人对自身弱点的及时矫正，才是抵制"被看"的有效防身武器。

除了自用的穿衣镜和梳妆镜，女人身边若是常有"以睛代镜"的异性目光，岂不是也能多一些激赏或是提醒吗？

近读刘再复先生的一篇长文，论及《山海经》中的女娲、精卫等女性形象，谓之中国文化大系统中的女性文化原型，均带有早期女性创生者的顽韧之力与英雄气概，让人精神为之一振。

以上男性所言，都是我们的镜子——对镜自省，女性失落的文化精神，当由女性自救。

读书的女人

　　那似乎是知识妇女梦中的情景——独自一人，只一个人，在房间里静静地读书，没有家务孩子琐事的种种干扰，嘈杂的市声和烦心的争吵都离她远去。她手里的书本就是她的整个世界，她只同自己的心灵对话。

　　读书的女人是安静的。她沉浸在文字编织的故事之海中，用眼睛做桨划开波浪，去寻找遥远的精神彼岸。她没有时间唠叨饶舌，没有时间拨弄是非，就连翻动书页都是轻轻的，像微风吹过草地。书本像一道隔墙，把外界的噪音都拦住了，但她的眼睛却能分辨书本上最细微的声音，并用眼泪作为应答。

　　读书的女人是辛苦的。她不是那幅画中十七世纪的闲妇，二十一世纪的女人天天要赶着上班，回家还有做不完的家务。她省下买时装买化妆品的钱用来买书，等丈夫孩子睡下了，从自己好梦的时间里抠出一块来读书。无论买书还是读书，付的都是血汗，时时透支，要用未来赊账。一个女人若是爱家也爱书，便是"苦海无边"了。

　　读书的女人是"愚蠢"的。她分不清书本和现实的区别，以为书中的故事都发生在她的生活中，常常把书中的人物当成了自己。读书的女人对别人的事情头头是道，动辄可引书上的警句来教导他人，但对自己的事情却是晕头转向云里雾里，用书本上的经验来对付现实往往错上加错。

但读书的女人终究是幸福的。理性的思考给予她属于自己的头脑，女人的神韵里就有了坦然和自信。知识为她过滤尘俗的痛苦，使她有力量抵御物质的诱惑，并超越虚浮的满足而变得强大丰富。

渴望读书，从浩瀚的书海中挑选出适合自己或是自己喜欢的书。在下着小雨的清晨和刮风的黄昏，在大雪纷扬的冬日和柳絮飘飞的春天，若是再有一杯冒着袅袅热气的清茶呢？常常憧憬着在开满樱花的树下、在绿草茵茵的河边、在海边的沙滩或是惊涛拍岸的礁石上，一个人抱着书，读到书我两忘。间或有蝴蝶或小鸟从头顶飞过，远处飘来淡淡的花香——那也就是关于浪漫的极致想象了。

实际上，几十年真实的读书情形，却毫无诗意可言。在童年暑假的凉席上和寒假的被窝里，在连队宿舍的油灯和山林帐篷的蜡烛光下，在旅途中肮脏的火车站，在拥挤不堪的居所嘎嘎响的破椅上。没有书房的日子更激起疯狂读书的欲望，因为心灵的饥饿，到后来，就成为一种吞噬文字的生理需要和惯性了。

曾说过读书分为两类，一种是写作的实用性需要——浏览优秀的文学作品以寻找差距，了解当下新作品的动向和特色以作参考，创作中所遇到的专业性问题需要补充知识，包括理论书籍和各种字典辞典等典籍。但我更喜欢另一种阅读，那种看似与写作无关的阅读，自然科学哲学艺术以及传记。你读它根本不为什么而仅仅只是因为喜欢，它看上去对你毫无用处但却如森林氧吧和甘泉，改善你的呼吸和血液，改造你的知识结构与思维空间。它的渗透作用是长远而无形的，没有任何急功近利和立竿见影的打算。如果说前一种阅读是西医治疗，是当即见效的输液点滴，那么后一种阅读就是中医调理，是强身健体的滋养和补充。可惜我们总是有病才去求医，在迷宫般的书城中，我们曾错过了多少曲径通幽深藏不露的好书廊。

　　读书的女人如今拥有了属于自己的书房。她常常望着满满的书架发愁，她发现一个人一生中即便不做任何工作，把所有的时间都用来读书，也无法把世界上的好书读完。这个发现真是令人绝望。

写作的女人

　　如今那些写作的女人，生长在不凋的花坛上，四季如春地绽放着，姹紫嫣红的花瓣衬着周围繁茂葱郁的绿叶，显得越发鲜活。

　　早些年间，鲜花尚很稀罕，不说是一枝独秀也常常是星稀月朗的。绿叶那时的感觉很踏实，是万古长青、遮天蔽日的那种。后来不知不觉，鲜花就像雨前的云彩一样蔓延开去，起先还能叫出名字来，比如幽兰墨菊寒梅粉荷，都是入了花谱的精粹，渐渐就变得不识了，不识是因为从未见过，冷不丁儿冒出来的。引进的外国新品种再嫁接再移植，属于奇花异草一类了。

　　不要说男人不识，就是以写作为生的女人们，也时时觉得自己的队伍正在日新月异。

　　翻开报纸刊物，走进书店书摊，不经意间那么多陌生的作者名字，是女人专用的很美丽很温柔的名字，从杂乱的绿叶上抢眼地浮上来。除了那些专职靠写作谋生的女作家女记者女编辑，还有女演员女经理女教师女大学生女主持人，再加女工女推销员女画家……真的好像凡是个女人都会写作了。弄得绿叶曾有一度忧心忡忡，哀叹男人已被那些绚丽多彩的名字挤压、驱逐、覆盖了，就像那个"大地走红"的行为艺术作品。

　　但女人写作却绝不是刻意摆出来的千把万把红伞。女人写作本来就是春雨湿润的山坡上生长起来的红杜鹃。

只是因为曾经连年的干旱，女人被当作救灾的近水来用了；只是因为曾经多年的淫雨，女人头顶的阳光被粗壮的树木抢走了；只是因为曾经贫瘠的土地，女人被迫沤作了滋养草根的肥料。而一旦天下战事稍息，万物回归原位，即使有一缕薄淡的微光照耀，便能催发女人心底的情愫，惴惴不安地寻针寻线，然后静静地坐在窗前描龙绣凤，开始每日的功课。如今轮到现代的女子，当然不再用针线，而是用笔，再性急些的，用电脑键盘，嗒嗒地敲打。若是用奶奶一辈的眼光去看，这等劳作，同半个世纪以前的女红比较，恐怕并没有本质的区别。

所以女人写作实在是天经地义的事情。

水边路旁野地坡下，只要有土壤的一丝缝隙，花骨朵儿就悄悄地钻出来了。

人说，女人天生是爱说话的。

于是现代有文化的女子，把心里的话留到了纸上去说。就像是夜深人静时同恋人的喃喃低语，就像是对女友的真诚倾诉，就像是对自己的扪心自问，就像是对母亲和孩子的殷殷嘱咐……小女子也罢大女人也罢，女人总有女人自己的话语，把男人们没有时间倾听的那些金玉良言，说给不相识的人去辨认，女人写作便是女人活下去的一种方式。

人说，女人天生是爱做梦的。

于是就有读了些书的女人，把夜里和白日的梦，再写到书里去回味去梳理。虚无的梦变成有形的文字的时候，那梦便有了实现的意味，令女人体会出人生的美妙，大有男人醉生梦死一般的满足。女人的梦常常是五彩缤纷的，涂着女人的腮红唇膏眼影，飘扬着衣裙上灿烂的图案。等到用黑黑白白的滚筒印刷出来，叠成厚厚的一擦，那梦也变得沉甸甸地厚实起来，先前游移的浮色被过滤了，在阳光下折射出金秋田野的醇畅与丰富……女人的梦是女人生活的支撑，女人写作便是女人生活的补充。

人说，男人用大脑思考，而女人用心思考。

于是就有那些冥思苦想着的女人，日日撕裂着自己再一次次将碎片拼接。然后用心血淘洗的金粉，镶在自己的笔端，蘸着用心血碾磨的文字，写出女人思绪。女人眼里的世界是平和宁静的，彼此相亲相爱，亲如一家。女人不相信男人用大脑编织的谎言，她们洞若观火却又宽厚仁慈。写作的女人从心里流淌出那么多痛苦的眼泪，她只能用女人天生的直觉去判断是非，用充满了情与爱的文字，去抚平满目疮痍的大地……写作的女人从不对男人说你应该怎样，写作的女人只对男人说：你看，我是这样。

所以写作的女人永远是安静的。

写作的女人不屑参与男人之间或是男人与女人间钩心斗角的游戏，写作的女人远离了争权夺利的陷阱，写作的女人淡泊了所谓的功名利禄，写作的女人不会为了身外之物放弃她心底的梦想。

写作的女人很少甚至从不发表宣言。她们不追求中心和旗帜的位置，也不羡慕风光一时的荣耀。她们只关心自己作品的好坏，还有自己内心的痛苦与欢乐。

写作的女人之间的竞争是友好而无声的。她们只在私下里悄悄阅读对方的作品，感叹着对方的才华，挑剔着对方的败笔，却极少当面称赞对方。然后暗中互相追赶着，决不愿为了伤害别人却不留神伤害了自己。

写作的女人期望着通过写作成为一个优秀的女人。因此她对自己人格的要求往往近于苛刻。这样做多一半是为了她所爱的人。

写作的女人天天坐在窗前工作。在别人看来，她的日子未免有些寂寞单调，但她却不觉得，因为她活跃在许多精彩的故事里。

写作的女人似乎人情练达，通晓世事，但她总是偏偏搞不清楚自己的事情。高度灵敏的感官和神经使得她极易受到伤害，她的爱憎常常像一个安错了的情节。

所以写作的女人多是不幸的。

但写作的女人不后悔，她从写作中体验到一种创造的快感。

如果有人说，不，我所见到的写作的女人不是这样的。她们中有的人眼睛总是盯着大人物，一心想往上爬，溜须拍马令人作呕；有的人一贯打小报告中伤文友，告密诬陷无所不用其极；有的人在作品中，唠叨失态像一个怨妇或是泼妇；有的人机关算尽煞费苦心，只为谋求一笔名不副实的奖金……

我只能回答说：那不是真正写作的女人。

那是趁着上帝打盹时，偶然混入到写作的女人中来的庸俗小市民，就像稻田里的稗草，或是由于没有进化好，或是由于基因缺陷。总之，这大概很难免。

真正写作的女人，依然我行我素。

因此，当春天到来的时候，学会了写字和读书的女人，都可能写作但并非都能成为写作的女人，就像世上大多数植物都会开花一样。不同的只是有的花朵有果实，有的则没有。